젊은 예술가의 초상

A Portrait of the Artist as a Young Man

젊은 예술가의 초상

A Portrait of the Artist as a Young Man

제임스 조이스 지음

김종건 옮김

어문학사

차례

제1장_ 7

제2장_ 75

제3장_ 128

제4장_ 187

제5장_ 221

역자 해설_ 327

중요 등장인물 소개_ 340

제임스 조이스 연보_ 345

제1장

옛날 옛적에 정말로 좋은 시절에, 음매 소 한 마리가 길을 따라 내려오고 있었어. 길을 따라 내려오던 이 음매 소는 아기 터쿠라는 이름의 예쁜 꼬마 소년을 만났지…….

아버지는 그에게 이 이야기를 해주었다. 아버지는 외알 안경을 통해 그를 쳐다보았다. 아버지 얼굴에는 수염이 더부룩했다.

그는 아기 터쿠였어. 음매 소는 베티 번이 살던 길을 따라 내려왔고, 그녀는 레몬 캔디를 팔았어.

오, 들장미가 피어 있네
작고 파란 들판 위에.

그는 그 노래를 불렀다. 그것은 그의 노래였다.

오, 파란 장미꽃 피이어 있네.

오줌을 싸서 잠자리를 적시면 처음에는 따뜻하다가 이내 차가워진다. 그의 어머니가 기름종이를 그 위에 깔아 주었다. 거기서 괴상한 냄새가 났다.

그의 어머니는 그의 아버지보다 한층 좋은 냄새를 풍겼다. 그녀는 그가 춤추도록 수부(水夫)의 무도곡(舞蹈曲)을 피아노로 쳐주었다. 그는 춤을 추었다.

트랄랄라 랄라
트랄랄라 트랄랄라디
트랄랄라 랄라
트랄랄라 랄라.

찰스 아저씨와 댄티가 손뼉을 쳤다. 그들은 아버지와 어머니보다 나이가 많았고, 찰스 아저씨는 댄티보다 나이가 더 많았다.

댄티는 그녀의 벽장 서랍에 옷솔 두 개를 갖고 있었다. 적갈색 벨벳으로 등을 댄 옷솔은 마이클 대빗을 위한 것이고, 파란색 벨벳을 댄 옷솔은 파넬을 위한 것이었다. 댄티는 그가 휴짓조각을 갖다 줄 때마다 캔디 한 알을 그에게 주었다.

밴스 가족은 7번지에 살았다. 그 집 아이들의 아버지와 어머니는 달랐다. 아일린의 아버지와 어머니였다. 어른이 되면 그는 아일린과 결혼할 참이었다. 그는 식탁 밑에 숨었다. 그의 어머니가 말했다.

—오, 스티븐은 사과할 거예요.

댄티가 말했다.

—오, 그렇지 않으면, 독수리가 와서 그의 눈을 뺄 거야.

눈을 뺄 거야,
사과해요,
사과해요,
눈을 뺄 거야.

사과해요,
눈을 뺄 거야,
눈을 뺄 거야,

사과해요.

***

넓은 운동장은 소년들로 우글거리고 있었다. 모두 고함을 지르고 선생님들은 힘찬 소리로 그들이 힘을 내도록 격려했다. 저녁 공기는 파리하고 쌀쌀했으며, 축구 선수들이 공격하고 쿵 하고 부딪칠 때마다 미끈미끈한 가죽 공이 어스름한 햇볕을 뚫고 무거운 새처럼 날았다. 그는 선생님의 시선이나 친구의 난폭한 발길을 피하여, 이따금 뛰는 척하면서 자기 반 가장자리를 계속 지켰다. 그는 자신의 몸이 선수의 무리 사이에서 작고 연약한 듯 느껴졌고, 눈에는 눈물이 괴어 있었다. 로디 키컴은 그렇지가 않았다. 그는 하급반의 주장(主將)이 될 거라고 모두가 말했다.

로디 키컴은 점잖은 녀석이었지만, 내스티 로시는 진저리 나는 놈이었다. 로디 키컴은 자기 사물함 속에 정강이 보호대를, 그리고 식당에는 전용 음식 바구니를 가지고 있었다. 내스티 로시는 손이 컸다. 그는 금요일 푸딩을 '담요에 싼 개'라고 불렀다. 그리고 어느 날 그는 이렇게 물었다.

—네 이름이 뭐니?

스티븐이 대답했다.

—스티븐 데덜러스야.

그러자 내스티 로시가 말했다.

—무슨 이름이 그래?

스티븐이 대답을 못 하자, 내스티 로시가 물었다.

—아버지는 뭐 하는 사람이야?

스티븐이 대답했다.

―신사야.

그러자 네스터 로시가 물었다.

―치안판사니?

그는 자기 반 가장자리에서 이리저리로 살금살금 걸어다니다가, 이따금 조금씩 뛰어다녔다. 그러나 그의 두 손은 추위에 얼어서 푸르죽죽했다. 그는 벨트가 달린 회색 양복의 옆 주머니에 두 손을 넣고 있었다. 벨트는 호주머니 주위에 둘려 있었다. 벨트는 필요하면 누군가를 때릴 수 있는 것이기도 했다. 어느 날 한 애가 캔트웰에게 말했다.

―당장 널 한 대 때려줄 테다.

캔트웰이 대답했다.

―가서 네 상대하고나 싸워. 세실 선더나 한 대 때려줘. 난 네 꼴을 좀 보고 싶어. 아마 그는 네 궁둥이를 한 대 걷어찰 거야.

그건 좋은 표현이 아니었다. 그의 어머니는 학교에서 거친 애들과 얘기하지 말도록 그에게 타일렀다. 좋은 어머니! 학교에 처음 왔던 날, 성(城)의 현관에서 작별인사를 했을 때 그녀는 베일을 접어 코까지 걷어 올리고 그에게 키스했다. 그녀의 코와 눈이 빨개져 있었다. 그러나 그는 어머니가 울려고 하는 것을 못 본 척했다. 그녀는 좋은 어머니였으나 울 때에는 그리 좋지 않았다. 그리고 아버지는 용돈으로 5실링짜리 두 닢을 그에게 주었다. 또 아버지는 만일 필요한 게 있으면 집으로 편지하고, 어떤 일이 있어도, 남을 결코 고자질해서는 안 된다고 타일렀다. 교장 선생님이 성의 현관에서 아버지 어머니와 악수하자 그의 사제복(司祭服)이 미풍에 펄럭였고, 아버지와 어머니를 태운 마차는 떠나갔다. 그들은 마차에서 손을 흔들며, 그를 향해 소리쳤다.

―잘 있어, 스티븐, 잘 있어!

―잘 있어, 스티븐, 잘 있어!

그는 스크럼의 회오리 속에 사로잡힌 채, 번득이는 눈과 진흙투성이 신발들을 겁내면서, 허리를 굽혀 다리들 사이를 들여다보았다. 아이들은 서로 다투며 신음을 내면서, 다리를 비비적대고, 걷어차며 쿵쿵 짓밟고 있었다. 그때 잭 로턴의 누런 신발이 공을 살짝 빼내자, 다른 모든 신발들과 다리들이 그를 뒤쫓아 달렸다. 스티븐은 얼마간 그들을 뒤쫓아 가다 이내 멈추었다. 계속 달려가 봤자 소용이 없었다. 곧 모두 방학을 위해 집으로 가리라. 저녁식사가 끝나면 학습실에서 책상 안쪽에 풀로 붙여 놓은 숫자를 77에서 76으로 바꿔 놓을 것이다.

학습실에 있는 것이 추운 날씨에 바깥에 있는 것보다 더 낫다. 하늘은 창백하고 추웠지만, 성에는 불이 켜져 있었다. 그는 해밀턴 로언이 그 중 어느 창문에서 모자를 해자(外濠) 위로 던졌는지, 그리고 그 당시 창문 아래에 화단이 있었는지 궁금했다. 어느 날 그가 성으로 불려 갔을 때 그곳 집사가 문짝의 나무에 박힌 병사들의 총알 흔적을 보여주었고, 교단 사람들이 먹던 카스텔라 과자를 준 적이 있었다. 성의 불빛은 멋있고 따뜻해 보였다. 그것은 뭔가 책에 나오는 것 같았다. 아마도 레스터 사원은 저런 모습이리라. 그런데 콘웰 박사의 철자법 책에는 멋진 문장들이 있었다. 그것은 시 같았지만, 단지 철자를 배우기 위한 문장들에 불과했다.

> 울지는 레스터 사원에서 죽었다.
> 수도원장들이 그를 그곳에 매장했다.
> 근류병(根瘤病, canker)은 식물의 병이요,
> 암종병(癌腫病, cancer)은 동물의 병이다.

머리를 양손 위에 괴고, 난로 앞 양탄자 위에 누워, 그 문장들을 생각하면 참 멋질 텐데. 그는 마치 차갑고 끈적끈적한 풀이 피부에 닿은 것처럼 몸을 떨었다. 밤을 마흔 개나 딴 정복자 웰즈는 자신의 깡마르고 단단한 상수리 열매를 그의 예쁜 코담뱃갑과 바꾸지 않는다는 이유로 시궁창 도랑에 그를 어깨로 밀쳐 넣다니 그건 참 비열한 짓이었다. 그때 물은 얼마나 차고 끈적끈적했던가! 한 아이는 언젠가 큰 쥐가 그 찌꺼기 속으로 뛰어드는 것을 봤다고 했다. 어머니는 댄티와 난롯가에 앉아 브리지드가 차를 가지고 들어오기를 기다리고 있었다. 어머니가 난로 망에다 두 발을 올려놓자, 그녀의 구슬 달린 슬리퍼가 몹시 뜨거워져, 얼마나 근사하고 따뜻한 냄새를 풍겼던가! 댄티는 많은 것을 알고 있었다. 그녀는 모잠비크 해협이 어디에 있는지, 미국에서 가장 긴 강은 무엇인지, 달나라에서 제일 높은 산은 무엇인지를 그에게 가르쳐 주었다. 아널 신부는 신부님이라서 댄티보다 더 많이 알고 있었다. 그러나 아버지와 찰스 아저씨는 댄티가 영리하고, 책을 많이 읽는 여자라고 말했다. 그리고 댄티는 저녁밥을 먹은 뒤 언제나 입에서 이상한 소리를 내며 손을 입에 갖다 댔는데, 그것은 신트림 때문이었다.

운동장의 먼 곳에서 한가닥 외침이 들려왔다.

—모두 입실!

그러자 다른 목소리가 중급반과 하급반에서 부르짖었다.

—모두 입실! 모두 입실!

선수들은 상기된 얼굴로 진흙투성이가 된 채, 함께 모여들었다. 그는 그들 사이에 끼여, 교실 안으로 들어가는 것이 반가웠다. 로디 키컴이 끈끈한 가죽끈을 잡아 공을 들고 있었다. 한 녀석이 그에게 마지막으로 한 번 차보자고 해도 대답도 하지 않고 계속 걸어갔다. 사이먼 무넌은 선생님이 보고 있기 때문에 그렇게 할 수 없다고 말했다. 그 녀석이 사이먼 무넌에게 고개를 돌리고 말했다.

—우린 네가 왜 그렇게 말하는지 알아. 넌 맥글레이드의 '석(suck)'

이잖아!

'석'이란 괴상한 말이었다. 그 녀석이 사이먼 무넌을 그런 이름으로 부르는 이유는, 사이먼 무넌은 선생님의 가짜 소매를 등 뒤로 묶곤 했는데, 선생님이 골이 난 척했기 때문이다. 그러나 그 소리는 흉하게 들렸다. 한번은 그가 위클로 호텔의 세면대에서 손을 씻었는데, 그의 아버지가 사슬을 잡아당겨 마개를 뽑아 버리자 더러운 물이 세면대의 구멍을 통해 내려갔다. 물이 세면대의 구멍을 통해 천천히 아래로 흘러내려갈 때 그와 같은 소리가 났다. '석.' 단지 더 그 소리가 더 컸을 뿐이다.

그러한 소리와 하얀 세면대를 떠올리자, 그의 감각이 차가워졌다 이내 뜨거워지는 것을 느꼈다. 수도꼭지가 두 개 있었는데 돌리면 물이 나왔다. 찬물과 뜨거운 물. 차다가 이내 조금 뜨거움을 느꼈다. 그리고 그는 수도꼭지에 찍힌 글씨들을 볼 수 있었다. 참 괴상한 것이었다.

복도의 공기 역시 그를 오싹하게 했다. 공기는 괴상하고 축축했다. 그러나 곧 가스등에 불이 켜지겠지. 그것이 탈 때면 조그마한 노래처럼 가벼운 소리를 냈다. 언제나 똑같은 소리. 아이들이 오락실에서 말하는 것을 멈출 때 그 소리를 들을 수 있었다.

산수 시간이었다. 아널 신부가 칠판에다 어려운 덧셈을 적고 말했다.

—자 그럼, 누가 이길까? 자, 어서 해봐, 요크! 어서 랭커스터!

스티븐은 최선을 다했으나, 산수 문제가 너무 어려워 혼란스러웠다. 그의 재킷 앞가슴에 핀으로 꽂아 놓은 하얀 장미의 작은 실크 배지가 떨리기 시작했다. 그는 산수에 능하지 못했지만, 요크 편이 지지 않도록 최선을 다해 애를 썼다. 아널 신부의 얼굴이 어두워 보였지만, 화를 내고 있지는 않았다. 그는 소리 내어 웃고 있었다. 그때 잭 로턴이 손가락으로 딸그락 소리를 내자 아널 신부가 그의 공책을 쳐다보며 말했다.

—맞았다. 브라보, 랭커스터! 붉은 장미가 이겼나. 자 힘내, 요크! 계속

해봐!

잭 로턴이 그의 곁에서 넘겨다보았다. 붉은 장미의 작은 실크 배지가 유난히 빛나 보였는데, 왜냐하면, 그는 푸른 세일러복 상의를 입고 있었기 때문이다. 스티븐은 하급반에서 잭 로턴과 자신을 두고 누가 1등 카드를 받게 될지 모두가 내기하고 있음을 생각하자, 얼굴이 붉어짐을 느꼈다. 몇 주 동안은 잭 로턴이 1등 카드를 받았고, 또 몇 주 동안은 그가 1등 카드를 받았다. 다음 산수 문제를 풀며 아널 신부의 목소리를 듣자 그의 하얀 실크 배지가 계속 팔랑팔랑 떨렸다. 그러자 그의 열성이 다 사라지고, 얼굴이 아주 차가워짐을 느꼈다. 얼굴이 차가워짐을 느꼈기 때문에, 그는 틀림없이 그의 얼굴이 창백하리라 생각했다. 그는 셈의 답을 찾아낼 수 없었지만 그건 문제가 되지 않았다. 하얀 장미 그리고 붉은 장미. 생각하면 그들은 모두 아름다운 색깔이었다. 1등과 2등 그리고 3등에게 주는 카드의 색깔 또한 아름다운 색이었다. 분홍색, 크림색, 라벤더색. 라벤더색과 크림색, 분홍색 장미들은 생각해 보면 모두 아름다웠다. 아마 야생의 들장미도 그와 같은 색깔일 수 있다. 그는 파란 잔디밭에 피어 있는 들장미에 관한 노래를 기억했다. 그러나 파란 장미는 있을 리 없었다. 하지만 세상 어딘가에는 있을지도 모른다.

종이 울리자 교실에서 아이들이 줄을 지어 나와 복도를 따라 식당으로 걸어가기 시작했다. 그는 자신의 접시에 담긴 무늬가 찍힌 버터 두 조각을 바라보며 앉아 있었으나, 눅눅한 빵을 먹을 수가 없었다. 식탁보는 눅눅하고 풀기가 없었다. 그러나 그는 하얀 앞치마를 두른, 꼴사나운 부엌데기 하녀가 그의 잔에 부어준 뜨겁고 약한 홍차를 다 마셨다. 그는 부엌데기 하녀의 앞치마도 역시 눅눅할까 아니면 모든 하얀 물건은 차갑거나 눅눅한 것일까 궁금했다. 내스티 로시와 서린은 집에서 깡통에 담아 보내 준 코코아를 마셨다. 그들은 학교에서 주는 홍차를 마실 수 없었는데, 돼지죽 같기 때문이라고 했다. 애들은 그들의 아버지가 치안판사라고 말했다.

소년들이 모두 그에게는 아주 이상하게 보였다. 그들은 모두 아버지와 어머니가 있었고, 옷과 목소리가 다 달랐다. 그는 집에 가서 어머니의 무릎을 베고 눕고 싶었다. 그러나 그렇게는 할 수 없었다. 그래서 그는 놀이와 공부와 기도가 빨리 끝나고 잠자리에 빨리 들기를 갈망했다.

그가 뜨거운 차를 한 잔 더 마시자, 플레밍이 말했다.

―웬일이니? 어디 아프니, 아니면 너 무슨 일 있어?

―나도 몰라. 스티븐이 말했다.

―밥통이 아픈가보구나. 플레밍이 말했다. 얼굴이 하얀 걸 보니. 곧 나을 거야.

―오 그래. 스티븐이 말했다.

그러나 아픈 곳은 배가 아니었다. 만일 가슴이 아플 수 있다면 그는 지금 가슴이 아픈 것이라고 생각했다. 플레밍이 그렇게 물어주다니 참 고마웠다. 그는 울고 싶었다. 그는 양 팔꿈치를 식탁 위에 괴고 손으로 양 귓바퀴를 열었다 닫았다 했다. 그가 귓바퀴를 열 때마다 식탁의 소음이 들렸다. 그것은 마치 밤에 기차가 달릴 때 나는 소음 같았다. 그리고 그가 귓바퀴를 닫자 마치 기차가 터널로 들어가듯 소음이 멎었다. 그날 밤 달키에서 기차가 그와 같은 소음을 냈는데, 그때 기차가 터널로 들어가자, 소음이 멈추었다. 그가 눈을 감자 기차는 소음을 내다가 이내 멈추고, 또 소음을 내다가 멈추고 하면서 계속 달렸다. 기차가 소음을 내다가 멈추고 이내 터널에서 다시 요란하게 소리를 내다가 곧 멈추는 것을 듣다니 근사한 일이었다.

그때 상급반 아이들이 식당 한가운데 깔린 매트를 따라 내려와서 걸어기기 시작했는데, 그들은 패디 래스와 지미 매기, 흡연을 허락받은 스페인 학생, 그리고 털모자를 쓴 몸집이 작은 포르투갈 학생이었다. 그리고 잇달아 중급반과 하급반 식탁에 앉았던 아이들도 걷기 시작했는데, 하나하나 걸어가는 모습이 제각기 달랐다.

그는 오락실 한 모퉁이에 앉아 도미노 게임을 바라보는 척했는데, 한두 번 가스등이 타면서 내는 작은 노랫소리 같은 것을 잠시 들을 수 있었다. 선생님은 몇몇 소년들과 문간에 서 있었고, 사이먼 무넌이 그의 가짜 소매를 매듭으로 묶고 있었다. 선생님은 그들에게 툴라벡 에 관해 뭔가를 말해 주고 있었다.

그러자 선생님은 문간에서 사라지고 웰즈가 스티븐에게 다가와서 말했다.

—말해 봐. 데덜러스, 넌 잠들기 전에 어머니한테 키스하니?

스티븐이 대답했다.

—그럼.

웰즈가 다른 아이들에게 몸을 돌리고 말했다.

—오, 글쎄, 여기 잠들기 전에 매일 밤 어머니한테 키스한다는 녀석이 있어.

다른 애들이 놀이를 멈추고 돌아보며 큰 소리로 웃었다. 스티븐은 그들의 눈초리 아래 얼굴을 붉히며 말했다.

—하지 않아.

웰즈가 말했다.

—오, 글쎄, 여기 잠들기 전에 어머니한테 키스하지 않는다는 녀석이 있어.

그들은 모두 다시 큰 소리로 웃었다. 스티븐은 그들과 함께 웃으려고 애를 썼다. 그는 온몸이 화끈거리고 잠시 어리둥절했다. 그 질문에 대한 올바른 답은 무엇일까? 그는 두 가지 대답을 했는데도 여전히 웰즈는 큰 소리로 웃었다. 그러나 웰즈는 3급 문법반에 있기 때문에 틀림없이 올바른 답을 알 것이다. 그는 웰즈의 어머니를 생각하려고 애를 썼지만, 감히 웰즈의 얼굴을 쳐다보지 않았다. 그는 웰즈의 얼굴을 좋아하지 않았다. 밤을 마흔 개나 딴 정복자 웰즈의 깡마르고 단단한 열매와 그의 예쁜 코담뱃갑을 바꾸지 않는다고 시궁창 도랑에 어깨로 그를 밀쳐 넣은 이가 바로 웰즈였다. 그건 참 비열한 짓이었다. 모든 친구가 그렇다고 말했다. 그때 물은 얼마나 차갑고 끈적끈적했던가! 그리고 한 아이는 언젠가 큰 쥐가 그 찌꺼기 속에 뛰어드는 것을 본 적이 있다고 했다.

도랑의 차갑고 끈적끈적한 오물이 그의 온몸을 덮었다. 그리고 자습 시간을 알리는 종이 울려, 아이들이 줄을 지어 오락실을 빠져나가고 있을 때, 그는 복도와 계단의 차가운 공기가 그의 옷 속으로 스며드는 것을 느꼈다. 그는 여전히 올바른 답이 무엇일까 하고 애써 생각해보았다. 어머니한테 키스하는 것이 옳은가 아니면 잘못인가? 키스한다는 것은 무슨 뜻인가? '안녕히 주무세요' 하고 얼굴을 치켜들면 어머니는 얼굴을 아래로 기울여 주었다. 그것이 키스였다. 어머니는 그의 볼에 입술을 갖다 댔다. 그녀의 입술은 부드럽고 그의 뺨을 적셨다. 그리고 그것은 작고 예쁜 소리를 냈다. 키스. 왜 사람들은 두 얼굴을 마주 대고 그렇게 할까?

학습실에 앉으면서 그는 자신의 책상 덮개를 열고 안쪽에 풀로 붙여 놓은 숫자를 77에서 76으로 바꿨다. 그러나 크리스마스 휴가는 아주 아득했다. 하지만 언젠가는 다가올 것이다. 지구는 늘 돌고 있으니까.

그의 지리 교과서 첫 페이지에는 지구 그림이 있었다. 구름 가운데 싸여 있는 큰 공같았다. 플레밍은 크레용 한 상자를 갖고 있었는데 어느 날 밤 자습 시간에 지구를 푸른색으로, 구름을 밤색으로 칠해 놓았다. 그것은 댄티의 장롱 속에 있는 두 개의 옷솔, 파넬을 위한 푸른색 벨벳 등을 댄 옷솔과 마이클 대빗을 위한 적갈색 벨벳 등을 댄 옷솔과 닮았다. 그러나 그는 플레밍에게 그런 색으로 칠하라고는 말하지 않았다. 플레밍 스스로 그렇게 했던 것이다.

그는 공부를 하려고 지리 교과서를 폈다. 그러나 미국의 지명들을 암기할 수가 없었다. 장소마다 서로 다른 이름을 갖고 있었다. 그 장소들은 서로 다른 나라에 있었고, 그 나라들은 서로 다른 대륙에 있었으며 대륙들은 세계 안에 있고 세계는 우주 안에 있었다.

그는 지리 교과서 앞부분을 펴고 여백 페이지에 써놓은 것을 읽었다. 그 자신, 그의 이름과 그가 있는 곳이었다.

스티븐 데덜러스
기초반
클론고우즈 우드 칼리지
샐린즈
킬데어주
아일랜드
유럽
세계
우주

그것은 그의 필적이었다. 그런데 플레밍이 어느 날 밤 장난으로 맞은편 페이지에 다음과 같이 써놓았다.

스티븐 데덜러스는 나의 이름.
아일랜드는 나의 조국.
클론고우즈는 내가 사는 곳.

그리고 천국은 나의 소망.

그는 이 운시(韻詩)를 거꾸로 읽어보았지만, 그것은 시가 아니었다. 여백 페이지에 써 놓은 것을 밑에서 위쪽으로 읽자 마침내 그의 이름이 나왔다. 그것이 바로 그였다. 그리고 그 페이지를 위에서 아래로 다시 읽었다. 우주 다음에는 무엇이 있었을까? 무(無)다. 그러나 무의 세계가 시작되기 전에 그것을 멈추게 하는 곳을 보여줄 그 무엇이 우주 주변에 있었던가? 그것이 벽일 리는 없으나, 만물의 주변을 감싸는 엷고 엷은 선(線)이 있을 수 있었다. 모든 것과 모든 곳에 대하여 생각하다니 엄청나다는 느낌이 들었다. 하느님만이 그렇게 할 수 있었다. 그는 그것이 얼마나 엄청난 생각일까를 생각해 보려고 애썼다. 그러나 결국 하느님만을 생각할 수 있을 뿐이었다. 그의 이름이 스티븐이듯이 하느님은 하느님의 이름이었다. '디외(Dieu)'는 하느님을 뜻하는 프랑스어로 역시 하느님의 이름이었다. 그런데 누구든 하느님에게 기도를 드리고, '디외'라고 말하면 하느님은 기도하는 이가 프랑스인이라는 것을 단번에 알아차리신다. 그러나 세상에는 각기 다른 언어로 된 하느님의 다른 이름들이 있고, 각기 다른 언어로 기도하는 사람이 어떠한 사람들인지 하느님은 이해하시며, 하느님은 언제나 같은 하느님이고, 하느님의 진짜 이름은 여전히 하느님이다.

그런 식으로 생각은 그를 몹시 피곤하게 만들었다. 그것은 자신의 머리가 엄청나게 크다는 느낌을 주었다. 그는 책의 여백 페이지를 넘기고 적갈색 구름에 둘러싸인 파랗고 둥근 지구를 지친 듯 바라보았다. 그는 푸른색 또는 적갈색 중 어느 쪽이 옳은지 궁금했다. 어느 날 댄티가 파넬의 옷솔 등에서 파란색 벨벳을 잘라내고 그에게 파넬이 나쁜 사람이라고 말한 적이 있었기 때문이다. 그는 식구들이 그 문제에 관해 여전히 다투고 있는지 궁금했다. 그것이 이른바 정치였다. 정치에는 두 편이 있었다.

댄티는 한쪽 편이었고, 아버지와 케이시 씨는 다른 편이었지만 어머니와 찰스 아저씨는 어느 편도 아니었다. 매일 정치에 관한 뭔가가 신문에 실렸다.

그는 정치가 무엇을 뜻하는지, 그리고 우주가 어디서 끝나는지 잘 알지 못한다는 것이 그를 괴롭혔다. 그는 자신이 왜소하고 연약한 듯 느껴졌다. 언제쯤 시나 수사학을 공부하는 아이들처럼 될까? 그들은 목소리가 컸고 큰 신발을 신었으며 삼각법을 공부했다. 그것은 먼 훗날의 일이었다. 우선 방학을 보내고 그다음 학기, 그리고 다시 방학, 다시 또 다음 학기, 다시 방학이 다가온다. 그것은 마치 터널을 들락날락하는 기차와 같았으며 귓바퀴를 열었다 닫았다 할 때 들리는, 식당에서 밥을 먹고 있는 소년들의 소음과 같았다. 학기, 방학. 터널, 밖. 소리, 정지. 그건 얼마나 까마득한가! 잠자리에 가서 잠을 자는 것이 좋을 것 같았다. 예배당에서 기도만 하고 자면 된다. 그는 몸을 떨며 하품을 했다. 시트가 약간 따뜻해진 다음에 잠자리에 들면 얼마나 좋을까. 처음 침대에 들어갈 때의 시트는 아주 차갑다. 시트가 처음에는 얼마나 차가울까 생각하며 몸서리쳤다. 그러나 이내 따뜻해지고 잠잘 수 있을 것이다. 나른한 것은 참 기분 좋은 일이다. 그는 다시 하품을 했다. 밤 기도를 하고 잠자리에 든다. 몸을 떨며 하품을 하고 싶었다. 몇 분만 지나면 기분이 아주 좋아질 것이다. 그는 싸늘하고 떨리는 시트에서 온기가 피어오르는 것을 느끼고, 점점 따뜻해지면서 마침내 온몸이 따뜻해짐을 느꼈다. 하지만 그토록 따뜻해졌는데도 여전히 약간 몸을 떨며 하품을 하고 싶었다.

밤 기도를 위한 종이 울리자 학습실에서 다른 아이들을 뒤따라 층층대를 내려가 복도를 따라 예배당으로 줄지어 들어갔다. 복도와 예배당에는 어슴푸레 불이 켜져 있었다. 곧 사방이 어두워지고 졸음이 올 것이다. 예배당 안에는 밤 공기가 차갑고 내부의 대리석은 밤에 보는 바다의 빛깔과도 같았다. 바다는 밤이나 낮이나 차가웠다. 그러나 밤에는 한층 더 차가웠다. 아버지 집 근처에 있는 방파제 아래의 바다도 차갑고 어두웠다. 그러나 따뜻한 펀치를 만들기 위한 주전자가 난로에 올려져 있을 것이다.

채플 선생님이 그의 머리 위에서 기도를 올렸고, 그는 이에 응답하는 기도문을 기억하고 있었다.

> 오 주여, 우리의 입술을 열게 하시고
> 우리의 입이 당신을 찬미하게 하소서.
> 오 하느님, 우리를 도우소서!
> 오 주여, 서둘러 우리를 도우소서!

예배당 안에는 차가운 밤의 냄새가 났다. 그러나 그것은 성스러운 냄새였다. 그것은 일요 미사에 예배당 뒤쪽에서 무릎을 꿇던 그 나이 많은 농부들의 냄새와는 달랐다. 그것은 공기와 비와 이탄(泥炭) 그리고 코듀로이의 냄새였다. 그러나 그들은 아주 성스러운 농부들이었다. 그들은 그의 등 뒤에서 그의 목에다 숨을 내쉬었으며 기도하면서 한숨을 쉬었다. 한 아이는 그들이 클레인에 산다고 말했다. 그곳에는 작은 오두막들이 있었는데 샐린즈에서 마차를 타고 지나올 때 팔에 아이를 안고 오두막의 옆문 곁에 서 있는 한 여인을 본 적이 있다. 난로의 불빛뿐인 어둠 속, 포근한 어둠 속에, 연기를 내는 이탄의 불빛 앞에, 농부들과 공기, 비, 이탄 그리고 코듀로이의 냄새를 들이마시면서, 저 오두막에서 하룻밤 잔다면 즐거울 것이다. 그러나 오, 그곳 나무 사이의 길은 어두웠다! 어둠 속에서 길을 잃을지도 모를 일이다. 그는 그것이 어떠할지 생각하니 겁이 났다 그는 마지막 기도를 드리고 있는 채플 선생님의 목소리를 들었다. 또한, 바깥의 나무 아래 어둠을 향해 기도를 드렸다.

청하옵건대, 오 주여, 우리의 거처를 방문하사 적의 온갖 유혹을 이곳에서 몰아내게 하소서. 당신의 성스러운 천사들이 이곳에 머물러 평화 속에 우리를 보존하게 하시며, 당신의 축복이 우리의 주 그리스도를 통해 우리와 함께하소서. 아멘.

그가 기숙사에서 옷을 벗자 손가락이 떨렸고, 자신의 손가락이 서두르도록 재촉했다. 옷을 벗은 다음 무릎을 꿇고, 자신이 죽어서 지옥에 가지 않도록 기도를 드리고 잠자리에 들어야 했다. 그는 양말을 돌돌 말아 벗은 다음 재빨리 잠옷으로 갈아입고, 떨면서 침대 옆에 무릎을 꿇고 가스등이 꺼질까 염려하면서 재빨리 기도를 반복했다. 그는 자신의 어깨가 떨리는 것을 느끼면서 중얼거렸다.

하느님이시여, 아버지와 어머니를 축복하시고 저를 위해 그들을 보호하소서!
하느님이시여, 어린 동생들을 축복하시고 영원토록 저를 위해 그들을 보호하소서!
하느님이시여, 댄티와 찰스 아저씨를 축복하시고 영원토록 저를 위해 그들을 보호하소서!

그는 재빨리 성호를 긋고서 침대로 기어 올라가서, 잠옷 끝자락을 발 아래 밀어 넣고 덜덜 떨면서 차갑고 하얀 시트 아래에서 몸을 웅크렸다. 그러나 죽더라도 지옥에 가지는 않을 것이다. 떨림도 곧 멎을 것이다. 기숙사의 소년들에게 잘 자라고 청하는 목소리가 들려왔다. 이불 위로 얼굴을 내밀고 침대 주변과 앞쪽, 사방에서 그를 둘러싸고 있는 누런 커튼을 보았다. 가스등이 조용히 낮춰졌다.

선생님의 발소리가 멀리 사라져 갔다. 어디로? 계단 아래 복도 맨 끝에 있는 자기 방으로? 그는 어둠을 보았다. 마차 등불처럼 커다란 눈의 검은 개가 밤에 돌아다닌다는 게 사실일까? 사람들은 그 개가 어떤 살인자의 유령이라고 했다. 공포의 한 줄기 긴 전율이 그의 몸에 흘렀다. 그는 성의 어두컴컴한 입구 쪽 홀을 보았다. 낡은 옷을 입은 늙은 하인들이 계단 위쪽 다리미 방에 있었다. 오래전 일이었다. 늙은 하인들은 조용했다. 그곳에는 불이 켜져 있었지만, 홀은 여전히 캄캄했다. 누군가가 홀에서 계단으로 올라왔다. 그는 원수(元帥)의 흰 제복을 입고 있었다. 얼굴은 창백하고 이상했으며, 한 손으로 자신의 옆구리를 누르고 있었다. 그는 이상한 눈으로 늙은 하인들을 바라보았다. 그들은 그를 바라보았다. 그들은 주인의 얼굴과 망토를 보았으며, 그가 치명적인 상처를 입었음을 알았다. 그러나 그들이 바라보고 있는 곳은 어둠뿐이었다. 단지 어둡고 적막한 공기뿐. 그들의 주인은 바다 너머 저 멀리 프라하의 전쟁터에서 치명상을 입었다. 그는 전쟁터에 서 있었다. 그의 손으로 옆구리를 누르고 있었다. 얼굴은 창백하고 기이했으며 원수의 하얀 망토를 걸치고 있었다.

오 그 생각을 하니 얼마나 차갑고 이상했던가! 어둠은 모두 차갑고 이상했다. 거기에는 창백하고 이상한 얼굴들이, 마차의 등불같은 커다란 눈들이 있었다. 그들은 살인자의 유령이요, 바다 너머 먼 곳의 전쟁터에서 치명상을 입은 원수들의 모습이었다. 그들의 얼굴이 그토록 이상하다니 도대체 그들은 무슨 말을 하고 싶었던 걸까?

청하옵건대, 오 주여, 우리의 거처에 오셔서 그로부터 모두를 몰아내게 하소서…….

방학에 집으로 간다! 기분이 정말 좋을 거야. 친구들이 그에게 말했다. 초겨울 이른 아침에 성문 바깥에서 마차에 올라탄다. 마차는 자갈길을 굴러가고 있었다. 교장 선생님, 만세!

만세! 만세! 만세!

마차가 예배당을 지나 달리자 모두 모자를 치켜들었다. 마차는 시골 길을 따라 즐거이 달렸다. 마부들은 채찍으로 보덴스타운을 가리켰다. 아이들이 함성을 질렀다. 그들은 '즐거운 농부'라는 농가를 지나갔다. 계속되는 함성과 함성. 그들은 함성을 올리고 함성을 받으며, 클레인을 지나갔다. 농부의 아낙네들이 옆문 곁에 서 있었고, 남자들이 여기저기 서 있었다. 상쾌한 냄새가 겨울의 대기 속에 부동했다. 클레인의 냄새. 비와 겨울 공기 그리고 타오르는 이탄과 코듀로이의 냄새.

기차에는 아이들로 가득 차 있었다. 크림색으로 바깥 치장을 한, 길고 긴 초콜릿 기차. 차장들이 문을 열었다 닫았다, 닫았다 열었다 하면서, 이리저리 왔다 갔다 했다. 그들은 진한 감색과 은색 제복을 입고 있었다. 그들은 은빛 호루라기를 가지고 있었고, 그들의 열쇠는 빠른 음악 소리를 냈다. 쨍그랑, 쨍그랑. 쨍그랑, 쨍그랑.

기차는 평원 위를 그리고 앨런 언덕을 지나 계속 달렸다. 전신주들이 지나가고 지나갔다. 기차는 계속 달렸다. 기차는 알고 있었다. 그의 아버지 집 현관에는 등불과 푸른 나뭇가지의 밧줄들이 걸려 있었다. 체경(體鏡) 둘레에 감탕나무와 담쟁이가 감겨 있었고, 푸르고 붉은 감탕나무 가지와 담쟁이덩굴이 샹들리에 둘레에 엉켜 있었다. 벽 위의 오래된 초상화 주위에도 붉은 감탕나무와 푸른 담쟁이가 둘러 있었다. 그와 크리스마스를 위한 감탕나무와 담쟁이.

근사하다……

모두 돌아왔구나, 스티븐! 환영의 소리. 어머니가 그에게 키스했다. 옳은 일인가? 아버지는 원수가 되어 있었다. 치안판사보다 높았다. 잘 왔다, 스티븐!

떠들썩한 소리들…….

커튼이 젖혀지면서 커튼의 고리가 커튼 봉을 스치는 소리와 세면대에서 물 튀는 소리가 요란했다. 기숙사에서 일어나서 옷을 입고 세수하는 소리가 들렸다. 선생님이 아이들에게 서두르라고 독촉하면서 오르내리며 손바닥 치는 소리. 파리한 햇볕이 뒤로 젖혀진 누런 커튼과 던져 놓은 이부자리들이 보였다. 그의 잠자리는 대단히 후끈거렸고 얼굴과 몸이 몹시도 뜨거웠다.

그는 자리에서 일어나 침대 옆에 앉았다. 맥이 없었다. 그는 양말을 신으려고 애를 썼다. 그것은 몹시도 거친 느낌을 주었다. 햇볕이 괴상하고 차갑기만 했다.

플레밍이 말했다.

—몸이 좋지 않니?

모르겠어. 그러자 플레밍이 말했다.

—침대에 도로 누워 있어. 내가 맥글레이드에게 네 몸이 좋지 않다고 말해 줄게.

—저 애가 아파.

—누구?

—맥글레이드에게 말해줘.

—침대에 도로 누워 있어.

—저 애가 아파?

그가 발에 매달려 있는 양말을 벗고 따뜻한 침대로 도로 올라가는 동안 한 아이가 그의 양팔을 붙잡아 주었다.

그는 시트의 시들한 열기를 반기며, 그 사이에 몸을 웅크렸다. 그는 아이들이 미사를 위해 옷을 차려입고 있을 때 그에 관해 그들끼리 떠드는 소리를 늘었다. 그를 시궁창 도랑에 어깨로 밀쳐 넣다니 참 비열한 짓이야, 그들은 말하고 있었다.

그들의 목소리가 이내 들리지 않았다. 모두 가버렸다. 누군가 침대로 다가와 말했다.

—데딜러스, 일러바치지 않을 거지, 정말 그럴거지?

웰즈의 얼굴이 거기 있었다. 그는 웰즈의 얼굴을 보자 그가 겁을 집어먹고 있음을 알았다.

—그럴 생각은 아니었어. 정말 안 이를거지?

아버지는 무슨 일이 있어도 친구를 절대로 고자질하지 말라고 그에게 말했다. 그는 고개를 저으며 그러지 않겠다고 대답하자 마음이 기뻤다.

웰즈는 말했다.

—그럴 생각은 없었어, 맹세코. 장난으로 그랬을 뿐이야. 미안해.

얼굴과 목소리가 사라져 갔다. 그가 겁을 집어먹다니 미안했다. 병이라도 난 건 아닐까 무서웠던 거다. 근류병은 식물의 병이요, 암종병은 동물의 병이다. 혹은 서로 다를 수도. 저녁 햇볕 속에 운동장에 나가 놀던 때도 오래전인 것 같다. 당시 그가 있던 반의 가장자리에서 이리저리 뛰어다니는데, 육중한 새 한 마리가 회색 햇볕을 가르며 낮게 날아왔다. 레스터 사원에는 불이 켜져 있었다. 울지는 거기서 죽었다. 수도원장들이 직접 그를 매장했다.

그것은 웰즈의 얼굴이 아니라, 선생님의 얼굴이었다. 꾀병 부리는 거 아닌가. 천만에, 아니에요. 그는 정말 아팠다. 꾀병이 아니었다. 그리고 그는 선생님의 손이 그의 이마에 닿는 것을 느꼈다. 그의 이마는 선생님의 차갑고 축축한 손에 닿아 뜨겁고 축축함을 느꼈다. 그것은 끈적끈적하고 축축하고 차가운 쥐를 만지는 것 같았다. 모든 쥐는 두 개의 눈으로 밖을 내다본다. 미끈하고 끈적끈적한 털, 껑충 뛰어오를 때 꼬부린 아주 작은 발, 밖을 내다보는 까맣고 미끈한 두 눈. 놈들은 뛰어오르는 법을 안다. 그러나 쥐의 마음은 삼각법을 이해하지 못한다. 쥐들은 죽으면 옆으로 드러눕는다. 그리고 털가죽은 이내 말라 버린다. 단지 죽은 물건에 불과했다.

선생님이 다시 나타났다. 그가 자리에서 일어나도록, 그더러 자리에서 일어나 옷을 입고 의무실로 가야 한다고 부교장 신부가 말했다는 것이다. 그가 서둘러 옷을 입는 동안 선생님이 말했다.

—배앓이라면 마이클 수사한테 서둘러 가야겠군! 배앓이라니 정말 지독하겠군! 배앓이할 때는 배를 어떻게 비틀지!

그가 그렇게 말하다니 참 고마웠다. 그것은 모두 그를 웃기기 위해서였다. 그러나 양 뺨과 입술이 온통 떨려서 웃을 수가 없었다. 그래서 선생님은 혼자 웃을 수밖에 없었다.

선생님은 부르짖었다.

—앞으로 갓! 오른발! 왼발!

그들은 함께 계단을 내려가 복도를 따라 목욕탕을 지나갔다. 문을 지나자 그는 따뜻한 이탄 빛깔의 습지의 물, 덥고 습한 공기, 풍덩 빠지는 소리, 약 같은 수건 냄새를 막연한 두려움으로 기억했다.

마이클 수사는 의무실의 문간에 서 있었고 그의 오른쪽에 있는 어두운 캐비닛 문에서 약 냄새가 흘러나왔다. 그 냄새는 선반 위의 병들에서 나왔다. 선생님이 마이클 수사에게 말을 걸자 마이클 수사는 존댓말로 대답했다. 그는 회색이 섞인 불그스름한 머리에 괴상한 표정을 짓고 있었다. 그가 언제나 수사로 있다니 괴상한 노릇이었다. 그는 한 사람의 수사요, 표정이 다르다고 해서 그를 '선생님'으로 부르지 않다니 그 또한 괴상한 일이었다. 그는 충분하게 성스럽지 못한 걸까, 아니면 왜 그는 다른 사람들의 지위를 따라잡지 못한단 말인가?

방 안에는 침대가 두 개 있었는데, 그중 한 침대에는 어떤 아이가 누위 있었다. 그들이 안으로 들어서자 그는 소리쳤다.

—이봐! 스티븐 데덜러스 아니야! 웬일이야?

—웬일은 무슨. 마이클 수사가 말했다.

그는 3급 문법반 출신의 아이였는데, 스티븐이 옷을 벗는 동안 마이클 수사에게 버터 바른 토스트 한 조각을 가져다 달라고 요구했다.

—아, 갖다 줘요! 그가 말했다.

—너한테 알랑대라고? 마이클 수사가 말했다. 아침에 의사가 오면 퇴원 통지서를 받게 될 거야.

—제가요? 그 애가 말했다. 아직 낫지도 않았는데요.

마이클 수사가 말을 되풀이했다.

—넌 퇴원통지서를 받게 될 거야. 정말이야.

그는 허리를 굽혀 난롯불을 긁어모았다. 그는 마치 마차를 끄는 말의 긴 등처럼 등이 길었다. 그는 정중하게 부지깽이를 흔들며, 3급 문법반의 아이에게 고개를 끄덕였다.

마이클 수사가 가고 잠시 후에 3급 문법반의 아이는 벽 쪽으로 돌아누워 잠들어 버렸다.

그것이 의무실이었다. 그는 몸이 아팠다. 학교에서 어머니와 아버지께 알리려고 편지를 보냈을까? 하지만 신부 중 한 사람이 직접 가서 말하는 것이 한층 빠를 것이다. 아니면 그가 직접 편지를 써서 신부가 가져가도록 할 수도 있다.

사랑하는 어머니,
저는 아파요. 집에 가고 싶어요. 제발 와서 집으로 데려가 줘요. 의무실에 있어요.
당신이 사랑하는 아들, 스티븐.

부모님은 얼마나 멀리 계시던가! 창밖 햇볕은 차가웠다. 그는 이러다가 죽지 않을까 궁금했다. 햇볕이 쨍쨍한 날에도 죽을 수 있었다. 어머니가 오기 전에 죽을지도 몰랐다. 그러면 리틀(꼬마)이 죽었을 때에도 그렇게 했다고 애들이 말했던 것처럼 그는 예배당에서 영결 미사를 맞게 되리라. 모든 아이들이 검은 상복을 입고 슬픈 얼굴로 미사에 참석할 것이다. 웰즈도 참석하겠지만 아무도 그를 쳐다보지 않을 것이다. 교장 선생님도 검고 황금빛 성의(聖衣)를 입고 참석할 것이다. 제단 위와 영구대(靈柩臺) 주변에는 높고 노란 초들이 켜져 있을 것이다. 그리고 모두가 관을 예배당에서 밖으로 운반해 나갈 것이다. 그는 보리수가 늘어선 길가에 떨어진 교단의 작은 묘지에 묻히리라. 그리고 웰즈는 그때 자기가 한 짓에 대하여 미안해할 것이며, 조종(弔鐘)이 천천히 울리리라.

그는 조종 소리를 들을 수 있었다. 이전에 브리지드가 그에게 가르쳐 주었던 노래를 혼자서 암송해 보았다.

댕댕! 성의 종소리 울리네!
안녕히 계세요, 어머니!
저 오래된 성당 묘지에 묻어 줘요
제일 큰 형 옆에.
제 관은 검은색.
제 뒤에는 여섯 명의 천사,
두 명은 노래하고 두 명은 기도하며
두 명은 내 영혼을 데려가네.

얼마나 아름답고 슬픈 노래인가! 〈오래된 성당 묘지에 저를 묻어 줘요〉라는 가사는 얼마나 아름다운가! 한 가닥 전율이 그의 몸을 덮쳐 흘렀다. 얼마나 슬프고 얼마나 아름다운가! 그는 조용히 울고 싶었지만 자기 사신 때문은 아니었다. 음악처럼 그토록 아름답고 슬픈 가사 때문이었다. 종소리! 종소리! 안녕히! 오 안녕히!

차가운 햇볕은 한층 약해졌고 마이클 수사가 쇠고기 수프 한 그릇을 들고 그의 침대 옆에 서 있었다. 그는 입이 화끈거리고 말라 있어서 수프를 보자 반가웠다. 그는 학생들이 운동장에서 놀고 있는 소리를 들을 수 있었다. 그리고 학교의 하루는 그가 있을 때와 마찬가지로 변함없이 지나가고 있었다.

마이클 수사가 떠나려 하자 문법 3급반 아이가 그에게 돌아와서 신문에 난 모든 뉴스를 자기에게 확실히 말해 달라고 했다. 그는 스티븐에게 자신의 이름은 아다이(Athy)이며, 아버지는 아주 날쌔게 뛰는 경기용 말들을 갖고 있다고 했다. 그리고 마이클 수사는 대단히 점잖으면서도 매일 성(城)에 배달되는 신문에 난 뉴스를 언제나 말해 주기 때문에 언제고 원하기만 하면, 마이클 수사에게 팁을 두둑이 줄 거라고 말했다. 신문에는 사고, 조난 사건, 스포츠, 그리고 정치에 관한 온갖 뉴스가 실려 있었다.

—요새 신문에는 온통 정치에 관한 것뿐이야. 그는 말했다. 너희 집 식구도 정치에 관해서 얘기하니?

—그래. 스티븐이 말했다.

—우리 집도 마찬가지야. 그가 말했다.

그리고 그는 잠시 생각하다가 이렇게 말했다.

—데덜러스, 네 이름은 참 괴상해. 그리고 아다이, 내 이름도 괴상하단 말이야. 내 이름은 마을 이름이야. 네 이름은 라틴어같구나.

그리고 그는 또 물었다.

—너 수수께끼 잘 푸니?

스티븐이 대답했다.

—별로.

그러자 그는 말했다.

—너 이거 답할 수 있니? 왜 킬데어군(郡)이 사내아이 바짓가랑이를 닮았는지?

스티븐은 답이 뭘까 생각하다가 말했다.

—모르겠어.

—그 속에 허벅지가 있기 때문이야. 그는 말했다. 이해하겠어? 아다이 (Athy)는 킬데어주의 마을이고 아다이는 허벅지(a thigh)잖아.

—오, 알았어. 스티븐이 말했다.

—옛날 수수께끼야. 그는 말했다.

잠시 뒤에 그가 말했다.

—알아!

—뭘? 스티븐이 물었다.

—글쎄. 그는 말했다. 아까 그 수수께끼를 다른 식으로 물어볼 수도 있어.

—그래? 스티븐이 말했다.

—똑같은 수수께끼 말이야. 그는 말했다. 다른 식으로 묻는 법 아니?

—아니. 스티븐이 말했다.

—다른 식으로 생각할 수는 없어? 그가 말했다.

그는 말하면서 침대보 너머로 스티븐을 쳐다보았다. 그리고 베개를 베고 뒤로 누우며 말했다.

—다른 식으로 묻는 방법이 있지만 네게 말하고 싶진 않아.

왜 말하지 않겠다는 걸까? 경기용 말들이 있다는 그의 아버지는, 서린의 아버지나 내스티 로시의 아버지처럼 역시 치안판사임이 틀림없었다. 그는 자기 아버지에 관하여, 어머니가 피아노를 치는 동안 어떻게 노래 부르는지를, 그가 6펜스를 달라고 했을 때 늘 1실링을 주던 것을 생각했고, 다른 아이들의 아버지처럼 치안판사가 되지 못한 것을 안타깝게 여겼다. 그런데 왜 그는 다른 아이들처럼 그를 이 학교에 보냈을까? 아버지는 그에게 아버지의 증조부께서 50년 전에 해방자에게 연설한 적이 있기 때문에, 그가 이 학교에서 전혀 낯선 사람이 아닐 거라고 말했었다. 더구나 당시의 사람들은 입은 옷을 보면 알 수 있었다. 그 시절은 그에게 근엄하게 느껴졌다. 그때는 클론고우즈의 학생들이 놋쇠 단추를 단 푸른 옷과 노란 조끼 그리고 토끼 가죽 모자를 썼으며, 어른들처럼 맥주를 마시거나, 토끼를 사냥하는 자신들 소유의 사냥개들을 기르던 시절이 아니었던가 하고 생각했다.

그가 창문을 보자 햇빛이 한층 약해진 것이 보았다. 운동장 위로는 구름 같은 회색빛이 감돌고 있으리라. 운동장에는 떠드는 소리가 들리지 않았다. 반 아이들은 틀림없이 작문하거나 아닐 신부가 책에서 글을 읽어 주고 있을 것이다.

그에게 아무 약도 주지 않다니 이상한 일이었다. 마이클 수사가 돌아올 때 가져올지도 모른다. 의무실에 있게 되면 누구나 역겨운 약을 마셔야 한다고 했다. 그러나 그는 전보다도 기분이 한결 나았다. 서서히 몸이 회복되는 편이 좋다. 그러면 책도 얻어볼 수 있다. 도서관에는 네덜란드에 관한 책이 한 권 있었다. 그 책 속에는 근사한 외국 이름들과 낯설어 보이는 도시들과 배의 그림이 있었다. 그것이 너무나 행복을 느끼게 했다.

창문에 비치는 햇빛이 어쩌면 저렇게 파리할까! 그러나 그 빛은 근사했다. 불꽃이 벽에 솟았다 가라앉았다 했다. 그것은 마치 파도와 같았다. 누군가가 그 위에 석탄을 올려놓자 불꽃 소리를 들었다. 불꽃은 이야기를 하고 있었다. 그것은 파도의 소리였다. 아니면 파도는 그들이 솟거나 가라앉을 때 저희끼리 이야기하고 있었다.

그는 파도가 이는 바다를, 달 없는 밤 아래, 솟으며 가라앉는 길고 어두운 파도를 보았다. 배가 들어오는 부두에 작은 불빛이 반짝였다. 그리고 그는 항구로 들어오고 있는 배를 보기 위해 수많은 군중이 물가에 모여 있는 것을 보았다. 키가 큰 한 사나이가 캄캄한 육지를 바라보며, 갑판에 서 있었다. 그리고 부둣가 불빛에 비친 그의 얼굴이 보였는데, 마이클 수사의 슬픈 얼굴이었다.

그는 사나이가 군중을 향해 손을 치켜드는 것을 보았고 그가 파도를 넘어 슬픔의 큰 소리로 말하는 것을 들었다.

—그분은 돌아가셨습니다. 우리는 영구대 위에 놓인 그분을 보았습니다.

비통해 하는 한 가닥 소리가 군중으로부터 솟았다.

—파넬! 파넬! 그분은 돌아가셨습니다!

사람들은 슬픔으로 비통해 하면서, 무릎을 꿇었다.

그리고 그는 적갈색 벨벳 옷을 입은 댄티가 어깨에 파란 벨벳 망토를 걸치고, 물가에 무릎을 꿇고 있는 군중 곁을 뽐내며 말없이 걸어가는 것을 보았다.

* * *

장작을 높이 쌓아 올린 벽난로의 쇠살대 속에서는 불이 활활 타고 있었고, 담쟁이가지들이 얽힌 샹들리에 아래에는 크리스마스 식탁이 펼쳐져 있었다. 가족들이 다소 늦게 왔는데도 만찬은 아직 준비되지 않았다. 그러나 식사는 곧 마련될 것이라고 어머니는 말했다. 그들은 문이 열리고 묵직한 금속 뚜껑이 덮인 커다란 접시를 든 하인들이 들어오기를 기다리고 있었다.

모두 기다리고 있었다. 찰스 아저씨는 창문의 그늘진 곳에 멀찌감치 앉아 있었고, 댄티와 케이시 씨는 벽난로 양쪽에 있는 안락의자에 앉아 있었으며, 스티븐은 그들 사이에 있는 의자에 앉아 있었는데 따뜻하게 덮힌 부조(浮彫) 장식의 발판 위에 발을 올려놓고 있었다. 데덜러스 씨는 벽난로 위 거울에 자신의 몸을 비춰 보며, 코밑수염 끝에 왁스 칠을 하고, 연미복 뒷자락을 양쪽으로 가른 채, 활활 타는 난로에 등을 돌리고 서 있었다. 그리고 이따금 한 손을 코트 자락에서 떼어 계속 콧수염 끝에 왁스 칠을 했다. 케이시 씨는 머리를 한쪽으로 기울이고 미소를 지으면서 목선 부위를 손가락으로 탁탁 쳤다. 그리고 스티븐도 미소를 짓고 있었는데 그 이유인즉, 케이시 씨가 목구멍에 은(銀)지갑을 갖고 있다는 것은 사실이 아님을 이젠 알았기 때문이다. 그는 어떻게 케이시 씨가 목구멍에서 은이 쨍그랑대는 듯한 소리를 내어 그를 속여 왔었는지를 생각하자 미소를 지었다. 그리고 그가 은지갑이 그곳에 감춰져 있는지를 보기 위해 케이시 씨의 손을 펴려고 애를 썼을 때 손가락들이 바로 펴지지 않음을 알았다. 케이시 씨는 빅토리아 여왕에게 생일 선물을 만들어주려다 손가락 세 개를 망쳤다고 했었다. 케이시 씨는 목선 부위를 탁탁 쳤고, 졸린 눈으로 스티븐에게 미소를 보냈다. 그러자 데덜러스 씨가 그에게 말했다.

—그래. 정말, 근사하군. 오, 정말 멋진 산책을 했어. 그렇잖소, 존? 그래……이제 저녁식사 준비가 되었는지 모르겠어, 그래……오, 정말이지, 오늘 우리는 브레이 곶(岬)에 가서 오존을 한껏 들이마셨단 말이야. 아이, 정말.

그는 댄티에게 몸을 돌리며 말했다.

—리오던 부인은 꼼짝도 않으셨어요?

댄티가 얼굴을 찌푸리며 짧게 말했다.

—아뇨.

데덜러스 씨는 연미복 자락을 떨어뜨리고 찬장 쪽으로 갔다. 그는 찬장에서 위스키가 담긴 커다란 돌 항아리를 꺼내 큰 유리병에 천천히 술을 채우며 허리를 굽혀 얼마나 따랐는지 확인했다. 그런 다음 그는 항아리를 다시 찬장에 갖다 놓고, 유리잔 두 개에 위스키를 조금 부은 뒤, 물을 조금 타서 벽난로 쪽으로 갖고 되돌아왔다.

—아주 조금이야, 존. 그는 말했다. 입맛을 돋우기 위해서야.

케이시 씨는 잔을 받아 마시고는 가까운 벽난로 위에 놓았다. 그리고 그는 말했다.

—글쎄, 난 양조장을 한다는 우리의 친구 크리스토퍼를 생각하지 않을 수 없군…….

그는 발작적인 웃음을 한 차례 터뜨린 다음 기침을 하면서 덧붙여 말했다.

—저따위 녀석들을 위해 샴페인을 제조하다니…….

데덜러스 씨가 크게 소리 내어 웃었다.

—그게 크리스티던가? 그는 말했다. 그 대머리에 난 저 사마귀 중 하나에는 한 꾸러미의 수여우들보다 더 많은 잔꾀가 숨어 있단 말이야.

그는 고개를 한쪽으로 기울이고, 눈을 감았다. 그리고 입술을 실컷 핥으면서, 호텔 주인의 목소리로 말하기 시작했다.

—그런데 그는 말할 때는 입을 참 잘도 놀려대지. 자네 알잖아. 그는 턱밑의 군살이 몹시 축축하고 물기가 많다니까, 맙소사.

케이시 씨는 발작적인 기침과 웃음으로 여전히 몸을 비틀거리고 있었다. 스티븐은 아버지의 얼굴과 목소리를 통해 그 호텔 주인을 보고 듣는 듯하면서, 소리 내어 웃었다.

데덜러스 씨는 안경을 치켜들고, 그를 빤히 내려다보며 조용하고 상냉하게 말했다.

―요 꼬마 녀석, 넌 뭘 안다고 웃고 있는 거니?

하인이 들어와서 접시를 식탁 위에 놓았다. 데덜러스 부인이 뒤따라 들어와 앉을 자리들이 정해졌다.

―거기 앉으세요. 그녀가 말했다.

데덜러스 씨는 식탁 한쪽 끝으로 가며 말했다.

―자, 리오던 부인, 거기 앉으세요. 여보게, 존, 와서 앉아.

그는 찰스 아저씨가 앉아 있는 곳을 돌아보며 말했다.

―자, 이제, 칠면조가 여러분을 위해 기다리고 있어요.

모두 자리에 앉자, 그는 뚜껑 위에 손을 놓았다가, 손을 치우며, 이어 재빨리 말했다.

―자, 스티븐.

스티븐이 자리에서 일어나 식사 전 기도를 올렸다.

우리를 축복하소서, 오 주여, 그리고 당신의 관대함으로 우리가 받을 당신의 이 음식을, 우리 주 그리스도의 이름으로 비나이다. 아멘.

모두 성호를 긋자 데덜러스 씨는 기쁨의 숨을 내쉬며, 물방울들이 가장자리에 진주처럼 맺힌 묵직한 뚜껑을 접시로부터 들어올렸다.

스티븐은 부엌 식탁 위에 날개를 묶어 꼬챙이에 낀 채, 놓여 있는 통통한 칠면조를 쳐다보았다. 그는 아버지가 돌리어가(街)의 던스 상점에서 그걸 위해 1기니를 지급한 것과 가게 주인이 칠면조가 얼마나 근사한가를 보여주기 위해 가슴뼈를 자주 꾹꾹 찔렀던 것을 알고 있었다. 그리고 그 가게 주인의 목소리를 기억했다.

―그걸로 하세요. 정말 최상품이랍니다.

왜 클론고우즈의 배리트씨는 그의 회초리를 칠면조라 불렀을까? 하지만 클론고우즈는 멀리 떨어져 있었다. 그리고 칠면조와 햄, 셀러리의 따뜻하고 짙은 냄새가 접시와 쟁반에서 솟으며, 벽난로 쇠살대 속에 높이 쌓아 올린 장작더미는 활활 타고 있었고, 파란 담쟁이와 붉은 감탕나무가 그토록 사람을 행복감에 젖게 했다. 그리고 저녁식사가 끝나면, 껍질 벗긴 아몬드 열매와 감탕나무 가지가 여기저기 꽂힌 채 주위에는 파란 불이 둘러쳐져 있으며 꼭대기에 조그마한 푸른 깃발이 꽂힌 커다란 푸딩이 들어올 것이다.

그것은 그의 첫 크리스마스 만찬이었고, 푸딩이 들어올 때까지, 그는 자신도 자주 기다렸듯이, 아이들 방에서 기다리고 있던 남동생과 여동생들을 생각했다. 깊이 팬 낮은 칼라와 이튼 재킷이 그를 이상하고 나이를 먹은 듯한 기분이 들게 했다. 그리고 그날 아침 어머니가 미사복 차림을 한, 그를 거실로 데리고 내려왔을 때, 아버지는 우셨다. 그것은 그가 자신의 아버지를 생각했기 때문이었다. 그리고 찰스 아저씨도 역시 그렇게 말했다.

데덜러스 씨는 접시를 덮고 시장한 듯 먹기 시작했다. 그러자 그는 말했다.

—불쌍한 크리스티 영감, 짓궂은 짓을 하다 보니 이제는 거의 망가진 것 같아.

—사이먼. 데덜러스 부인이 말했다. 리오던 부인에게 소스를 드리지 않았군요.

데덜러스 씨가 소스 그릇을 잡았다.

—안 드렸나? 그는 부르짖었다.

—리오던 부인, 제가 눈이 멀었었네요. 용서하세요.

댄티는 양손으로 자신의 접시를 가리며 말했나.

—아닙니다. 고마워요.

데덜러스 씨는 찰스 아저씨를 돌아보았다.

—어떠세요?

—꼭 알맞아, 사이먼.

—존, 자네는?

—난 됐어. 어서 들어요.

—메리는? 스티븐, 여기 놀랄 정도로 맛있는 게 있어.

그는 스티븐의 접시 위에 소스를 마구 부은 뒤 소스 그릇을 다시 식탁 위에 놓았다. 그런 다음 찰스 아저씨에게 고기가 연하냐고 물었다. 찰스 아저씨는 입에 음식이 가득 차서 말을 하지 못 했다. 그러나 그렇다는 듯 고개를 끄덕였다.

—우리의 친구가 교단에 행한 대답은 참 훌륭했어. 뭐였지? 데덜러스 씨가 말했다.

—나는 그 친구가 몸속에 그만한 뱃심을 가진 줄 몰랐어. 케이시 씨가 말했다.

—"신부님, 당신께서 하느님의 성당을 투표소로 바꾸는 걸 그만두시면, 당장 헌금을 지급하지요."

—멋진 대답이군요. 댄티가 말했다. 소위 가톨릭교도라는 자가 신부님께 그런 대답을 하다니.

—비난받을 자는 단지 성직자들 자신이죠. 데덜러스 씨가 경쾌하게 말했다. 만일 그들이 충고를 들을 줄 안다면 종교에만 관심을 쏟아야 할 겁니다.

—그게 종교예요. 댄티가 말했다. 그들은 대중에게 경고하는 그들의 의무를 행하는 거예요.

—우리는 하느님의 성당에 가지요. 케이시 씨가 말했다. 모두 겸허한

마음속에 우리의 창조주에게 기도하기 위해서지 선거 연설을 듣기 위해서가 아니란 말입니다.

—그게 종교예요. 댄티가 다시 말했다. 그들이 옳아요. 그들은 자신들의 양 떼를 인도해야 해요.

—그리고 설교단에서 정치를 설교하지요, 그렇잖아요? 데덜러스 씨가 물었다.

—물론이지요. 댄티가 말했다. 그건 공중도덕의 문제입니다. 사제가 그의 양에게 옳고 그른 것을 말하지 않는다면 사제가 아니에요.

데덜러스 부인이 칼과 포크를 내려놓으며 말했다.

—제발, 제발, 일 년 중 오늘만은 정치적 토론을 그만두도록 하세요.

—아주 옳아요, 마님. 찰스 아저씨가 말했다. 자, 사이먼, 이제 그만하면 됐어. 이제 다른 말은 더 말고.

—네, 네. 데덜러스 씨가 재빨리 말했다.

그는 쟁반 뚜껑을 대담하게 열면서 말했다.

—자, 칠면조 더 드실 분?

아무도 대답하지 않자, 댄티가 말했다.

—가톨릭교도라면서 그런 불쾌한 말을 쓰다니!

—리오던 부인, 제발 청컨대, 데덜러스 부인이 말했다. 그 문제는 이제 그만두도록 하세요.

댄티가 그녀에게 대들며 말했다.

—그러면 나는 여기 앉아서 내 성당의 신부님들이 모욕당하는 것을 듣고만 있으란 말인가요?

—아무도 그들을 욕할 사람은 없어요. 데덜러스 씨가 말했다. 그들이 정치에 간섭하지 않는 한 말이죠.

—아일랜드의 주교님들이니 신부님들이 말했다면, 댄티가 말했다. 모

두 복종해야 해요.

—그들은 정치에서 떠나야 해요. 케이시 씨가 말했다. 그렇지 않으면 사람들은 성당을 떠날 겁니다.

—들었어요? 댄티가 데덜러스 부인에게 고개를 돌리며 말했다.

—케이시 씨! 사이먼! 데덜러스 부인이 말했다. 자, 이제 그만해요.

—정말 심하군! 정말 심해! 찰스 아저씨가 말했다.

—뭐요? 데덜러스 씨가 고함을 질렀다. 우리는 영국인들이 시키는 대로 그(파넬)를 저버려야 한단 말입니까?

—그는 더이상 지도자 자격이 없어요. 댄티가 말했다. 그는 대중의 죄인이었어요.

—우린 모두 죄인이죠, 그것도 암담한 죄인이란 말입니다. 케이시 씨가 냉정하게 말했다.

—"죄를 짓는 자에게 화가 미칠지로다." 리오던 부인이 말했다. "그가 이 하잘것없는 자 중 한 사람이라도 죄를 짓게 하느니 차라리 그의 목에 연자맷돌을 매달아, 깊은 바다에 빠뜨리는 것이 나을 것이로다." 이것이 성령의 말씀입니다.

—글쎄 그렇다면 정말 고약한 말씨로군. 데덜러스 씨가 냉정하게 말했다.

—사이먼! 사이먼! 찰스 아저씨가 말했다. 애가 있는 곳에서.

—네, 네. 데덜러스 씨가 말했다. 내가 하려던 말은…… 기차 짐꾼이 쓰는 나쁜 말에 관해 생각하고 있었죠. 자, 이젠 됐어. 스티븐, 네 접시 이리 줘봐. 자, 실컷 먹어.

그는 스티븐의 접시 위에 음식을 가득 쌓아 놓고, 찰스 아저씨와 케이시 씨에게 칠면조의 커다란 토막을 대접하며 소스를 한껏 뿌려 주었다. 데덜러스 부인은 음식을 거의 먹지 않고 있었고, 댄티는 무릎에 손을 둔

채 앉아 있었다. 그녀는 얼굴이 붉어져 있었다. 데덜러스 씨는 접시 끝부분을 칼과 포크로 헤집으며 말했다.

—여기 소위 교황의 코 라 불리는 맛좋은 것이 있습니다. 원하시는 분이 있으시면…….

그는 칠면조 조각을 고기 자르는 포크의 끝에 꽂아 치켜들었다. 아무도 말이 없었다. 그는 그것을 자기 접시 위에 올려놓고 말했다.

—글쎄, 누구든 권하지 않았다는 말은 못하십니다. 요즘 건강이 좋지 않아서 제가 먹는 게 좋겠군요.

그는 스티븐에게 윙크하고, 쟁반 뚜껑을 도로 닫으며, 다시 먹기 시작했다.

그가 먹는 동안 잠시 침묵이 흘렀다. 그러자 그는 이내 말했다.

—참, 이번 크리스마스는 결국 잘 지냈어. 낯선 사람들이 많이 있었어.

아무도 말이 없었다. 그는 다시 말을 이었다.

—내 생각에 거긴 작년 크리스마스보다 시골 사람이 더 많았던 것 같아.

그는 다른 사람들을 한 바퀴 둘러보았는데, 모두 얼굴을 접시 위에 숙이고, 아무런 대답을 하지 않자, 잠시 있다가 침통하게 말했다.

—글쎄, 어차피 이번 내 크리스마스 만찬은 망쳤어.

—행운도 은총도 있을 수가 없어요. 댄티가 말했다. 성당 성직자들에 대한 존경이 없는 집안에는.

데덜러스 씨가 접시 위에 칼과 포크를 요란스럽게 내던졌다.

—존경! 그는 말했다. 입만 나불거리는 빌리나 아니면 아마 시(市)의 창자 통을 위해? 존경이라!

—성당의 왕자들이지. 케이시 씨가 천천히 경멸조로 말했다.

—리트림 경(卿)의 미부 깉으니, 맞아. 데덜러스 씨가 말했다.

—그들은 모두 주님의 성유를 받은 분들이에요. 댄티가 말했다. 모두 그들 조국의 명예란 말이에요.

—창자 통들. 데덜러스 씨가 거칠게 말했다. 그는 잠자코 있을 때에는, 알겠소, 점잖은 얼굴을 하고 있지요. 그자가 어느 추운 겨울날 베이컨이나 양배추를 핥고 있는 꼴을 봐야 해. 오, 기가 막혀!

그는 얼굴 모습을 온통 찌푸려 육중한 짐승의 찡그린 모습을 해 보이며, 입술로 핥는 소리를 냈다.

—정말이지, 사이먼, 스티븐 앞에서 그런 식을 말해서는 안 돼요. 그건 옳지 않아요.

—오, 저 애도 자라면 모든 걸 기억할 거예요. 댄티가 격렬하게 말했다. 그가 바로 자기 자신의 집에서 하느님과 종교 그리고 성직자들을 반대하는 말을 듣다니.

—그것도 기억해야지. 케이시 씨가 식탁 건너로부터 그녀에게 소리쳤다. 성직자들과 성직자들의 앞잡이들이 파넬의 가슴을 찢고 그를 무덤 속으로 몰아넣은 말을 말이야. 그가 어른이 되면 그것 또한 기억하게 해야지.

—개자식들! 데덜러스 씨가 소리쳤다. 파넬이 실각했을 때 모두 그에게 달려들어 그를 배반했고 시궁창의 쥐들처럼 그를 갈기갈기 찢었지. 비천한 개들 같으니! 그렇게 생겨 먹었어! 정말이지, 그렇게 생겼단 말이야!

—그들은 올바르게 행동했어요. 댄티가 부르짖었다. 그들은 자신들의 주교님과 신부님에게 복종했어요. 명예롭게도!

—글쎄, 정말이지 말하기 진저리 나요. 일 년 중 하루도, 데덜러스 부인이 말했다. 이 진저리 나는 싸움에서 자유로울 수 없으니!

찰스 아저씨가 조용히 양손을 들며 말했다.

—자 이제 그만, 이제 그만, 이제 그만! 누구든지 이렇게 성질 내지 않고 심한 말하지 않고 자신의 의견을 말할 수 없을까? 정말 너무하군.

데덜러스 부인이 낮은 목소리로 댄티에게 말했으나, 댄티는 큰 소리로 말했다.

—말을 하지 않을 수가 없잖아요. 가톨릭 배교자들이 나의 성당과 나의 종교를 모욕하고 침을 뱉는데 내가 나서서 그들을 옹호해야죠.

케이시 씨는 접시를 식탁 한가운데로 난폭하게 밀쳐내고는 팔꿈치를 괴면서, 거친 목소리로 집주인에게 말했다.

—말해 봐요. 내가 저 유명한 침 뱉는 이야기를 당신한테 했던가요?

—하지 않았어, 존. 데덜러스 씨가 말했다.

—아무렴. 케이시 씨가 말했다. 그건 아주 교훈적인 이야기야. 우리가 지금 있는 위클로군에서 얼마 전에 일어난 일이지.

그는 갑자기 이야기를 중단하고, 댄티 쪽으로 몸을 돌리면서, 분노에 찬 목소리로 은근히 말했다.

—부인, 나를 두고 한 이야기라면, 나는 가톨릭 배교자가 아닙니다. 나는 내 아버지처럼 그리고 그분 이전의 그의 아버지 그리고 다시 그분 이전의 그의 아버지께서 그랬던 것처럼 한 사람의 가톨릭 신자랍니다. 당시 우리는 신앙을 팔기보다는 차라리 목숨을 포기했어요.

—글쎄 더욱 수치스럽군요. 댄티가 말했다. 당신이 지금처럼 말하다니.

—이야기를 해봐, 존, 데덜러스 씨가 미소를 지으며 말했다. 어쨌든 그 이야기를 들어봅시다.

—과연 가톨릭이라! 댄티가 빈정거리며 거듭 말했다. 이 땅의 가장 사악한 신교도들도 오늘 저녁 내가 들은 그 말은 말하지 못할 거예요.

데덜러스 씨는 시골뜨기 기수처럼 흥얼거리며, 고개를 이리저리 흔들기 시작했다.

—나는 신교도가 아니요, 다시 말하지만. 케이시 씨가 얼굴을 붉히면서 말했다.

데덜러스 씨는 여전히 흥얼거리며 고개를 흔들면서, 쿵쿵거리는 콧소리로 노래하기 시작했다.

오, 오라 모든 그대 로마 가톨릭교도들이여,
미사에 결코, 가지 않는 그대들.

그는 신이 난 듯 다시 칼과 포크를 들고 먹기 시작하면서, 케이시 씨에게 말했다.

—존, 그 이야기 좀 들어봅시다. 소화에 도움이 될 테니.

스티븐은 케이시 씨가 맞잡은 손위로 식탁을 가로질러 빤히 쳐다보고 있는 그의 얼굴을 정답게 바라보았다. 그는 그의 검고 사나운 얼굴을 바라보며, 난로 옆 그의 곁에 앉아 있는 것이 좋았다. 그의 까만 눈은 결코 사납지 않았으며 그의 느린 목소리는 듣기 좋았다. 그러나 그는 왜 신부들을 저토록 반대하는 것일까? 댄티가 틀림없이 옳기 때문인가? 그러나 아버지는 댄티가 실패한 수녀였으며, 당시 그녀의 오빠가 장신구니 목걸이들을 토인에게 팔아 돈을 벌었을 때 그녀가 앨러게이니 산맥의 수녀원에서 뛰쳐나왔다는 말을 들었다. 아마도 그 일 때문에 그녀는 파넬을 혹평하는지 모를 일이었다. 그리고 댄티는 그가 아일린과 함께 노는 것을 싫어했는데, 아일린이 신교도이기 때문이었다. 댄티는 그녀가 어렸을 때 신교도들과 함께 놀곤 하던 애들을 알고 있었는데, 신교도들은 언제나 성처녀의 연도를 조롱하곤 했었다. 그들은 성모를, '상아탑'이니 '황금의 집'이니 부르곤 했었다. 어떻게 여자가 상아탑이니 황금의 집이 될 수 있었던가? 누가 옳은 것인가? 그러자 그는 클론고우즈의 의무실에서 보낸 밤을, 캄캄한바다, 부둣가의 등불 그리고 모두 소식을 듣고 스스로 신음하던 슬픔의 광경들을 기억했다.

아일린은 길고 하얀 손을 가졌다. 술래잡기 놀이하던 어느 날 저녁 그녀는 두 손으로 그의 눈을 가렸다. 길고 하얗고 가느다라며 차갑고 부드러운 손. 그게 상아였다. 차고 하얀 것. 그것이 '상아탑'의 의미였다.

—이야기는 아주 짧고 근사한 거야. 케이시 씨가 말했다. 그건 어느 날 아클로우에서였어. 몹시 추운 날이었지. 수령께서 돌아가시기 조금 전 일이지. 하느님이시여 그분께 자비를 베푸소서!

그는 나른하게 눈을 감으며 잠시 말을 멈추었다. 데덜러스 씨는 접시에서 뼈다귀 하나를 집어 거기에 붙은 살점을 이빨로 뜯으며 말했다.

—그러니까 그분께서 죽음을 당하기 전 말이지.

케이시 씨는 눈을 뜨고, 한숨을 지으며 말을 계속했다.

—어느 날 아클로우에서 일어난 일이지. 우리는 그곳 모임에 참석했는데 모임이 끝나자 우리는 군중을 헤치고 정거장으로 가야만 했단 말이야. 글쎄, 그토록 부우우 야아아 떠들어대다니. 그건 난생처음이었어. 그들은 우리에게 세상의 별의별 욕을 다 퍼부었지. 글쎄 그중에 한 노파가 있었는데, 이 술 취한 할망구가 모든 주의력을 나한테 쏟는거야. 그녀는 진창 속에서도 내 곁에서 계속 춤을 추듯하면서 내 얼굴에다 고함을 쳤어. "성직자 사냥꾼! 파리 공작금! 여우 씨! 키티 오시에!"

—그래 자넨 어떻게 했나, 존? 데덜러스 씨가 물었다.

—실컷 고함을 지르도록 내버려두었지. 케이시 씨가 말했다. 날씨가 몹시 추워서 기운을 돋우느라 입 안에(실례합니다만, 부인) 툴라모어산 씹는 잎담배를 한가득 품고 있었거든. 입 안이 담배 즙액으로 너무 꽉 차 있었기 때문에 아무튼 말 한마디 학 수가 없었어.

—그래서, 존?

—그녀가 마음껏 만족할 때까지 떠들도록 내버려두었지. "키티 오시에" 하고, 그 밖에 뭐라고 떠들어대다가 마침내 저 여인을 괴상한 이름으로 부르는거야. 나는 그걸 되풀이해서 오늘 저녁 크리스마스 식탁이나 여러분의 귀를, 부인, 그리고 나 자신의 입을 더럽히고 싶진 않아요.

그는 말을 멈추었다. 데덜러스 씨는 뼈다귀에서 얼굴을 들어 물었다.

—그리고 어떻게 했어, 존?

—어떻게 하다니! 케이시 씨가 말했다. 그 할망구가 그걸 말했을 때 그 못생긴 늙은 얼굴을 내게 바싹 고정했지. 나는 입에 담배 즙액을 가득 채웠어. 그리고 그녀에게 몸을 굽히고 "퉤" 하고 침을 뱉어 줬지.

그는 얼굴을 돌려 침을 뱉는 시늉을 했다.

—"퉤" 이렇게 말이야. 바로 그녀의 눈에다 정확히.

그는 한 손으로 눈을 찰싹 때리며 고통스럽고 거친 비명을 질렀다.

—"오, 예수님, 마리아 그리고 요셉!" 라고 하더군. "난 눈이 멀었어! 눈이 멀고 물에 빠졌어."

그는 기침과 웃음의 발작 때문에 말을 멈추었다가, 다시 반복했다.

—"눈이 완전히 멀었어요."

데덜러스 씨는 큰 소리로 웃으며 등을 의자에 기댔고, 한편 찰스 아저씨는 고개를 설레설레 저었다.

모두가 크게 웃는 동안, 댄티는 몹시 화난 듯했으며 말을 반복했다.

—잘했어! 흥! 잘했어!

여자의 눈에 침을 뱉는 것은 잘한 일이 아니었다. 그러나 그 여인이 키티 오시에를 뭐라고 했기에 케이시 씨는 그 말을 반복하지 못했을까? 그는 케이시 씨가 군중 사이를 걸어다니며 작은 마차에서 연설하는 모습을 생각했다. 그는 그 때문에 과거 투옥되었고, 어느 날 밤 오닐 경사가 스티븐의 집으로 찾아와서 현관에 선 채, 낮은 목소리로 그의 아버지와 이야기하고 있던 것을, 그리고 그의 모자의 턱 끈을 신경질적으로 질근 질근 씹고 있는 것을 기억했다. 그리고 그날 밤 케이시 씨가 기차를 타고 더블린으로 가지 않았으나 마차 한 대가 문간에 왔고, 그는 아버지가 캐빈틸리 거리에 관해서 뭔가 이야기하는 것을 들었다.

케이시 씨는 아일랜드와 파넬 편이었고 아버지도 그랬다. 그리고 댄티도 또한 그랬다. 그녀는 어느 날 밤 광장에서, 마지막으로 악대가 〈하느님 여왕을 도우소서〉를 연주했을 때, 어떤 신사가 모자를 벗었다는 이유로 우산으로 그의 머리를 쳤기 때문이다.

데덜러스 씨는 경멸조의 콧방귀를 뀌었다.

—아아, 존. 그는 말했다. 그들이 옳아. 우리는 성직자들에게 시달린 불행한 종족이야. 과거에도 늘 그랬고 역사의 최후까지(영원토록) 언제나 그럴 거야.

찰스 아저씨는 머리를 저으면서 말했다.

—고약한 일이야! 고약한 일!

데덜러스 씨가 거듭 말했다.

—신부들에게 시달리고 하느님께 버림받은 종족!

그는 오른쪽 벽에 걸린 그 할아버지의 초상화를 가리켰다.

—자네 저기 저 노인이 보이나, 존? 그가 말했다. 그는 아무런 금전상의 실리가 없을 때도 참 훌륭한 아일랜드 사람이었어. 그는 백의당원(白衣黨員)으로 사형선고를 받았지. 하지만 그는 우리의 성직자 친구들에 대해서 늘 하는 말이 있었어. 어떤 일이 있더라도 신부 중 한 사람도 그의 마호가니 식탁에 동석하게 하지 않겠다고.

댄티가 골을 내며 말을 가로챘다.

만일 우리가 신부님들에게 시달린 종족이라면 우린 그걸 자랑스럽게 생각해야 해요! 그들은 하느님의 눈동자란 말이에요. "그들에게 손대지 마라." 예수께서 말씀했어요. "그들은 내 눈동자이니라."

—그럼 우리는 조국을 사랑할 수 없다는 말이오? 케이시 씨가 물었다. 우리를 영도하기 위해 태어난 분을 우리는 따라선 안 된단 말이오?

—자기 조국의 배반자! 댄티가 대답했다. 배반자, 간통자! 성직자들이 그를 버린 건 당연했어요. 성직자들은 언제나 아일랜드의 참된 친구였어요.

—정말, 그랬습니까? 케이시 씨가 말했다.

그는 식탁 위에 주먹을 던지고, 골이 나서 험상궂게 얼굴을 찌푸리며, 손가락을 하나하나 내밀었다.

—합병 당시에 래니건 주교가 콘월리스 후작에게 충성을 다짐하는 연설을 했을 때 아일랜드의 주교들은 우리를 배신하지 않았던가요? 주교들과 신부들이 1829년에 가톨릭 해방의 대가로 그들 조국의 야망을 팔아먹지 않았던가요? 그들은 제단과 고해소에서 페니언 운동을 탄핵하지 않았던가요? 그들은 또한 테렌스벨루 맥매너스의 유해를 욕되게 하지 않았던가요?

그의 얼굴은 분노로 불타고 있었고 스티븐 역시 이 말이 그를 전율하게 했는지라, 그 자신의 뺨에 열기가 치솟는 것을 느꼈다. 데덜러스 씨는 거친 조소조의 너털웃음을 터뜨렸다.

—오, 맙소사. 그는 부르짖었다. 불쌍한 폴 컬런 영감을 잊고 있었군! 하느님의 또 다른 눈동자를!

댄티는 식탁 위로 몸을 굽히고 케이시 씨에게 소리쳤다.

—옳아요! 옳아! 그분들은 언제나 옳았단 말이에요! 하느님과 도덕과 종교가 첫째예요.

데덜러스 부인은, 그녀가 흥분한 것을 보고 말했다.

—리오던 부인, 이분들에게 답하느라 그렇게 흥분하지 마세요.

—하느님과 종교가 모든 것을 앞선단 말이에요! 댄티가 소리쳤다. 하느님과 종교가 세상을 앞서요.

케이시 씨는 불끈 쥔 주먹을 치켜들고 식탁을 쾅하고 내리쳤다.

—그렇다면 좋아. 그는 거칠게 부르짖었다. 만일 그런 식이라면, 아일랜드에는 하느님이 필요 없어!

—존! 존! 데덜러스 씨가 손님의 소매를 잡으며 부르짖었다.

댄티는 부르르 뺨을 떨면서, 식탁을 가로질러 노려보았다. 케이시 씨는 의자에서 몸을 애써 일으켜, 그녀를 향해 식탁을 가로질러 몸을 굽히며, 마치 거미줄을 잡아 뜯듯 한 손으로 눈앞의 허공을 휘저었다.

—아일랜드를 위해 하느님은 필요 없어! 그는 고함을 질렀다. 아일랜드는 지금까지 하느님을 너무 오래 섬겨 왔어. 하느님 따위 없어져버려!

—모독자! 악마! 댄티가 자리를 박차고 일어서며, 그의 얼굴에다 침을 뱉을 듯 부르짖었다.

찰스 아저씨와 데덜러스 씨가 케이시 씨를 의자에 도로 끌어내려 앉히며, 양쪽에서 진정하라며 타일렀다. 그는 검고 불타는 듯한 눈으로 앞을 노려보며 되풀이해서 말했다.

—하느님은 없어져야 한다니까, 글쎄!

댄티는 그녀의 의자를 과격하게 옆으로 밀치며 식탁을 떠났고, 그러자 냅킨꽂이가 뒤집히며 카펫을 따라 천천히 굴러가다가 안락의자 다리에 부딪혀 멈췄다. 데덜러스 부인이 재빨리 일어나 그녀를 뒤따랐다. 댄티는 문간에서 과격하게 돌아서며, 뺨을 붉히고 분노로 떨면서 방안을 향해 고함을 질렀다.

—지옥에서 온 악마야! 우리가 이겼어! 우리가 그를 짓눌러 죽였다고! 악마야!

문이 그녀의 등 뒤에서 쾅 닫혔다.

케이시 씨는 붙잡는 이들에게서 양팔을 뿌리치며, 갑자기 양손에 머리를 쥐고 고통스러운 듯 흐느꼈다.

—불쌍한 파넬! 그는 크게 소리쳤다. 나의 돌아가신 왕이여!

그는 크게 그리고 비통하게 흐느꼈다.

스티븐은 공포에 질린 얼굴을 들면서, 눈물로 가득 찬 아버지의 두 눈을 보았다.

* * *

아이들이 조그맣게 그룹을 지어 함께 이야기했다.

한 애가 말했다.

—애들이 라이언즈 언덕 근처에서 붙잡혔대.

—누가 잡았대?

—글리슨 선생님과 부교장. 그들은 마차를 타고 있었어.

바로 같은 아이가 덧붙여 말했다.

—상급반의 한 친구가 말해 줬어.

플레밍이 물었다.

—왜 도망쳤을까? 혹시 알아?

—난 그 이유를 알아. 세실 선더가 말했다. 애들이 교장실에서 돈을 슬쩍했기 때문이야.

—누가 그걸 슬쩍했어?

—키컴의 형이야. 그리고 그들 모두가 그걸 나눠 가졌대.

그러나 그건 도둑질이다. 어떻게 그런 짓을 할 수 있지?

—넌 굉장히 많이 알고 있구나, 선더! 웰즈가 말했다. 난 애들이 왜 도

망쳤는지 알아.

　—이유를 말해 봐.

　—말하지 말랬어. 웰즈가 말했다.

　—자, 어서 말해 봐. 웰즈, 모두 말했다. 말해도 괜찮아. 우린 터트리지 않을 거야.

　스티븐은 들으려고 머리를 앞쪽으로 굽혔다. 웰즈는 누가 오나 보려고 사방을 휘둘러보았다. 그러고는 몰래 이야기했다.

　—성물실(聖物室) 장 속에 보관하는 제단 포도주 알지?

　—그래.

　—글쎄, 애들이 그걸 마신 거야. 그리고 냄새가 나서 누가 마셨는지 들통이 난 거야. 그게 모두 도망친 이유야.

　그러자 맨 먼저 말을 꺼낸 애가 말했다.

　—그래, 그게 내가 상급반 애한테 들은 거야.

　아이들은 모두 말이 없었다. 스티븐은 아이들 틈에서 무서워 말도 못한 채, 듣고만 서 있었다. 희미한 매스꺼운 두려움이 그를 맥 빠지게 했다. 어떻게 그런 짓을 할 수 있지? 그는 컴컴하고 묵묵한 성물실을 생각했다. 거기에는 어두운 목제 장들이 있었는데, 그곳에 주름 잡힌 하얀 사제복이 접힌 채 가지런히 놓여 있었다. 그것은 예배당이 아니었지만 누구나 숨을 죽이고 이야기해야만 하는 곳이었다. 성스러운 장소였다. 그는 숲속 작은 제단까지 행렬이 있던 저녁, 향 그릇 봉지자(奉持者)로 옷을 입기 위해 그곳에 갔던 그 여름 저녁을 기억했다. 이상하고 성스러운 곳. 향로를 쥐고 있던 소년이 문 근처에서 중간 쇠사슬로 은제 뚜껑을 들어 올려 석탄불이 계속 피어나도록 앞뒤로 조용히 흔들었다. 그것은 숯이라 불렸다. 그리고 그 애가 향로를 조용히 흔들자 불은 조용히 탔고 희미하고 시큼한 냄새를 풍겼다. 그런 다음 모두 제복을 차려입자, 그는 일어서서 향 그릇을 교장 선생님께 내밀었고, 교장선생님은 그 속에서 향을 한 수저 떠 넣었다. 그러자 향은 빨간 숯불 위에서 쉬이익 소리를 냈다.

아이들은 운동장에서 여기저기 작은 그룹을 지어 함께 이야기하고 있었다. 그가 보기에 아이들의 몸집이 한층 작아진 듯 보였다. 그것은 전날, 중급 문법반의 자전거 단거리 선수가 그를 치었기 때문이다. 스티븐은 그때 그 애의 자전거에 치여 재가 깔린 길바닥에 가볍게 넘어졌으며, 안경이 세 조각으로 깨졌고, 약간의 잿가루가 입에 들어갔다.

그러한 이유에서 그에게 아이들이 한층 작고 멀리 보이고, 축구 골대가 그토록 가늘고 멀리 있는 듯 보였으며, 부드러운 회색 하늘이 더 높게 보였던 것이다. 그러나 크리켓 시즌이 다가오고 있었기 때문에 축구장에는 아무런 경기도 없었다. 어떤 이들은 반즈가 크리켓 경기의 주장이 될 것이라 했고, 또 어떤 이들은 플라워즈가 될 것이라 했다. 아이들은 운동장 사방에서 라운더즈 경기와 곡구(曲球), 그리고 저완구(低宛球) 놀이를 하고 있었다. 여기저기서 크리켓 방망이 소리가 고요한 회색의 대기를 뚫고 들려왔다. 그것은 픽, 팩, 폭, 픅 소리를 냈다. 마치 분수의 물방울들이 넘치는 사발 속에 천천히 떨어지는 소리같았다.

여태껏 잠자코 있던, 아다이가 조용히 말했다.

—너희 모두 틀렸어.

모두가 몹시 궁금하다는 듯 그 애를 바라보았다.

—왜?

—넌 알고 있어?

—누가 얘기했어?

—말해 봐, 아다이.

아다이는 사이먼 무넌이 앞에 있는 돌을 차면서 혼자 걷고 있는 운동장 건너편을 가리켰다.

―저 애한테 물어봐. 그는 말했다.

아이들이 그쪽을 쳐다보고 물었다.

―어째서 저 애야?

―저 애도 동참했니?

―말해 봐, 아다이. 어서. 알고 있으면 얘기해 줘야 하지 않니?

아다이가 목소리를 낮추고 말했다.

―저 애들이 왜 도망쳤는지 알아? 말해 줄 테니 절대로 아는 척해서는

안 돼.

그는 잠시 말을 멈추었다가 애매모호하게 말했다.

―그 애들이 어느 날 밤 화장실에서 사이먼 무넌이랑 터스커 보일과

함께 붙잡혔어.

모두 그를 바라보면서 물었다.

―붙잡히다니?

―무슨 짓을 했기에?

아다이가 말했다.

―호모 섹스.

애들은 모두 말이 없었다. 그러자 아다이가 말했다.

―그게 도망친 이유야.

스티븐은 아이들의 얼굴을 쳐다보았으나 그들은 모두 운동장 건너편

을 쳐다보고 있었다. 그는 그에 대해 누군가에게 물어보고 싶었다. 화장

실에서의 호모 섹스란 무슨 뜻일까? 왜 그 때문에 다섯 명의 상급반 아

이들이 도망쳤을까? 한갓 장난이겠지, 그는 생각했다. 사이먼 무넌은 멋

진 옷을 입고 다녔고, 어느 날 밤 크림 사탕이 든 공을 그에게 보여주었

는데, 그가 식당 문간에 서 있었을 때 열다섯 명의 럭비팀 선수가 카펫

을 따라 그에게 아래로 굴려준 것이었다. 그것은 벡디브 레인저스팀과

시합이 있던 날 밤이었다. 공은 빨갛고 푸른 사과처럼 보였지만, 열어 보면 크림 사탕이 가득 차 있었다. 어느 날 보일은 코끼리는 두 개의 엄니(tusk) 대신 두 개의 엄니 동물(tusker)을 가졌다고 말했는데, 그것이 그가 터스커 보일이라 불린 이유였으나 어떤 애들은 그를 레이디 보일이라 불렀는데 그가 늘 손톱을 다듬는 데 몰두하고 있었기 때문이다.

아일린도 역시 가늘며 차고 하얀 손을 가지고 있었는데, 그건 그녀가 소녀였기 때문이다. 그녀의 손은 상아 같았다. 단지 부드러울 뿐. 그것이 '상아탑'의 뜻인데도 신교도들은 이해하지 못하고 조롱했다. 어느 날 그는 호텔 마당을 바라보며 그녀 곁에 서 있었다. 웨이터가 깃대에 깃발을 끌어올리고 있었고, 폭스테리어 한 마리가 양지바른 잔디 위를 이리저리 껑충껑충 뛰어다니고 있었다. 손을 넣고 있던 그의 호주머니 속으로 아일린이 자기 손을 넣었는데, 그는 그녀의 손이 얼마나 차갑고 가늘며 부드러운가를 느낄 수 있었다. 그녀는 호주머니란 참 묘한 거라고 말했다. 그러고는 갑자기 그를 뿌리치며 꼬불꼬불한 비탈길을 따라 깔깔거리며 달려 내려갔다. 그녀의 아름다운 머리칼이 햇빛 속에 황금처럼 물결쳤다. '상아탑' '황금의 집'. 모든 일은 생각해 보면 결국 이해할 수 있지.

하지만 왜 화장실이었을까? 그곳은 용변을 보고 싶을 때 간다. 그곳에는 온통 두꺼운 슬레이트 판들이 깔렸고, 작은 구멍에서 물이 온종일 떨어지며, 괴상한 썩은 물 냄새가 났다. 그리고 한 칸의 문 뒤에 붉은 연필로 로마 제복을 입고 턱수염 난 사나이가 양손에 벽돌을 한 장씩 들고 있는 그림이 그려져 있었고, 바로 밑에 그림 제목이 다음과 같이 쓰여 있었다.

'밸버스는 벽을 쌓고 있도다.'

어떤 녀석들이 장난으로 그걸 거기에다 그려 놓았다. 우스꽝스러운 얼굴이었지만, 턱수염을 기르고 정말 남자 같았다. 또 다른 칸의 벽에는 왼편으로 기운 아름다운 필체로 이렇게 쓰여 있었다.

'율리우스 카이사르는 칼리코 벨리를 썼도다.'

화장실이란 아이들이 장난으로 낙서하는 곳이니까 그 아이들도 그래서 거기 갔던 것일지 모른다. 그러나 아다이가 한 말의 내용이나 그렇게 말한 의도가 아무래도 수상했다. 그들은 도망친 것을 보면 한갓 장난이 아니었다. 그는 다른 애들과 함께 운동장 건너편을 쳐다보자 겁이 나기 시작했다.

마침내 플레밍이 말했다.

—그런데 다른 애들이 한 짓 때문에 우리 모두가 벌을 받아야 하나?

—난 학교로 돌아가지 않을래. 어디 돌아가나봐. 세실 선더가 말했다. 식당에서 사흘 동안 잡담 금지일 거고, 분마다 여섯, 여덟 대씩 매질을 당해야 하다니.

—그래. 웰즈가 말했다. 배리트 영감은 처벌 통지서를 접는 새로운 법을 알아낸 것 같던데, 그래서 열어 보더라도 똑같이 접어놓을 수 없기 때문에 몇 대를 맞을지 미리 알 수도 없어. 나도 안 돌아갈래.

—그래. 세실 선더가 말했다. 그런데 학감이 오늘 아침 중급 문법반에 들어왔단 말이야.

—반대 운동을 일으키자. 플레밍이 말했다. 어때?

애들은 모두 말이 없었다. 대기는 아주 조용했고 크리켓 방망이 소리를 들을 수 있었지만, 전보다 한층 느렸다. 픽, 폭.

웰즈가 물었다.

—그 애들한테 무슨 일이 일어날까?

—사이먼 무넌과 터스커가 매를 맞게 될 거야. 아다이가 말했다. 그런데 상급반 애들은 매를 맞느냐 아니면 학교에서 쫓겨나느냐를 선택해야겠지.

―그럼 애들은 어느 쪽을 택할까? 맨 먼저 말을 꺼냈던 애가 물었다.

―코리건 외에는 모두 쫓겨나는 걸 택할 거야. 아다이가 대답했다. 그는 글리슨 씨에게 매를 맞을 거야.

―저 덩치 큰 애가 코리건이지? 플레밍이 말했다. 글쎄, 그 애 정도면 글리슨 씨 두 명쯤은 거뜬할걸!

―난 그 이유를 알아. 세실 선더가 말했다. 코리건이 옳고 나머지 애들은 모두 글렀어. 왜냐하면 매 맞는 것은 곧 아픔이 사라지지만, 학교에서 쫓겨나는 애는 그 사실 때문에 평생 알려질테니까. 게다가 글리슨 씨는 심하게 때리지도 않을 거야.

―그리 심하게 때리지 않는 게 그에게도 좋을 걸. 플레밍이 말했다.

―난 사이먼 무넌이나 터스커처럼 되고 싶지는 않아. 세실 선더가 말했다. 그렇지만 그 애들이 매를 맞을 것 같지는 않아. 그냥 양 손을 아홉 대씩 맞는 정도겠지.

―아니, 아니야. 아다이가 말했다. 둘 다 급소를 맞게 될 거야.

웰즈가 자기 몸을 문지르면서 우는 소리로 말했다.

―제발, 선생님, 용서해 주세요!

아다이는 싱긋 웃으며 재킷 소매를 걷어붙이고 말했다.

어쩔 수 없어.
매를 맞아야지.
그러니 바지를 내리고
볼기짝을 내밀어.

아이들은 큰 소리로 웃었다. 그러나 스티븐은 아이들이 다소 겁을 먹고 있다는 것을 느꼈다. 온화한 회색 대기의 정적 속 여기저기에서 크리

켓 방망이 소리를 들었다. 폭. 저 소리야 듣기만 하면 되지만 만일 매를
맞으면 아플 것이다. 회초리도 소리를 냈지만 저렇지는 않았다. 회초리
는 고래 뼈와 가죽으로 만들지만 그 속에는 납이 들어 있다고 아이들은
말했다. 그리고 그는 회초리의 고통이 어떤 것일까 하고 생각해 보았다.
여러 가지 다른 소리에 따라 고통도 여러 가지이리라. 길고 가는 막대기
는 높은 휘파람소리를 낼 것이고 그리하여 그는 그 아픔이 어떠한 것일
까 궁금했다. 그걸 생각하니 몸이 떨리고 으스스했다. 그런데 그건 아다
이가 또한, 말한 것이었다. 그러나 그 말에 웃을 게 뭐가 있담? 생각하니
몸서리가 쳐졌다. 그러나 그건 바지를 벗을 때 언제나 떨리는 듯한 기분
을 느꼈기 때문이다. 목욕탕에서 옷을 벗을 때도 마찬가지였다. 그는 바
지를 내리는 건 누구인지, 선생님일지 아니면 학생 자신일지 궁금했다.
오, 애들은 어떻게 그에 대해 저렇게 웃을 수 있을까?

그는 아다이의 걷어 올린 소매와 마디가 굵고 잉크투성이인 손을 쳐
다보았다. 그는 글리슨 씨가 어떻게 소매를 걷어 올리는지 보기 위해 자
신의 소매를 걷어 올렸다. 그러나 글리슨 씨는 둥글고 반짝이는 소매와
깨끗하고 하얀 손목 그리고 살진 하얀 손을 가졌으며 손톱이 길고 뾰족
했다. 아마도 그는 레이디 보일처럼 손톱을 다듬으리라. 그러나 그것은
지독히도 길고 뾰족한 손톱이었다. 손톱은 너무 길로 잔인해 보였지만,
하얗고 통통한 손은 잔인하지 않고 오히려 부드러워 보였다. 그는 잔인
하고 긴 손톱을, 막대기의 높은 휘파람소리를, 그리고 옷을 벗을 때 셔츠
끝에서 느끼는 오싹함을 생각하니, 싸늘함과 공포로 몸을 떨었지만, 깨
끗하고 튼튼한, 부드러운, 하얀 통통한 손을 생각하니 마음속에 괴상하
고 잔잔한 기쁨을 느끼기도 했다. 그는 세실 선더가 한 말을 생각했다.
글리슨 씨가 코리건을 심하게 때리지 않을 거라고. 플레밍은 글리슨 씨
가 매질을 심하게 하지 않는 것이 최신이기 때문에 그러지 않을 거라고

말했다. 그러나 그것이 이유가 될 수는 없었다.

운동장 저편에서 외치는 소리가 들려왔다.

—모두 입실!

그러자 다른 목소리가 소리쳤다.

—모두 입실! 모두 입실!

작문시간 동안 그는 천천히 종이를 긁는 펜 소리를 귀담아들으면서, 팔짱을 끼고 앉아 있었다. 하포드 씨는 이리저리 오가면서 빨간 연필로 작은 표시를 해주거나 때때로 학생 옆에 앉아 연필 쥐는 법을 가르쳐 주었다. 스티븐은 책 제목에 맨 마지막 부분에 나오기 때문에 이미 알고 있었지만, 혼자서 제목을 자세히 읽으려고 애를 썼다. '신중하지 못한 열의는 떠도는 배와 같도다.' 그러나 그 글자의 선은 곱고, 눈으로 볼 수 없는 실과 같았으며, 오른쪽 눈을 단단히 감고 왼쪽 눈으로 자세히 들여다보아야만 대문자의 완전한 곡선을 식별할 수 있었다.

그러나 하포드 씨는 아주 점잖은 분으로 결코 화를 내지 않았다. 다른 모든 선생님은 무섭도록 화를 냈다. 그러나 상급반 학생들이 한 짓 때문에 왜 다른 아이들이 고통받아야 할까? 웰즈가 말하기를, 상급반 애들이 성물실의 장롱에서 제단술을 꺼내 조금 마셨는데, 술 냄새 때문에 들통이 났다는 것이다. 아마도 그들은 성체안치기를 훔쳐 어딘가에 팔려고 했는지 모를 일이었다. 밤에 살며시 그곳에 들어가 컴컴한 장롱을 열고 반짝이는 황금빛 물건(성체안치기)을 훔치는 것은 정말 무서운 죄임이 틀림없다. 복사(服事)가 향로를 흔들면 향이 좌우로 구름처럼 솟고, 도미니크 켈리가 성가대에서 성가의 첫 구절을 혼자 노래하는 가운데 꽃과 촛불로 장식한 제단 위에 놓인 하느님(성체)를 훔치는 것 말이다. 물론 그들이 그것을 훔쳤을 때에는 하느님(성체)은 그 속에 없었다. 그러나 성체안치기를 만지기만 해도 그건 이상하고 커다란 죄가 되었다. 그는 깊은 두려움으로 그것을 생각했다. 지독하고 이상한 죄. 펜을 가볍게 긁는 소리가 들리는 가운데 정적 속에서 그것을 생각하자 몸이 떨렸다. 그러나 제단의 포도주를 장롱에서 꺼내 마시고 그 냄새 때문에 들키다니 그것 또한 죄였다. 하지만 그 죄는 지독하고 이상한 죄는 아니었다. 단지 포도주 냄새 때문에 약간 메스꺼움을 느낄 뿐이었다. 왜냐하면 그가 예배당에서 첫 영성체를 하던 날 눈을 감고 입을 벌리며 혀를 조금 내밀었기 때문이다. 그리고 교장 선생님이 그에게 성찬을 주기 위해 몸을 아래로 굽혔을 때, 그는 교장 선생님의 숨결에서 미사의 포도주를 마신 뒤 풍기는 희미한 술 냄새를 맡았다. 그 말은 아름다웠다. 포도주라니. 그것은 검은 보랏빛을 생각하게 했다. 포도는 그리스의 하얀 신전(神殿) 같은 집들 밖에서 자라기 때문이다. 그러나 그의 첫 영성체 날 아침에 교장 선생님 숨결의 희미한 냄새는 그가 메스꺼움을 느끼게 했다. 누구든 첫 영성체 날은 일생에서 가장 행복한 날이다. 장군들이 나폴레옹에게 그의 일생에서 가장 행복한 날이 언제였는지 물은 적이 있었다. 그들은 그가 어느 큰 전쟁에서 이긴 날 또는 제왕이 되던 날이라고 말할 줄 알았다. 그러나 그는 이렇게 대답했다.

—여러분, 내 일생에서 가장 행복한 날은 내가 처음으로 영성체를 한 날이었소.

아널 신부가 교실에 들어오자 라틴어 수업이 시작되었고, 스티븐은 팔짱을 끼고 책상에 기대어 잠자코 있었다. 아널 신부는 작문 숙제 노트를 돌려주면서 모두 형편없으니 고쳐 놓은대로 당장 다시 쓰라고 했다. 그러나 그중에서도 제일 형편없던 것은 플레밍의 노트였는데, 종이들이 잉크 얼룩으로 서로 붙어 있었기 때문이다. 그러자 아널 신부는 노트의 한 모서리를 들어올리며, 선생님에게 이따위 과제물을 제출하다니 그건 모독이라고 했다. 그런 다음 그는 재 로턴에게 라틴어 명사 '바다

(mare)'를 격변화시켜보라고 하자, 그는 탈격(奪格) 단수형에서 막힌 채 복수형으로 이어가지 못했다.

—창피한 줄 알아야지. 아닐 신부가 말했다. 반장이라는 애가!

그리고 그는 다음 아이 또 다음 그리고 다음 아이에게 물었다. 아무도 알지 못했다. 아닐 신부는 말이 없어졌다. 아이들은 대답하려고 애를 썼지만, 하지 못했고 그는 더욱더 조용해졌다. 그의 얼굴은 검게 보였고 목소리는 아주 조용했지만 그의 눈은 아이들을 빤히 노려보고 있었다. 그리고 그는 플레밍에게 물었고 플레밍은 그 단어는 복수형이 없다고 말했다. 아닐 신부는 갑자기 책을 덮고 그에게 소리를 질렀다.

—교실 한복판으로 가서 꿇어앉아. 너처럼 게으른 애는 처음 봤어. 나머지 학생들은 다시 숙제 노트를 베끼세요.

플레밍이 자리에서 무겁게 걸어 나와 맨 뒤 두 벤치 사이에서 무릎을 꿇었다. 다른 학생들은 몸을 굽히고 노트에 쓰기 시작했다. 침묵이 교실을 점령했고, 스티븐은 아닐 신부의 까만 얼굴을 겁먹은 듯 흘끗 쳐다보다가, 화가 나서 조금 붉어진 그의 얼굴을 보았다.

아닐 신부가 화를 내는 것은 죄일까, 아니면 학생들이 게으름을 피울 때 그들에게 화를 내면 공부를 더 잘하게 되니까 화를 내도 괜찮은 것일까, 아니면 그는 단지 화를 내는 척하는 것일까? 성직자이기 때문일 것이다. 신부는 죄가 무엇인지 알고 죄를 범하지 않을 것이며, 화를 내도 괜찮기 때문이다. 그러나 만일에 그가 한 번이라도 잘못해서 화를 내면 고해 성사에 무엇을 어떻게 할까? 아마 그는 부교장 선생님에게 고해하러 가겠지. 그리고 만일 부교장 선생님이 죄를 지으면 교장 선생님에게 갈 것이다. 교장 선생님은 관구장(管區長)에게, 관구장은 예수회의 총회장에게 갈 것이다. 그것을 품급서열(品級序列)이라 불렀다. 그는 언젠가 아버지가 성직자들은 모두 현명한 사람들이라고 하는 말을 들은 적이 있었다. 만일 그들이 예수회 교도가 되지 않았더라도 그들 모두가 세상에서 지위 높은 사람이 되었을 것이다. 그리고 그들이 예수회의 회원이 되지 않았더라면 아널 신부와 패디 배리트 선생님은 어떤 사람이 되었을까, 그리고 맥글레이드 선생님과 글리슨 선생님은 어떤 사람이 되었을까 궁금했다. 그걸 생각하는 것은 어려운 일이었다. 왜냐하면 그들은 색깔이 다른 코트와 바지 그리고 다른 콧수염과 턱수염 그리고 다른 여러 종류의 모자를 가진, 전혀 다른 식으로 그들을 생각해야 했기 때문이다.

문이 조용히 열리고 닫혔다. 재빠른 속삭임이 교실에 번져 나갔다. 학감이었다. 한순간 죽은 듯한 침묵이 있었고 맨 뒷줄 책상 위를 내려치는 회초리 소리가 요란하게 들렸다. 스티븐의 심장이 두려움 속에 펄쩍 뛰었다.

—아널 신부님, 여기 매 맞을 학생 없어요? 학감이 소리쳤다. 이 반에 매를 원하는 빈둥거리는 게으름뱅이는 없어요?

교실 한복판까지 온 그는 무릎 꿇고 있는 플레밍을 보았다.

—호호! 그는 소리쳤다. 이게 누구지? 왜 무릎을 꿇고 있는 거냐? 네 이름이 뭐냐?

—플레밍입니다, 선생님.

—호호, 플레밍이라! 물론 게으름뱅이겠지. 네 눈을 보면 알 수 있어. 이 애는 왜 무릎을 꿇고 있어요, 아널 신부님?

—라틴어 작문을 잘못했습니다. 아널 신부가 말했다. 그리고 문법 문제도 모두 다 틀렸어요.

—물론 그럴 테지! 학감이 소리쳤다. 그럴 테고 말고! 타고난 게으름뱅이니까! 눈꼬리를 보면 알 수 있지.

그는 회초리로 책상 위를 쾅 내리치며 소리쳤다.

일어나, 플레밍! 일어나, 요놈!

―플레밍이 천천히 일어났다.

―내밀어! 학감이 소리쳤다.

플레밍이 손을 내밀었다. 요란한 큰 소리와 함께 회초리가 손바닥을 내리쳤다. 하나, 둘, 셋, 넷, 다섯, 여섯.

―다른 손!

회초리가 다시 찰싹 큰 소리로 여섯 번 내리쳤다.

―무릎 꿇어! 학감이 소리쳤다.

플레밍은 양손을 겨드랑이 아래 쑤셔 넣고, 고통으로 일그러진 얼굴로 무릎을 꿇고 앉았다. 그러나 스티븐은 플레밍이 언제나 손에다 송진을 문질러 바르고 있었기 때문에 손이 얼마나 단단한가를 알고 있었다. 그러나 회초리 소리가 지독한 것으로 보아 고통이 대단할 것이다. 스티븐의 심장이 마구 뛰며 팔딱거렸다.

―모두 공부를 계속해요! 학감이 소리쳤다. 여기 빈둥거리는 게으름뱅이는 필요 없어. 빈둥거리는 게으름뱅이 꾀보 말이야. 자 어서, 공부를 시작해. 돌런 신부는 매일 너희를 살피러 올 거야. 내일도 올 거야.

그는 회초리로 한 학생의 옆구리를 찌르며 말했다.

―너! 돌런 신부가 언제 다시 오지?

―내일요, 선생님. 톰 펄롱이 말했다.

―내일 또 내일 또 내일. 학감이 말했다. 그걸 마음에 단단히 새겨둬. 돌런 신부가 매일. 얼른 써! 이봐, 넌 누구냐?

스티븐의 심장이 갑자기 펄쩍 뛰었다.

―데덜러스입니다, 선생님.

―왜 넌 다른 애들처럼 쓰고 있지 않니?

―저는…… 저의…….

그는 겁이 나서 말을 할 수가 없었다.

—왜 이 애는 쓰지 않지요, 신부님?

　—그 애는 안경이 깨졌어요. 아널 신부가 말했다. 그래서 작문을 면제
시켜 주었죠.

　—깨졌다고? 그게 무슨 소리지? 네 이름이 뭐냐? 학감이 말했다.

　—데덜러스요, 선생님.

　—이리 나와 데덜러스. 게으른 꼬마 꾀보. 얼굴에 꾀보라고 쓰여 있는
걸. 어디서 안경을 깨뜨렸지?

　스티븐은 두려움과 조급함 때문에 눈앞이 캄캄해진 채로, 교실 한복
판으로 비틀비틀 걸어나왔다.

　—어디서 안경을 깨뜨렸지? 학감이 반복해서 물었다.

　—석탄재가 깔린 길에서요, 선생님.

　—호호! 석탄재 길이라! 학감이 부르짖었다. 난 그런 수작을 알지.

　스티븐이 놀라 눈을 들자 순간 돌런 신부의 젊지 않은 회백색의 얼굴,
양쪽에 보푸라기가 난 회백색의 대머리, 강철테 안경, 그 안경을 통해 쳐
다보는 무색의 눈을 보았다. 그는 왜 수작을 안다고 말했을까?

　—게으름뱅이 꼬마 꾀보! 학감이 부르짖었다. '안경을 깨뜨렸습니다'
라니! 학생들의 흔한 낡은 수작이야! 당장 손을 내놔!

　스티븐은 눈을 감고 떨리는 한쪽 손을, 손바닥을 위로하여 내밀었다.
그는 학감이 손을 펴느라고 손가락을 만지는 것을, 그리고 때리기 위해
회초리를 쳐들었을 때 수단복 소매의 쉿 하는 소리를 잠시 느꼈다. 부러
진 막대기의 탁 치는 큰 소리처럼 뜨겁고 타는 듯 얼얼한 충격이 떨리는
그의 손을 불 속 가랑잎처럼 오그라들게 했다. 그 소리와 고통에 타는 듯
한 눈물이 솟았다. 온몸은 공포로 떨고 있었고, 팔도 떨리고, 오그라든
타는 듯한 파리한 손이 허공의 처진 낙엽처럼 떨렸다. 제발 용서해 달라
는 듯, 그의 입술까지 울음이 솟아올랐다. 미곡 뜨거운 눈물이 고이고 시

지가 떨리는 고통과 공포를 느꼈지만, 목이 타는 듯한 울부짖음과 뜨거운 눈물을 참았다.

—다른 손! 학감이 소리쳤다.

스티븐은 맞아서 떨리는 오른손을 거두고 왼손을 내밀었다. 회초리를 들어올리자 수단복 소매가 다시 쉿 소리를 냈고, 크게 내리치는 소리와 사납고 미치도록 얼얼한 고통이 그의 손바닥과 손가락을 검푸른 떨리는 한 덩어리로 움츠리게 했다. 타는 듯한 눈물이 눈에서 솟아나왔고, 수치와 고뇌와 공포로 불타면서, 공포 속에 떨리는 팔을 끌어당기며 고통스러운 비명을 터뜨렸다. 그의 몸은 공포에 질려 떨렸고, 수치와 분노 속에서 타는 듯한 울부짖음이 목구멍에서 치밀어 오르고, 타는 듯한 눈물이 눈에서 솟구쳐 화끈거리는 뺨 아래로 떨어지는 것을 느꼈다.

—꿇어 앉아. 학감이 소리쳤다.

스티븐은 맞은 손으로 그의 옆구리를 짓누르면서 재빨리 꿇어 앉았다. 얻어맞은 고통 때문에 손이 부풀어 오른 것을 생각하니, 그것이 자기 손이 아니고 그가 미안하게 여기는 다른 사람의 손인 듯 순간적으로 그들에게 너무 미안한 생각이 들었다. 목구멍의 마지막 흐느낌을 가라앉히고 옆구리에 댄 손에서 짓누르는 얼얼한 아픔을 느끼면서 무릎을 꿇었다. 그는 손바닥을 위로 하여 공중에 내밀었던 손을, 그리고 떨리는 손가락을 바로 폈을 때 학감의 굳은 감촉을, 그리고 허공에서 어쩔 수 없이 떨었던 얻어맞아 부풀어 오른 붉은 손바닥과 손가락의 살덩어리를 생각했다.

—자 모두 공부를 시작해. 학감이 문간에서 소리쳤다. 돌런 신부는 매일 와서 어떤 아이가, 어떤 게으름뱅이 꾀보가 회초리를 필요로 하는지 보기 위해 날마다 들를 것이다. 날마다, 날마다.

그의 등 뒤에서 문이 닫혔다.

숨을 죽인 듯 학급 아이들은 작문 베끼기를 계속했다. 아널 신부는 자기 자리에서 일어나, 상냥한 말투로 애들을 도와주고 그들이 범한 틀린 것을 말해 주기도 하면서, 아이들 사이를 돌아다녔다. 그의 목소리는 무척이나 상냥하고 부드러웠다. 그런 다음 그는 자기 자리로 되돌아가 플레밍과 스티븐에게 말했다.

—너희는 제자리로 되돌아가도 좋아. 둘 다.

플레밍과 스티븐이 일어서서 제자리로 걸어가 앉았다. 스티븐은 수치스러워 얼굴이 홍당무가 된 채, 맥 빠진 손으로 재빨리 책을 펴고, 몸을 굽혀 얼굴을 책 가까이로 가져갔다.

그건 정말 부당하고 잔인한 일이었다. 왜냐하면 의사가 안경 없이는 책을 읽지 말라고 그에게 일렀고, 그가 그날 아침 아버지께 편지를 써서 새 안경을 보내 달라고 했기 때문이다. 그리고 아널 신부는 새 안경이 올 때까지는 공부하지 않아도 된다고 말했었다. 그런데 애들 앞에서 꾀보라고 부르다니, 언제나 반에서 1등 아니면 2등의 카드를 받는, 요크 편의 수장인 그에게 매질을 하다니! 학감은 어떻게 그것을 수작이라 생각할 수 있단 말인가? 학감의 손가락이 그의 손을 바로 했을 때, 처음에는 그 촉감이 부드럽고 단단했기 때문에 악수라도 하려는 줄 알았다. 그러나 순식간에 수단복 소매의 섞 스치는 소리와 회초리의 찰싹 치는 소리를 들었다. 그런데 그를 반의 한복판에서 무릎을 꿇게 한 것은 잔인하고 부당했다. 그리고 아널 신부는 두 학생 사이를 전혀 구별하지 않은 채, 제자리에 되돌아가도 좋다고 말했다. 그는 아널 신부가 작문을 고쳐 주고 있을 때 그의 낮고 선량한 목소리에 귀를 기울였다. 아마 그는 지금쯤 미안한 마음이 들어 점잖게 보이기를 원하고 있을 것이다. 하지만 그것은 정말 부당하고 잔인했다. 학감은 신부지만, 그것만은 정말 잔인하고 부당했다. 그의 회백색 얼굴과 강철테의 안경 뒤에 숨은 무색의 눈도 잔인해 보였다. 왜냐하면 그가 처음에 곧고 부드러운 손가락으로 그의 손을 반듯하게 했는데 그것은 손바닥을 더 잘, 더 큰 소리가 나도록 때리기 위해서였다.

—그건 지독히도 비겁한 짓이야. 바로 그거야. 플레밍은 반 아이들이 식당으로 줄 지어 빠져나가자, 복도에서 말했다. 학생 잘못도 아닌데 매질을 하다니.

—정말 우연히 안경을 깨뜨렸지? 그렇지? 내스티 로시가 물었다.

스티븐은 플레밍의 말에 가슴이 북받쳐 대답을 하지 못했다.

—물론 그랬지! 플레밍이 말했다. 난 참지 못하겠어. 나 같으면 교장 선생님한테 올라가서 그를 이르겠어.

—그래. 세실 선더가 열렬하게 말했다. 그리고 그가 회초리를 어깨 위로 치켜드는 걸 봤어. 그렇게 못 하도록 되어 있는데도.

—많이 아팠니? 내스티 로시가 물었다.

—아주 많이. 스티븐이 말했다.

—나라면 참지 않을 거야. 플레밍이 반복해서 말했다. 대머리가 아니라 대머리 할아버지라도. 그건 지독히도 저질이고, 야비한 수작이야. 바로 그거야. 나라면 저녁 식사 뒤에 곧장 교장 선생님한테 가서 그에 관해 이르겠어.

—그래, 그렇게 해. 그래, 해 봐. 세실 선더가 말했다.

—그래, 그렇게 해. 정말이야. 교장 선생님한테 가서 일러, 데덜러스. 내스티 로시가 말했다. 왜냐하면 그가 내일 다시 와서 널 때린한다고 했어.

—그래, 그래. 교장 선생님한테 말해.

모두 말했다. 그리고 중급 문법반의 몇몇 아이도 듣고 있다가 그중 한 아이가 말했다.

—원로원과 로마 국민은 데덜러스가 부당하게 형벌을 받았음을 선포하노라.

　　그것은 부당한 일이었다. 부당하고 잔인했다. 그는 식당에 앉아서 똑같은 모독을 몇 번이고 되새기며 괴로워했고, 마침내 자신을 꾀보로 보이게 하는 그 무엇이 얼굴에 있는 게 아닌가 하는 이상한 생각이 들기 시작했으며, 조그마한 거울이 있으면 들여다보고 싶었다. 그러나 그럴 수는 없었다. 그런데 그것은 부당하고 잔인하며 불공평한 일이었다.

　　그는 사순절(四旬節)의 수요일에 먹는 거무스름한 생선 튀김을 먹을 수가 없었으며, 그의 몫으로 주어진 감자에는 삽 자국이 나 있었다. 그래, 애들이 시키는 대로 해봐야지. 그는 교장 선생님한테 가서 부당하게 매를 맞았다고 말할 것이다. 이런 일은 역사 속 어떤 인물이나 역사책에 실린 어떤 위대한 인물에 의해 행해졌었다. 교장 선생님은 그가 부당하게 매를 맞았다고 선포할 것이다. 원로원과 로마 시민도 언제나 고발당한 사람들이 부당하게 매를 맞았다고 선포했을 테니까. 그들은 리치멀 매그널 『문제집』에 이름이 나와 있는 위대한 사람들이었다. 역사는 온통 그들에 관한 그리고 그들의 업적에 관한 것이었고, 그리스와 로마에 관한 피터 팔리의 『이야기들』도 모두 그런 것에 관한 것이었다. 피터 팔리의 사진이 그 책의 첫 페이지에 나와 있었다. 옆에 풀과 작은 관목이 있는 황야 위로 길이 하나 있었다. 그리고 피터 팔리는 신교도의 목사처럼 테 넓은 모자를 쓰고 긴 지팡이를 짚었으며, 그리스와 로마로 향하는 길을 따라 급히 걷고 있었다.

　　그가 해야 할 일은 쉬웠다. 그 일은 저녁 식사가 끝나고 차례가 되어 산책하려고 밖을 나올 때 복도 쪽으로 가지 않고 성으로 나가는 오른쪽 계단을 올라가는 것이었다. 그것만 하면 된다. 오른쪽으로 돌아 재빨리 계단으로 올라가면 얼마 가지 않아 낮고 컴컴한 좁은 복도에 도착할 것이고, 거기에서 성을 통해 교장실로 가게 될 것이다. 모든 아이들이 그것은 부당하다고 말했고, 심지어 원로원과 로마 국민에 관해 말한 중급 문법반의 아이까지도 그랬다.

어떤 일이 일어날까? 식당 첫머리에 앉아 있던 상급반 학생들이 일어나는 소리와 양탄자를 밟고 내려오는 발소리를 들었다. 패디 래스와 지미 매기 그리고 스페인 학생과 포르투갈 학생, 다섯 번째는 글리슨 선생님한테 매를 맞을 덩치 큰 코리건이었다. 그 때문에 학감은 그를 꾀보라고 불렀고 별것도 아닌 걸로 매질을 했던 것이다. 그는 눈물로 지쳐 피로한 눈을 긴장시키면서, 덩치 큰 코리건이 널찍한 어깨와 까맣고 큰 머리를 숙인 채 대열 속에서 지나가고 있는 것을 지켜보았다. 하지만 코리건은 뭔가 중대한 잘못을 했고 게다가 글리슨 씨는 그를 심하게 매질하지 않을 것이었다. 스티븐은 코리건이 목욕탕에서 얼마나 커 보였는지 기억했다. 그는 욕탕 얕은 쪽에 고인 이탄 빛의 습지물과 똑같은 빛깔을 띠고 있었고, 그가 곁을 지나갈 때 젖은 타일 위에서 그의 발이 철썩철썩 큰 소리를 냈으며, 발걸음을 옮길 때마다 살찐 넓적다리가 조금 출렁댔다.

식당은 반쯤 비어 있었고 아이들은 여전히 줄을 지어 지나가고 있었다. 식당 문 바깥에 신부나 학감이 없었기 때문에 그는 계단을 올라갈 수 있었다. 하지만 그는 갈 수가 없었다. 교장 선생님은 학감과 한편이 될 것이고 그것을 학생의 수작이라 생각할 것이며, 학감은 매일 반에 나타날 것이고, 그에 관해 교장 선생님에게까지 일러바치는 학생이 누구든 지독히 화를 낼 것이기 때문에 사태는 더욱더 악화할 것이다. 아이들은 그에게 교장실에게 가서 말해야 한다고 했지만, 그들 스스로는 가려 하지 않았다. 그들은 그 일을 이미 모두 잊었을 것이다. 아니, 그 일에 관해서는 모두 잊어버리는 것이 상책일 것이다. 학감이 오겠다고 한 것은 말뿐일지 모른다. 아니, 눈에 띄지 않고 숨는 것이 최선이다. 왜냐하면 몸집이 작고 어릴 적에는 누구나 그런 식으로 곧잘 몸을 피할 수 있을 테니까.

그의 식탁에 앉아 있던 아이들이 일어났다. 그도 자리에서 일어나 그들과 섞여 줄을 지어 빠져나갔다. 그는 결심해야 했다. 문이 가까워지고 있었다. 만일 그가 아이들을 따라 밖으로 나간다면 교장 선생님께 결코 갈 수 없을 것이다, 그 일 때문에 운동장을 떠날 수는 없을 테니까. 그리고 만일 그가 교장실에 갔는데도 여전히 매를 맞으면 애들은 모두 그를 조롱할 것이고 꼬마 데덜러스가 교장 선생님께 학감 얘기를 일러바쳤다고 말할 것이다.

그는 양탄자를 따라 계속 걸었고 앞에 문이 보였다. 불가능했다. 할 수가 없었다. 그는 잔인한 무색의 눈으로 그를 쳐다보는 학감의 대머리를 생각했고, 이름을 두 번씩이나 묻던 학감의 목소리를 듣는 듯했다. 왜 처음 이름을 말했을 때 학감은 기억하지 못했을까? 잘 듣지 않아서일까, 아니면 그의 이름을 조롱하기 위해서였을까? 역사에 나오는 위대한 사람들은 그와 이름이 비슷했고 아무도 그들을 놀리지 않았다. 놀리려거든 자기 이름이나 놀릴 일이다. 돌런, 마치 빨래하는 여자 이름 같아.

그는 문에 다다랐고 재빨리 오른쪽으로 돌면서 층계로 올라갔다. 되돌아갈까 마음을 고쳐먹기도 전에, 이미 성에 이르는 낮고 어두컴컴한 좁은 복도로 들어서 있었다. 복도의 문턱을 넘어섰을 때 그는 돌아보지 않아도, 아이들이 줄을 지어 지나가며 모두 그를 쳐다보고 있는 것을 알았다.

그는 좁고 어두운 복도를 지나, 교단의 성직자들이 거처하는 방문을 지나갔다. 그는 어둠 속에서 앞과 좌우를 기웃거리며 저것들은 모두 초상화라고 생각했다. 그곳은 어둡고 고요했으며 그의 눈은 눈물 때문에 피로한 상태라 제대로 볼 수가 없었다. 그러나 그는 지나가는 그를 말없이 내려다보고 있던 것이 성인이나 교단의 위대한 사람들의 초상화라고 생각했다. 펼쳐진 책을 들고, '하느님의 더 크신 영광을 위하여'란 문구를 가리키고 있는 성 이그너티우스 로욜라, 자신의 앞가슴을 가리키고 있는 성 프란시스 자비에르, 각 학급의 선생님처럼 머리에 버레터를 쓴 로렌초 릿치, 젊어서 죽었기에 젊은 얼굴을 하고 있는 성스러운 젊은이들의 수호 성자인 성 스태니슬로스 코스카, 성 알로이시우스 곤자가, 복자(福者) 요한 베르크만스 그리고 큰 외투를 두르고 의자에 앉아 있는 피터 케니 신부.

그는 입구 위의 층계 마루로 나와 사방을 둘러보았다. 그곳은 해밀턴 로우언이 지나간 곳이며, 병사들의 총탄 자국이 있는 곳이었다. 그리고 늙은 하인들이 하얀 제복을 입은 원수(元帥)의 유령을 보았던 곳이다.

늙은 한 하인이 층계 마루 끝에서 청소하고 있었다. 스티븐이 교장실이 어디냐고 그에게 묻자, 늙은 하인은 끝에 있는 방문을 가리켰고, 그가 그곳으로 가서 노크하자 그의 뒤를 쳐다보았다.

아무 대답이 없었다. 그가 다시 좀 더 크게 노크를 했고, 희미하고 둔탁한 목소리가 들렸을 때 그의 가슴은 세차게 뛰었다.

—들어와요!

그는 손잡이를 돌려 문을 열고 안쪽의 파란 나사천으로 된 문 손잡이를 더듬어 찾았다. 그는 손잡이를 찾아 열고 안으로 들어갔다.

그는 책상에 앉아 글을 쓰고 있는 교장 선생님을 보았다. 책상에는 두개골이 하나 놓여 있었고 방에는 의자의 낡은 가죽과 같은 이상하고 엄숙한 냄새가 풍겼다.

그의 심장은 그가 들어선 엄숙한 장소와 그곳의 침묵 때문에 몹시 두근거렸다. 그는 두개골과 교장 선생님의 친절해 보이는 얼굴을 쳐다보았다.

─그래, 학생. 교장 선생님이 말했다. 무슨 일이지?

스티븐은 목에 꽉 멘 것을 꿀꺽 삼키고 말했다.

─안경을 깨뜨렸습니다, 선생님.

교장 선생님이 입을 벌리며 말했다.

─오!

그리고 미소를 지으며 말했다.

─글쎄, 안경이 깨졌으면 집에다 편지를 써서 새 안경을 보내 달라고 해야지.

─집에다 편지를 썼습니다, 선생님. 스티븐이 말했다. 그리고 아널 신부님은 새 안경이 올 때까지 공부를 안 해도 된다고 하셨습니다.

─그렇지! 교장 선생님이 말했다.

스티븐은 다시 꿀꺽 삼키며, 다리와 목소리가 떨리지 않도록 애를 썼다.

─그런데 선생님─

─응?

─돌런 신부님이 오늘 반에 들어오셔서 제게 작문을 쓰지 않는다고 매질을 하셨습니다.

교장 선생님이 묵묵히 그를 쳐다보자, 스티븐은 자신의 얼굴에 피가 솟아오르고 눈에는 눈물이 솟으려 하는 것을 느낄 수 있었다.

교장 선생님이 말했다.

─네 이름이 데덜러스지, 그렇지?

─네, 선생님⋯⋯.

─그런데 어디서 안경을 깨뜨렸지?

─석탄재 길에서요, 선생님. 어떤 애가 자전거 가게에서 나오다가 저를 넘어뜨려 안경이 깨졌어요. 그 애 이름은 모릅니다.

교장 선생님은 다시 그를 묵묵히 쳐다보았다. 이어 그는 미소를 지으며 말했다.

—오, 그래, 실수가 있었구나. 분명히 돌런 신부님이 모르셨던 거야.

—하지만 안경이 깨졌다고 말씀드렸는데 매질하셨어요, 선생님.

—새 안경을 보내 달라고 집에 편지 쓴 걸 말씀드렸니? 교장 선생님이 물었다.

—아뇨, 선생님.

—그래, 교장 선생님이 말했다. 돌런 신부님이 그걸 모르셨던 거야. 그럼 내가 며칠 동안 공부를 면제시켜 주었다고 말씀드려.

스티븐은 몸의 떨림 때문에 말문이 막힐까봐 재빨리 대답했다.

—네, 선생님. 하지만 돌런 신부님이 내일 또 오셔서 매질한다고 하셨어요.

—좋아, 그럼, 교장 선생님이 말했다. 그건 잘못된 거니까, 내가 직접 돌런 신부님께 말씀드리지. 이제 됐어?

스티븐은 눈물이 눈을 적시는 것을 느끼며 중얼거렸다.

—오, 네. 선생님, 감사해요.

교장 선생님은 두개골이 놓여 있는 책상 옆을 가로질러 손을 내밀자 스티븐은, 잠깐 자신의 손을 거기 놓으면서, 차갑고 축축한 손바닥을 느꼈다.

—그럼 안녕, 교장 선생님은 손을 도로 떼고 몸을 굽히며 말했다.

—안녕히 계세요, 선생님. 스티븐이 말했다.

그는 절을 하고 조용히 방에서 걸어 나와 문을 조심스럽게 그리고 천천히 닫았다.

그러나 그가 층계 마루의 늙은 청소부 곁을 지나, 다시 낮고 좁은 컴컴한 복도로 나서자, 그의 발걸음은 점점 빨라지기 시작했다. 점점 빨리 그는 어둠을 뚫고 흥분에 넘쳐 서둘러 걸었다. 그는 복도 끝에 있는 문에 팔꿈치를 부딪히면서 층계를 급히 걸어내려가, 두 개의 복도를 빠져 바깥 대기 속으로 재빨리 걸어나왔다.

그는 운동장에서 아이들이 떠드는 소리를 들을 수 있었다. 그는 달리기 시작했다. 그리고 점점 빨리 달리면서, 석탄재 길을 가로질러 달렸고, 숨을 헐떡이며 하급반 운동장에 도착했다.

아이들은 그가 달려오는 것을 보았다. 그들은 들으려고 서로 밀치며, 그의 주변을 동그랗게 둘러쌌다.

—말해 봐! 말해 봐!

—뭐라고 하셨어?

—들어갔었니?

—뭐라고 말씀하셨어?

—말해 봐! 말해 봐!

그는 자기가 한 말과 교장 선생님이 하신 말을 그들에게 다 말해 주었다. 그가 이야기를 마치자, 아이들은 일제히 모자를 공중에 뱅뱅 던져 올리며 소리쳤다.

—만세!

아이들은 모자를 잡았고, 다시 하늘 높이 뱅뱅 던져 올리며 다시 소리쳤다.

—만세! 만세!

아이들은 손으로 가마를 만들어 그를 들어올리고, 그가 애써 풀려날 때까지 그를 태우고 다녔다. 그리고 그가 애들로부터 벗어나자 모두 사방으로 흩어지면서, 모자를 다시 공중에다 뱅글뱅글 던져 올리고, 휘파람을 불면서 소리쳤다.

만세!

모두 대머리 돌런을 위해 세 번 야유했고 콘미를 위해 세 번 만세를 외쳤다. 그리고 그가 클론고우즈의 유사 이래 가장 위대한 교장 선생님이라고 모두가 말했다.

경쾌한 함성은 온화한 회색의 대기 속으로 사라져 갔다. 그는 홀로 있었다. 행복하고 마음이 홀가분했다. 그러나 돌런 신부에게 으스대고 싶지 않았다. 아주 조용히 그에게 복종할 것이다. 그는 자신이 으스대지 않는다는 것을 보여 주기 위해 그에게 뭔가 친절한 일을 하고 싶었다.

회색빛 대기는 부드럽고 온화했으며, 저녁이 다가오고 있었다. 공중에는 저녁의 냄새, 바턴 소령 댁까지 산책하기 위해 외출했을 때 무를 뽑아 껍질을 벗겨 모두 함께 먹던 시골의 밭 냄새가 풍겼다, 정자 저쪽으로 오배자 나무들이 있는 작은 숲 속에서 나던 바로 그 냄새였다.

아이들은 크리켓 길게 던지기, 커브 공 던지기 그리고 느린 곡구(曲球)를 연습하고 있었다. 부드럽고 뿌연 고요 속에서 공들이 부딪치는 소리를 들을 수 있었다. 고요한 대기를 뚫고 여기저기에서 크리켓 방망이 소리. 그것은 픽, 팩, 폭, 퍽, 마치 찰랑대는 분수대에 조용히 떨어지는 물방울 소리 같았다.

제2장

찰스 아저씨는 얼마나 지독한 잎담배를 피우는지 마침내 그의 조카는 그에게 아침 흡연을 마당 끝에 있는 조그만 딴채에서 즐기도록 그에게 암시했다.

—아주 좋아, 사이먼. 이상 무, 사이먼, 노인은 조용히 말했다. 어디든 좋아. 딴채가 나한테 좋을 거야. 건강에도 더 좋을 거고.

—맙소사, 데덜러스 씨가 솔직히 말했다. 글쎄, 그토록 지독한 담배를 피우시다니. 정말이지 화약 같다니까요.

—아주 근사해, 사이먼. 노인이 대답했다. 속이 아주 시원하고 속이 후련해지는 기분이야.

그렇게 해서 매일 아침, 찰스 아저씨는 딴채로 갔으나 가기 전에 뒷머리에 기름을 바르고 세심하게 빗질을 했으며 춤 높은 모자를 솔질해서 썼다. 그가 담배를 피우는 동안 춤 높은 모자의 챙과 담배 파이프의 대통이 딴채 문 기둥 너머로 드러나 보였다. 그의 정자(亭子), 이 냄새 풍기는 딴채를 그는 그렇게 불렀다. 그곳에는 고양이와 정원용 연장들이 있었고, 그것은 그에게 일종의 사운드박스(공명상자) 구실을 했다. 매일 아침 그는 자신이 좋아하는 노래 중 하나를 만족스럽게 흥얼거렸다. "오, 내게 정자를 하나 지어 줘요." 또는 "파란 눈과 금발" 또는 "블라니의 숲"을. 그동안 그의 파이프에서 잿빛 푸른 연기가 천천히 솟아오르며 신선한 대기 속으로 사라졌다.

블랙록에서 시낸 너금의 초반 동안 찰스 아저씨는 스티븐의 한설같은 친구가 되었다. 찰스 아저씨는 보기 좋게 그을린 피부, 우락부락한 이목구비 그리고 하얀 구레나룻을 기른 노익장의 남자였다. 주중에 그는 캐리스포트 가로에 있는 집과 시내의 큰길에 있는, 가족이 거래하는 상점 사이를 왕래하며 심부름을 했다. 스티븐은 그와 함께 기꺼이 심부름을 갔는데, 그 이유인즉 찰스 아저씨가 카운터 바깥에 열려 있는 상자와 통 속에 있는 것은 무엇이든지 한 줌 가득 그에게 주었기 때문이다. 그는 톱밥사탕이나 포도 혹은 미국산 사과 서너 개를 한 줌 가득 집어 종손자 손에 관대하게 불쑥 넣어 주었는데, 그동안 가게 주인은 불안한 미소를 띠었다. 그리고 스티븐이 그걸 받기 어려워하는 듯한 빛을 보이면, 얼굴을 찌푸리며 말했다.

―받아 두렴, 알겠지? 그건 장에 참 좋단다.

주문서의 항목들이 장부에 모두 기재되면 두 사람은 공원으로 가곤 했는데, 거기에는 스티븐 아버지의 옛 친구인 마이크 플린이 보였고 벤치에 앉아 그들을 기다리고 있었다. 그러고 나면 공원 주변에서 스티븐의 달리기가 시작되었다. 마이크 플린이 시계를 손에 들고 기차 정거장 가까운 문간에 서 있는 동안, 스티븐은 마이크 플린이 좋아하는 스타일로 머리를 높이 치켜들어 무릎을 번쩍 올리고 양손을 옆구리에 꼭 붙인 채, 트랙 주위를 달렸다. 오전 연습이 끝나면 트레이너는 논평을 하고, 때로는 푸른색의 낡은 캔버스 운동화를 신고 1야드가량을 우스꽝스럽게 발을 질질 끌면서 시범을 보여주기도 했다. 그와 찰스 아저씨가 다시 자리에 앉아 운동 경기나 정치 이야기를 하고 있을 때 신기한 듯 놀란 아이들과 유모들이 둥그렇게 모여들어 그의 주변을 서성거리며 그를 살피곤 했다. 스티븐은 아버지에게서 마이크 플린이 현대의 가장 훌륭한 몇몇 선수들을 손수 길러냈다는 애기를 들은 적이 있지만, 그는 시가를 말고 있는 길고 때 묻은 손가락 위로 구부린 트레이너의 맥없고 수염이 덥수룩한 얼굴과 그 온화하고 빛 잃은 푸른 눈을 연민을 가지고 자주 힐끗 쳐다보았는데, 그는 하던 일을 멈추고 갑자기 위로 치켜보며 먼 창공 속을 멍하니 바라보곤 했다. 한편 그 길고 부풀어 오른 손가락이 담배 말기를 멈추자 그 가루와 부스러기가 도로 쌈지 속으로 떨어졌다.

집으로 돌아오는 길에 찰스 아저씨는 이따금 성당을 방문했는데, 성수반(聖水盤)에 스티븐의 손이 미치지 못하자, 노인은 자기 손을 성수에 적셔 스티븐의 옷 주위와 출입구 현관 바닥에 재빨리 뿌렸다. 그가 기도하는 동안, 그는 자신의 붉은 손수건 위에 무릎을 꿇고 페이지마다 아래쪽에 색인이 그 속에 찍혀 있는 손때 묻은 까만 기도서를 소리 내어 읽었다. 스티븐은 비록 그의 신앙심을 공감하지는 않았으나, 그걸 존경하며 그의 곁에 무릎을 꿇었다. 그는 자신의 종조부께서 무엇을 그토록 골똘히 기도드리는지 이따금 궁금했다. 아마도 그는 연옥에 있는 영혼들을 위하여 아니면 행복한 죽음의 은총을 위하여 기도할 것이다. 그도 아니면 아마 그가 코크에서 탕진한 커다란 재산 일부를 하느님께서 돌려주시기를 기도하고 있을지도 모른다.

일요일이면 스티븐은 그의 아버지와 종조부와 함께 건강을 위해 산책을 했다. 노인은 발에 티눈이 나 있었음에도 꽤 날세게 걸었으며 이따금 한길을 10마일 또는 12마일씩 걸었다. 스틸로건의 작은 마을은 길이 갈라지는 곳에 있었다. 그들은 왼쪽으로 더블린 산을 향해 가거나 아니면 고츠타운 한길을 따라 던드럼을 통과하여 샌디포드를 지나 집으로 돌아왔다. 한길을 따라 터벅터벅 걷거나 어느 우중충한 노변의 주막에 서서 노인은 한결같이 그들의 마음에 가까운 화제들에 관하여, 아일랜드의 정치에 관하여, 먼스터에 관하여 그리고 그들의 집의 전설에 관하여 이야기했는데, 모든 이야기에 스티븐은 역심히 귀를 기울였다. 그가 이해한 수 없는 말들을 몇 번이고 마음속에 반복함으로써 마침내 그것들을 암기했다. 그리고 그 낱말들을 통해서 그는 그들 주변의 실제 세계를 언뜻 보았다. 그 역시 그와 같은 세계의 생활 속에 참여할 시간이 다가오는 듯했고, 어렴풋이 이해하고 있던 그의 천성을 자신이 기다리고 있다고 스스로 느꼈던 그 위대한 억할을 위해 암암리에 준비하기 시작했다.

저녁 시간은 자기 자신을 위한 것이었다. 그리고 그는 『몽테크리스토 백작』의 조잡한 번역판을 탐독했다. 그 암담한 복수자의 모습이 그가 유년 시절에 듣고 생각했던 이상하고도 무서운 어떤 형태로든 그의 마음속에 나타났다. 밤이 되면 그는 환승 승차표와 종이꽃, 색깔 화장지, 초콜릿을 쌌던 금박지 및 은박지 조각을 가지고 응접실 탁자 위에다 이상한 섬의 동굴(洞窟) 상(像)을 만들기도 했다. 그가 그 은박지에 싫증을 느껴, 이러한 풍경을 다 부숴 버렸을 때, 마르세유의 햇볕이 내리쬐는 격자 울타리의 그리고 메르세데스의 환한 풍경이 그의 마음에 떠올랐다. 블랙록 외곽에 산으로 뻗은 길 위에, 작고 씻은 듯한 하얀 집이 한 채 서 있었고, 그 집 정원에는 많은 장미 나무가 숲을 이루며 자라고 있었다. 이 집에는 또 다른 메르세데스가 살고 있으리라, 그는 혼자 되뇌었다. 밖으로 나가거나 여행에서 집으로 되돌아올 때 그는 이 집을 이정표로 삼고 거리를 재었다. 그리고 상상 속에서 소설에 등장하는 것들과 같은 놀라운 긴 일련의 모험을 통해 그가 살았다고 생각하자, 그 모험의 종말 가까이 그토록 여러 해 전에 자신의 사랑을 저버렸던 메르세데스와 함께 달빛 어린 정원에서, 이제는 한층 늙고 더 슬픈 모습으로 슬플 정도로 오만한 거절의 몸짓을 취하며 서서, 다음과 같이 말하는 자신의 모습이 떠올랐다.

—부인, 저는 머스캣 포도는 결코 먹지 않습니다.

그는 어브리 밀즈라는 소년과 한패가 되어 거리 모험단을 그와 함께 조직했다. 어브리는 단춧구멍에 호루라기를 뎅그렁 매달고 다녔고 자전거 램프를 벨트에 차고 있었으며, 한편 다른 애들은 짧은 막대기를 단도처럼 옆구리에 꽂고 다녔다. 나폴레옹의 소박한 평복 차림에 관하여 읽은 후로 스티븐은 아무런 치장도 하지 않기로 했으며, 그렇게 함으로써 명령을 내리기 전 보좌관과 협의하는 기쁨을 스스로 고양시켰다. 모험단은 노처녀의 정원을 공격하거나 혹은 성으로 내려가서 잡초가 우거진 덤불 바위에서 전쟁놀이를 했으며, 그것이 끝나면 지친 패잔병처럼 집으로 돌아오곤 했는데, 그들의 콧구멍에서는 바닷가의 퀴퀴한 냄새가 났으며, 그들의 손과 머리에는 해초의 고약한 기름이 그대로 남아 있었다.

어브리와 스티븐 집의 우유배달원은 같은 사람들이었고, 그래서 그들은 이따금 우유배달 마차를 몰고 소들이 풀을 뜯고 있는 캐릭마인즈까지 갔다. 어른들이 우유를 짜는 동안 소년들은 손쉽게 다룰 수 있는 암말을 번갈아 타고 들판을 돌아다녔다. 그러나 가을이 다가오자 소들은 풀밭에서 외양간으로 몰려 들어갔다. 그리고 스트래드브룩의 더럽고 퍼런 웅덩이와 축축한 쇠똥 덩어리 그리고 김이 무럭무럭 나는 여물통이 있는 불결한 목장을 처음 본 스티븐은 속이 메스꺼워짐을 느꼈다. 화창한 날 시골에서 그토록 아름답게 보이던 소들은 이제 그의 비위에 거슬렸으며 그 소들에게서 짜낸 우유도 이제는 쳐다보기조차 싫었다.

9월이 다가와도 그는 클론고우즈에 되돌아가지 않을 것이기 때문에, 올해에는 아무런 걱정이 없었다. 공원에서의 운동 연습은 마이크 플린이 입원하게 되어 중단되고 말았다. 어브리는 학교에 다녔고 저녁쯤에서야 한두 시간 틈이 있었다. 모험단은 해산했고 이제 밤에 바위 위에서 갖는 공격이나 싸움도 더는 없었다. 스티븐은 때때로 저녁 우유 배달차를 타고 돌아다녔는데, 이러한 서늘한 드라이브는 불결한 목장에 관한 기억을 사라지게 했으며, 우유 배달원의 코트에 묻은 소털과 건초씨를 보아도 전혀 역겨움은 느끼지 않았다. 마차가 어느 집 앞에 당도할 때마다 그는 기다리면서 걸레질이 잘된 부엌을 또는 아늑하게 불이 켜진 현관을 흘끗 쳐다보거나, 하녀가 항아리를 어떻게 들며, 문을 어떻게 닫는지를 보았다. 만일 그가 따뜻한 장갑, 그리고 간식으로 먹을 생강 과자가 두둑하게 든 주머니만 지니고 있다면, 매일 밤 우유를 배달하기 위해 길을 따라 마차를 모는 것이 정말 즐거운 생활이 될 것이라고 생각했다. 그러나 공원 주위를 달릴 때 가슴을 메스껍게 하고 다리를 후들후들 떨리게 했던 똑같은 예감, 그의 트레이너가 맥 빠지고 덥수룩한 수염에 가린 얼굴을 길고 때 묻은 손가락 위로 굽혔을 때, 그 광경을 의아하게 언뜻 보게 했던 똑같은 직감이 미래에 대한 어떤 환상을 발산시켜 버렸다. 막연하게나마 그는 아버지가 어떤 어려움에 봉착해 있음을, 그 때문에 그 자신이 더는 클론고우즈에 되돌아가지 못함을 이해했다. 얼마 동안 그는 자기 집의 어떤 변화를 눈치채고 있었다. 그리고 그가 불변(不變)이라고 간주했던 것들에 일어난 그 같은 변화들은 그의 소년다운 세계관에 무수히 많은 작은 충격들을 주었다. 그의 영혼의 암흑 속에서 이따금 동요하고 있다고 느꼈던 야망은 아무런 출구를 찾지 못했다. 그가 로크 한길의 전차 선로를 따라 암말의 발굽들이 타닥타닥 하는 소리를 내고, 커다란 우유통이 그의 등 뒤에서 흔들리며 덜컥거리는 소리를 들을 때, 바깥세상의 것인 듯한 그와 같은 어둠이 그의 마음을 암울하게 만들었다.

그가 메르세데스로 되돌아가서 그녀의 상(像)을 곰곰이 생각하자, 이상한 불안이 그의 핏속에 기어들었다. 때때로 그 안에 어떤 열기가 모여, 저녁이면 조용한 가로를 따라 홀로 그를 배회하게 했다. 정원의 평화와 창문의 다정한 불빛들이 그의 불안한 마음에 부드러운 영향을 쏟아부었다. 노는 아이들의 떠드는 소리가 그를 괴롭혔으며 그들의 어리석은 목소리는 그가 클론고우즈에서 느꼈던 것보다 심지어 한층 날카롭게, 자신은 남들과 다르다는 것을 느끼게 했다. 그는 놀고 싶지가 않았다. 그는 자신의 영혼이 그토록 한결같이 지켜보았던 형체 없는 상(像)을 실제 세상에서 만나보고 싶었다. 그는 그것을 어디서 또는 어떻게 찾아야 할지 알지 못했지만, 그를 계속 이끌어준 예감이 자신이 어떤 공공연한 행위를 하지 않아도 그 상과 만나게 될 것이라고 그에게 일러주었다. 그들은 마치 자신들이 이미 서로 알고 있는 듯 그리고 아마 어떤 문간에서나 아니면 과거 어떤 한층 비밀스런 장소에서 밀회했던 것처럼 조용히 만나게 될 것이다. 그들은 어둠과 침묵에 둘러싸인 채, 단둘이 있게 될 것이다. 그리고 저 부드러움이 절정에 이르는 때 그는 변용(變容)하리라. 그는 그녀의 눈앞에서 만져서 알 수 없는 어떤 형태로 사라질 것이며, 그 순간 변용할 것이다. 연약함과 수줍음 그리고 무경험이 그 마법 같은 순간에 그에게서 떨어져 나가리라.

* * *

두 대의 크고 노란 포장마차가 어느 날 아침 집 문 앞에 멈춰 서더니 사람들이 집안으로 터벅터벅 걸어 들어와 가구들을 거둬가기 시작했다. 가구는 지푸라기와 밧줄 토막들이 너절하게 널려 있는 앞마당을 거쳐, 문간에 세워 둔 커다란 마차에 실렸다. 모든 것이 완전하게 실리자, 마차는 요란한 소리를 내면서 출발했다. 울어서 눈이 붉어진 어머니와 함께 앉아 있던 스티븐은 객차의 창문을 통해 그 마차들이 메리언 한길을 따라 덜컹거리며 지나가는 것을 보았다.

그날 저녁 거실의 난로가 잘 타지 않자, 데덜러스 씨는 불꽃을 피우기 위해 부지깽이를 난로의 쇠살대에 기대 세웠다. 찰스 아저씨는 가구가 반쯤 있고 카펫이 깔리지 않은 방 한구석에서 졸고 있었고 그의 가까이에는 가족의 초상화들이 벽에 기대져 있었다. 시탁 위 램프는 미치끈들이 짓밟아 더러워진, 널빤지 깔린 마루 위로 흐린 불빛을 던지고 있었다. 스티븐은 아버지 곁에 있는 발판에 앉아 길고도 간헐적인 중얼거림을 듣고 있었다. 처음엔 그 중얼거림을 거의 또는 전혀 알아들을 수 없었으나, 아버지에게는 적이 있고 그들과 어떤 싸움이 벌어지리라는 것을 차츰 알게 되었다. 그는 또한 자신도 그 싸움에 가담해야 하며, 어떤 의무가 그의 어깨에 부과될 것임을 느꼈다. 블랙록의 안락과 자유로운 생활에서 갑작스러운 도피, 우중충한 안개 낀 도시를 빠져나오던 일, 그리고 이제 그들이 살게 된 텅 비고 우울한 집에 대한 생각들이 그의 마음을 무겁게 했으며, 다시 자신의 장래에 대한 한 가지 직감, 혹은 예감이 그에게 다가왔다. 그는 왜 하인이 이따금 현관에서 함께 수군거리며, 왜 아버지가 자주 난로에서 등을 돌린 채 양탄자 위에 서서 찰스 아저씨에게 큰 소리로 이야기하고 있었는지를 알 수 있었는데, 아저씨는 그럴 때면 아버지에게 제발 앉아서 저녁을 들라고 권유했었다.

—난 아직도 힘이 남아 있단 말이야, 스티븐. 데덜러스 씨가 사그라드는 난롯불을 사납게 쿡쿡 쑤시면서 말했다. 우린 아직 죽지 않았어, 얘야. 천만에, 주 예수께 맹세코(하느님 용서하옵소서), 절반도 죽지 않았단 말이야.

더블린은 새롭고 복잡한 감정이 드는 곳이었다. 찰스 아저씨는 너무나 정신이 혼미하여 더는 심부름을 시킬 수도 없었고, 새로운 집에 정착하는 것에서 오는 혼란 때문에 스티븐은 블랙록에서보다 한층 더 자유로웠다. 처음에 그는 이웃의 광장을 겨우 한 바퀴 돌거나 아니면 기껏해야 옆 거리 중 하나를 반쯤 가보는 것으로 만족했으나, 마음속에 도시의 약도를 포착할 수 있게 되자, 그는 대담하게도 도시의 중앙 도로 중 하나를 따라서 마침내는 세관 건물에 당도했다. 그는 선창 사이와 부두들을 따라 아무 거리낌 없이 지나가며 짙은 색의 누런 찌꺼기가 낀 수면 위에 둥둥 떠 있는 무수한 코르크들, 떼 지은 부두의 짐꾼들, 덜컹거리는 마차들 그리고 초라한 옷차림에 턱수염이 난 순경들을 신기하게 바라보았다. 벽을 따라 쌓여 있거나 기선들의 하물 창고에서 높다랗게 매달려 흔들거리며 나오는 수많은 짐짝에 의해 그에게 암시된 인생의 광대함과 신기함이 그를 밤이면 메르세데스를 찾아 정원에서 정원으로 배회하게 했던 불안을 다시 그에게 일깨워 주었다. 그리고 이 새로운 생활의 북새통 속에서 그는 밝은 하늘과 포도주 가게의 햇볕이 내리쬐는 격자 울타리만 있었더라도 또 다른 마르세유 속의 자신을 상상했으리라. 그가 부두, 강 그리고 낮게 깔린 하늘을 바라보았을 때 마음속에 어떤 막연한 불안감이 솟구쳤다. 그런데도 마치 자기를 피하는 어떤 사람을 기어코 찾으려는 듯 그는 매일매일 이리저리 계속 헤매고 다녔다.

그는 한두 번 어머니와 함께 친척을 방문하기도 했다. 크리스마스를 맞아 불을 밝히고 화려하게 장식한 가게들의 진열장을 지나도 그의 비참하고 침울한 기분은 좀처럼 그를 떠나지 않았다. 이 침울한 기분의 원인은 여러 가지로, 멀거나 가까운 것이었다. 그는 자신이 어린 데다가 불안하고 어리석은 충동의 제물이 된 것에 화가 났으며, 그를 둘러싼 세계를 비열함과 불성실의 환상으로 바꾸고 있는 운명의 변화에도 화가 났다. 하지만 화를 내도 그 환상을 어떻게 할 수는 없었다. 그는 그 환상에서 자신을 떼어놓으며 그리고 그의 괴로운 맛을 은밀히 맛보면서, 그가 보았던 바를 꾸준히 마음에 새겨 두었다.

그는 숙모 댁 부엌에 등 없는 의자에 앉아 있었다. 반사경이 달린 한 개의 램프가 벽난로의 옻칠한 벽에 걸려 있었고 그 불빛으로 숙모는 그녀의 무릎 위에 놓인 석간신문을 읽고 있었다. 그녀는 신문에 실린 미소 짓는 얼굴을 한참 들여다보다가 생각에 잠긴 듯 말했다.

─아름다운 메이블 헌터!

머리칼이 곱슬곱슬한 한 소녀가 발끝을 디디고 서서 그 사진을 엿보며 조용히 말했다.

—어디에 나와, 엄마?

—무언극에, 아가.

그 아이는 자신의 고수머리를 어머니의 소매에 기댄 채, 사진을 빤히 들여다보며, 반한 듯 중얼거렸다.

—아름다운 메이블 헌터!

몹시 반한 듯, 소녀의 눈은 새침하게 남을 홀리는 듯한 사진 속의 눈을 한참 들여다보며, 감탄하는 어조로 다시 중얼거렸다.

—정말 매력적인 인물이잖아?

석탄 1스톤을 지고 비틀비틀 터벅거리며 거리에서 들어온 소년이 그녀의 말을 들었다. 그는 짐을 마루에 재빨리 내려놓고 그림을 보려고 그녀 곁으로 급히 갔다. 그러나 소녀는 그가 볼 수 있도록 머리를 들지 않은 채 태평스럽게 그대로 있었다. 그는 어깨로 그녀를 옆으로 밀치면서 그리고 보이지 않는다고 불평하면서, 그의 뻘겋고 시커면 손으로 신문의 가장자리를 마구 끌어당겼다.

그는 오래된 컴컴한 창문이 달린 집안의 높이 자리한 좁은 조반 식당에 앉아 있었다. 벽난로의 불빛이 벽에 비쳐 흔들거렸고 창 너머로 귀신 같은 어둠이 강 위에 짙어가고 있었다. 난로 앞에서는 한 노파가 차를 끓이느라 부산했는데, 그녀는 하는 일에 법석을 떨면서도 신부와 의사가 했던 이야기를 낮은 목소리로 말했다. 그녀는 또한, 최근에 그녀가 환자에게서 본 바 있는 어떤 변화라든지 그녀의 이상스런 언동에 관하여 이야기했다. 그는 그 이야기를 귀담아들으면서 석탄, 아치 그리고 둥근 천장의 지하실 그리고 꼬불꼬불한 갱도 및 쭈글쭈글한 동굴 속에 펼쳐지는 여러 가지 모험을 마음속에 그리며 앉아 있었다.

갑자기 그는 문간에 뭔가를 의식하게 되었다. 어떤 해골 같은 얼굴이 문간의 침침한 곳에 매달리듯 나타났다. 원숭이처럼 생긴 한 연약한 인물이 난롯가의 말소리에 이끌린 채 그곳에 나타났다. 흐느끼는 목소리가 문간에서 들려오며 물었다.

—조세핀이냐?

부산을 떨고 있던 노파가 난롯가에서 명랑하게 대답했다.

—아니야, 엘런, 스티븐이야.

—오⋯⋯오, 안녕, 스티븐.

그는 인사에 답하면서, 문간에 선 사람의 얼굴 위에 어리석은 미소가 퍼지는 것을 보았다.

—뭐 필요한 거 있니, 엘런? 난롯가에 앉은 노파가 물었다.

그러나 그녀는 질문에 대답하지 않고 말했다.

—조세핀인 줄 알았어. 난 네가 조세핀인 줄 알았단 말이야, 스티븐.

그리고 이 말을 몇 번 반복하면서, 가냘프게 웃기 시작했다.

그는 해롤즈 크로스에서 아이들의 파티에 참석하는 중이었다. 그간 말없이 살피는 태도가 생긴 그는, 게임에는 별반 참여하지 않았다. 아이들은 크래커의 폭죽 종이 모자를 쓰거나, 춤을 추며 떠들썩하게 뛰놀았다. 그도 그들과 즐겁게 놀려고 애를 애를 썼지만, 멋진 고깔모자들과 화려한 차일모자들 틈에서 한 침울한 인물임을 스스로 느꼈다.

그러나 그는 노래를 부른 뒤 아늑한 방구석에 물러앉았을 때 외로운 즐거움을 맛보기 시작했다. 초저녁에는 거짓되고 사소하게 보였던 환희가 그를 달래 주는 공기 같았고, 그의 감각을 흥겹게 스쳐갔으며, 다른 사람의 눈으로부터 자신의 펄펄 끓는 피의 동요를 감추어 주었다. 한편 원을 만들어 춤을 추던 아이들에게서 빠져나와 음악과 웃음소리 가운데서 그녀의 시선이 아첨하며, 매혹하며, 탐색하며, 그의 마음은 자극하면서 그가 있는 구석으로 달려왔다.

현관에는 늦게까지 남아 있던 아이들이 옷을 입고 있었다. 파티는 끝났다. 그녀는 숄을 자신의 몸에 둘렀다. 그리고 모두 함께 역마차 쪽으로 걸어가자, 그녀가 내뿜는 싱그럽고 따뜻한 입김이 두건 쓴 그녀의 머리 위로 경쾌하게 날았고, 그녀의 구두는 유리판 같은 길 위에서 쾌활하게 토닥거렸다.

그것은 마지막 마차였다. 여윈 갈색 말들은 그걸 알기라도 하듯 경고의 방울을 맑은 밤하늘을 향해 흔들었다. 차장은 마부와 이야기를 나누었는데, 두 사람은 램프의 푸른 불빛 속에서 이따금 고개를 끄덕였다. 마차의 빈자리에는 채색된 티켓 몇 장이 흐트러져 있었다. 길에는 오가는 사람들의 발소리도 들리지 않았다. 여윈 갈색 말들이 서로 코를 비비며 방울 소리를 낼 때 외에는 어떠한 소리도 밤의 평화를 깨뜨리지 못했다.

그는 윗자리에서, 그녀는 아랫자리에서 귀를 기울이고 있는 듯했다. 그녀는 서로 이야기하는 사이에도 몇 번이고 그가 있는 윗자리로 올라왔다가 다시 제자리로 내려갔다. 그리고 한두 번 제자리로 내려가는 것을 잊은 채, 한참 동안 윗자리에 있는 그의 곁에 서 있다가 다시 내려가기도 했다. 그의 심장은 마치 바다의 조류를 타는 코르크처럼 그녀의 동작에 따라 춤을 추었다. 그는 모자 아래 소녀의 눈이 그에게 무엇을 말해 주는지를 들었고, 생시든 또는 환상이든, 어떤 희미하고 먼 과거에, 그 눈의 이야기를 그가 들은 적이 있음을 알았다. 그는 그녀의 멋진 옷이랑 허리띠 그리고 길고 검은 스타킹과 같은, 허영심을 그녀가 드러내는 것을 보았고, 자신이 그 허영심에 천 번이나 굴복했음을 알았다. 그런데도 그의 마음속의 한 가닥 목소리가 그의 춤 추는 심장의 고동소리 위로 이야기를 했으니, 그것은 자신이 손을 뻗기만 하면 얻을 수 있는 그녀의 선물을 받아들일 것인지를 그에게 물었던 것이다. 그리고 그는 언젠가 자신과 아일린이 함께 서서 호텔 정원을 들여다보며, 웨이터들이 한 줄의 휘장을 깃대에다 끌어올리자, 폭스테리어(개)가 햇볕이 내리쬐는 잔디 위를 이리저리 뛰어다니던 것을, 그리고 어떻게, 갑자기, 그녀가 외마디 높은 웃음소리를 터뜨리며 경사진 커브 길을 뛰어 내려가던, 그날을 기억했다. 그때처럼, 지금, 그는 맥이 풀린 듯 자기 자리에 서 있었으니, 겉으로는 자기 앞의 광경을 쳐다보는 한 평화로운 방관자처럼 보였다.

　—그녀 역시 내가 자기를 붙들어 주기를 바라고 있어, 그는 생각했다. 그 때문에 그녀가 나와 함께 마차까지 왔던 거야.

　그녀가 내 자리에 올라왔을 때 그녀를 쉽사리 붙들 수도 있었어. 보는 이는 아무도 없었지. 그녀를 붙들고 키스를 할 수 있었어.

　그러나 그는 어느 것도 하지 않았다. 그리고 그가 아무도 없는 마차에 홀로 앉아 있었을 때, 그는 차표를 조각조각 찢으며, 울퉁불퉁한 마차 발판을 침울하게 노려보았다.

　다음 날 그는 텅 빈 이 층 방의 책상 앞에 몇 시간이고 앉아 있었다. 그의 앞에는 한 자루의 새 펜과 새 잉크병 그리고 한 권의 에메랄드빛 연습장이 놓여 있었다. 습관의 힘에 따라 그는 첫 페이지 맨 위쪽에다 예수회의 모토인 머리글자를 썼다. 아(A) 엠(M) 데(D) 게(G). 그 페이지의 첫 줄에는 그가 애써 쓰고자 하는 운시의 타이틀이 나타나 있었다. '이(E)—씨(C)—에게.' 그는 그런 식으로 시작하는 것이 옳다는 것을 알았다, 왜냐하면, 그는 바이런 경(卿)의 시집에서 비슷한 제목들을 본 적이 있었기 때문이다. 그가 이 타이틀을 쓰고 그 밑에다 장식 선을 그었을 때 그는 백일몽에 잠기며 책의 커버에 여러 가지 도형을 그리기 시작했다. 그는 브레이에서의 크리스마스 만찬 석상에서 언쟁이 있던 다음 날 아침, 식탁에 앉아 아버지의 하반기 세금 고지서 뒤장에다 파넬에 관한 시를 쓰려고 애쓰던, 자신의 모습을 보았다. 그러나 그때 그의 두뇌는 그와 같은 주제와 씨름하기를 거부했는지라, 이를 포기하고, 그의 몇몇 반 친구들의 이름과 주소로 페이지를 덮었다.

로더릭 키컴

존 로턴

앤소니 맥스와이니

사이먼 무넌

이제 그는 재차 시를 쓰는 데 실패할 것 같았지만, 간밤의 사건에 대한 명상에 힘입어, 자신이 생기는 듯 생각했다. 이러한 생각하는 동안 그가 평범하고 무의미하다고 생각했던 모든 그러한 요소들이 현장에서 사라져 버렸다. 거기에는 역마차 자체도 역마차의 마부도 말들의 자취도 남아 있지 않았다. 그와 그녀의 모습 또한, 생생히 나타나지 않았다. 운시는 오직 밤과 향기로운 산들바람 그리고 달의 처녀 같은 밝음에 관해서만 말해줄 뿐이었다. 어떤 미지의 슬픔이 주인공들이 잎이 다 떨어진 나무 아래에 묵묵히 서 있었을 때 그들의 마음속에 숨어 있었고, 작별의 순간이 다가왔을 때 한쪽에서 억제해 왔던 키스를 두 사람은 서로 나누었다. 이어서 그는 엘(L) 데(D) 에스(S)란 글자를 페이지 발치에 썼다. 그리고 공책을 감춘 다음, 그는 어머니 침실로 들어가, 화장대 거울 속의 자신의 얼굴을 한참 동안 빤히 들여다보았다.

그러나 그의 한동안의 긴 여가와 자유가 끝이 나고 있었다. 어느 날 저녁 그의 아버지는 뉴스를 가득 갖고 집으로 돌아왔는데, 그는 저녁 식사 내내 이 뉴스에 관해 혀가 바빴다. 그날은 양고기 해시 요리가 마련되어 있었다. 스티븐은 아버지가 돌아오시기를 고대하고 있었는데, 아버지가 빵을 수프에 적셔 먹게 해주리라는 것을 알고 있었다. 그러나 그는 클론고우즈에 관한 이야기 때문에 마치 그의 입천장이 불쾌한 찌꺼기로 덮여 있는 듯 요리를 즐길 수가 없었다.

—걸어가다 그와 쾅 부딪쳤단 말이야. 데덜러스 씨가 네 번째 되풀이했다. 바로 그 광장 모퉁이에서.

—그럼 그분이 그 일을 주선할 수 있겠군요. 데덜러스 부인이 말했다. 벨비디어 학교에 관해서 말이에요.

—물론 그래주시겠지. 데덜러스 씨가 말했다. 그분은 현재 예수회의 관구장이라 내가 말하지 않았소?

—저는 저 애를 기독 형제 학교에 보내고 싶은 생각은 추호도 없어요, 데덜러스 부인이 말했다.

—기독 형제 학교라니 어림도 없지! 데덜러스 씨가 말했다. 패디 스팅크와 미키 머드와 함께 다니려고? 아니야, 예수회 학교로 시작했으니 어떤 일이 있더라도 그에 매달려야 해. 그들은 나중에 저 애한테 도움이 될 거야. 그들은 일자리도 마련해 줄 수 있는 사람들이야.

—그리고 그들은 아주 부자 교단이지요, 그렇잖아요, 사이먼?

—꾀나. 그들은 잘산단 말이야, 글쎄. 너는 클론고우즈의 식탁을 보았지. 싸움닭처럼, 정말이지, 잘 먹인단 말이야.

데덜러스 씨는 스티븐에게 자기 접시를 밀어주면서, 거기 남은 것을 다 먹도록 일렀다.

—그러니 스티븐, 그는 말했다. 넌 정말이지 분투해야만 해, 이 녀석. 긴 방학을 정말 잘 쉬었잖아.

—오, 이제 틀림없이 열심히 공부할 거예요. 데덜러스 부인이 말했다. 특히 모리스와 같이 다닐 테니.

—오, 맙소사, 모리스에 관해 잊었군! 데덜러스 씨가 말했다. 사, 모리

스! 이리 와 이 멍청이야! 이제 학교에 가면 선생님이 'c, a, t' 즉 고양이의 철자를 가르쳐 줄 거야. 그리고 내가 멋진 손수건을 사줄 테니 코도 잘 닦아야 해. 정말 재미있을 것 같지 않아?

모리스는 아버지를 그리고 이어 형을 보고 히죽 웃었다.

데덜러스 씨는 안경알을 눈에 끼우고 두 아들을 빤히 쳐다보았다. 스티븐은 아버지의 시선을 본체하지 않고 빵을 우물우물 씹었다.

—그런데 데덜러스 씨가 마침내 말했다. 교장 선생님, 아니, 오히려 관구장이 너와 돌런 신부에 관한 이야기를 내게 하기더구나. 너를 건방진 녀석이라고 말씀하셨어.

—오, 그럴 리가 없어요, 사이먼!

—없다고! 데덜러스 씨가 말했다. 하지만 그는 사건의 전모를 자세히 이야기하셨어. 우리는 이런저런 이야기를 계속하고 있었지, 알아, 그리고 이야기가 꼬리를 물었지. 그런데 누가 시정(市政)의 그 일을 차지할 것인지 그가 내게 일러주셨는지 아오? 나중에 내가 이야기해 주리다. 글쎄, 내가 방금 말한 대로, 우린 아주 다정하게 서로 이야기를 나누고 있었는데, 그가 내게 저 애가 아직도 안경을 쓰느냐고 물으셨지. 그리고 이야기를 전부 내게 해 주었소.

—그래, 그분께서 화가 나셨던가요, 사이먼?

—화가 나다니? 천만에! "사나이다운 꼬마 녀석이야!"라고 말했어.

데덜러스 씨는 관구장의 으스대는 콧소리를 흉내 냈다.

—돌런 신부와 나 말이야. 내가 저녁 식사에서 그에 관해 모두 말했을 때 돌런 신부와 나는 그 때문에 한바탕 웃었지. "명심하십시오, 돌런 신부님." 내가 말했지. "그렇잖으면 어린 데덜러스가 당신에게 아홉 대씩 두 번 매를 맞게 할 거요." 우리는 한바탕 웃었다니까. 하! 하! 하!

데덜러스 씨는 아내 쪽으로 고개를 돌리고 다시 본래의 목소리로 말을 불쑥 끼워 넣었다.

　─그들은 거기 학생을 끌어들이는 정신을 보여주지. 오, 인생을 위해서나, 외교를 위해서 예수회가!

　그는 다시 관구장의 목소리를 흉내 내며 거듭 말했다.

　─저녁 식사 자리에서 그 이야기를 모두 했을 때 돌런 신부와 우리 모두 한바탕 웃었지 하! 하! 하!

＊ ＊ ＊

　성령 강림절 연극의 밤이 다가왔다. 스티븐은 분장실 창문에서 중국식 초롱들이 늘어선 조그마한 잔디밭을 내다보았다. 그는 손님들이 건물에서 층층대로 내려와 극장 안으로 들어가는 것을 살펴보고 있었다. 이브닝드레스를 입은 안내원, 벨비디어의 선배들이 그룹을 지어 극장 입구 근처에 서성거리며, 손님들을 공손히 안으로 안내했다. 갑자기 환히 비치는 초롱들 아래로 그는 미소 짓고 있는 한 성직자의 얼굴을 식별할 수 있었다.

　성체는 성궤(聖櫃)에서 이미 옮겨져 있었고 맨 앞줄의 벤치들은 뒤쪽으로 치워져 제단의 귀빈석과 그 앞의 공간을 환히 비워 두고 있었다. 바벨(역도에 쓰는)과 체조용 곤봉들이 벽에 기대어 서 있었다. 한쪽 구석에는 아령들이 쌓여 있었다. 그리고 운동화, 너절한 갈색 꾸러미의 작은 언덕을 이룬 스웨터와 속셔츠들 한복판에 튼튼한 가죽을 씌운 뛰는 목말이 거기 무대 위로 운반될 차례를 기다리며 서 있었다. 그리고 끝이 은으로 된, 커다란 놋쇠 방패가, 제단의 한쪽 모퉁이에 기댄 채, 무대 위로 운반될 차례를 기다리고 있었는데, 이는 체조 시범이 끝나면 이긴 팀의 한복판에 세워질 참이있다.

스티븐은 수필 작문에 대한 평판 덕분에 그가 체육관의 간사로 선출되긴 했지만, 프로그램의 제1부에는 참여하지 않았으나 프로그램의 제2부를 이루는 연극에서 주역인 익살스러운 훈장을 맡았다. 그는 자신의 신장과 점잖은 태도 때문에 그 역에 선발되었는데, 왜냐하면 이제 그는 벨비디어 학교의 2학년 말에 있었고 중급반에 속했기 때문이다.

흰 바지와 속셔츠를 입은 20명의 젊은 학생들이 무대에서 내려와 제의실(祭衣室)을 지나, 발을 탕탕거리며 예배당으로 들어갔다. 제의실과 예배당은 열성적인 선생님들과 학생들로 흥청거렸다. 통통하고 대머리가 진 특무상사가 목마의 뜀 판을 한쪽 발로 시험하고 있었다. 곤봉 돌리기 묘기의 특수한 시범을 보여줄 홀쭉한 젊은이가 긴 오버코트를 입고, 근처에 서서 흥미롭게 그 광경을 지켜보고 있었는데, 은색 도금한 곤봉이 그의 깊숙한 옆 주머니 틈으로 엿보였다. 목재 아령의 달각거리는 공허한 소리가 또 다른 팀이 무대 위로 올라가기 위해 준비하자 들렸다. 그리고 또 다른 순간에 흥분한 학감이 그의 수단 복 자락을 신경질적으로 파닥거리며 그리고 느림보에게 빨리 서두르도록 고함을 치면서, 그들을 마치 거위 떼처럼 제의실을 통해 몰아넣었다. 나폴리의 농부 차림을 한 한 작은 무리가 예배당 끝에서 스텝을 연습하고 있었고, 그중 몇몇은 그들의 팔을 머리 위로 감싸고, 또 몇몇은 종이 바이올렛의 바구니를 흔들며, 인사하고 있었다. 예배당 한쪽 어두운 모퉁이 제단의 복음서 낭독 측에 한 건장한 노파가 폭넓은 검은 치마 사이에 무릎을 꿇고 있었다. 그녀가 일어서자 금빛 고수머리 가발과 짚으로 된 구식 고깔모자를 쓰고, 까맣게 칠한 눈썹과 뺨에 곱게 연지와 분을 바른, 핑크색 옷을 입은 한 사람이 보였다. 이 소녀 같은 모습이 드러나자, 호기심의 나지막한 속삭임이 예배당 주위에 감돌았다. 선생님 중의 하나가, 미소를 띠며 고개를 끄덕이면서, 그쪽 어두운 모퉁이로 다가가자, 그 건장한 노부인에게 절을 한 뒤, 유쾌하게 말했다.

—당신은 아름다운 젊은 숙녀인가요 아니면 인형인가요, 탤런 부인?

그러고는 차양모자의 챙 아래 미소 짓고 있는 화장한 얼굴을 들여다 보기 위해 허리를 굽히면서 부르짖었다.

—아니! 맙소사 이건 결국, 꼬마 버티 탤런이군 그래!

창가의 자기 자리에서 있던 스티븐은 노부인과 성직자가 함께 크게 웃는 소리를 들었고, 소년들이 혼자서 고깔 춤을 추어야 했던 꼬마 소년 을 보기 위해 그 앞을 지나면서 그들의 감탄 어린 속삭임을 등 뒤로 들었다. 그에게서 한 가닥 초조한 움직임이 터져 나왔다. 그는 커튼 자락을 떨어뜨리고, 지금껏 서 있던 벤치에서 내려오면서 예배당 밖으로 걸어나갔다.

그는 학교 건물을 나와 정원에 접한 창고 아래에서 발을 멈췄다. 맞은편 극장에서 군중의 떠드는 텁텁한 소리와 군악대의 갑작스러운 쳇소리가 쨍그랑 울렸다. 유리 지붕으로부터 위로 퍼진 불빛이 극장을 폐선 (廢船) 같은 건물들 사이에 정박한 축제의 방주(方舟)처럼 보이게 했고, 그것의 초롱 등의 가느다란 밧줄이 이 방주를 정박소에 연결하고 있었다. 극장의 옆문이 갑자기 열리자 한 가닥 불빛이 잔디밭을 가로질러 날았다. 왈츠 전주곡 같은, 음악이 방주로부터 갑자기 터져 나왔다. 그리고 옆문이 다시 닫히자 청취자는 음악의 희미한 리듬을 들을 수 있었다. 시작하는 소절들의 정취와 그들의 나른하고 부드러운 율동이, 그의 온종일의 불안과 얼마 전의 초조한 동작의 원인이 되었던, 전달할 수 없는 감정을 다시 자극했다. 그의 불안감이 마치 소리의 파도처럼 쏟아져 나왔다. 그리고 흐르는 음악의 물결을 타고 방주는 그의 초롱 등의 밧줄을 뱃길 위로 질질 끌면서, 나아가고 있었다. 그러자 난쟁이 대포 같은 한 가닥 소리가 그와 같은 음의 율동을 깨뜨렸다. 그 소리는 무대 위로 어떤 댐의 입장(入場)을 맞는 박수소리였다.

거리 근처의 창고 맨 끝에 한 점 핑크색 불빛이 어둠 속에 나타났고, 그가 그것을 향해 걸어가자 아련하고 향기로운 냄새를 알아차렸다. 두 남학생이 담배를 피우면서, 문간의 가려진 곳에 서 있었고, 그가 그들에게 당도하기 전에 목소리를 듣고 그가 헤런임을 알아차렸다.

—여기 고상한 데덜러스가 오신다! 높고 그르렁거리는 목소리가 외쳤다. 우리의 믿음직한 친구를 환영하노라!

이러한 환영은 헤런이 회교도식으로 인사하고, 그의 지팡이로 땅을 푹푹 쑤시기 시작하자, 실없이 조용히 터지는 웃음 속에 끝났다.

—그래 내가 왔다. 스티븐이 멈춰 서면서 헤런과 그의 친구를 번갈아 흘끗 쳐다보면서 말했다.

후자는 스티븐에게 낯선 사람이었으나 어둠 속에, 타고 있는 담배 토막의 도움으로, 그는 그 위로 미소가 천천히 퍼지고 있는 창백한 멋쟁이의 얼굴, 한 키가 크고 오버코트 차림의 인물과 중산모를 식별할 수 있었다. 헤런은 소개 따위에 대해서는 신경 쓰지 않았으나 대신 이렇게 말했다.

—나는 방금 친구 월리스한테 네가 오늘 저녁 학교 선생님 역에서 교장을 흉내 내면 얼마나 재미있을까 하고 말하고 있었어. 그거 정말 멋진 장난거리일 거야.

헤런은 친구 월리스에게 교장 선생님의 점잔 빼는 저음(바스 음)을 흉내내 보이려고 몹시 애를 썼지만, 이어 자신의 실패를 소리 내어 웃으면서, 스티븐에게 그걸 해보도록 요구했다.

—계속해봐, 데덜러스. 그는 재촉했다. 넌 멋지게 한번 흉내 낼 수 있잖아. "성당의 말을 듣지 않거든 그를 이방인이나 세리(稅吏)처럼 여길지라."

흉내는 윌리스의 (물)부리에 담배가 너무 꼭 끼여 약간 골을 들어내는 통에 중단되어 버렸다.

—이 경칠 놈의 엿 먹을 파이프 같으니라고, 그는, 입에서 파이프를 빼며 별수 없다는 듯이 그에 대해 웃으며 얼굴을 찌푸리면서 말했다. 언제나 이렇게 꽉 막혀 버린단 말이야. 넌 파이프를 쓰니?

—난 담배를 안 피워, 스티븐이 대답했다.

—아무렴, 헤런이 말했다. 데덜러스는 모범 청년이야. 그는 담배도 피우지 않고 바자에도 가지 않고 여자를 희롱하지도 않고 그 밖에 나쁜 일은 절대로 하지 않아.

스티븐은 고개를 흔들며 상대방의 상기되고 변덕스런, 새의 부리 같은 얼굴을 향해 미소를 띄웠다. 그는 빈센트 헤런이 새의 이름뿐만 아니라 새의 얼굴을 한 것이 가끔 이상하게 생각되었다. 그의 이마에는 헝클어진 흰 머리카락이 마치 새의 접힌 볏처럼 놓여 있었다. 이마는 좁은 데다가 뼈가 두드러지고 가느다란 매부리코가 가볍고 무표정한, 바싹 —붙어 튀어나온 두 눈 사이에 솟아 나와 있었다. 상대자들은 학교 친구들이었다. 그들은 교실에 함께 앉았고, 예배당에서 함께 무릎을 꿇었으며, 묵주 기도가 끝난 뒤 점심을 놓고 함께 이야기하는 사이였다. 상급반의 아이들이 특출나지 못한 멍청이들이었는지라, 스티븐과 헤런은 1년 동안 학교의 사실상 우두머리였다. 교장 선생님께 함께 가서 하루를 쉬게 해 달라거나 어떤 학생을 용서해 달라고 한 것은 그들이었다.

—오, 헤런이 갑자기 말했다. 나는 네 춘부장께서 들어가는 것을 보았어.

스티븐의 얼굴에서 미소가 사라졌다. 어떤 아이나 선생님이 그의 아버지에 대해 하는 암시가 순간적으로 그의 고요한 마음을 파헤쳤다. 그는 섬에 실린 듯 말없이 헤런이 다음에 무슨 말을 할까 하고 기다렸다.

헤런은 그러나 팔꿈치로 그를 의미심장하게 쿡 찌르며 말했다.

—넌 약은 놈이야!

—어째서? 스티븐이 말했다.

—시치미를 떼야겠다고 생각할 거야. 헤런이 말했다. 하지만 넌 정말 약은 녀석 같아.

—도대체 무슨 소릴 하는 거야? 스티븐이 점잖게 말했다.

—그래 좋아. 헤런이 대답했다. 우리는 그 여자를 봤단 말이야, 월리스, 그렇잖아? 그런데 그녀 역시 매우 예쁘던걸. 게다가 꼬치꼬치 캐묻기는! "스티븐이 무슨 역을 하나요, 데덜러스 씨? 스티븐이 노래를 부르지는 않나요, 데덜러스 씨?" 네 춘부장이 자신의 외알 안경을 통해 전력을 다해 그녀를 빤히 쳐다보고 있었어. 그래서 나는 노인 역시 네 비밀을 모두 알고 있다고 생각해. 나 같으면 조금도 상관하지 않겠어, 정말이지. 그 여자 정말 멋지던데, 그렇잖아, 월리스?

—나쁘지 않더군. 월리스는 파이프를 다시 한 번 입 구석으로 옮기며 조용히 대답했다.

낯선 사람이 듣는 데서 이같이 지각없는 암시를 하다니 순간적인 분노의 화살이 스티븐의 마음을 스쳐 갔다. 그로서는 한 여자아이가 흥미나 관심을 둔다 해서 하나도 즐거울 게 없었다. 온종일 그는 해롤즈 크로스의 마차의 층계에서 서로가 헤어지던 일, 그 일 때문에 몸속으로 맴돌던 침울한 감정의 흐름 그리고 그것에 관해 그가 썼던 시 이외에는 아무것도 생각하지 않았다. 온종일 그는 그녀와 새로 만날 것을 상상했다. 왜냐하면 그녀가 연극에 올 것임을 알고 있었기 때문이다. 과거의 불안하고 울적한 감정이 파티가 있던 날 밤에 그랬던 것처럼 다시 그의 가슴을 가득 메웠지만, 운시(韻詩)에서 그 출구를 찾지 못했다. 2년 동안의 소년 시절의 성장과 지식이 당시와 지금 사이에 놓여 있어, 이러한 출구를 허락하지 않았다. 그리고 온종일 마음속에 도사린 이와 같은 침울한 감정의 흐름이 어두운 통로와 소용돌이 속에 흘러나왔다가 다시 되돌아왔는데, 이는 결국 그를 지치게 했으며, 마침내 선생님과 그 화장한 꼬마 소년의 익살이 그로부터 참을 수 없는 요동을 유발했던 것이다.

　—그러니까 넌 시인하는 편이 좋아. 헤런이 계속 말했다. 이번엔 우리한테 정말 들켜 버렸잖아. 더는 우리한테 성인군자인 체할 순 없어. 그건 확실해.

　부드러운 무미건조한 웃음이 그의 입술로부터 터져 나오자, 전처럼 몸을 굽히며, 그는 스티븐을 장난투로 꾸짖는 듯, 그의 단장을 가지고 종아리를 가로질러 가볍게 쳤다.

　스티븐의 순간적인 노여움은 이미 사라지고 없었다. 그는 마음이 즐겁거나 혼란스러울 것도 없었고, 단지 그와 같은 희롱이 끝났으면 하고 바랄 뿐이었다. 애당초 그에게 어리석은 무례함처럼 느껴졌던 행동을 이제는 거의 분개하지 않았다. 이러한 몇 마디 말로 그의 마음속 모험이 위태로울 수는 없음을 그는 알고 있었기 때문이다. 그래서 그의 얼굴은 상대방의 거짓 웃음을 비추었다.

　—시인해! 헤런이 단장으로 그의 종아리를 다시 한 번 치면서 거듭 말했다.

　장난스럽게 때린 것이었지만 처음보다 그다지 가볍지 않았다. 스티븐은 살갗이 얼얼하고 약간 화끈거리며 거의 고통 없이 느꼈다. 그리고 동료의 조롱하는 기분에 맞추기나 하듯, 항복하듯 고개를 숙이며, '고해문'을 암송하기 시작했다. 그 일은 헤런과 윌리스가 그 불순한 행동에 다 함께 관대하게 웃음으로써 무사히 끝났다.

　고백은 단지 스티븐의 입술에서 나왔으니, 입술이 말을 하는 동안, 갑작스러운 기억이 마치 미력에 의한 듯, 그가 헤런의 웃고 있는 입술 모퉁이에 엷고 잔인한 보조개를 목격하고, 그의 종아리에 단장의 낯익은 감촉을 느끼며 귀에 익은 경고를 듣는 순간에, 다른 장면을 그에게 떠오르게 했다.

—시인해.

때는 그가 이 학교의 제6반에서 맞는 첫 학기 말 무렵이었다. 그의 민감한 성격은 예기치 못한 그리고 보잘것없는 생활양식이란 매 아래 여전히 쑤시고 있었다. 그의 영혼은 더블린의 무딘 현상에 의하여 여전히 평온하지 못하고 풀이 죽어 있었다. 그는 2년 동안 공상의 마력에서 빠져나와 한 새로운 장면의 한복판에 있음을 느꼈는지라, 그것의 온갖 사건과 인물이 그에게 친근하게 영향을 주었고, 그를 낙심하게 하거나 유혹했으며, 유혹거나 아니면 실망하게 하든 간에, 언제나 불안하고 침통한 생각들로 그의 마음을 채웠다. 그의 학교생활이 그에게 남겨 준 모든 여가는 과격한 글 친구들의 무리 속에서 보냈는데, 그들의 말의 재담과 과격함은 그의 두뇌 속에서 발효(醱酵)하기 시작하다가 마침내 그것에서 빠져나와 조잡한 글이 되었다.

수필은 그에게 자신의 주일의 주된 과제였으며, 화요일마다 그가 집에서 학교로 걸어가는 동안, 도중의 온갖 사건들로 자신의 운명을 점치기도 했다. 앞서 가는 어떤 인물과 경쟁을 하며 그리고 어떤 목표에 도달하기 전에 그를 앞지르기 위해 발걸음을 재촉하거나 아니면 보도에 깔아 놓은 조각돌 사이의 공간에 맞추어 자신의 발걸음을 조심스레 옮겨 놓으며, 자신이 주간 수필에서 1등일까 아닐까 하고 혼자 점을 치기도 했다.

어느 화요일에 그의 승리의 행로는 무참히도 깨지고 말았다. 영어 선생님인 테이트 씨가 손가락으로 그를 가리키면서 불쑥 말했다.

—학생의 수필에는 이단적인 생각이 담겨 있어.

침묵이 학급을 내습했다. 테이트 씨는 침묵을 깨뜨리지 않았으며 손을 포개어 가랑이 사이에 쑤셔 넣고, 한편 풀을 진하게 먹인 리넨 셔츠가 그의 목과 팔목 언저리에서 바스락 소리를 냈다. 스티븐은 위를 쳐다보지 않았다. 때는 으스스한 봄날 아침이었고 그의 눈은 여전히 쓰라리고 약했다. 그는 실패와 정체의 탄로를, 자기 자신의 마음과 가정의 초라함을 의식했고, 그의 목 주변에 돌린, 톱니 모양 카라의 가장자리가 닿음을 느꼈다.

테이트 씨의 짧고 높은 웃음 소리가 반(班)의 긴장을 한층 누그러뜨렸다.

—아마 넌 그것을 모를지도 몰라. 그는 말했다.

—어디요? 스티븐이 물었다.

테이트 씨는 가랑이를 파고 있던 손을 거두면서 수필을 펼쳤다.

—여기. 창조주와 영혼에 관한 거야. 음……음……음……아하! '영원히 더 가까이 접근할 가능성이 없이' 이 부분이 이단이야.

스티븐이 중얼거렸다.

— '영원히 도착할 가능성이 없이' 라는 뜻이었는데요.

그것은 일종의 굴복이었고 그러자 테이트 씨는 기분이 누그러진 채, 수필을 접어 그에게 건네주면서 말했다.

—오…… 그래! '영원히 도착할.' 그건 이야기가 다르지.

그러나 반의 분위기는 그렇게 곧 누그러지지 않았다. 수업이 끝난 다음 아무도 그에게 그 일에 대해서 이야기하지는 않았으나 그는 모든 학생의 막연한 악의에 찬 즐거움을 느낄 수 있었다.

이 공공연한 꾸지람이 있은 지 며칠 밤 뒤 그가 드럼콘드라 한길을 따라 편지 한 통을 쥐고 걸어가고 있었는데, 그때 그는 누군가 소리치는 것을 들었다.

—멈춰!

그가 몸을 돌리자 같은 반 학생 세 친구가 어둠 속에서 그를 향해 다가오는 것을 보았다. 소리를 지른 것은 헤런이었다. 두 명의 보좌관 사이에서 앞으로 나온 그는 그들의 발걸음에 때맞춰 가느다란 지팡이로 자기 앞의 공기를 갈랐다. 그의 친구 볼란드가 그의 곁에서 얼굴에 커다란 능글맞은 웃음을 띠며 행진했는데, 그동안 내쉬는 걸음 때문에 숨을 불면서 그리고 커다란 붉은 머리를 흔들면서, 몇 걸음 뒤에 따라왔다.

소년들이 클론리프 한길을 함께 돌자마자, 그들은 무슨 책을 자신들이 읽고 있는지 그리고 얼마나 많은 책이 자기네 아버지의 서가에 있는지를 말하면서, 책들과 작가들에 관해서 이야기하기 시작했다. 스티븐은 볼란드가 반에서 바보 천치인데다가 내쉬는 게으름뱅이였기 때문에 그들의 말을 들으며 약간 놀라웠다. 사실상, 그들이 좋아하는 작가들에 대해 얼마간 이야기를 한 다음, 내쉬는 캡틴 매리어트를 표명했는데, 그이야말로 가장 위대한 작가라고 했다.

—허튼소리! 헤런이 말했다. 데덜러스에게 물어봐. 누가 가장 위대한 작가지, 데덜러스?

스티븐은 그와 같은 질문에 조롱을 눈치채면서 말했다.

—산문 작가 말이니?

—그래.

—뉴먼이라 생각해.

—뉴먼 추기경 말이야? 볼란드가 물었다.

—그래. 스티븐이 대답했다.

내쉬가 주근깨투성이 얼굴에 조롱을 띠고 스티븐에게 돌아서서 말했다.

—뉴먼 추기경을 좋아하니, 데덜러스?

—오, 많은 사람이 뉴먼이 최고의 산문체를 지녔다고들 하지. 헤런이

설명조로 다른 두 사람에게 말했다. 물론 그는 시인은 아니야.

—그럼 누가 제일 훌륭한 시인이니, 헤런? 볼란드가 물었다.

—테니슨 경(卿)이지, 물론. 헤런이 대답했다.

—오, 그래, 테니슨 경이야. 내쉬가 말했다. 우리집에는 한 권으로 된 그의 시 전집이 있어.

이 말에 스티븐은 지금까지 지키고 있던 말없는 맹세를 잊어버리고, 불쑥 토했다.

—테니슨이 시인이라! 글쎄, 그는 엉터리 시인일 뿐이야!

—오, 집어치워! 헤런이 말했다. 테니슨이 가장 위대한 시인이란 건 누구나 다 알아.

—그럼 네 생각에는 누가 가장 위대한 시인이니? 볼란드가 옆 친구를 쿡 찌르며 물었다.

—바이런이지, 물론. 스티븐이 대답했다.

헤런이 웃자 나머지도 조롱투의 웃음에 합세했다.

—뭘 비웃는 거야? 스티븐이 물었다.

—너, 헤런이 말했다. 바이런이 가장 위대한 시인이라! 그는 교육받지 못한 사람들을 위한 시인에 불과해.

—그는 참 훌륭한 시인임이 틀림없어! 볼란드가 말했다.

—넌 입 닥치는 게 좋아. 스티븐이 대담하게 그를 돌아다보며 말했다. 네가 시에 관해서 아는 거라고는 안마당의 슬레이트 위에다 낙서하고 그 때문에 높은 양반한테 불려 갈 판이야.

볼란드는 사실상, 학교로부터 망아지를 타고 자주 집으로 되돌아가던 그의 반 친구에 관해 안마당의 슬레이트에다 이행연구(二行連句)를 쓴 적이 있었다고들 이야기되었다.

타이슨이 예루살렘으로 말을 타고 가고 있었을 때 그는 넘어져 그의 알렉 카푸젤럼을 다치게 했다네.

이와 같은 역습은 두 보좌관의 말문을 막았으나 헤런은 계속 말했다.

—아무튼 바이런은 이단자고, 부도덕가야.

—난 상관하지 않아. 스티븐은 과격하게 소리쳤다.

—그가 이단자든 아니든 상관치 않는다고? 내쉬가 말했다.

—네가 그에 대해 뭘 알아? 스티븐이 소리쳤다. 번역판 이외에 평생 시 한 줄 결코 읽지 않으면서, 게다가 볼란드도 마찬가지고.

—바이런이 나쁜 사람이라는 건 알아. 볼란드가 말했다.

—자, 이 이단자를 붙들어. 헤런이 소리쳤다.

순식간에 스티븐은 포로가 되었다.

—테이트가 전날 너를 정신 차리게 했지. 헤런이 계속 말했다. 전날 네 수필 속에 담긴 이단에 관해 말이야.

—내일 그에게 일러 줘야지. 볼란드가 말했다.

—그래? 스티븐이 말했다. 무서워서 입도 못 열 녀석이.

—무섭다고?

—그래, 목숨을 무서워할 테지.

—점잖게 굴어! 헤런이 스티븐의 다리를 지팡이로 세게 치며 소리쳤다.

그것은 그들의 공격을 위한 신호였다. 내쉬가 그의 양팔을 뒤쪽으로 비트는 동안 볼란드는 하수구에 놓여 있던 기다란 양배추 뿌리를 움켜쥐었다. 막대기의 내리침과 매듭진 배추 뿌리의 타격 아래 몸을 비비적거리거나 차면서, 스티븐은 철조망 울타리에 등을 떠밀리고 말았다.

—바이런이 나쁜 사람이라는 걸 시인해.

—안 해.

—시인해.

—안 해.

—시인해.

—안 해. 안 해.

마침내 그가 미친 듯이 달려든 끝에 애써 풀려났다. 그에게 고통을 가하던 자들이 낄낄거리고 그를 야유하면서 존즈 한길을 따라 도망치는 동안, 그는 옷이 찢기고 얼굴이 시뻘겋고, 숨을 헐떡이며, 눈물 때문에 반쯤 장님이 된 채, 미친 듯 주먹을 움켜쥐고 흐느끼면서, 계속 터벅터벅 걸었다.

그가 그의 청취자들의 방종한 웃음소리 사이 '고해문'을 여전히 반복하는 동안 그리고 그와 같은 악의의 사건의 장면들이 여전히 그의 마음 앞을 날카롭고 빨리 지나가고 있는 동안, 왜 그는 그에게 고통을 가했던 자들에게 이제 더는 적의를 품지 않게 되었는지 이상하게 느껴졌다. 그는 그들의 비겁함과 잔인함을 조금도 잊지 않았지만, 그에 대한 기억은 그로부터 전혀 노여움을 불러오지 않았다. 그가 그런고로 지금까지 책 속에서 읽었던 애절한 사랑과 증오에 관한 모든 서술이 그에게는 비현실적인 것처럼 느껴졌다. 그날 저녁만 하더라도 그가 존즈 한길을 따라 집으로 터벅터벅 걸어갔을 때 그는 어떤 힘이 그와 같은 갑자기 솟은 분노를, 마치 과일이 부드럽고 익은 껍질이 벗겨지듯 쉽사리, 그에게서 벗기고 있음을 느꼈다.

그는 창고의 끝에 그의 두 동료와 함께 서서 그들의 이야기와 극장에서 터져 나오는 박수갈채를 빈둥빈둥 들으며 남아 있었다. 그녀도 아마 그가 나타나기를 기다리면서 다른 사람과 함께 그곳에 앉아 있었으리라. 그는 그녀의 외모를 다시 생각하려고 애를 썼지만, 소용이 없었다. 그는 그녀가 머리 주변에 고깔처럼 솔을 걸쳤던 것과 그녀의 까만 눈이 자기를 초청하고 애타게 했던 것을 기억할 수 있을 뿐이었다. 그는 그녀가 자기의 생각 속에 있었듯 그도 그녀의 생각 속에 있었는지 궁금했다. 어둠 속에서 다른 두 아이한테 들키지 않도록, 한쪽 손의 손가락 끝을 다른 손의 손바닥에 댈 듯 말 듯 가볍게 눌러 보았다. 그러나 그의 손가락의 압력은 한층 가벼웠으며 한층 침착했다. 갑자기 그 손가락의 감촉에 대한 기억이 마치 보이지 않는 파도처럼 그의 머리와 몸을 스치고 지나갔다.

한 소년이 창고 아래를 따라서 달려오며, 그들을 향해 다가왔다. 그는 흥분하고 숨이 가빴다.

―오, 데덜러스, 그는 소리쳤다. 도일이 너 때문에 굉장히 화가 났어. 넌 당장 들어가서 연극 공연을 위해 의상을 입어야 해. 서두르는 게 좋아.

―그는 갈 거야. 헤런이 거만하게 느린 말투로 메신저에게 말했다. 가고 싶을 때 말이야.

소년은 헤런을 향해 고개를 돌리고 거듭 말했다.

―하지만 도일은 크게 화가 나 있단 말이야.

―도일에게 안부 인사와 함께 내가 그의 눈을 저주하더라고 말해 주겠니? 헤런이 말했다.

―글쎄, 난 이제 가야 해. 체면 문제 따위는 별로 상관하지 않는 스티븐이 말했다.

―나라면 가지 않겠어. 헤런이 말했다. 경칠 가나 두고 봐. 그런 식으로 상급생을 부르러 보내다니. 게다가 화를 내고 있다고! 정말, 난 네가 그의 경칠 연극에 참가하는 것만 해도 충분하다고 생각해.

그가 최근에 자신의 경쟁자에게서 관찰했던 이와 같은 시비조의 우정 정신은 스티븐을 조용한 순종의 습관으로부터 유혹하지 않았다. 그는 그러한 소란을 불신했으며 그러한 우정의 성실성을 의심했는지라 그것은 성인(成人)이 되기 위한 일종의 가엾은 전조인 듯 그에게 느껴졌다. 여기 야기된 체면 문제는 모든 이러한 문제와 마찬가지로, 그에게는 사소한 것이었다. 그의 마음이 그것의 무형 환영(幻影)을 추구하며 우유부단한 가운데 이러한 추구를 외면하는 동안 그는 만사를 넘어 그를 신사가되도록 권고하며 모든 걸 초월하여 그를 한 사람의 훌륭한 가톨릭교도가되도록 권고하는, 그의 아버지와 선생님들의 한결같은 목소리를 자기 주변에서 듣는 듯했다. 이러한 목소리는 이제 그의 귀에는 공허하게 들렸다. 체육관의 문이 열렸을 때 그는 또 다른 소리가 그로 하여금 튼튼하고사내다우며 건강하도록 권고하는 것을 들었으며, 민족의 문예부흥을 향한 운동이 학교에서 일기 시작했을 때 또 다른 목소리가 자신의 조국에대하여 진실할 것과 그의 언어와 전통을 도울 것을 그에게 권유했다. 속된 세계에서, 그의 예상대로 세속적인 목소리가 그로 하여금 자신의 노동으로 아버지의 몰락한 재산을 부활시키도록 권유할 것이다. 그리고 한편, 그의 학교 동료의 목소리가 그로 하여금 훌륭한 학생이 되고, 그들을비난에서 보호하며 또는 그들을 처벌에서 면제하게 하고 학교의 수업을쉬도록 교섭하는 데 최선을 다하도록 권유했다. 그리고 그것은 환영들을추구함에서 그를 우유부단하게 주저하도록 한 공허하게 들리는 모든 이러한 목소리의 소음이었다. 그는 그러한 목소리에 단지 잠깐 귀를 기울였지만, 그들의 목소리로부터 멀리 떨어져 그들의 부름을 초월하여, 혼자 혹은 환상적인 동료의 무리 속에 있을 때에만 단지 행복했다.

제의실에는 통통하고 생기에 찬 얼굴의 한 예수회 회원과 초라한 푸른색 옷을 입은 한 노인이, 물감과 초크가 담긴 상자 속을 뒤지고 있었다. 분장을 끝낸 소년들이 주위에 서성거리거나 어색하게 서서 손가락끝으로 신중하게 그들의 얼굴을 매만지고 있었다. 제의실 한복판에는 뗑

시 학교를 방문 중이던 한 젊은 예수회 회원이, 양손을 그의 옆 주머니에 앞쪽으로 쑤셔 넣은 채, 발가락 끝에서 발꿈치로 그리고 거꾸로, 몸을 리드미컬하게 흔들며 서 있었다. 그의 조그마한 머리는 반짝이는 붉은 머리카락 때문에 한층 돋보였고, 그의 새로 면도한 얼굴은 깨끗하고 점잖은 법복과 깔끔한 신발과 잘 어울렸다.

그가 몸을 흔들고 있는 모습을 쳐다보며 그 성직자의 조소하는 미소의 의미를 알아내려고 혼자서 애를 쓰고 있었을 때, 자신이 클론고우즈에 입학하기 전에 아버지로부터 누구나 예수회의 회원을 그의 옷의 스타일로 보아 언제나 구별할 수 있다고 한 말을 스티븐은 떠올렸다. 같은 순간에 그는 자신 아버지의 마음과 옷을 잘 차려입고 미소를 띠는 이 성직자의 생각 사이에 한 가지 유사함이 있다는 생각이 들었는지라. 그는 사제의 직업의 또는 제의실 자체의 어떤 신성 모독을 인식했으니, 그런데 제의실의 정숙(靜肅)은 이제 소리 높은 농담으로 내쫓기고, 공기도 가스 등과 기름 냄새로 더럽혀졌다.

그는 자신의 이마가 나이 지긋한 남자에 의해 주름이 지워지고, 그의 턱이 검푸르게 분장되고 있는 동안, 대사를 크게 암송하도록 그에게 그리고 요점을 분명히 말하도록 타이르는 그 통통한 젊은 예수회 회원의 목소리에 멍하니 귀를 기울였다. 그는 악대가 「킬라니의 백합」을 연주하는 것을 들을 수 있었으며 잠시 후에 곧 커튼이 오르리라는 것을 알았다. 그는 무대 공포를 느끼지 않았지만, 그가 맡아야 할 역할을 생각하니 창피스러움이 앞섰다. 몇 행의 대사를 기억하자 그의 분장한 양쪽 뺨이 갑자기 화끈해졌다. 그는 청중들 사이에서 그녀의 심각하고 매혹적인 눈이 그를 빤히 쳐다보고 있는 것을 보자, 그녀의 눈의 그림자가 즉각 그의 망설임을 쓸어 없앴고, 그의 의지를 단단하게 해주었다. 또 다른 천성이 그에게 새로 주어진 듯했다. 그의 주위의 흥분과 젊음의 굴절이 그의 우울한 불신의 감정 속으로 나타나며 변형했다. 한 드문 순간을 위하여 그는 소년 시절의 진짜 의상을 입고 있는 듯했나니, 그리하여 다른 출연자들 사이에 끼어 무대 한쪽에 섰을 때, 그는 다른 사람과 공동의 환희를 나누었는지라, 그 사이에 무대의 배경 막이 두 숙련된 신부들에 의해 갑자기 흔들거리며 온통 뒤틀려 위로 끌어 올라갔다.

얼마 뒤에 그는 휘황한 가스등과 희미한 배경막 사이 무대 위에, 허공의 무수한 얼굴 앞에 공연하는 자신을 발견했다. 공연 연습 시에는 연결되지 않고, 생명이 없는 듯 그가 알았던 연극이 그 자신의 생명을 갑자기 갖는 듯하여짐을 보게 되다니 그를 놀라게 했다. 그와 그의 동료 연출가가 자신의 역을 서로 도움으로써 연극은 이제 저절로 이루어지는 듯했다. 막이 마지막 장면에서 내리자 그는 허공이 박수갈채로 가득함을 알았으며, 무대 장치의 틈을 통해, 그가 그들의 면전에서 공연했던 단순한 몸체가 마술에 걸린 듯 이울어지고, 허공의 얼굴이 사방으로 갈라지며 바삐 떼를 지어 흩어짐을 보았다.

그는 재빨리 무대를 떠나 의상을 벗어 치우고 예배당을 통해 교정으로 빠져나왔다. 이제 연극은 끝났는지라 그의 신경은 한층 다른 어떤 모험을 갈구했다. 그는 마치 그 모험을 뒤쫓기나 하듯 계속 급히 달려갔다. 극장의 문들이 모두 활짝 열리고 관중이 비워지고 있었다. 그가 배의 정박소로 생각했던 줄들에는 몇 개의 초롱들이 밤의 미풍에 흔들리며, 쓸쓸히 깜박이고 있었다. 그는 무슨 전리품을 놓칠까 봐 열렬히 마당에서 층층대로 재빨리 올라갔고, 현관의 군중 사이를 억지로 밀치고 나아가, 사람들의 퇴장을 빤히 쳐다보거나 절을 하면서 손님과 악수하며 서 있는 두 예수회 회원을 지나갔다. 그는 여전히 한층 급한 척하면서 그리고 그의 분칠한 얼굴이 그의 지나는 자리에 남긴 미소와 노려봄 그리고 옆구리 찌름을 어렴풋이 의식하면서, 계속 신경질적으로 밀고 나아갔다.

그가 층층대 위 밖으로 나왔을 때, 그의 가족이 첫째 등불 있는 곳에서 그를 기다리고 있는 것을 보았다. 한눈에 그는 모인 사람들의 모습 하나 하나를 알아차리고, 골이 난 듯 층층대를 달려 내려갔다.

—저 아래 조지가(街)에 메시지를 남겨야 해요, 그는 아버지에게 재빨리 말했다. 집으로 곧 뒤따라가겠어요.

아버지의 질문을 기다릴 것 없이 그는 한길을 가로질러 달려가 목이 부러질 속도로 언덕을 걸어내려 갔다. 그는 자신이 어디로 걷고 있는지 거의 알지 못할 지경이었다. 자존심과 희망과 욕망이 마음속에 짓밟힌 약초처럼 그의 마음의 눈앞에 미친 듯한 향기를 뿜어 올렸다. 그는 상처받은 자존심과 몰락한 희망 그리고 좌절된 욕망의 갑자기 솟는 증기의 소용돌이 사이에 언덕을 성큼성큼 걸어 내려갔다. 그 증기는 그의 고뇌의 눈앞에서 짙게 그리고 미칠 듯 냄새 속에 위쪽으로 흘렀으며, 자신의 머리 위로 사라지자 마침내 대기는 다시 맑아지며 싸늘해졌다.

엷은 막이 그의 두 눈을 여전히 가리고 있었으나 눈은 이제 더 화끈거리지 않았다. 분노 또는 적개심을 그로 하여금 가끔 느끼게 했던 것과 비슷한 한 가닥 힘이, 그의 발걸음을 멈추게 했다. 그는 잠자코 서서, 시체 공시소의 침침한 현관을 그리고 그로부터 옆쪽으로 자갈이 깔린 컴컴한 골목길로 치켜보았다. 그는 골목의 벽에 '로츠'라는 글자를 보면서 고약하고 짙은 공기를 천천히 들이마셨다.

—이건 말 오줌과 썩은 짚 냄새야. 그는 생각했다. 맡기 좋은 냄새군. 이 냄새가 내 심장을 진정시키겠지. 내 심장은 이제 아주 잠잠해졌어. 돌아가겠어.

* * *

스티븐은 킹즈브리지에서 철로 기차 간 구석에 다시 한 번 아버지 곁에 자리를 잡았다. 그는 아버지와 함께 밤 우편열차를 타고 코크로 여행하는 중이었다. 기차가 증기를 뿜으며 정거장을 빠져나가자 그는 수년 전의 어린 시절의 경이와 클론고우즈에서 보냈던 첫날의 모든 사건을 회상했다. 그러나 이제 아무런 경이도 느껴지지 않았다. 그는 어두워지는 대지가 미끄러지듯 그를 지나가고, 말없는 전신주가 4초마다 창문을 재빨리 스쳐 가며, 말없이 서 있는 몇몇 역부들이 지키고 선, 작은 불빛 깜빡이는 정거장들이, 우편열차에 의해 뒤로 팽개친 채, 달리는 기차에 의해 뒤쪽으로 뿌려진 불똥처럼 어둠 속에서 잠시 깜빡이고 있는 것을 보았다.

그는 코크나 그의 젊은 시절의 여러 가지 장면에 대한 아버지의 회고담을 별 공감 없이 듣고 있었는데, 이야기는 아버지가 어떤 죽은 친구의 모습이 자신 속에 나타나거나 환기자가 그의 실제의 방문 목적을 갑자기 기억할 때마다 한숨 아니면 포켓 속의 술병에서 한 모금씩 술을 따름으로써 중단했다. 스티븐은 듣기는 했으나 별로 연민을 가질 수 없었다. 사자(死者)들의 모습들은 찰스 아저씨의 그것 이외에는 그에게 모두 낯선 자들이었고, 그의 모습 또한, 최근에는 기억에서 사라져 가고 있었다. 그는 그러나 아버지 재산이 경매로 매각되리라는 것을 알고 있었고, 그래서 이처럼 자기 자신의 재산의 박탈이란 모습에서 세상이 무참히도 그의 환상에 거짓말하고 있음을 느꼈다.

메리버러에서 그는 잠이 들었다. 잠에서 깨어났을 때 열차는 맬로우를 벗어나 지나갔고 아버지는 다른 자리에 잠든 채 몸을 뻗고 있었다. 새벽의 차가운 빛이 시골 위에, 사람 하나 없는 들판과 닫힌 오두막집들 위에 놓여 있었다. 잠의 공포가, 그가 묵묵한 시골 풍경을 빤히 쳐다본다든지 또는 이따금 아버지의 깊은 숨소리와 잠에 어린 갑자스러운 동작을 듣자, 그의 마음을 사로잡았다. 눈에 띄지 않는 이웃사람들이 마치 그들이 그를 해칠 수 있기나 하듯, 그에게 이상한 공포감으로 채워, 낮이 빨리 다가왔으면 하고 기도를 드렸다. 하느님이나 성자에게 드린 것이 아닌, 그의 기도는 열차의 문틈을 통하여 발까지 스며드는 차가운 아침 미풍처럼 일종의 몸서리로 시작했고, 열차의 한결같은 음률에 맞추어 그가 행하는 한 줄기 어리석은 말들로서 끝이 났다. 4초 간격으로 묵묵히 전신주들은 규칙적인 소절(小節) 사이 음악의 질주하는 선율을 띠고 있었다. 이러한 격렬한 음악이 그의 무서움을 진정시키자, 그는 창문 가장자리에 몸을 기대면서 다시 눈꺼풀을 감았다.

그들은 아직 이른 아침 동안 징글 마차를 타고 코크를 가로질러 달렸고, 스티븐은 빅토리아 호텔의 한 침실에서 잠을 마저 잤다. 밝고 따뜻한 햇볕이 창문을 통해 스며들어오고, 그는 바깥 차들의 소음을 들을 수 있었다. 아버지는 화장대 앞에 서서 머리칼과 얼굴 그리고 코밑수염을 아주 세심하게 살피면서, 물 항아리 너머로 황새처럼 목을 길게 뻗었다가 더 잘 볼 수 있도록 목을 옆으로 끌어당기기도 했다. 그가 그렇게 하는 동안 괴상한 말투와 가사로 조용히 혼자 노래했다.

젊은이가 장가드는 것은
젊고 어리석기 때문이오,
그러니 여기, 내 사랑이여
나는 더는 머무르지 않으리.
어차피 치료할 수 없을 바에야, 확실히,
상처를 입어야지, 확실히,
고로 나는 가야지
아메리카로.

내 사랑 그녀는 아름다워요,

내 사랑 그녀는 상냥해요.

그녀는 달콤한 위스키 같아요,

새것일 때,

그러나 오래되면

그리고 차가워지면

시들어 없어져요

산 이슬처럼.

창 밖의 따뜻하고 햇볕이 내리쬐는 도시와 그리고 아버지의 목소리가 이상하고 슬프고 행복한 노랫가락을 함께 장식하는 부드러운 전음(顫音)을 의식하자, 간밤의 불유쾌한 감정의 모든 안개가 스티븐의 두뇌에서 가셔 버렸다. 그는 재빨리 자리에서 일어나 옷을 입고, 노래가 끝나자 말했다.

—그 노래는 아버지의 '자, 모두, 와요'라는 다른 어떤 노래보다 한층 아름다워요.

—그렇게 생각하니? 데덜러스 씨가 물었다.

—전 그걸 좋아해요. 스티븐이 말했다.

—꽤 오래된 예쁜 가락이야. 데덜러스 씨가 코밑수염 끝을 꼬면서 말했다. 아, 그러나 미크 레이시가 그걸 부르는 걸 네가 들어봤어야 했는데! 가엾은 미크 레이시! 그는 거기다 약간의 회음(回音)을 붙여, 우아한 곡조를 넣어 부르곤 했지만, 난 그렇지 못했어. 그 친구야말로 '모두, 와요'를 제대로 부를 수 있는 친구였지, 글쎄.

데덜러스 씨는 아침 식사로 양고기 소시지를 주문했고, 식사하는 동안 그는 웨이터에게 지방 뉴스를 자세히 물었다. 대부분 두 사람의 이야기는 동문서답 격이었는데, 어떤 이름이 언급되면 웨이터는 현재의 집주인을 마음속에 두고 있었고 데덜러스 씨는 그분의 아버지나 아마 그의 할아버지를 생각하고 있었다.

─그런데 퀸즈 대학은 어쨌든 다른 곳으로 옮기지 않았겠지. 데덜러스 씨가 말했다. 이 아들놈한테 그걸 보여 주고 싶으니까 말이야.

마다이크 가로를 따라 나무들은 한창 꽃을 피우고 있었다. 그들은 대학의 마당으로 들어갔고 수다스러운 수위에 의해 사각의 안뜰을 가로질러 안내되었다. 그러나 자갈길을 건너 그들의 진로는 수위의 대답으로 매 열두가량의 걸음마다 한 번씩 멈춰 서야만 했다.

─아, 그게 정말이야? 그럼 그 불쌍한 배불뚝이가 죽었단 말이야?

─네, 돌아가셨습니다.

이렇게 멈춰 서 있는 동안 스티븐은 화제에 싫증을 느끼며 그리고 느린 행진이 다시 시작되기를 초조하게 기다리며, 두 사람 뒤에 어색하게 서 있었다. 그들이 (대학의) 사각안뜰(四角中庭)을 건너갔을 무렵 그의 이러한 초조감은 열기로 치솟았다. 그가 눈치 빠르고 의심 많은 사람으로 알고 있던, 그의 아버지가 어떻게 저 굽실거리는 수위에게 속아 넘어가는 것일까에 대해 의심스러웠다. 그래서 아침 내내 그를 즐겁게 해주었던 생기에 찬 남부의 사투리가 이제는 귀에 거슬렸다.

그들은 해부학 교실로 들어갔는데, 그곳에서 데덜러스 씨는 수위의 도움을 받으며, 책상의 자기 이름 머리글자를 찾았다. 스티븐은 해부학 교실의 어둠과 침묵 그리고 그것이 품은 지루하고 형식적인 공부 분위기로 말미암아 그 어느 때보다 기분이 짓눌린 채, 뒷전에 남아 있었다. 그는 책상 위에 검게 때가 묻은 나무판에다 몇 번이고 파진 '태아(胎兒)'란 글자를 읽었다. 갑작스러운 글자가 그의 피를 놀라게 했다. 그는 지금은 사라진 대학의 학생들이 그의 주변에 있는 듯 그리고 자신이 그들 무리로부터 몸을 움츠리려는 듯했다. 아버지의 말이 불러일으키기에는 무력했던, 그들의 생에 대한 환상이, 책상에 새긴 그 말로부터 자기 앞에 불쑥 솟아 나왔다. 콧수염을 기르고 떡 벌어진 어깨를 한 학생이 잭나이프로 심각하게, 글자를 파고 있었다. 다른 학생들이 그의 곁에 서거나 앉아서 그의 작업에 낄낄거리고 있었다. 한 학생이 팔꿈치로 살짝 찔렀다. 덩치 큰 학생이 얼굴을 찌푸리며, 그에게 고개를 돌렸다. 그는 헐거운 회색 옷을 입었고 무두질한 가죽 반장화를 신고 있었다.

스티븐의 이름을 부르는 소리가 들렸다. 그는 그러한 환상으로부터 될 수 있는 한 멀리 떨어지려고 해부학 교실의 층층대를 급히 뛰어 내려갔고, 아버지의 머리글자를 자세히 응시하며, 그의 붉어진 얼굴을 감추었다.

그러나 그 말과 환상이 그가 사각의 안뜰을 가로질러 학교 교문쪽으로 되돌아 걸어가자 눈앞에 아물거렸다. 그때까지 자기 자신의 마음의 야수적이고 개인적인 질병으로만 그가 생각했던 그와 같은 자취를 바깥 세상에서 발견하자 그는 충격을 받았다. 그의 해괴망측한 망상들이 떼를 지어 기억 속에 다가왔다. 그들 또한, 단순한 글자로부터, 갑작스럽게 그리고 미친 듯, 그 앞에 솟아났다. 그는 이러한 망상들에 이내 굴복하고 말았고, 그들이 그의 지성을 휩쓸며 더럽히도록 내버려두었으니, 어디서 이런 것들이 흉악스런 환영의 무슨 소굴에서 나왔는지를, 그 망상들이 자신 위를 스치고 지나갈 때 다른 사람들을 향해 언제나 약하고 겸손하며, 자신에게는 초조와 염증을 내고 있는 게 아닌가 언제나 의아해했다.

—아, 정말! 저기 식료품점이 있었지, 분명히! 데덜러스 씨가 소리쳤다. 가끔 내가 저 식료품점에 관해 이야기하는 것을 들었지, 그렇잖아, 스티븐. 몇 번 우리 이름이 들리자 저곳으로 내려갔었지. 우리가 떼를 지어 해리 퍼드, 꼬마 재크 마운틴, 보브 다이어즈, 프랑스 학생인, 모리스 모리아르띠, 톰 오그레이디 그리고 오늘 아침 네게 말한 미크 레이시, 주

지 코베트 그리고 탠틸즈 출신의 마음씨 좋은 그 꼬마 조니 키버즈 말이
야.

마다이크 가로를 따라 나뭇잎사귀가 햇볕 속에 살랑거리며 속삭이고
있었다. 한 팀의 크리켓 선수들이 지나갔는데, 그들은 플란넬 바지와 블
레이저코트를 입은 발랄한 젊은이들, 그들 가운데 한 아이는 길고 푸른
위킷 가방을 들고 있었다. 조용한 옆 골목길에 퇴색한 유니폼을 걸친 다
섯 명의 독일 연주 악단이 찌그러진 놋쇠 악기를 가지고 거리의 부랑아
들과 게으른 심부름꾼 소년들의 청중을 상대로 연주하고 있었다. 흰 모
자를 쓰고 앞치마를 두른 한 하녀가 따뜻한 햇볕을 받아 석회석 조각처
럼 반짝이는 유리 창틀 위의 화분 박스에 물을 주고 있었다. 밖으로 트인
또 다른 창문으로부터 피아노 소리가 한층 고음으로 솟으면서, 한 음계
한 음계 차례로 들려왔다.

스티븐은 이전에 들은 적이 있던 이야기들을 귀담아들으면서, 아버지
젊은 시절의 친구들이었던 지금은 흩어졌거나 돌아간 그 옛날 난봉꾼들
의 이름을 다시 들으면서, 아버지 곁에서 계속 걸었다. 그러자 가벼운 구
토가 마음속에 설렁거렸다. 그는 벨비디어 학교에서 자기 자신의 애매한
위치를 생각했다. 전액 장학생에 자만심이 강하고 민감하며 의심이 많았
던, 자기 자신의 권위를 두려워하던 반장을 회상했으며, 당시 그는 자기
생활의 추악 및 마음의 반동과 싸웠다. 불결한 나무 책상에 새겨진 글자
가, 그의 육체적 미약함과 쓸모없는 열정을 조롱하며, 그 자신의 광적이
고 불결한 방탕에 대하여 그로 하여금 자신을 혐오하게 하면서, 그를 빤
히 쳐다보았다. 목구멍에 걸린 가래침이 삼키기에 메스꺼울 정도로 한층
쓰고 불쾌했으며, 가벼운 구토가 두뇌까지 기어올라와서 그는 잠깐 눈을
감고 어둠 속을 걸었다.

그는 아직도 아버지가 부르는 소리를 들을 수 있었다.

―네가 인생을 출발할 때에는, 스티븐. 언젠가 그날이 틀림없이 다가 올 테지만, 무슨 일을 하든지 간에 신사들과 어울려야 한다는 것을 명심 해야 한다. 정말이지 내가 젊었을 때는 참으로 스스로 즐겼었지. 난 점잖 고 멋있는 애들과 어울렸어. 우리 각자는 무언가 훌륭한 일을 할 수 있었 어. 한 애는 멋진 목소리를 갖고 있었고, 다른 애는 훌륭한 배우였으며, 또 다른 애는 멋진 희극 노래를 불렀는가 하면, 또 다른 애는 훌륭한 보 트 선수 또는 훌륭한 테니스 선수였지. 또 다른 애는 이야기의 명수 기 타 등등. 아무튼, 우리는 한결같이 재미있게 지냈고 인생을 즐겼으며 세 상 구경도 조금은 했었는데 게다가 그걸 좋아했지. 하지만 우리는 모 두 신사였어, 스티븐. 적어도 우린 그랬다고 믿고 싶어. 그리고 또한 매 우 훌륭하고 정직한 아일랜드 사람들이었어. 나는 네가 그와 같은 종류 의 애들과 사귀기를 바라고 있어. 올바른 정신을 가진 애들 말이야. 네게 한 사람의 친구로서 이야기하는 거야, 스티븐. 아들이 아버지를 두려워 해서는 안 된다고 생각해. 천만에, 내가 어린아이였을 때 네 할아버지가 날 대하듯, 나는 널 대하고 있어. 당시 우리는 부자지간이라기보다 오히 려 형제 같았어. 내가 처음 담배를 피우다가 그분께 붙들린 것을 결코 잊 을 수가 없어. 어느 날 내 또래의 몇몇 친구와 남쪽 테라스 끝에 서 있었 지, 그런데 우리는 입 구석에다 담배를 물고 있었는지라 모두 굉장한 인 물이라 생각했지. 갑자기 아버지께서 지나가시지 않겠니. 아버지는 한마 디 말도, 아니 발걸음을 멈추지도 않았어. 그러나 다음 날 일요일, 우리 는 다 함께 산책을 했었지. 그리고 우리가 집으로 돌아오는 길에 아버지 는 담배 케이스를 꺼내면서 말씀하시는 거야. "그런데 사이먼, 난 네가 담배를 피우는 줄 몰랐구나." 혹은 그와 비슷한 말을. 물론 난 어떻게든 지 그걸 모르는 척하려고 했지. 아버지가 또 말씀하셨지. "정말 좋은 담 배를 피우고 싶거든 이걸 한번 피워봐. 어떤 미국인 선장이 간밤에 퀴즈

타운에서 내게 선물한 거야."

아버지에게서 터져 나오는 목소리는 거의 흐느낌 같았다.

—그분은 그 당시 코크에서 제일가는 미남이었어, 정말 그랬어! 여자들이 길거리에서 발걸음을 멈추고 그를 뒤돌아보곤 했었지.

스티븐은 아버지의 흐느끼는 목소리가 목구멍으로 크게 꿀꺽하고 넘어가는 것을 들으며 신경질적인 충격과 더불어 눈을 떴다. 별안간 그의 시야에 들이닥친 햇볕이 하늘과 구름을 진 장밋빛 호수 같은 공간을 한 거무스름한 덩어리의 환상적 세계로 바꾸어 놓았다. 그의 두뇌는 병이 든 듯 힘이 없었다. 그는 상점 간판의 글씨를 거의 읽을 수가 없었다. 자신의 해괴망측한 생활양식 때문에 그는 자신이 현실의 한계를 넘어선 듯했다. 그가 자신의 마음속의 격분한 외침의 메아리를 듣지 않고는 아무것도 현실 세계로부터 그를 움직이거나 그에게 말을 걸지 않았다. 그는 아버지의 목소리에 낙심하고 지친 나머지, 여름과 기쁨 그리고 우정의 부름에 대하여 멍하니 무감각한 채, 어떠한 세속적인 또는 인간적인 호소에도 응답할 수 없었다. 그는 자기 생각마저도 거의 식별할 수가 없어서 천천히 혼잣말을 되풀이했다.

—나는 스티븐 데덜러스. 아버지 곁을 걷고 있다. 그의 이름은 사이먼 데덜러스. 우리는 아일랜드의 코크에 있다. 코크는 도시다. 우리 방은 빅토리아 호텔에 있다. 빅토리아 그리고 스티븐 그리고 사이먼. 사이먼 그리고 스티븐 그리고 빅토리아. 이름들.

그의 유년 시절의 기억이 갑자기 흐려졌다. 그는 자신의 몇몇 생생한 순간들을 회상하려고 애를 썼으나 그럴 수가 없었다. 단지 댄티, 파넬, 클레인, 클론고우즈와 같은 이름을 회상할 뿐이었다. 한 꼬마 소년이 옷장에 두 개의 옷솔을 가지고 있던 한 노파에게 지리를 배웠다. 그리고 그는 집을 떠나 학교에 가게 되었고, 학교에서 그는 최초의 영성체를 받았으며, 크리켓 모자 속의 슬림(젤리) 과자를 꺼내 먹고, 의무실의 조그만 침실 벽에 활활 타며 춤을 추고 있던 난롯불을 지켜보며, 자신이 죽는 일, 검고 금색의 제의를 입은 교장 선생님이 그를 위해 미사를 올리는 일, 그리고 보리수의 중앙 가로에서 얼마간 떨어진 예수회의 작은 묘지에 묻히는 꿈을 꾸었다. 그러나 그는 그때 죽지 않았다. 죽은 것은 파넬이었다. 예배당에서는 사자(死者)를 위한 미사도 없었고 장례 행렬도 없었다. 그는 죽지는 않았으나 마치 햇볕 속의 필름처럼 바래져 버렸다. 그는 더는 존재하지 않았기에 잊힌채, 존재로부터 이탈하고 있었다. 죽음에 의해서가 아니라 햇볕 속에 바래짐으로써 또는 우주의 어디선가 잃어가고 잊힘으로써, 이렇게 존재로부터 사라지는 생각하다니 얼마나 신기한 노릇인가! 그의 조그만 육체가 잠깐 다시 나타남을 보다니 참 신기한 노릇이었다. 허리띠를 두른 갈색 제복의 꼬마 소년, 그의 두 손은 옆 주머니 속에 꽂혀 있었고, 바지는 무릎 근처에 고무 밴드로 조여 있었다.

재산이 다 팔리던 날 저녁에 스티븐은 시내의 이 술집에서 저 술집으로 아버지를 순순히 따라다녔다. 시장의 장사꾼들에게, 술집의 바텐더나 여급들에게, 한 푼 줍쇼, 하며 귀찮게 구는 거지들에게, 데덜러스 씨는 자신은 옛날 코크 출신이요, 더블린에서 코크의 말투를 없애려고 30년 동안이나 애써보았고, 곁의 등 타기 망나니는 자기의 장남으로 단지 더블린 애송이에 지나지 않는다는 똑같은 이야기를 되풀이했다.

그들은 이른 아침 뉴컴의 커피 하우스에서 출발했는데, 그곳에서 데덜러스 씨의 찻잔이 쟁반에 부딪혀 어찌나 요란스럽게 달가닥거렸던지, 스티븐은 자신이 의자를 움직였다 기침했다 함으로써, 전날 밤에 아버지의 술버릇이 보여 주는 그 수치스런 증거를 은폐하려고 애를 썼다. 창피스런 행동들이 연달아 꼬리를 물고 일어났다. ― 시장 장사치들의 거짓 미소, 아버지와 서로 희롱하던 술집 여급의 농담과 추파, 아버지 친구들의 찬사와 격려의 말들. 사람들이 스티븐은 할아버지의 잘생긴 얼굴을 닮았다고 하는가 하면 데덜러스 씨는 그가 흉한 닮은꼴이라 동의했다. 사람들은 스티븐의 말씨 속에서 코크 말투의 분명한 흔적을 가려내며 그로 하여금 리강이 리피강보다 훨씬 아름다운 강임을 시인하도록 했다. 그중 한 사람은 스티븐의 라틴어를 시험해 보려고, 딜렉뚜스의 짧은 구절을 번역해 보도록 했고, "뗌뽀라 무딴뚜르 노스 에뜨 무따무르 인 일리스(상황은 우리를 변화시키고, 우리는 그 속에서 변화도다)"라는 구절 또는 "뗌뽀라 무딴뚜르 에뜨 노스 무따무르 인 일리스(상황은 변하고, 우리는 그들과 함께 변하도다)"라는 구절은 어느 쪽이 옳으냐고, 그에게 물어보았다. 또 한 사람인, 데덜러스 씨가 조니 캐쉬먼이라고 부르는 한 민첩한 노인은, 그에게 더블린 아가씨들과 코크의 아가씨 중, 어느 쪽이 더 예쁘냐고 물어봄으로써 그를 몹시 당황하게 했다.

—저 앤 그런 형이 못돼, 데덜러스 씨가 말했다. 그를 혼자 내버려두오. 그는 분별 있는, 생각이 깊은 애라 그따위 무의미한 일에 머리를 쓰지 않아요.

—그럼 그 아버지의 아들이 아니군, 몸집이 작은 노인이 말했다.

—그건 나도 몰라, 분명히, 데덜러스 씨가, 만족스럽게 미소를 띠며, 말했다.

—네 아버지는, 몸집이 작은 노인이 스티븐에게 말했다, 그의 시절 코크 시에서 제일 대담한 바람둥이였지. 그걸 알아?

스티븐은 눈을 내리깔고 자신들이 우연히 들른 술집의 타일 마룻바닥을 자세히 살폈다.

—자 이제 그 애 머릿속에 여러 가지 생각을 집어넣지마요, 데덜러스 씨가 말했다. 그를 조물주에게 맡겨 둬.

—어어라, 확실히 그 애 머릿속에 무슨 생각을 집어넣고 싶지 않아. 나

도 이제 늙어 이 애 할아버지가 되기에 족하단 말이야. 그리고 나도 손자가 있어, 몸집이 작은 노인이 스티븐에게 말했다. 그걸 알아?

—그래요? 스티븐이 물었다.

—그렇고말고, 몸집이 작은 노인이 말했다. 나는 선데이즈 웰에 팔팔한 손자가 둘이나 있어. 자, 그럼! 내 나이가 얼마로 뵈니? 그리고 네 할아버지가 빨간 코트에 사냥개를 앞세우며 사냥을 나가던 모습이 내 눈에 선해. 그건 네가 태어나기 전이었어.

—정말, 혹은 생각했을 수도, 데덜러스 씨가 말했다.

—정말 난 그랬어, 몸집이 작은 노인이 거듭 말했다. 그리고 그보다 더한 것은, 나는 심지어 너의 증조할아버지인, 존 스티븐 데덜러스 노인도 기억할 수 있는데, 그는 성미가 사납고 불같이 과격한 노인이었어. 글쎄, 그럼! 그건 네게 굉장한 추억담이지!

—그건 세 세대, 네 세대의 이야기야, 좌중의 또 다른 사람이 말했다. 아무렴, 조니 캐쉬먼, 자네는 틀림없이 한 세기(백 살)에 가깝군!

—글쎄, 사실을 말해 주지, 몸집이 작은 노인이 말했다. 난 바로 스물일곱 살이야.

—늙는 거야 마음먹기에 달렸지, 조니, 데덜러스 씨가 말했다. 그리고 바로 거기 남은 술을 끝내고 또 한잔하지. 이봐, 팀인지 톰인지, 자네 이름이 무엇이든, 여기 같은 걸 한 잔 더 주게. 정말이지, 난 바로 꼭 열여덟 살 된 기분이야. 저기 있는 내 자식은 내 나이 절반도 되지 않아 그리고 난 언제나 저 애보다 한층 건강하단 말이야.

—큰소리치지 말게, 데덜러스. 자넨 이제 뒷자리로 물러앉을 때가 된 것 같아, 아까 말했던 신사가 말했다.

—아니, 천만에! 데덜러스 씨가 우겼다. 저 애를 상대로 내가 테너 곡을 부르든지 또는 그를 상대로 다섯 —막대기 장애물 경기 아니면 서른

해 전에 내가 케리 소년과 했듯이. 저 애와 시골을 가로질러 사냥개를 몰고 달리기 시합을 할 꺼야 그리고 내가 이길 거야.

—하지만 여기 저 애가 이길걸, 몸집이 작은 노인이, 이마를 탁탁 치면서 그리고 술을 비우려고 잔을 들어 올리면서 말했다.

—글쎄, 제 아비만큼 훌륭한 사람이 되길 나는 희망하고 있네. 내가 할 수 있는 이야기는 오직 그것뿐이야. 데덜러스 씨가 말했다.

—만일 그러면, 그럴 테지. 몸집이 작은 노인이 말했다.

—하느님께 감사할 일이야, 조니, 데덜러스 씨가 말했다, 우리가 남을 별로 해치지 않고 이토록 오래 살고 있으니.

—그러나 좋은 일을 많이 했지, 사이먼. 몸집이 작은 노인이 신중하게 말했다. 우리가 이토록 오래 살아서 착한 일을 많이 할 수 있었다니, 하느님께 감사할 일이야.

스티븐은 아버지와 그의 두 술친구가 지난날의 추억을 위해 축배를 들 때 세 개의 술잔을 카운터로부터 들어 올리는 것을 살폈다. 운명의 아니 기질의 심연(深淵)이 그를 그들로부터 갈라놓았다. 그의 마음은 그들의 것보다 한층 늙은 듯싶었다. 그것은 마치 달이 더 젊은 지구를 비추듯 그들의 갈등과 행복 그리고 후회를 싸늘하게 비추었다. 어떠한 삶과 젊음도 그것이 그들에게 약동했듯 이제 그에게 약동하지 않았다. 그는 다른 애들과의 우정의 즐거움도 거센 사나이의 건강도 부모에 대한 효심도 알지 못했다. 단지 차갑고 잔인하고 사랑 없는 육욕 이외에 그의 영혼 속에 약동하는 것은 하나도 없었다. 그의 유년 시절은 죽었거나 아니면 잃어버렸고 그와 함께 소박한 기쁨을 즐길 수 있는 그의 영혼도 사라져 버렸는지라, 그는 달의 불모의 패각(貝殼)처럼 생의 한가운데를 부동하고 있었다.

그대가 창백함은
하늘을 오르고 땅을 굽어보며,
친구가 없어 방랑하다 지쳤기 때문인가……?

그는 셸리의 단편(斷篇) 몇 줄을 혼자 되풀이했다. 슬픈 인간적 무력함
이 활동의 광대한 비인간적 순환으로 교차되자 그를 오싹하게 했고 그리
하여 그는 자기 자신의 인간적이요 무력한 비애를 잊었다.

* * *

스티븐의 어머니와 동생 그리고 그의 사촌 중의 하나가 조용한 포스
터 플레이스의 모퉁이에서 기다리는 동안, 그와 아버지는 계단을 올라가
고지(高地) 차림의 보초병이 열병하는 주랑(柱廊)을 따라 걸어갔다. 그들
이 커다란 홀로 들어가 카운터에 섰을 때 스티븐은 아일랜드 은행 총재
명의로 된 33파운드짜리 수표를 꺼냈다. 그런데 그의 장학금과 수필 상
금인, 이 액수는 출납계에 의하여 재빨리 지폐와 주화로 각각 그에게 지
급되었다. 그는 일부러 태연한 척하면서 돈을 호주머니 속에 받아 넣었
으며, 아버지가 말을 걸고 있던, 그 다정한 출납계가, 널찍한 카운터 너
머로, 그의 손을 잡으며, 훗날 멋진 생애를 바란다는 말을 억지로 참았
다. 그는 그들의 목소리에 초조함을 느꼈기 때문에 잠시도 발을 종용이
있을 수 없었다. 그러나 출납계는 다른 손님들의 서비스를 여전히 미루
어 두고 자신은 달라진 시대에 살고 있으며, 돈이 할 수 있는 것은 최선
의 교육을 자식에게 시키는 것 이외에는 아무것도 없다고 말했다. 데덜
러스 씨는 그의 주위와 천장을 휘둘러보며, 그리고 나가자고 재촉하는
스티븐에게 지금 자신들은 아일랜드의 옛 하원 의사당 건물 안에 서 있

다고 일러주며, 홀에서 서성거렸다.

—하느님 맙소사! 그는 경건하게 말했다. 당시의 사람들, 스티븐, 헬리 허친슨과 플러드와 헨리 그래튼 및 찰스 켄덜 부쉬, 그리고 국내외의 아일랜드 사람들의 지도자라는, 지금 우리가 가진 귀족들을 생각하면. 글쎄, 정말이지, 그들은 10평짜리 묘지에 함께 묻히고 싶지 않을 자들이야. 천만에, 이봐, 스티븐, 안된 이야기지만 그들은 달콤한 7월의 즐거운 달 어느 날씨 좋은 5월 아침에 내가 유랑 길을 떠났을 때만이 있는 자들이야.

날카로운 10월의 바람이 은행 주변을 불고 있었다. 진흙길 가장자리에 서 있던 세 인물들이 꼬집한 듯한 뺨과 눈물 어린 눈을 하고 있었다. 스티븐은 옷을 얇게 입은 어머니를 보며, 며칠 전 그가 바나도 점의 진열장에서 20기니의 값이 매겨진 외투를 보았던 생각이 났다.

—자, 이제 됐어, 데덜러스 씨가 말했다.

—저녁 식사하러 가는 게 좋겠어요, 스티븐이 말했다. 어디로?

—저녁 식사? 데덜러스 씨가 말했다. 그래, 그게 좋겠어, 어때?

—너무 비싸지 않은 곳으로 해요. 데덜러스 부인이 말했다.

—언더던 점(店)은?

—네. 어디 조용한 곳이요.

—자, 가세요. 스티븐이 재빨리 말했다. 비싼 것은 상관할 것 없어요.

그는 짧고 신경질적인 발걸음으로, 미소를 띠면서, 그들 앞을 걸어갔다. 모두 스티븐의 열성에 역시 미소를 띠며, 그와 보조를 맞추느라 애를 썼다.

—느긋하게 해라, 착하기도 하지. 아버지가 말했다. 반 마일 경주하는 것도 아니잖아?

이렇게 환락의 빠른 계절 동안 스티븐의 현상금은 그의 손가락 사이로 빠져나갔다. 식료품과 과자 그리고 마른 과일들의 커다란 꾸러미가 시내로부터 도착했다. 날마다 그는 가족을 위해 식탁 메뉴를 작성했고 밤마다 셋 또는 넷의 무리를 극장으로 안내하여, '잉고마르' 또는 '리용의 숙녀'를 보여주었다. 그는 저고리 주머니 속에 그의 손님들을 위해 네모진 비엔나 초콜릿을 넣고 다니는가 하면, 바지 주머니는 은전과 동전 뭉치로 불룩했다. 그는 모든 이들을 위해 선물을 샀고, 자기 방을 치장하고, 결의문을 작성하고, 책을 선반 아래위로 옮겨 정돈하고, 온갖 종류의 가격표를 검토하고, 가정을 위한 공화국의 기구를 창설함으로써, 그의 구성원 모두가 어떤 직분을 갖도록 했고, 가족을 위해 대출 은행을 개설했으며 뜻있는 차용자들에게 돈을 빌려 쓰도록 강요함으로써 자신은 영수증을 작성하거나 빌려준 돈의 액수에 대한 이자를 계산하는 즐거움을 누릴 수 있었다. 더는 할 일이 없게 되자 그는 전차를 타고 시내를 아래위로 돌아다녔다. 그러자 환락의 계절도 끝이 났다. 핑크색 에나멜 페인트 단지가 바닥이 나고 그의 침실의 벽판이 다 회반죽으로 서툴게 칠해진 채 미완성으로 남아 있었다.

그의 가정(家政)은 정상적인 상태로 되돌아갔다. 어머니는 돈을 헤프게 쓴다고 이제 그를 꾸짖을 기회도 더 없었다. 그도 또한, 옛날의 학교생활로 되돌아갔고 그의 온갖 신기한 사업들도 산산이 조각나고 말았다. 공화국은 붕괴하고 대출 은행도 금고의 문을 닫고 그의 장부들도 심각한 적자를 기록했으며, 그가 마련했던 생활의 규칙들도 모두 폐절(廢絶)되고 말았다.

얼마나 어리석은 그의 목적이었던가! 그는 자신의 바깥 세계의 생활의 추잡한 조수(潮水)를 막기 위해 질서와 품위의 방파제를 쌓고, 행동과 능동적 관심 그리고 부모와의 새로운 관계의 규범을 수립함으로써, 그의 내부의 강력하게 데 솟아나는 조수에 대비하여 댐을 구축해 버리려고 애를 썼다. 무료(無聊)했다. 내부에서처럼 외부로부터 물은 장벽을 넘어 흘렀다. 그들의 조수는 허물어진 둑 위로 다시 한 번 사납게 흐르기 시작했다.

그는 또한, 자신의 무위(無爲) 고립을 분명히 보았다. 그가 과거에 접근하려고 애썼던 생활에 한 걸음도 더 가까이 가지 못했을 뿐만 아니라 어머니와 남동생 그리고 여동생에게서 자신을 갈라놓은 부질없는 수치심과 원한을 메우지도 못했다. 그는 자기가 그들과 거의 한 핏줄이 아니라, 오히려 그들에게 수양자(收養者), 양자(養子)나 안형제(養兄弟)와 같은 신비의 인척 관계에 있는 것처럼 느껴졌다.

그는 그 밖에 모든 것이 부질없고 낯선 것으로 여겨졌던 그의 마음의 과격한 갈망들을 애써 진정시키려고 애를 태웠다. 자신이 대죄를 짓고, 그의 인생이 속임수와 허영의 잡탕으로 자라나고 있음을 그는 거의 개의치 않았다. 그가 곰곰이 생각하는 극악한 범죄를 실현하기 위한 자기 내부의 야만스러운 욕망 이외에 성스러운 것은 아무것도 없었다. 그의 눈을 끄는 어떠한 상(像)이든 그 속에서 그가 끈덕지게 더럽히려고 고양(高揚)했던 그의 비밀스러운 광포의 수치스런 세목들을 냉소적으로 참아 나갔다. 낮이고 밤이고 그는 외부 세계의 망가진 상들 사이를 방황했다. 그에게 낮에는 단정하고 천진난만하게 느껴졌던 한 인물이 밤이면 잠의 휘감는 어둠을 뚫고 그에게 다가오며, 그녀의 얼굴은 음란한 간계 때문에 변모되었고, 그녀의 두 눈은 짐승 같은 환희로 빛나 있었다. 단지 아침이 되면 그는 암담한 탐닉의 광분에 대한 희미한 기억과 예리하고 수치스런 탈선의 감정으로 고통을 받았다.

그는 방랑의 생활로 되돌아갔다. 베일을 두른 가을밤이 수년 전에 블랙록의 고요한 가로를 따라 그를 이끌었듯이 이 거리 저 거리로 그를 인도했다. 그러나 말끔한 앞뜰이나 창문의 다정한 불빛의 어떠한 환상도 그에게 이제는 아무런 부드러운 영향을 보여주지 않았다. 단지 이따금, 욕망의 멈추는 사이사이에 그를 소모하고 있던 쾌락이 한층 부드러운 권태감으로 자리할 때, 메르세데스의 상(像)이 그의 기억의 배경을 스치고 지나갔다. 그는 또다시 마음속으로 산으로 뻗은 한길 위의 조그맣고 하얀 집과 장미 숲 정원을 보았고, 그가 수년 동안의 소외와 모험을 겪은 뒤 달빛 어린 정원에 그녀와 함께 서서, 그가 거기 하려 했던 슬프게도 자만한 거절의 몸짓을 기억했다. 그런 순간마다 끌로드 멜노트의 부드러운 연설들이 그의 입술에 떠올라 그의 불안을 진정했다. 그 당시 그가 기대했던 밀회의 약속에 대한 일종의 부드러운 예감이, 당시와 현재의 희망 사이에 놓여 있던 무서운 현실에도, 자신의 미약함과 수줍음, 그리고 무경험이 자신에게서 떨어져 나가리라 그가 상상했던 성스러운 만남에 대한 예감이, 그에게 감동을 줬다.

  이러한 순간이 지나가자 욕정을 태우는 소모적 불꽃이 다시 타올랐다. 운시들이 입술에서 사라지고 의미를 알 수 없는 부르짖음과 표현되지 않는 야수적 언어들이 그의 두뇌로부터 통로를 찾아 쏟아져 나왔다. 그의 피가 반항을 일으켰다. 그는 어둡고 불결한 거리를 아래위로 헤매면서, 침침한 골목길과 문간들을 기웃거리며, 무슨 소리든 들으려고 열렬히 귀를 기울였다. 어떤 욕망이 좌절된 야수처럼 그는 혼자 신음을 냈다. 그는 자기와 동류인 타인과 같이 죄를 범하며, 그와 더불어 상대에게 억지로 죄를 짓게 강요하고 그 죄 속에서 그녀와 함께 즐기고 싶었다. 그는 어떤 검은 존재가 어둠으로부터 어쩔 수 없이 그에게 덮쳐 옴을 느꼈는지라, 그 존재는 그것만으로도 자신을 완전히 충만시키는 홍수처럼 미묘하고도 속삭이는 것이었다. 그것의 속삭임은 잠에 빠진 어떤 군중의 속삭임처럼 그의 두 귀를 포획했다. 그것의 미묘한 흐름이 자신의 존재를 파고들었다. 그가 그것이 파고드는 고통을 억지로 참자 그의 두 손을 발작적으로 움켜쥐었고 자신의 이를 악물었다. 그는 거리에서 두 팔을 쭉 뻗어 그를 슬쩍 피하면서 유혹하는 그 가냘프고 이울어지는 형체를 꼭 잡으려고 했다. 그리고 그가 그토록 오랫동안 목 속에 억누르고 있던 부르짖음이 그의 두 입술에서 터져 나왔다. 그것은 지옥 같은 고통을 받는 자들로부터 울부짖는 절망의 비명처럼 그로부터 터져 나와 분노에 찬 애원의 한 가닥 비명 속에 사라졌는지라, 해괴망측한 자기 탐닉을 위한 한 가닥 울부짖음, 그가 어떤 변소의 질퍽한 벽 위에 읽은 적이 있던 단지 음란한 낙서의 메아리인, 한 가닥 부르짖음이었다.

그는 미로(迷路) 같은 좁고 불결한 거리 속으로 방랑했다. 더러운 골목길로부터 터져 나오는 거친 아우성과 말다툼소리 그리고 술 취한 가수들의 느린 말투를 그는 들었다. 그는 유대인 지역 속으로 탈선한 게 아닌가 하고 의아해하면서, 태연한 채, 계속 걸어갔다. 여인과 소녀들이 길고 번드레한 가운을 입고 이 집에서 저 집으로 거리를 횡단했다. 그들은 유유했고 향수 냄새를 풍겼다. 한 가닥 전율이 그의 몸을 사로잡자 시선이 몽롱해졌다. 노란 가스불이, 제단 앞에서처럼 불타며, 증기 어린 하늘을 배경으로, 그의 현란한 시선 앞에 솟아올랐다. 문들 앞과 불이 켜진 현관에는 사람들 무리가 어떤 의식(儀式)을 위하듯 옷을 차려입은 채 모여 있었다. 그는 다른 세계에 있었다. 그는 여러 세기의 잠에서 깨어났었다.

그가 길 한복판에 가만히 서 있자, 그의 심장이 가슴에 대고 요란스럽게 쿵쿵 쳤다. 기다란 핑크색 가운을 걸친 한 젊은 여인이 그의 팔에 손을 올려놓고 그를 멈춰 세우며 얼굴을 빤히 들여다보았다. 그녀는 경쾌하게 말했다.

—안녕하세요, 서방님!

그녀의 방은 따뜻하고 밝았다. 한 개의 거대한 인형이 침대 가의 널따란 안락의자에 두 다리를 벌린 채 앉아 있었다. 그는 그녀가 가운을 벗는 것을 빤히 쳐다보면서, 그녀의 향내 어린 머리의 의식적으로 뽐내는 움직임을 주목하면서, 태연한 척 보이려고 그의 혀로 하여금 말을 하도록 애를 썼다.

그가 방 한복판에 묵묵히 서 있자 그녀가 그에게로 다가와서, 유쾌하고 신중하게 그를 끌어안았다. 그녀의 둥근 양팔이 그를 꼭 껴안자, 그는, 그녀의 얼굴이 심각하게 조용히 그를 향해 쳐드는 것을 보면서 그리고 그녀의 앞가슴의 따뜻하고 고요한 오르내림을 느끼면서, 발작적인 울음을 터뜨릴 뻔했다. 기쁨과 안도의 눈물이 그의 즐거운 눈에 번쩍였고 두 입술은 말을 하지 않았으나 벌려져 있었다.

그녀는, 그를 귀여운 깍쟁이라고 불으면서, 팔찌의 쨍그랑거리는 손으로 그의 머리카락을 빗어 내렸다.

—키스해 줘요, 그녀는 말했다.

그의 입술은 그녀에게 키스하려고 굽히지 않았다. 그는 그녀의 양팔에 꼭 안겨, 천천히, 천천히, 천천히 애무받고 싶었다. 그녀의 양팔 속에 그는 자신이 갑자기 강해지고 겁이 없으며 자신이 생기는 듯 느껴졌다. 그러나 그의 입술은 몸을 구부려 그녀에게 키스하려 하지 않았다.

갑작스러운 동작으로 그녀는 그의 머리를 끌어당겨, 입술을 그의 입술에 맞추었고, 그는 그녀의 위로 치켜뜬 솔직한 눈 속에서 그녀 동작의 의미를 읽었다. 그것은 그에게 힘겨운 것이었다. 그는 그녀에게, 몸과 마음을, 온통 내맡기며, 그녀의 부드럽고 벌리는 두 입술의 어두운 압력 이외에는 세상의 아무것도 의식하지 않은 채, 두 눈을 감았다. 입술은 몽매한 언어의 전달자인 양 그의 입술에서처럼 그의 두뇌를 눌렀다. 그리하여 두 입술 사이에서 그는 죄의 이울어짐보다 한층 어둡고, 소리 또는 향기보다 한층 부드러운, 어떤 미지의 겁 많은 압력을 느꼈다.

제3장

12월의 재빠른 땅거미가 그의 음산한 하루 뒤에 광대처럼 뒹굴며 다가왔는지라, 그가 교실의 음산한 네모진 창문을 바라보았을 때, 자신의 배가 음식을 갈구하고 있음을 느꼈다. 그는 저녁 식사를 위해 스튜 요리의 무, 당근, 으깬 감자 그리고 기름기 있는 양고기 조각을 후춧가루를 진하게 뿌린 걸쭉한 밀가루 소스 속에 국자로 듬뿍 뜨기를 바랐다. 네 안에 음식을 한껏 채워 넣어, 그의 배가 그에게 권하고 있었다.

날씨는 음울하고 으슥할 밤일 것 같았다. 이른 땅거미 다음으로 지저분한 사창가, 여기저기에, 노란 등불들이 켜질 것이다. 그는 꼬불꼬불한 길을 따라 거리를 오락가락 따를 것이고, 공포와 환희의 전율 속에 점점 더 가까이 언제나 맴돌다가, 마침내 그의 발은 어느 어두운 모퉁이 둘레로 그를 갑자기 인도하리라. 창녀들은 낮잠을 잔 뒤 게으르게 하품을 하며, 머리 단에 핀을 바로 꽂으면서, 밤을 위해 준비하느라 집들 밖으로 곧장 나올 것이다. 그는 자기 자신의 의지의 갑작스러운 움직임이 아니면 그들의 부드럽고 향내 나는 육체로부터 자신의 죄를 —사랑하는 영혼에 대한 갑작스러운 부름을 기다리며 그들 곁을 조용히 지나가리라. 하지만 그가 그와 같은 부르짖음을 찾아 헤매었을 때에, 그의 감각들은, 오직 자신의 욕망 때문에 마비된 채, 그들을 상처 내거나 모욕했던 모든 것들. 그의 눈, 덮개를 깔지 않은 식탁 위에 동그란 흑맥주 거품 혹은 차자세로 서 있는 두 군인의 사진 또는 번지르르한 연극 광고, 그의 귀, 인사하는 느린 말투를 예리하게 주목하리라.

—이봐요, 버티, 마음에 무슨 좋은 생각을?

—당신이요, 풋내기 양반?

—10번. 싱싱한 넬리가 당신을 기다리고 있어요.

—안녕, 영감님! 짧은 시간을 위해 들어오지 않겠어요?

그의 필기장의 페이지 위의 방정식이 공작의 꼬리처럼 눈짓하며 별처럼 반짝인 채, 넓히는 꼬리를 펼치기 시작했다. 그리고 그것의 지수(指數)의 눈과 별들이 지워졌을 때, 방정식은 다시 천천히 저절로 접히기 시작했다. 나타났다가 사라졌다가 하는 지수는 떴다가 감았다가 하는 눈이었다. 떴다 감았다 하는 눈은 나타났다 다시 꺼지는 별들이었다. 별과 같은 인생의 광막한 동그라미가 그의 지친 마음을 가장자리까지 밖으로 끌고 갔다가 다시 그의 중심까지 안으로 끌고 갔으며, 먼 곳의 음악이 밖으로 그리고 안으로 그를 동행했다. 무슨 음악일까? 음악이 점점 가까워져 오자, 그는 그 가사, 친구 없이 떠도는, 지쳐 파리한, 달을 읊은 셸리의 시구 한 토막이 머리에 떠올랐다. 별들은 허물어지기 시작했고 구름 같은 아름다운 성운이 공간을 통해 떨어졌다.

침침한 햇볕이 필기장의 페이지 위에 한층 희미하게 쏟아졌는데, 거기에는 또 다른 방정식이 천천히 저절로 펼쳐지며 그의 넓어지는 꼬리를 사방에 펴기 시작했다. 그것은 경험을 추구하는, 죄에서 죄로 거듭 펼쳐지며, 활활 타고 있는 별들의 봉화를 사방으로 퍼뜨리거나, 스스로 다시 오므라들며, 천천히 사라지는, 그것 자체의 빛과 불길을 꺼지게 하는, 영혼이었다. 별들은 꺼졌다. 그러자 차가운 어둠이 혼돈을 가득 메웠다.

한 가닥 차갑고 선명한 무관심이 그의 영혼을 지배했다. 그의 최초의 격렬한 죄를 범했을 때 그는 활력의 물결이 그의 몸에서 빠져나가는 듯 느껴졌으며 그의 과격한 소모로 자신의 육체와 영혼이 손상되지나 않을까 겁이 났다. 대신 그 활력의 물결은 그를 가슴에 안은 채 그 자신으로부터 떠나갔다가, 물결이 물러가자 다시 본래의 자리로 되돌아왔다. 그리하여 육체와 영혼의 어떠한 부분도 손상되지 않았으나 한 가닥 어두운 평화가 그들 사이에 이루어졌다. 그의 정욕이 꺼진 잇단 혼돈은 차갑고 무관심한 자기 인식 바로 그것이

었다. 그는 치명적으로 죄를 단 한 번이 아니라 여러 번 범했으며, 그는, 자신이 최초로 범한 죄악만으로도 영원한 저주의 위험 속에 서 있으며, 죄를 연달아 범함으로써, 자신의 죄와 벌을 몇 곱절 가중했다는 것을 알았다. 그의 나날과 일들 그리고 사색이 그를 위한 속죄가 될 수는 없었고, 그리하여 평소의 성스러운 은총의 샘이 그의 영혼을 다시 새롭게 해주기를 멈추었다. 기껏해야, 그가 축복을 그로부터 뿌리쳤던 거지에게 동냥을 줌으로써, 그는 어느 정도의 실제적인 은총을 독자적으로 얻을 수 있을까 하고 지치게 희망할 뿐이었다. 신앙심도 몽땅 사라져버렸다. 그의 영혼이 스스로 파멸을 갈구하고 있음을 그가 알고 있는바에야 기도한들 무슨 소용이 있으랴? 그가 잠자는 동안 자신의 생명을 앗아가는 것도, 그가 자비를 청할 수 있기 전에 그의 영혼을 지옥으로 던져 버리는 것도, 하느님의 힘 속에 있음을 그가 알고 있었지만, 어떤 오만과 어떤 두려움이 그로 하여금 단 한 번의 밤의 기도조차 하느님께 제공하는 것을 막았다. 자신의 죄악 속의 오만, 하느님에 대한 그의 사랑 없는 두려움이, 그에게 그의 죄과는 너무나 통렬한 것이기에 전사자(全視者)요 전지자(全知者)인 하느님에게 거짓 맹세로서 죄의 전부 또는 부분으로 속죄될 수 없음을 일러주었다.

—자 이제, 에이스. 나는 네가 머리가 있다면 내 지팡이도 머리가 있다는 것을 감히 말하겠어! 글쎄 넌 무리수(無理數)가 뭔지 내게 말할 수 없단 말이냐?

그 우물거리는 대답은 반 친구의 경멸스러운즈 불씨를 휘저어 놓았

다. 다른 애들을 향하여 그는 수치심도 두려움도 느끼지 않았다. 일요일 아침이면, 그가 성당의 문간을 지날 때 그는 성당 바깥에, 그들이 보지도 않고 듣지도 않는 미사에 도덕적으로 참석한 채, 맨머리로, 네 줄로, 서 있는 예배자들을 냉정하게 쳐다보았다. 그들의 둔탁한 신앙심과 그들이 자신들의 머리에 붓는 값싼 머릿기름의 메스꺼운 냄새는 그를 그들이 기도하는 제단에서 멀리 떨어지게 했다. 그는, 그가 그토록 쉽사리 희롱할 수 있었던 그들의 천진함을 의심하며, 다른 사람들과 함께 위선의 악에 굴복했다.

그의 침실 벽에는 채색된 글자의 족자가 한 개 걸려 있었는데, 그것은 학교의 성처녀 신심회(信心會)의 회장직 증서였다. 토요일 아침에는, 신심회가 성무 일과서를 낭독하기 위해 예배당에 모일 때, 그의 자리는 제단의 오른쪽에 쿠션이 깔린 무릎 굽는 장궤대(長跪臺)였으며, 거기에서 그는 자기편 소년들을 답창(答唱)으로 안내했다. 그의 신분의 위선이 그를 고통스럽게 하지 않았다. 만일 이따금 그가 이 명예스런 자리로부터 일어나, 자신의 무가치함을 온통 그들 앞에 고백하면서, 예배당을 떠나고 싶은 충동을 느낀다 해도, 그들의 얼굴을 한 번 흘긋 쳐다보자 자신을 제지했다. 예언을 담은 시편의 심상(心像)이 그의 메마른 자존심을 위안해 주었다. 마리아의 영광들이 그의 영혼을 사로잡았는지라. 그들은 성모의 영혼에 대한 하느님의 고귀한 선물을 상징하는 감송향(甘松香), 몰약(沒藥), 유향(乳香), 마리아의 고귀한 혈통과 기장(紀章)을 상징하는, 값진 의상, 인간들 사이에서 오랜 세월 점진적으로 성장해 온 그녀에 대한 예찬을 상징하는 늦게 피는 식물이나 늦게 싹트는 나무와 같은 것들이었다. 성무일과의 종말에 자신이 일과(日課)를 낭독할 차례가 되면 그는 자신의 양심을 그 글귀의 음악에 달래면서, 은근한 목소리로 읽어 갔다.

나는 예리코의 장미처럼 자랐으며, 들판의 우람한 올리브나무처럼, 또는 물가에 심어진 플라타너스처럼 무럭무럭 자랐다. 나는 계피나 아스파라거스처럼 값진 유향처럼 향기를 풍겼다. 풍자향이나 오닉스향이나 몰약처럼, 장막 안에서 피어오르는 향연처럼 향기를 풍겼다.

그의 죄, 그런데 그것은 하느님의 시야로부터 그를 가려 버렸으니, 죄인의 피난처로 그를 한층 가까이 인도했다. 성모의 눈이 온화한 연민의 빛으로 그를 바라보는 듯했다. 그녀의 성스러움, 그녀의 연약한 육체 위에 희미하게 타오르는 한 가닥 이상한 불빛이 그녀에게 접근했던 죄인에게 모욕을 주지는 않았다. 만일 여태 그가 강제로 죄를 자신의 몸에서 던져 버리고 회개했더라면, 그를 감동을 주었던 충동은 그녀의 기사(騎士)가 되려는 욕망에서였다. 만일 여태 육체의 광란한 욕망이 다 소모되어 버린 뒤 그녀의 거소(居所)를 수줍게 다시 들어가는 그의 영혼이, 그녀의 상징이 '하늘을 말하고 평화를 주입하는, 밝고 음악적인', 아침의 별인, 성모에게로 향한다면, 그것은 그 위에 불결하고 수치스러운 말, 음란한 키스의 맛 자체가 아직도 거기 머물고 있는 입술로 그녀의 이름을 조용히 중얼거리고 있을 때였다.

그건 이상한 일이었다. 그는 어쩌면 그럴 수 있을까 하고 생각하려 애썼다. 그러나 교실 안에 점점 깊어 가는, 땅거미가 그의 여러 가지 생각을 덮어 버렸다. 종이 울렸다. 선생님은 다음 시간에 할 산수 문제와 차례에다 표를 하고 나가 버렸다. 헤런이, 스티븐 곁에서, 곡조 없이 콧노래를 흥얼거리기 시작했다.

나의 탁월한 친구 봄바도스.

에니스, 운동장에 나갔던 그가, 돌아오며, 말했다.

─사택에서 급사 아이가 교장 선생님을 부르러 오고 있어.

스티븐 뒤의 한 키 큰 아이가 손을 비비며 말했다.

─그것 참 잘됐군. 한 시간을 몽땅 잘라먹게 됐으니. 교장 선생님은 한 시 반까지는 돌아오지 않을 거야. 그땐 네가 그에게 교리문답에 관한 질문을 할 수 있지, 데덜러스.

스티븐은 몸을 뒤로 젖히고 공책에다 빈둥빈둥 그림을 그리며, 그의 주위의 이야기에 귀를 기울이고 있었는데, 헤런이 다음과 같이 말함으로써, 이따금 말을 차단했다.

─입 닥쳐. 이봐. 이토록 매우 떠들지 말란 말이야!

그가 성당의 교리에 담긴 엄격한 벌과(罰課)를 끝까지 추구함에서 그리고 단지 자신의 파멸 선고를 더한층 깊이 듣고 느끼기 위해 암담한 침묵의 경지로 파고들어 감에서, 일종의 신랄한 쾌감을 발견하다니 또한, 이상한 일이었다. 한 가지 율법을 범하는 자는 모든 율법에 죄를 범한다고 말하는 성야 고보서의 문장이, 처음에 그에게 부풀린 말인 듯 느껴졌으나, 마침내 그는 자신의 처지 속에 암중모색하기 시작했다. 정욕의 악의 씨로부터 다른 온갖 치명적인 죄들이 싹터 나왔는지라. 그들은 자기 자신에 대한 자만과 다른 사람에 대한 멸시, 불법적 향락을 사기 위하여 돈을 마구 쓰는 탐욕, 그들의 죄악에 자신이 감히 손을 뻗을 수 없는 자들에 대한 시기심, 하느님을 믿는 자에 대한 모독적인 수군거림, 음식의 탐욕스런 향락, 그 속에 자신의 욕망을 곰곰이 생각하는 끓어오르는 무딘 분노, 몸이 온통 그 속에 빠진 수렁과 같은 정신적 및 육체적 나태였다.

그가 벤치에 앉아 교장 선생님의 예리하고 거친 얼굴을 조용히 쳐다보자, 그의 마음은 스스로 제의한 이상한 문제로 저절로 휘말려 들락거렸다. 만일 어떤 사람이 젊은 시절에 1파운드의 돈을 훔쳐 그것을 사용하여 막대한 재산을 모은다면 그 대신 얼마만 한 돈을 갚아야만 하는가, 그가 훔친 1파운드의 돈만인가 아니면 거기에다 파운드에 복리(複利)를 붙여서인가 아니면 그의 모든 막대한 재산 다인가? 만일 영세를 베푸는 평신도가 신부의 말이 떨어지기도 전에 물을 부었다면 그 아이는 세례를 받는 건가? 세례는 탄산수로도 효력이 있는가? 최초의 복음이 마음이 가난한 사람에게 천국을 약속하는 동안, 두 번째 복음이 마음이 온유한 사람에게 땅을 소유하도록 역시 약속하다니 이는 어찌 된 노릇인가? 만일 예수 그리스도의 몸과 피, 영혼과 신선함이, 빵 속에만 그리고 포도주 속에만 존재한다면 왜 성체의 배령(拜領)은 빵과 포도주라는 두 가지 종(種) 아래 이루어졌던가? 성별(聖別)된 빵의 조그마한 조각은 예수 그리스도의 몸과 피를 모두 함유하는가 아니면 그 몸과 피의 한 부분만 인가? 만일 포도주가 식초로 변하고 성체가 성별화(聖別化) 된 후에 부패하여 부서진다면, 예수 그리스도는 하느님으로서 그리고 인간으로서 그들의 종(種) 밑에 존재하는가?

—여기 그가 온다! 그가 온다!

창 옆에 자기 자리에 있던 아이가 교장 선생님이 사택에서 나오는 것을 보았다. 모든 교리 문답서가 펼쳐지고 모두 묵묵히 그 위에 머리를 숙였다. 교장 선생님이 들어와 교단 윗자리에 착석했다. 뒤 벤치에 앉아 있던 키 큰 아이가 스티븐을 발로 슬쩍 차며 그에게 더러 어려운 질문을 하도록 재촉했다.

교장 선생님은 일과를 들으려고 교리 문답서를 요구하지 않았다. 그는 책상 위에 두 손을 맞잡고 말했다.

—피정(避靜)은 성 프랜시스 자비에르의 축일이 토요일이기 때문에 그를 추념하기 위하여 수요일 오후에 시작될 것이다. 피정은 수요일부터

금요일까지 계속될 것이다. 금요일에 묵주신공(黙珠神功)이 끝나면 고해 성사를 오후 내내 듣게 될 것이다. 만일 어느 학생이든 특별한 고해 신부를 정한다면 바꾸지 않는 것이 한층 나을 것이다. 미사는 토요일 아침 아홉 시에 있을 예정이고, 전교생을 위한 일반 영성체도 있을 것이다. 토요일은 휴일이 될 것이다. 그러나 토요일과 일요일이 휴일인지라 어떤 학생은 월요일도 휴일로 생각할지 모르겠다. 그와 같은 실수를 범하지 않도록 주의해라. 로우리스, 네가 그와 같은 실수를 범할 것 같구나.

—제가요, 선생님? 왜요, 선생님?

한 가닥 작은 조용한 환희의 물결이 교장 선생님의 침울한 미소로부터 교실 아이들 위로 터져 나갔다. 스티븐의 마음은 시들어가는 한 송이 꽃처럼 두려움으로 천천히 접으며 시들기 시작했다.

교장 선생님은 정중하게 말을 이었다.

—여러분은 내가 상상컨대, 학교의 수호성인이신, 성 프랜시스 자비에르의 일생에 관한 이야기를 잘 알고 있을 것이다. 그분은 오랜 스페인의 명문 가문 출신이요, 성 이그너티우스의 최초의 추종자 중의 한 분임을 여러분은 기억하라. 이 두 분은 프랜시스 자비에르께서 그곳 대학의 철학 교수였던 파리에서 만나셨다. 이 젊고 탁월한 귀족이요 문필가는 우리의 영광스러운 창시자의 이념에 심령을 바치신 분으로, 여러분도 알다시피, 그는 자진해서 성 이그너티우스에 의해 인도인에게 설교하기 위하여 파견되셨다. 그분은 여러분도 알다시피, 인도 제국(諸國)의 사도라 불리신다. 그분은 동방의 나라에서 나라로, 아프리카에서 인도로, 인도에서 일본으로, 사람들을 세례 하면서, 다니셨다. 그분은 한 달에 1만 명이나 되는 우상 숭배자들을 세례 하셨다고 전해지고 있다. 세례를 받는 사람들의 머리 위에다 너무나 자주 오른팔을 들어 올려 팔이 마비되셨다는 설두 있다. 그분은 당시 하느님을 위해 한층 더 많은 영혼을 얻고자

당시 중국에 가기를 원하셨지만, 샌시언 섬에서 열병으로 돌아가셨다. 위대한 성자이신, 성 프랜시스 자비에르! 하느님의 위대한 병사여!

교장 선생님은 잠시 말을 멈추었다가 이어, 그의 앞에 양손을 맞잡으며, 말을 계속했다.

—그분은 태산을 움직이는 신앙을 마음속에 갖고 계셨지. 단 한 달 동안에 1만 명의 영혼을 하느님을 위해 얻으셨어! 그거야말로 참다운 정복자요, 우리의 모토에 충실하셨어. "하느님의 더 크신 영광을 위하여!" 하늘의 위대한 힘을 가진 성자를 기억하라. 슬픔에 빠진 우리를 위해 중재(仲裁)하는 힘, 만일 그것이 우리의 영혼을 위해 선한 것이라면 우리가 기도하는 무엇이든 얻게 하는 힘, 만일 우리가 죄를 범하면 우리를 위해 후회하는 은총을 무엇보다 갖게 하는 힘. 위대한 성자, 성 프랜시스 자비에르시여! 영혼들의 위대한 낚시꾼이시여!

그는 맞잡은 두 손을 흔들기를 멈추고, 그것을 그의 이마에 대면서, 검고 엄격한 눈으로 좌우 청취자들을 날카롭게 쳐다보았다.

침묵 속에 두 눈의 검은 광채가 어두운 땅거미를 활활 불태우는 듯했다. 스티븐의 마음이 먼 곳에서 불어오는, 모래 열풍을 감지하는 사막의 한 송이 꽃처럼 시들었다.

* * *

—"오직 그대의 사종(四終)만을 명심하라 그러면 그대는 영원토록 죄를 범하지 않으리라." 그리스도 안에 있는 나의 사랑하는 형제들이여, 이 말씀은 「전도서」 제7장 40절에서 따온 것이오. 성부와 성자와 성령의 이름으로. 아멘.

스티븐은 예배당의 맨 앞쪽 벤치에 앉아 있었다. 아널 신부는 제단의 왼쪽 테이블에 앉아 있었다. 그는 어깨에 무거운 망토를 걸치고 있었고, 창백한 얼굴은 일그러졌으며 목소리는 감기로 거칠어져 있었다. 옛 스승의 모습이, 너무나 이상하게 되살아나며, 클론고우즈 우드 시절의 생활을 스티븐의 마음으로 되돌려 놓았다. 소년들로 와글거리는, 넓은 운동장, 시궁창 도랑, 그가 매장되리라 꿈꾸었던 보리수의 큰 가로에서 떨어진 작은 묘지, 그가 병들어 누워있던 의무실의 벽에 비친 불꽃, 마이클 수사의 슬픈 얼굴. 그의 영혼은, 이러한 기억들이 그에게 되돌아오자, 다시 한 아이의 영혼이 되었다.

　—우리는 오늘, 그리스도 안에 있는 나의 사랑하는 형제들이여, 잠깐 바깥세상의 바쁜 소란을 멀리하고, 가장 위대한 성자 중의 한 분이요, 인도 제국의 사도이시며, 여러분의 학교의 수호성자이신, 성 프랜시스 자비에르를 축하하며 경모(敬慕)하기 위해 여기 모였습니다. 나의 사랑하는 소년들이여, 여러분 중에 누구든 기억할 수 있기보다 또는 내가 기억할 수 있기보다 훨씬 오랜 세월 동안, 이 학교의 소년들은 그들의 수호성자의 축일 전에 자신들의 해마다 피정(避靜)을 드리기 위해 바로 이 예배당에 모여 왔습니다. 세월은 계속 흘렀고 그와 함께 많은 변화를 가져왔습니다. 여러분 대다수는 심지어 지난 몇 년 동안 무슨 변화들을 기억할 수 없을까요? 수년 전에 저 맨 앞 벤치에 앉았던 학생 중 많은 사람이 아마도 지금은 먼 나라에, 불타는 열대지방에 있을 것이요, 아니면 성무직(聖務職)으로 신학교에 몰두하거나, 또는 광활한 바다 위를 항해하거나, 또는, 아마도, 이미 위대한 하느님의 부름을 받아 타계한 사람도 있을 것이고, 그들 청지기의 직(職)에 종사하고 있을 것입니다. 그리고 여전히 세월이 굴러감에 따라, 그들과 함께 좋든 나쁘든, 변화가 뒤따르며, 이 위대하신 성자의 기억은 이 학교의 학생들에 의하여 추념 되고, 그들은 우리의 성무이신 성당에 이해 별도로 마련된 축일에 앞서 가톨릭 교인 스

페인의 가장 위대하신 아 중의 한 분의 이름과 명성을 영원토록 기리기 위해 수일간 해마다 피정을 드립니다.

─자 그러면 '피정'이란 이 말의 뜻은 무엇이며 하느님 앞에서 그리고 만인이 보는 데서 참된 기독교의 생활을 영위하고자 욕망하는 모든 이에게 왜 그것은 가장 건전한 행사로 널리 인정받아야 할까요? 피정이란, 나의 친애하는 소년들이여, 우리의 양심 상태를 검토하고, 거룩한 종교의 여러 가지 신비를 성찰하며, 왜 우리가 이 세상에 존재하는가를 한층 잘 이해하기 위해, 우리의 근심, 이 악착스런 속세의 걱정에서 잠깐 물러남을 의미합니다. 이 며칠 동안 나는 여러분 앞에 사종에 관한 몇 가지 생각을 제시하고자 합니다. 이 사종은 여러분이 교리 문답서에서 알다시피, 죽음, 심판, 지옥 그리고 천국을 의미합니다. 우리는 앞으로 며칠 동안 이 말들의 뜻을 충분히 이해함으로써 이들에 대한 이해를 통해 우리의 영혼에 영원한 이익을 얻을 수 있습니다. 그러니 기억하세요, 나의 친애하는 소년들이여, 우리는 이 세상으로 한 가지 일, 오직 한 가지 일만을 위해서 보내졌다는 것을. 하느님의 성스러운 뜻을 행하고 우리 불멸의 영혼을 구하기 위해서입니다. 그 밖의 모든 것은 무가치합니다. 오로지 한 가지, 영혼의 구원만이 필요합니다. 사람이 불멸의 영혼을 상실한다면 온 세상을 다 얻은들 무슨 이익이 있겠습니까? 아, 나의 친애하는 소년들이여, 정말이지 이 비참한 세계에서 이와 같은 영혼의 상실을 보상할 수 있는 것은 아무것도 없습니다.

─학생 여러분, 그런고로, 나는 여러분이 공부든 향락이든 또는 야심이든 간에, 온갖 속세의 생각들을 이 며칠 동안 마음에서 멀리하고, 여러분의 온 주의력을 자신의 영혼의 상태에 쏟도록 요구하려 합니다. 나는 이 피정의 나날 동안 모든 학생이 조용하고 경건한 태도를 보이며 온갖 떠들썩하고 불미스런 향락을 피하기를 바라는 바를 여러분에게 거의 상

기할 필요가 없습니다. 상급생은 물론, 이러한 관습이 흐트러지지 않도록 살펴야 한다. 그리고 나는 성모의 신심회나 성스러운 천사들의 신심회의 회장이나 간부 여러분에게 자신의 동료에게 훌륭한 모범을 보일 것을 특별히 기대합니다.

—그런고로 우리 노력합시다, 우리 모두의 온 마음과 모든 정성을 다하여 이 피정이 성 프랜시스를 추모하게 하도록. 그러면 하느님의 축복이 일 년 내내 여러분의 공부 위에 내릴 것입니다. 그러나 무엇보다도, 훗날 여러분이 필경 이 학교에서 멀리 떠나, 아주 다른 환경에 있을 때 기쁨과 감사의 마음으로 이를 되돌아보고, 경건하고 명예롭고 열렬한 기독생활의 최초의 초석을 놓게 하는 기회를 여러분에게 하사하신 데 대한 하느님에게 감사할 수 있는 피정의 하나가 되도록 합시다. 그리고 만일, 일어날지 모르나, 하느님의 성스러운 은총을 망각하고 슬픈 죄에 빠지는 말할 수 없는 불행을 가진 어떤 불행한 영혼이 이 순간, 이 벤치에 있다면, 나는 이 피정이 그와 같은 영혼의 삶에서 전환점이 될 수 있도록 열렬히 믿고 기도하는 바입니다. 나는 하느님에게 그분의 열렬하신 종(從)인 프랜시스 자비에르의 덕망을 통하여 기도하노니, 이러한 영혼을 성실한 회개로 인도하시고 이 해의 성 프랜시스의 날 위에 영성체가 하느님과 저 영혼 사이의 영원한 성약(聖約)이 되기를 바랍니다. 온당한 자나 온당치 못한 자를 위하여, 성자나 죄인을 위하여 다 같이, 이 피정이 기억할 수 있는 것이 되게 하옵소서.

—나를 도와주오, 그리스도 안에 있는 나의 사랑하는 형제들이여. 여러분의 경건한 주의력으로, 여러분 자신의 헌신으로, 여러분의 외부의 올바른 태도로 나를 도와주오. 여러분의 마음에서 온갖 세속의 생각들을 몰아내고 다만 사종인 죽음, 심판, 지옥 그리고 천국만을 생각하오. 이들을 기억하는 자는 「전두서」가 가로되, 영원히 죄를 범하지 않으리라. 서

종을 기억하는 자는 항상 그의 눈앞에 그들과 함께 행동하며 생각할 것입니다. 그는 훌륭한 인생을 살다 훌륭한 죽음을 영위할 것이다. 이 사실을 알고 믿음으로써, 만일 그가 이 속세의 생활에서 많은 것을 희생하더라도, 백 배 그리고 천 배의 더 많은 축복을 다가오는 세계에서, 끝없는 천국에서 얻게 될 것입니다. 그러니 나의 사랑하는 소년들이여, 나는 이와 같은 축복을 여러분 한 사람 한 사람에게 골고루 기원하는 바입니다. 성부와 성자와 성령의 이름으로. 아멘!

그가 말없는 친구들과 함께 집을 향해 걸어가고 있을 때, 짙은 안개가 자신의 마음을 감싸는 듯했다. 그는 안개가 걷히고 지금까지 감추어져 있던 것이 다시 드러나기를 무감각한 마음으로 기다리고 있었다. 그는 씁쓸한 입맛으로 저녁 식사를 했으며, 식사가 끝나고 기름기 묻은 접시들이 식탁 위에 벌어져 있는 것을 보자, 자리에서 일어나 창가로 나아가, 입에서부터 남아 있는 음식물 찌꺼기를 혀로 말끔히 닦고 양 입술에서 핥았다. 고로 그는 음식 뒤에 입맛을 다시는 짐승의 상태로 전락한 듯 느껴졌다. 이것이 종말이었다. 그러자 한 가닥 희미한 공포의 빛이 안개에 가려진 그의 마음을 꿰뚫기 시작했다. 그는 얼굴을 창틀에 갖다 대고 어두워져 가는 거리 속을 빤히 쳐다보았다. 어두운 불빛을 뚫고 여러 가지 모습들이 이리저리 지나갔다. 그래 저것이 바로 인생이었다. 더블린이란 이름의 글자들이 그의 마음을 무겁게 짓누르며, 느리광이 시골뜨기처럼 심술궂게 이리저리 서로 밀치고 있었다. 그의 영혼은 비대해지고 진한 기름 덩이로 굳어지며, 음침하고 한층 깊게 무딘 공포에 감싸 인 채, 위협적인 땅거미 속에 빠져 들어갔는지라, 한편 자신의 것인 육체는, 무력하고 혼란된 채, 어쩔 수 없는, 교란된, 그리고 인간적인 까만 눈으로, 우신(牛神)이 노려보는 것을 지켜보고 있었다.

다음 날은 죽음과 심판에 관한 설교로서, 그것은 그의 영혼을 불안한 절망으로부터 천천히 일깨웠다. 성직자의 거친 목소리가 그의 영혼 속으로 죽음을 불어넣자, 희미한 공포의 빛이 정신적 공포가 되었다. 그는 영혼의 고뇌를 참고 겪었다. 싸늘한 죽음이 그의 사지를 감촉하며 심장을 향해 기어오름을 느끼자, 죽음의 엷은 막이 그의 눈을 가리며, 두뇌의 반짝이는 핵들이 등불처럼 하나하나 꺼지고, 최후의 땀이 그의 피부 위로 스며 나왔으며, 죽어 가는 사지의 맥 풀림, 혀가 굳어 가고 점점 흐려지며 모호해지는 말, 점점 더 쇠약하게 고동치며, 거의 멎어 버리는 심장, 숨결, 가엾은 숨결, 가엾고 무기력한 인간의 영혼, 흐느끼며 한숨을 지으면서, 목구멍 속에서 걸걸거리며 소리를 내고 있었다. 구원의 길은 없다! 구원은 없다! 그이—다름 아닌 그 자신—그가 굴복했던 자신의 육체가 죽어 가고 있었다. 그와 함께 무덤 속으로. 그를 나무 상자 속에 넣어 못을 박을지라, 그 시체를. 인부들의 어깨로 그걸 집 밖으로 날라라. 사람들의 시선으로부터 땅의 긴 구멍 속으로 던져져, 무덤 속으로, 부패하도록, 기어오르는 구더기 떼의 밥이 되도록, 기어다니는 배불뚝이 쥐들에게 파 먹히도록 말이야.

그리고 친구들이 여전히 눈물에 어려 침대 가에 서 있는 동안, 죄인의 영혼은 심판을 받았다. 의식의 마지막 순간에 모든 세속적인 삶은 영혼의 환상 앞을 지나갔고, 곰곰이 생각할 여유도 갖기 전에 육체는 시들고 영혼은 공포에 떨며 심판대 앞에 섰다. 하느님, 그분은 오랫동안 자비로우셨는지라, 이제는 공정하시리라. 하느님은 오랫동안 참으셨고, 죄인의 영혼을 타이르시며, 회개할 시간을 주시며, 잠깐 용서를 베푸셨다. 그러나 그 시간은 이미 지나 버렸다. 죄를 짓고 즐기는 시간, 하느님과 그분의 성스러운 성당의 경고를 비웃는 시간, 하느님의 위엄을 거역하고, 그분의 명령에 불복하고, 동지들의 눈을 가리고, 죄와 죄를 연달아 거듭하고, 타인의 시선으로부터 자신의 부패를 감추던 시간은 지났다. 그러나 그때는 이미 끝났다. 이제는 하느님의 차례가 된 것이다. 하느님의 눈을 가리거나 속일 길이 없었다. 온갖 죄가 그럼 그 숨은 곳으로부터 밖으로 튀어나올 것이며 하느님의 의지에 가장 반역적인 죄, 그리고 우리의 불쌍하고도 부패한 천성을 가장 타락시키는 죄, 가장 적은 허물로부터 가장 극악무도한 죄에 이르기까지 모두 뛰쳐나올 것이다. 위대한 제왕, 위대한 장군, 훌륭한 발명가, 학자 중의 학자가 된들 그땐 무슨 소용이 있으랴? 모든 사람은 하느님의 심판대 앞에서는 매한가지였다. 그분은 착한 자에게 상을 주시며 악한 자에게 벌을 주신다. 단 한 순간이면 인간의 영혼을 심판하기 위해서 족했다. 육체가 죽은 지 단 한 순간만 지나면 영혼은 저울대에 달아졌다. 특별한 심판이 끝나자 영혼은 축복의 집 아니면 연옥의 감옥으로 보내졌거나 비명을 지르며 지옥으로 떨어졌다.

그런데 그것이 모두는 아니었는지라. 하느님의 정의(正義)는 여전히 모든 인간 앞에서 증명되어야 했도다. 특별한 심판이 끝나면, 전체 심판이 아직도 남아 있었나니. 최후의 날이 다가왔는지라. 심판의 날이 임박했도다. 하늘의 별들은 마치 거센 바람에 흔들린 무화과나무의 열매처럼 땅 위에 떨어지고 있었나니. 우주의 커다란 등불인, 태양은 머리털로 짠 부대처럼 변했는지라. 달은 온통 핏빛으로 붉게 변했도다. 천공은 두루마리처럼 말려 사라졌나니. 천국의 군세(軍勢)의 왕자인, 천사장 미카엘이 영광스럽고도 무서운 모습으로 하늘을 등지고 나타났는지라. 한 발로는 바다를 디디고 한발로는 땅을 디디고 그는 천사장의 나팔로부터 시간의 철면피한 죽음을 불어 댔도다. 세 차례에 걸친 천사장의 나팔소리는 우주를 온통 채우나니. 시간은 지금도 있고, 시간은 과거에도 있었고, 그러나 시간은 앞으로 더는 없을지라. 마지막 나팔소리에 우주의 인간성을 띤 영혼들은, 부유하고 가난한 자, 마음이 온유하고 단순한 자, 현명하고 어리석은 자, 착하고 사악한 자를, 모두 여호사바의 골짜기를 향해 떼 지을 것이라. 이제까지 존재해 왔던 모든 인간의 영혼, 앞으로 태어날 모든 인간의 영혼, 아담의 모든 아들과 딸들, 모두 저 지고(至高)의 날에 모여들 지로다. 그리고 보라, 저 지고의 심판자가 오도다! 이제 하느님의 어린 양으로서가 아니요, 나자렛의 유순한 예수로서도 아니며, 수많은 슬픔을 지닌 인간도 아니요, 착한 목자도 아닌, 그분은 커다란 권세와 위풍을 떨치시며, 이제 구름 위에 왕림하시니, 아홉 무리의 천사들, 천사와 대천사, 권천사, 능천사와 역천사, 좌천사와 주천사, 지천사와 지품천신(智品天神)들을 대동하셨는지라, 전지전능하신 하느님이시며, 영원한 하느님이시다. 그분께서 말씀하시니. 그분의 음성은 우주의 가장 먼 한계까지, 심지어 밑 없는 심연에까지 들리는지라. 지고의 심판자 신이, 그분의 판결에서 더는 항소(抗訴)가 없고 또 있을 수도 없다. 그분은 의로운 자를 당신 곁에 부르시고, 그들을 위해 마련된 영원한 축복의 왕국으로 그들로 하여금 들어가도록 청하시도다. 그분께서 의롭지 않은 자들을 당신으로부터 멀리하시고, 위엄에 찬 성난 목소리로 부르짖으시니. "그대 저주받은 자들이여, 나에게서 떠나 악마와 그의 졸도들을 위해 마련된 영원한 불길 속으로." 오, 그러면 저 비참한 죄인에게 그 고뇌가 어떠하랴! 친구는 친구에게서 떨어질 것이고, 아이들은 그들의 부모로부터, 남편들은 아내에게서 떨어지게 되리라. 불쌍한 죄인은, 이 세속적 세계에서 그에게 다정했던 자들에게, 그가 필경 그들의 소박한 신앙심을 조롱했던 자들에게, 그를 충고하고 그로 하여금 올바른 길로 인도하려 애썼던 자들에게, 친절한 형제에게, 사랑하는 누이에게, 그를 그토록 극진히 사랑했던 아버지와 어머니에게 양팔을 뻗는 도다. 그러나 때는 이미 늦었는지라. 의로운 자가 불쌍하고 저주받은 영혼에게서 등을 돌리나니, 그들은 이제 모든 사람의 눈앞에 추악하고 사악한 성격으로 모습을 드러내도다. 오 그대 위선자들이여, 오 그대 회칠한 무덤들이여, 오, 마음속에 있는 영혼이 죄의 불결한 수렁 같을 때 미끈하고 웃음 짓는 얼굴로 세상을 바라보던 자들이여, 저 공포의 날에 그대들은 어떻게 살아가랴?

그리고 이날은 다가올 것이며 오고 말 것이다. 와야만 한다. 죽음의 날이고, 심판의 날이다. 인간은 죽어야 하며 죽음 다음에는 심판을 받게 되어 있다. 죽음은 확신한다. 오랜 질병 때문이든 아니면 예기치 않은 사고 때문이든 죽음의 시간과 방식은 불확실하나니. 하느님의 아들은 거의 예기치 않은 시각에 오시도다. 그래서 언제든 죽을 수 있다는 것을 알고, 항상 준비해야 한다. 죽음은 우리 모두의 종말을 의미하나니. 죽음과 심판은 우리의 최초 양친의 죄에 의하여 이 세상에 도래했다. 우리 지상의 존재를 끝장내는 어두운 문이고, 미지의 자 그리고 보이지 않는 자에게 열려 있는 문이며, 그를 통해 모든 영혼이, 홀로, 지나가야 하는 문으로, 그의 착한 일로서 이외에는 아무런 도움도 받지 못한 채, 친구 혹은 형제 혹은 어버이 혹은 도와줄 스승 없이, 홀로 부들부들 떨면서 지나가야 하느니라. 이러한 생각을 우리 마음 앞에 언제나 지닐지니 그러면 우리는 죄를 지을 수 없도다. 죽음은, 죄인에게 공포의 원인이니, 인생의 위치에서 맡은 바 임무를 이행하며, 아침저녁의 기도에 참가하며, 성체를 자주 봉하고, 선하고 자비로운 일을 수행하며, 올바른 길을 걷는 자를 위한 축복의 순간인지라. 경건하게 신앙하는 가톨릭교도에게, 의로운 자에게, 죽음은 공포의 원인이 될 수 없나니. 그가 죽음의 침상에 있었을 때, 그 사악한 젊은 워릭 공(公)을 불러, 한 기독교도가 자신의 임종을 어떻게 맞이할 수 있는지를 보이도록 한 것은, 영국의 위대한 작가, 에디슨이 아니던가? 그는 바로, 경건하게 신앙하는 기독교도요, 그이 홀로만이, 마음 속으로 말할 수 있는 자이도다.

오 무덤이여, 그대의 승리는 어디에 있는가?

오 죽음이여, 그대의 가시는 어디에 있는가?

말 한마디 한마디가 그를 위한 것이었다. 추악하고 비밀스러운, 그의 죄에 대하여, 하느님의 분노 전체가 겨냥되었다. 설교자의 칼날이 그의 병든 양심 속을 깊이 파고들자, 그는 자신의 영혼이 죄 속에서 곪아 가고 있음을 느꼈다. 그렇다, 설교자의 말이 옳았다. 하느님의 차례가 왔다. 소굴 속의 한 마리 짐승처럼 그의 영혼은 그 자신의 오물 속에 묻혀 있었으나 천사의 나팔소리가 그를 죄의 암흑으로부터 광명 속으로 불러내었다. 천사가 부르짖는 최후 심판의 말들이 순간적으로 그의 오만에 찬 평화를 산산이 부수어 버렸다. 최후의 날의 회오리바람이 그의 마음속을 스쳐 지나가자, 그의 죄들, 그의 상상의 보석—눈알을 한 매춘부들이, 돌풍 앞에 도망치며, 공포 속에 마치 생쥐들처럼 찍찍거리면서, 말갈기 털 아래 몸을 웅크렸다.

그가 사각 광장을 가로질러 집을 향해 걸어가고 있을 때, 어떤 소녀의 경쾌한 웃음소리가 그의 불타는 귀에 다가왔다. 그 가냘프고 쾌활한 웃음소리는 나팔소리보다 한층 강하게 그의 심장을 쳤으니, 그러자, 그는 차마 눈을 치켜뜨지도 못한 채, 고개를 다른 데로 돌리고, 걸어가면서, 엉킨 관목 숲의 그림자 속을 응시했다. 충격받은 그의 심장으로부터 수치심이 치솟아, 그의 온몸을 홍수처럼 덮쳤다. 에머의 상(像)이 그의 앞에 떠올랐다. 그리고 그녀의 시선 아래 홍수 같은 수치심이 다시 그의 심장에서 새롭게 솟구쳤다. 그가 마음속으로 그녀를 어떻게 다루었고 또한, 자신의 짐승 같은 욕정이 어떻게 그녀의 천진함을 찢고 짓밟았는지를 그녀가 알기라도 한다면! 그게 소년다운 사랑이던가? 그게 기사도였던가? 그게 시(詩)였던가? 자신의 방탕한 온갖 더러운 모습들이 그의 콧구멍 바로 아래에서 악취를 풍겼다. 그가 벽난로의 연통 속에 감추어 두었던 그을음—덮인 그림 뭉치와 자신이 파렴치하고 음탕스런 그림의 자태 앞에 몇 시간이고 생각과 행동으로 죄를 지으며 누워 있던 일, 원숭이 같은 인간들과 반짝이는 보석 눈을 한 매춘부들로 가득한 그의 해괴망측한 꿈들, 저지른 죄에 대한 고백의 기쁨 속에, 그리고 매일매일 여러 날을 두고 몰래 가지고 다니며, 어떤 들판 모퉁이의 풀 사이에 어둠을 틈타 숨겨 던져두거나 아니면 혹시 한 소녀가 길을 걸어가다가 우연히 발견하고 몰래 읽을 수 있도록 어떤 돌쩌귀 없는 문 아래 또는 울타리의 터진 곳에 감추어 두었던, 그가 쓴 길고 불결한 편지들. 미쳤어! 미쳤어! 어떻게 그런 일을 할 수 있었단 말인가? 이러한 불결한 기억들이 그의 머릿속에 응결되자 그의 이마에 식은땀이 솟았다.

수치의 번뇌가 그로부터 사라지자 그는 이 비참한 무기력 상태에서 정신을 바로잡으려고 애를 썼다. 하느님과 동정녀는 그에게서 너무나 멀리 떨어져 있었다. 하느님은 너무나 위대하고 엄했으며 동정녀는 너무나 순결하고 성스러웠다. 그러나 그는 자신이 넓은 대지에 에머 가까이 서서 겸손히 눈물에 잠겨, 몸을 굽히고 그녀의 옷소매에 키스하는 것을, 상상해 보았다.

넓은 대지 속, 정답고 맑은 저녁 하늘 아래, 한 점 구름이 천공의 희고 푸른 바다를 헤치고 서쪽으로 움직일 때, 그들은 함께 서 있었다, 잘못을 저지른 아이들이. 그들의 잘못은, 비록 두 아이의 잘못이긴 하지만 하느님의 존엄성을 깊이 범한 것이었다. 그러나 그것은 자신의 미(美)가, '보기에 위엄스러운, 세속의 미 같지 않은, 그의 상징인 밝고도 음악 같은 아침의 별을 닮은' 동정녀를 화나게 하지는 않았다. 그 눈은 그녀가 그를 돌아보았을 때, 노하거나 나무라지는 않았다. 그녀는 두 아이로 하여금, 손과 손을 맞잡게 하고, 그들의 마음을 향해 말했다.

—손을 잡을지라, 스티븐과 에머여. 지금은 하늘나라에는 아름다운

저녁이나니. 너희는 잘못을 저질렀지만, 언제나 나의 아이들이라. 하나의 마음은 다른 마음을 사랑하는 것이니라. 함께 손을 잡아요, 나의 사랑하는 아이들이여, 그러면 너희는 함께 행복해질 것이며, 너희의 마음은 서로 사랑하리라.

학교의 예배당은 낮게 내려진 창 가리개를 통하여 스며든 짙은 진홍색 햇볕으로 넘쳐흘렀다. 그리고 마지막 창 가리개와 창틀 사이의 갈라진 틈을 통해 한 가닥 엷은 빛이 창(槍)처럼 들어와서 제단 위에 놓인 조각된 놋쇠 촛대를 비추자, 그들은 마치 천사들의 전쟁으로 닳아 해진 쇠사슬 갑옷처럼 번쩍였다.

비는 예배당 위에, 마당 위에, 학교 건물 위에 내리고 있었다. 비는 소리 없이, 영원히 내릴 것이다. 물은 한 치 한 치 불어나 풀과 덩굴을 덮으며, 나무와 집들을 덮으며, 기념비와 산꼭대기를 덮으리라. 온갖 생명이 소리 없이 질식되리라. 새들, 사람들, 코끼리들, 돼지들, 아이들. 쓰레기 더미 사이를 시체들이 둥둥 소리 없이 떠돌아다니리라. 40일 동안 낮과 밤을 비는 계속 내려 마침내는 물이 지구의 표면을 덮어 버리리라.

그럴 수도 있을 것이다. 왜 없겠는가?

—지옥은 영혼을 확장하고 끝없이 입을 벌렸나니 — 그리스도 안에 있는 나의 사랑하는 소년들이여, 이 말은 〈이사야〉 제5장 14절에서 따온 말입니다. 성부와 성자와 성령의 이름으로. 아멘.

설교자는 그의 수단복 제의 속의 호주머니에서 줄 없는 시계를 꺼내, 잠깐 말없이 문자판을 들여다본 다음, 그것을 앞 테이블 위에 묵묵히 놓았다.

그는 조용한 말투로 말하기 시작했다.

—아담과 이브는, 나의 사랑하는 소년들이여, 여러분도 알다시피, 우리의 최초의 어버이들이며, 루시퍼(마왕)와 그와 같이 반역한 천사들의

추락으로 비어 있는 천국의 자리를 다시 메우기 위해 하느님에 의하여 창조되었음을 기억할 것이요. 루시퍼는 우리가 듣기로는, 아침의 아들이고, 찬란하고 힘센 천사였습니다. 하지만 그는 추락했습니다. 그가 추락하자 하늘나라 군세(軍勢)의 3분의 1이 그와 함께 추락했습니다. 그는 추락하여 반역의 천사들과 함께 지옥으로 떨어졌습니다. 그의 죄가 어떠한 것인지 우리는 말할 수 없습니다. 신학자들은 그것을 오만의 죄라고 생각하지요, 순간적으로 품은 죄악의 생각. 즉 '논 세르비암' '나는 섬기지 않겠다' 라는 것이지요. 그 순간이 그의 파멸이었지요. 그는 한순간의 죄 많은 생각으로 하느님의 존엄성을 손상했고, 그리하여 하느님은 영원히 그를 하늘나라에서 지옥으로 추방했던 것입니다.

—그러자 아담과 이브가 하느님에 의하여 창조되고, 그들은 다마스쿠스 평원의 에덴동산, 햇볕과 색채로 충만 하고, 무성한 식물들로 넘치는, 저 아름다운 정원에 놓였습니다. 그 풍요로운 땅은 그들에게 수많은 보은(報恩)을 제공했으니. 짐승과 새들은 기꺼이 그들의 종복(從僕)이 되었습니다. 두 사람은 우리의 육체가 계승하는 여러 가지 재난과 질병과 빈곤과 죽음을 알지 못했습니다. 거룩하고 관대하신 하느님은 그들을 위해 할 수 있는 모든 것을 해주었습니다. 그러나 하느님에 의해 그들에게 부과된 한 가지 조건이 있었으니. 당신의 말에 대한 복종이었습니다. 그들은 금단의 나무 열매를 따 먹어서는 안 된다는 것이었습니다.

—아 맙소사, 나의 친애하는 소년들이여, 그들 역시 추락하고 말았습니다. 한때 빛나는 천사요, 아침의 아들이었던, 그는 악마요, 이제 추악한 마귀가 되어, 들판의 모든 짐승 가운데 가장 교활한, 뱀의 형태로서 나타났습니다. 그는 두 사람을 시기했습니다. 타락한 위대한 천사인, 그는, 진흙의 존재인, 인간이, 자신의 죄 탓에 영원히 상실했던 유산을 소유해야 함을 생각할 수 없었습니다. 그는, 더 연약한 그릇인, 여인에게 다가와

그녀의 귀속에다 그의 능변(能辯)의 독을 부어 넣으며, 약속했습니다

—오, 그와 같은 모독의 약속을!

—만일 그녀와 아담이 금단(禁斷)의 열매를 먹으면 다른 신들처럼, 아니, 하느님 자신처럼 되리라는 것을. 이브는 그 대(大)유혹자의 간계에 굴복하고 말았습니다. 그녀는 사과를 먹고 그것을 또한, 아담에게 주었으니, 아담은 그녀의 청을 거절할 도덕적 용기를 갖지 못했었습니다. 사탄의 독의 혀가 그 과업을 성취한 것입니다. 두 사람은 추락했습니다.

—그러자 하느님의 목소리가 에덴동산에서 들려와 당신의 창조물인 인간을 문책하였습니다. 하늘나라 군대의 왕자, 미카엘이 손에 불의 칼을 들고 죄를 범한 두 남녀 앞에 나타나 그들을 에덴동산에서, 질병과 투쟁, 참혹과 실망, 노동과 고난의 세상으로 몰아내고, 그들의 이마에 땀을 흘려 빵을 벌도록 했습니다. 그러나 심지어 그때까지도 하느님이 얼마나 자비로우셨던가요! 우리의 타락한 가엾은 선조를 불쌍히 여기시고 때가 되면 그들의 죄를 대신할 자를 천국에서 보내어 그들을 다시 한 번 하느님의 자손으로 그리고 천국의 상속자로 삼으시겠다고 그분께서 약속했습니다. 그리고 타락한 인간의 저 속죄 자인, 그분은 하느님의 독생자요, 삼위일체의 제2위이시며, 영원한 복음이셨습니다.

—그분은 오셨습니다. 그분은 동정녀이신, 성모 마리아에게서 태어나셨습니다. 그분은 유대 나라의 초라한 마구간에서 태어나시고 사명의 시기가 다가올 때까지 30년 동안을 보잘것없는 목수로 사셨습니다. 그러자, 인간에 대한 사랑으로 충만하신, 그분께서는 세상에 나아가 사람들에게 새로운 복음을 들으시도록 호소했습니다.

—인간들은 귀를 기울였던가요? 그렇습니다, 그들은 귀를 기울였지만 들으려 하지 않았습니다. 그분은 일반 죄수처럼 붙잡혀 몸이 묶이고, 바보로서 조롱을 당했으며, 한 군중의 강도에게 자리를 내주도록 따돌림

을 받았고, 5천 번의 매를 맞은 데다가, 가시의 왕관으로 씌워져, 유대인 폭도들과 로마의 병사들에 의해 거리를 끌려다니고, 옷이 벗겨지고, 교수대에 매달려 옆구리가 창으로 찔렸으며, 우리의 주님의 상처받은 몸에서는 물과 피가 끊임없이 흘러나왔습니다.

—그러나 심지어 그때에도, 극심한 고뇌의 그 시각에도, 우리의 자비로우신 속죄자는 인류에 대한 연민을 품으셨습니다. 하지만 심지어 그곳, 갈보리의 언덕 위에서, 그분은 성스러운 가톨릭 성당을 세우시고, 그에 대해 지옥의 문들도 감히 이를 누르지 못하리라, 약속하셨습니다. 그분은 영원한 바위 위에 성당을 세우시고, 그분의 은총과 성찬 및 희생을 부여하시며, 만일 사람들이 당신의 성당의 가르침에 순종한다면 그들은 영생을 얻게 될 것이라 약속하셨습니다. 그러나 만일, 이런 모든 은총을 받았음에도 그들이 여전히 사악한 행동을 고집한다면, 그들에게는 영혼의 고통, 즉 지옥이 남게 되리라 하셨습니다.

설교자의 목소리가 가라앉았다. 그는 말을 멈추고, 잠시 두 손바닥을 합쳤다가, 다시 떼었다. 그리고 말을 이었다.

—자, 이제 잠시 우리는 노하신 하느님의 정의가 죄지은 자들의 영원한 형벌을 위해 존재하게 한 저주받은 자들의 거처(居處)가 어떠한 것인가를, 가능한 한, 알아보도록 합시다. 지옥은 좁고 어두우며 고약한 냄새를 풍기는 감옥으로, 그곳은 악마와 잃어버린 영혼들의 거처요, 불과 연기로 가득 차 있습니다. 이 감옥의 비좁음은 하느님께서 당신의 율법에 따라 얽매이기를 거절하는 자들을 벌하려고 일부러 고안하신 것입니다. 이 세상의 감옥에서는 불쌍한 죄수가 비록 감방의 네 벽에서나마 또는 감옥의 침침한 뜰 속에서나마 얼마간 최소한의 몸의 자유는 누릴 수 있습니다. 그러나 지옥에서는 그렇지 않습니다. 그곳은, 저주받은 자들의 엄청난 숫자 때문에, 죄수들은 감옥의 벽 두께가 4천 마일이나 된다

고 일컬어지는 무서운 감방에서 함께 들러붙어 있습니다. 그리고 저주받은 자들은 꼼짝할 수 없게 꽉 묶여 있는지라, 지복성인(至福聖人)이신, 성 안셀무스가 비유담(比喩談)에 관한 그의 저서에서 썼듯이, 죄인은 그들의 눈을 파먹는 한 마리 벌레까지도 눈에서 뗄 수가 없다고 합니다.

—그들은 외부의 암흑 속에 누워 있습니다. 왜냐하면, 기억하세요, 지옥의 불은 빛을 발하지 않기 때문입니다. 하느님의 명령에 따라, 바빌로니아의 화덕의 불은 빛은 있으나 열을 잃어버리듯이, 지옥의 불 또한, 하느님의 명령에 따라, 그 열의 강렬한 열기를 지속하면서, 영원히 암흑 속에서 타고 있는 것입니다. 그것은 결코, 그칠 줄 모르는 암흑의 폭풍이며, 유황의 타고 있는 심한 불꽃과 짙은 연기로, 그 사이에 시체들이 겹겹이 쌓인 채 한 점 바람도 들어오지 않습니다. 파라오의 왕국을 휩쓸었던 모든 재앙 가운데서 한 가지 재앙, 즉 암흑의 재앙만이, 무시무시했다고 불리고 있습니다. 무슨 이름을, 그렇다면, 우리는 사흘 동안이 아니라 영원히 계속될 지옥의 암흑에 무슨 이름을 붙여야 하겠습니까?

—이 비좁고 어두운 감옥의 공포는 그 지독한 냄새로 더욱 증가합니다. 세상의 모든 오물, 세상의 모든 찌꺼기가, 우리는 듣고 있는바, 마지막 심판의 날의 그 무시무시한 화염이 세상을 정화할 때, 거대한 냄새나는 시궁창처럼 그곳에 흐를 거라고 합니다. 유황, 또한, 그곳에서 무진장으로 타고 있는지라, 그 참을 수 없는 악취로 지옥을 온통 채우고 있습니다. 그리고 저주받은 자들의 시체가 몸에 너무나 해로운 냄새를 내뿜고 있는지라, 성 보나벤투라가 말했듯, 시체 중의 하나만으로도 온 세상을 감염시키기에 충분하다고 합니다. 저 순결한 요소인, 이 세상의 공기 자체도 오랫동안 가두어 두면, 고약한 냄새를 풍기고 숨을 쉴 수가 없게 됩니다. 그러니 지옥의 공기가 얼마나 고약한 것일지 생각해 보시오. 무덤 속에서 부패하여 허물어져 누워 있는 어떤 불결하고 고약한 냄새를 풍기

는 시체, 젤리 —같은 부패하는 액체 덩어리를 상상해 보시오. 이와 같은 시체가 불타는 유황불에 의해 삼켜지는 불꽃의 제물이 되어, 구역질 나게도 진저리나는 부패의 숨 막히는 짙은 냄새를 뿜어낸다고 상상해 보시오. 그런 다음, 냄새나는 암흑 속에 함께 뭉친 수백만의 고약한 시체들, 거대하고 부패해가는 인간 균류(菌類)로부터 수백만의 그리고 다시 수백만으로 증가한, 이 고약한 악취를 상상해 보시오, 그러면 여러분은 지옥의 악취 공포를 얼마간 생각하게 될 것입니다.

　—그러나 이 악취가, 비록 무섭기는 하지만 그것이 저주받은 자들이 받게 되는 가장 큰 육체적 고통은 아닙니다. 폭군들이 그의 동포에게 여태 가한 최악의 고문은 불의 고문입니다. 여러분이 촛불에 손가락을 잠깐 갖다 대어 보세요, 그러면 그 불의 고통을 느낄 것입니다. 그러나 우리의 이 세속의 불은 인간의 이익을 위하여, 인간에서 생명의 불길을 지탱하게 하고, 그로 하여금 유익한 공예(工藝)를 하게끔 돕기 위하여 하느님께서 창조하신 데 반하여, 지옥의 불은 그 성질이 다르며 회개할 줄 모르는 죄인을 고문하고 벌하기 위해 하느님께서 창조하셨습니다. 우리의 세속의 불은 또한, 그것이 공격하는 물건이 더 잘 탈 수 있는지 그렇지 못하는지에 따라서, 빨리 타 없어지거나 그렇지 못하기도 하지요, 그런고로 인간의 지혜는 그 불의 행동을 제지하거나 좌절시키기 위한 화학 물질을 발명하는 데 성공했습니다. 그러나 지옥에서 타는 유황불은 말할 수 없는 위세를 가지고 영원히 그리고 영원토록 타도록 특별히 고안된 것입니다. 더욱이, 우리의 세속의 불은 그것이 타는 것과 동시에 파괴의 힘을 가졌는지라, 그런고로 그 불타는 힘이 강하면 강할수록 그 타는 속도 또한, 짧아집니다. 그러나 지옥의 불은 이러한 자산(資産), 그것이 타는 특질을 지니고 있기 때문에, 그리고 비록 그 불이 믿어지지 않을 만큼 위세로서 타면서도, 영원토록 맹렬히 타는 것입니다.

—이 세속의 불은 재차, 그것이 아무리 사납고 넓게 퍼진다 하더라도, 언제나 제한된 범위 안에 있게 마련입니다. 그러나 지옥에 있는 불의 연못은 그 가장자리가 끝이 없으며 기슭도 없고 밑바닥도 없습니다. 기록상에 나타나 있는지라, 악마 자신이, 어떤 한 병사한테서 질문을 받았을 때, 만일 산 전체가 몽땅 지옥의 불타는 대양(大洋) 속에 던져 버린다면 그것은 마치 한 조각의 밀초처럼 순식간에 타버릴 거라, 고백하지 않을 수 없었습니다. 그리고 이 무시무시한 불은 저주받은 자의 육체의 외부로부터만 고통을 주는 것이 아니라, 각자의 잃어버린 영혼이 곧 지옥이 되며, 무한한 불이 바로 오장육부 속에서 사납게 타오릅니다. 오, 저 비참한 자들의 운명은 얼마나 무시무시한 것입니까! 피는 혈관 속에서 부글부글 소용돌이치고, 두뇌는 두개골 속에서 끓고 있는지라, 가슴속의 심장은 타며 터질 지경이고, 창자는 타는 흐물흐물한 덩어리가 되며, 유순한 눈알은 마치 녹은 공처럼 이글거리지요.

　　—그러나 이 불의 힘과 성질 그리고 한량없음에 대해서 내가 말한 것은 그것의 강렬함에 비하면 아무것도 아니요, 그러한 강렬함은 하느님께서 영혼과 육체를 다 함께 벌하기 위한 성스러운 수단으로써 선택된 도구입니다. 그것은 하느님의 분노에서 직접 나온 일종의 불로서, 그 스스로 활동이 아니라 하느님의 성스러운 복수의 도구로서 작용하는 것입니다. 영세(靈洗)의 물이 육체와 함께 영혼을 깨끗이 하듯, 처벌의 불은 육신과 함께 정신에 고통을 줍니다. 육신의 온갖 감각이 고통을 받으며 그와 함께 영혼의 모든 기능이 고통을 받습니다. 눈은 뚫어 볼 수 없는 캄캄한 어둠으로, 코는 해로운 악취로, 귀는 울부짖음과 아우성 그리고 저주로, 미각은 불결한 물질, 추악한 부패, 그리고 질식하게 하는 무명의 오물로, 촉각은 시뻘겋게 달아오른 꼬챙이와 창으로, 불꽃의 잔인한 혀로, 고통을 받습니다. 그리고 이 오관의 몇몇 고문을 통해 불멸의 영혼은

전지전능하신 하느님의 손상된 위엄 때문에 심연에서 천길만길 타고 있는 불꽃 속에서 그 본질에 이르기까지 영원히 고통을 받으며, 그리고 이 불은 하느님의 분노의 숨길 때문에 영원하고 언제나 ─증가하는 분노로 부채질 되고 있는 것입니다.

 ─이 지옥 같은 감옥의 고통이 저주받은 자들 스스로 무리에 가중됨을 최후로 생각해 보세요. 지상의 사악한 친구들은 너무나 해로운지라 식물들까지도, 마치 본능에 의한 것인 양, 자신들에게 치명적이거나 해로운 모든 무리로부터 물러섭니다. 지옥에서는 모든 율법이 뒤집히지요 ─가족이나 국가, 유대(紐帶)나 인간관계 같은 것은 전혀 생각할 수도 없습니다. 저주받은 자들은 서로서로 고함을 지르고 아우성을 치며, 그들의 고통과 분노는 자기들처럼 고통을 당하고 분노하는 자들의 존재에 의하여 더욱더 격렬해집니다. 인간성에 대한 모든 감각은 잊히고 말지요. 고통을 받고 있는 죄인의 울부짖음은 광활한 심연의 가장 먼 구석까지 가득 차 있습니다. 저주받은 자들의 입(口)은 하느님에 대한 모독으로 그리고 고통을 겪는 자에 대한 증오로 그리고 그들의 죄의 공범자였던 다른 영혼들에 대한 저주로 넘쳐 있습니다. 자신의 아버지에 대항하여 살인의 손을 치켜든 자, 시부죄(弑父罪)를 벌하기 위해, 그를 수탉과 원숭이, 그리고 독사와 함께 자루 속에 넣어 깊은 바닷속에 던지는 관습이 옛날에 있었습니다. 이러한 법률을 마련한 자들의 의도는, 비록 그것이 오늘날에는 가혹하게 느껴질지는 모르지만, 그와 같은 범인을 해롭고 증오스런 짐승들의 무리와 함께 있게 함으로써 그를 벌하려는 것이었습니다. 그러나 지옥의 저주받은 자들이, 자신의 죄를 방조하거나 자신 스스로 선동한 자들, 그들의 말들이 자신들의 마음속에 나쁜 생각과 나쁜 삶의 최초의 씨앗을 뿌린 자들, 무례한 암시로써 자신들을 죄로 유혹한 자들, 그들의 눈이 덕망의 길로부터 스스로 유혹하고 유인한 자들이 무리를 지

어 비참한 처지에 있음을 보았을 때, 그들의 타는 입술과 쓰라린 목구멍에서 터져 나오는 저주의 분노에 비하면 이 말 못 하는 짐승들의 분노는 어떠하겠어요. 이 저주받은 자들은 저들의 죄를 방조한 자들에게 덤비며 그들을 비방하고 저주합니다. 그러나 그들은 아무런 도움도 희망도 없습니다. 이제 때는 회개를 위해 너무 늦었습니다.

　—모든 최후로 유혹한 자와 유혹당한 자가 마찬가지로, 저 저주받은 영혼이, 악마와 함께 지내는 것이 얼마나 무서운 고통인가를 생각해 보세요. 이 악마들은 저주받은 자들을 두 가지 방법, 그들의 존재로서 그리고 그들의 비난으로서 괴롭힙니다. 우리는 이러한 악마들이 얼마나 무시무시한 것인지를 거의 상상조차 할 수 없을 지경입니다. 시에나의 성(聖) 카타리나는 언젠가 악마를 본 적이 있었는데, 그녀는 이러한 무시무시한 괴물을 단 한 순간이라도 다시 보기보다는, 차라리 그의 인생이 다하는 날까지 시뻘건 석탄 불길을 따라 걸어가겠다고 기록하고 있습니다. 한때 아름다운 천사들인 이들 악마는, 그들이 한때 아름다웠던 만큼 무섭고 보기 흉하여졌습니다. 그들은 자기를 파멸로 끌고 간, 잃어버린 영혼들을 조롱하거나 비웃고 있습니다. 지옥에서 양심의 소리를 지르는 것은 그들, 즉 불결한 악마들입니다. 왜 그대는 죄를 범했던가? 왜 그대는 마귀들(친구들)의 유혹에 귀를 기울였던가? 왜 그대는 경건한 행동과 착한 일들을 외면했던가? 왜 그대는 죄의 기회를 피하지 않았던가? 왜 그대는 음탕한 습성, 불순한 습성을 포기하지 않았던가? 왜 그대는 고해 신부의 충고에 귀를 기울이지 않았던가? 왜 그대는, 그대가 첫 번째, 두 번째, 세 번째, 네 번째, 아니 백 번째 실수를 한 연후에도, 그대의 악습을 회개하고 그대의 죄를 면제하기 위해 그대의 회개를 오직 기다리는 하느님에게 의지하지 않았던가? 이제 회개할 시간은 지나 버렸습니다. 때는 현재에 있고 과거에 있지만, 앞으로는 이제 더는 없으리라! 과거의 때는 비밀리

에 죄를 짓고, 나태와 자만에 빠지고, 법에 어긋나는 것을 탐내고, 그대의 비천한 천성의 유혹에 항복하고, 들판의 짐승처럼, 아니, 짐승은 단지 짐승에 불과하고 그들을 인도할 이성이 없어서, 들판의 짐승보다 못하게 살아야 하는 것이었습니다. 과거에 그런 때가 있었으나, 앞으로는 더는 그럴 때는 없으리라. 하느님은 그대에게 그토록 많은 목소리로 말씀하셨지만, 그대는 들으려 하지 않았습니다. 그대는 마음속의 저 자만과 노함을 말살하려 하지 않았고, 불의의 수단으로 얻은 재물을 되돌려주지 않았고, 성스러운 성당의 계명에 따르거나 신앙의 의무를 다하지 않았고, 사악한 친구들을 버리려 하지 않았고, 위태로운 유혹을 피하려 하지 않았습니다. 이러한 것이 저들 마귀 같은 고통받는 자들의 언어인지라, 조롱과 비난, 혐오와 증오의 말이지요. 증오의 말. 그렇습니다! 왜냐하면, 그들, 바로 악마들까지도, 그들이 죄를 지었을 때, 이러한 천사의 천성과 조화되는 죄, 지성의 반항이란 죄밖에는 짓지 않습니다. 그리하여 그들, 심지어 그들, 추악한 악마들마저도, 타락한 인간이 성령(聖靈)의 신전(神殿)을 더럽히고 모독하는, 저들의 말도 못할 죄를 명상함으로써, 불쾌하고 혐오를 느낀 채, 돌아서지 않을 수 없습니다.

　—오, 그리스도 안에 있는 나의 사랑하는 어린 형제들이여, 우리가 결코, 그와 같은 악의의 말을 들어야 할 운명이 되지 않게 하소서! 절대로 우리의 운명이 그렇게 되지 않게 하소서, 정말! 저 무서운 최후 심판의 날에 나는 하느님에게 열렬히 기도하나니 오늘 이 예배당 안에 있는 모든 학생 중의 단 한 사람도 저 비참한 자들, 거룩하신 심판자께서 영원토록 당신의 시야에서 떠나도록 명하시는 불쌍한 자들 틈에 발견되지 않게 하시며, 우리 가운데서 단 한 사람도 저 무서운 타락의 선고를 듣게 되는 일이 없도록 하옵소서! 나에게서 떠날지라. 그대 저주받은 자들아, 악마와 그의 천사들을 위해 준비된 영원의 불길 속으로!

그는 예배당의 통로를 따라 걸어 내려오자, 두 다리가 후들후들 떨리며, 머리 가죽이 마치 귀신의 손가락이 닿기라도 한 듯 부들부들 떨렸다. 그가 계단을 지나 걸어 올라가, 복도로 들어가자, 복도 벽을 따라 외투와 비옷들이 머리도 없고 물을 떨어뜨리며, 형체도 없이 마치 교수형에 처한 죄수들처럼 매달려 있었다. 그리하여 매 한 걸음마다 그는 두려워했는지라, 자신은 이미 죽은 몸이며, 영혼이 육체의 껍질에서 비틀어져 나오고, 자신은 허공을 통해 거꾸로 빠져들고 있는 듯했다.

그는 발로 마루를 버티고 서 있을 수가 없어 책상 앞에 무겁게 주저앉은 채, 책 중의 한 권을 아무렇게나 열어 자세히 들여다보았다. 말 한마디 한마디가 그를 위한 것이었다. 그것은 사실이었다. 하느님은 전지전능하셨다. 하느님은 지금도 그를 부르시며, 그가 책상에 앉아 있을 때, 그가 하느님의 부르심을 의식한 시간을 갖기도 전에, 그를 부를 수 있었다. 하느님은 이미 그를 부르셨다. 예? 무슨? 예? 그의 육체가 탐욕스런 불길의 혓바닥이 다가옴을 느끼자 오그라들며 주위에 질식할 듯한 공기의 소용돌이를 느끼고 말라붙는 듯했다. 그는 이미 죽었다. 그렇다. 그는 심판을 받았다. 불길의 한 가닥 파도가 그의 육체를 휘몰고 지나갔다. 그것은 최초의 파도였다. 다시 파도가. 그의 두뇌가 이글이글 타기 시작했다. 또 다른 파도. 그의 두뇌는 두개골의 깨지는 거처에서 타며 부글부글 끓어오르고 있었다. 불꽃은 화환처럼 그의 두개골로부터 터져 나왔고, 목소리처럼 비명을 질렀다.

—지옥! 지옥! 지옥! 지옥! 지옥!

목소리가 그의 가까이에서 말했다.

—지옥에 관한 거야.

—상상컨대 그가 지옥을 그대 속에 비벼 넣은 것 같아.

—틀림없이 그렇게 했던 거야. 그는 모두를 무서운 겁(怯) 속에 집어넣

었어.

—그건 바로 너희에게 필요한 것이었어. 그리고 너희가 열심히 공부하도록 그와 같은 많은 설교를.

그는 맥없이 책상에 몸을 뒤로 기댔다. 그는 아직 죽지 않았다. 하느님은 그를 여전히 용서해 주셨다. 그는 아직도 학교의 낯익은 세상에 살고 있었다. 테이트 씨와 빈센트 헤런이 창가에 서서, 이야기하며, 농담하거나, 바깥의 음산한 비를 쳐다보며, 그들의 머리를 움직이고 있었다.

—날이 갰으면 좋겠군. 나는 몇몇 친구들과 함께 자전거를 타고 맬러하이드를 거쳐 드라이브할까 작정했었는데. 그러나 길이 틀림없이 무릎까지 빠질 거야.

—날씨가 곧 갤 거예요, 선생님.

그가 너무나 잘 알고 있는 목소리, 평범한 말들, 목소리가 멈추고 정적이 다른 애들이 점심을 편안하게 씹어 먹고 있을 때 조용히 풀을 뜯고 있는 소들이 내는 소리에 의해 메워질 때의 교실의 고요함이, 그의 아픈 영혼을 달래 주었다.

아직도 시간은 있었다. 오 죄인의 피난처인, 마리아시여, 그를 위해 중재(仲裁)하소서! 오 순결한 동정녀시여, 죽음의 구렁텅이로부터 그를 구해 주소서!

영어 과목은 역사를 듣는 것으로 시작되었다. 왕족들. 총신들, 모반자들, 주교들이, 이름이란 베일에 가려 말 없는 유령처럼 지나갔다. 이미모두 죽었다. 이미 모두 심판을 받았다. 사람이 제 목숨을 잃는다면 온세상을 얻는다 해도 무슨 이익이 있겠느냐? 마침내 그는 이해할 수 있었다. 그리하여 인생이 그의 주변에 놓여 있었고, 그것은 개미 같은 인간들이 형제애(兄弟愛) 속에서 거기 애써 일하는 평화로운 들판이었으며, 죽은 자들은 고요한 흙 무덤 속에 잠들어 있었다. 친구가 팔꿈치로 그를 꾹 찌르자 그의 심장이 찔리듯 했다. 그리하여 선생님의 질문에 답하려고 했을 때 그는 자신의 목소리가 겸허함과 가책으로 가득 차 있는 듯 느꼈다.

그의 영혼은 이제는 더는 공포의 아픔을 참을 수 없이, 회개한 평화 속으로 한층 깊이 되돌아 빠지는 듯했으며, 그가 빠지자, 한 가닥 희미한 기도를 내보냈다. 아 그래, 그는 아직도 용서받을 수 있으리라. 만일 그가 마음속으로 회개하면 용서받으리라. 그러면 위에 계신 분들, 천상의 분들도 그가 과거에 저지른 죄를 보상하려고 하는 바를 아시게 되리라. 전(全) 생애를, 생애의 매시간을. 단지 기다리기만 하면.

—모두, 하느님! 모두, 모두!

어떤 심부름꾼이 문간에 다가와서 고해성사가 예배당에서 진행될 것임을 알렸다. 네 아이가 교실을 떠났다. 그리고 그는 다른 아이가 복도를 지나가는 소리를 들었다. 한 가닥 떨리는 한기(寒氣)가 약한 바람보다 강하지 않게, 그의 심장 주변에 불었지만, 여전히 귀를 기울이며 말없이 고통을 참았다. 그는 자기 심장 근육에 귀를 대자, 그의 닫히고 움츠리는 것을 느꼈다. 그의 심실(心室)이 팔딱거리는 소리를 자세히 듣는 듯했다.

도피는 금물. 그는 자신이 저지르고 생각했던 바를 말로서 고백하거나 토해 버려야만 했다. 어떻게? 어떻게?

—신부님, 저는……

그러한 생각은 차갑고 번뜩이는 칼날처럼 그의 부드러운 육체를 에는 듯했다. 참회라. 그러나 거기 학교의 예배당에서는 할 수가 없었다. 그는 모든 것, 행위와 생각의 죄 하나하나를, 성실히, 참회하고 싶었다. 그러나 학교 동료 사이에서는 아니었다. 그곳에서 멀리 떨어진 어떤 어두운 곳에서 자신의 수치를 중얼거려 쏟고 싶었다. 그리고 그가 학교 예배당에서 감히 고백하지 않는다고 해도 하느님이 자신에게 화를 내지 않기를 겸손히 빌었으며 그리고 정신의 완전한 비열함 속에 그는 자신에 관한 소년다운 마음의 용서를 말없이 갈망했다.

시간이 지나갔다.

그는 예배당의 맨 앞줄에 다시 앉았다. 바깥의 햇볕이 이미 시들고 있었고, 둔탁한 붉은 커튼을 통해 햇볕이 천천히 이울어지자, 이 세상 마지막 날의 태양이 저물고 모든 영혼이 최후의 심판을 위해 모여들고 있는 듯했다.

— '나는 주님의 시야로부터 멀리 던져 졌도다'. 그리스도 안에 있는 나의 사랑하는 어린 형제들이여, 이 말은 「시편」 제30편 제23절에서 따온 말입니다. 성부와 성자와 성령의 이름으로. 아멘.

설교자는 조용하고 다정한 말투로 이야기하기 시작했다. 그의 얼굴은 상냥했고 그는 각 손의 손가락을 조용히 합쳐, 손가락 끝이 서로 마주치게 하여 가냘픈 새장 모양을 만들었다.

—오늘 아침 우리는 우리의 성스러운 창설자가 심령수양서(心靈修養書) 속에서 부르신, 장소의 구성을 이행하고자, 우리의 지옥에 대한 반성으로 노력했습니다. 우리는, 다시 말해, 마음의 감각을 가지고, 우리의 상상 속에서, 저 무시무시한 곳(지옥)의, 그리고 지옥에 있는 모든 자가 겪고 있는 육체적 고통의 실제적 성격을 상상하려고 노력했습니다. 오늘 저녁 우리는 지옥의 정신적인 고통에 대해 잠깐 생각해 보기로 합시다.

—죄는 이중의 극악무도한 것임을, 기억하세요. 그것은 더 저급한 본능에 대한 우리의 부패한 천성의 충동에, 조잡하고 야수같은 것에 저열하게 동의하는 것입니다. 그리고 그것은 또한, 우리의 더 고귀한 천성의 타협으로부터, 순수하고 성스러운 모든 것으로부터, 성스러운 하느님 자신으로부터, 이탈하는 것입니다. 이러한 이유 때문에 인간의 죄는 육체적 그리고 정신적, 두 가지 다른 형태로 지옥에서 벌을 받게 됩니다.

—이제 이러한 모든 정신적 고통 가운데서 훨씬 가장 큰 것은 상실의 고통으로, 사실상, 그것은 너무나 큰지라 그 자체에서 모든 다른 고통보다 더 큰 고역입니다. 성당의 가장 위대한 박사요, 천사 같은 박사라, 일컬어지는, 성 토마스께서 말씀하시기를, 인간의 이해력이 하느님의 빛을 완전히 박탈당하고, 인간의 애착이 하느님의 선함으로부터 완강히 이탈되는 데서 최악의 저주가 이루어진다고 하셨습니다. 하느님이야말로, 명심하세요, 무한히 착한 존재이시며, 그런고로 이와 같은 존재의 상실은 무한히 고통스러운 상실임이 틀림없습니다. 이 세상에서 우리는 이와 같은 상실이 어떠한 것인지 아주 명확하게 느끼지는 못합니다만, 지옥의 저주받은 자들은, 그들이 받는 더 큰 고통 때문에, 스스로 상실한 것을 충분히 이해하고 있으며, 그들 자신이 저지른 죄를 통하여 그들이 상실한 바를 영원히 상실하고 있음을 이해하고 있습니다. 바로 죽음의 순간에 육체의 유대가 산산조각이 나고, 영혼은 이내 마치 자신의 존재 중심을 향하듯 하느님을 향해 날아갑니다. 기억하세요, 나의 사랑하는 어린 학생들이여, 우리의 영혼은 하느님과 함께 있기를 동경합니다. 우리는 하느님에게서 오고, 우리는 하느님 곁에서 살며, 우리는 하느님에게 속합니다. 우리는 하느님의 것이고, 그와 끊으려야 끊을 수 없습니다. 하느님은 성스러운 사랑으로 모든 인간의 영혼을 사랑하시며 모든 인간의 영혼은 그 사랑 속에 살고 있습니다. 그 밖에 별다른 도리가 있을 수 있겠습니까? 우리가 숨 쉬는 모든 숨결, 우리 두뇌의 모든 사상, 우리 인생이 갖는 순간은 하느님의 무진장한 선(善)으로부터 나옵니다. 그리하여 오 생각하세요, 만일 어머니가 그녀의 자식에게서 떨어지고, 인간이 노변(爐邊)과 가정에서 멀리 추방되고, 친구가 친구로부터 헤어지는 것이 고통이라면, 우리의 불쌍한 영혼이 지고(至高)의 선과 사랑하는 창조주의 면전에서 추방당하는 것이 얼마나 고통이며 얼마나 번뇌인가를. 더욱

이 창조주께서는 무(無)에서 영혼을 생성하게 하시고 생명 속에서 그것을 지탱하게 하셨으며 무한한 사랑으로 그것을 사랑해 주셨습니다. 지고의 선이신, 하느님으로부터, 영원히 떠난다는 것, 그리고 그 이별이 영원불멸 하다는 것을 충분히 알면서, 그와 같은 이별의 고통을 느낀다는 것. 이것이야말로 창조된 영혼이 견딜 수 없는 최대의 고통, 즉 "뽀에나 담니" 상실의 고통입니다.

  ―지옥의 저주받은 자의 영혼을 괴롭히게 될 제2의 고통은 양심의 고통입니다. 사자(死者)의 시체가 부패하여 구더기가 생기는 것과 같이, 잃어버린 자의 영혼 속에도 죄의 부패로부터의 영원한 후회, 이른바 교황 이노센트 3세가 부르시는, 세 겹의 침을 지닌 벌레, 양심의 침이 거기 솟아납니다. 이 잔인한 벌레가 가하는 최초의 침은 지나간 향락에 대한 기억입니다. 오 그건 얼마나 무시무시한 기억일까요! 모든 것을 통째로 삼켜 버리는 불꽃의 호수에서 그 오만한 왕은 자신의 화려했던 궁전을 기억할 것이다. 그 현명하긴 하나 간악스러웠던 자는 자신의 도서관이요 연구 기구를, 예술적 향락을 사랑했던 자는 대리석과 그림 그리고 그 밖의 예술적 보물을, 식탁의 즐거움을 만끽했던 자는 호사스런 잔치와 그토록 섬세하게 장만했던 갖가지 요리며, 최상품 포도주를. 구두쇠는 그가 숨겨 두었던 황금의 보고(寶庫)를, 강도는 자신이 부당하게 얻은 재산을, 성나고 복수심에 넘치는 잔인한 살인자는 그들이 즐겼던 피와 폭력의 행위를, 부정하고, 간음을 즐긴 자는 그들이 맛보았던 이루 말할 수 없이 추잡한 쾌락을 기억할 것입니다. 그들은 이 모든 죄악을 기억하고 자기 자신들과 그들의 죄를 혐오할 것입니다. 왜냐하면, 영원히 지옥의 불 속에서 고통을 받도록 선고받은 자들에게는 그와 같은 모든 향락은 너무나도 잔인하게 보일 것이기 때문입니다. 그들은 이 세상의 찌꺼기 및 몇 조각의 화폐, 공허한 명예, 육체의 안락, 말초신경의 자극 등을 탐

한 나머지, 천국의 축복을 잃어버리게 됨을 생각하고 그들은 얼마나 분통과 노여움을 터뜨릴 것인가. 그들은 정녕코 후회하게 될 것입니다. 그리고 이것은 양심의 벌레가 지닌 두 번째 침으로서, 이미 저지른 죄에 대한 때늦은 그리고 무모한 슬픔에 불과합니다. 하느님의 성스러운 정의는 저 잔인한 자들이 스스로 저지른 죄에 대해 이해력을 계속해서 집중시키도록 요구하는지라, 더욱이, 성 아우구스티누스께서 지적하는 바와 같이, 하느님은 죄악에 대한 당신 자신의 지식을 죄인에게 나누어주기 때문에 그 죄악이 하느님 자신의 눈앞에 나타나듯이 온갖 흉측한 악의를 머금은 채, 죄인 앞에 나타나게 될 것입니다. 죄인은 자신의 죄악이 온갖 불결 속에 쌓여 있음을 보게 될 것이요 후회하게 되겠지만, 시간은 이미 늦을 것이고 마침내는 지난날 회개할 기회가 있었는데도 왜 그토록 그것을 소홀히 했는가를 슬퍼하게 될 것입니다. 이것이야말로 양심의 벌레가 지닌 최후의 그리고 가장 깊고 가장 잔인한 침입니다. 양심은 말할 것입니다. 그대는 회개할 시간과 기회가 있었는데도 그렇게 하지를 않았도다. 그대는 양친(兩親)에 의해 종교적 교육을 받고 양육되었나니. 그대는 또한, 자신을 도와줄 성체(聖體)와 은총과 사면을 성당으로부터 받았노라. 그대에게 설교하며, 그대가 길을 이탈했을 때 그대를 도로 불러 주고 그대의 죄가 아무리 크고 흉악한 것이라 할지라도, 그대가 고백하고 회개하기만 하면, 그대의 죄를 용서해 줄 하느님의 대리자가 그대에게는 있었도다. 아니. 그대는 이 모든 것을 거절했는지라. 그대는 성스러운 종교의 성직자들을 모독했고, 고해소에 등을 돌렸으며, 그대는 죄악의 수렁 속으로 점점 깊이 빠지고 말았노라. 하느님께서는 당신께 돌아오도록 그대에게 호소하고 위협하고 간청했나니. 오, 얼마나 수치스러우랴, 얼마나 잔인하랴! 우주의 지배자께서는 진흙으로 빚어낸 보잘것없는 창조물인 그대에게 호소하고, 그대를 만든 자를 사랑하고 당신의 율법을 지키도록 했노라. 천만에. 그대는 그것을 거절했도다. 그리고 지금, 그대가 아직도 울 힘이 있어 눈물로 지옥을 온통 메운다 해도, 그대가 생시에 흘린 참된 회개의 눈물 단 한 방울이면 얻을 수 있을 하느님의 용서를 바다처럼 많은 눈물로 회개한들, 이제는 영영 얻지 못하리로다. 이제 그대가 회개할 수 있는 인간 생활을 단 한 순간이나마 허용해 달라고 간청하더라도. 헛되이. 그 시간은 지나갔나니. 영원히 사라졌도다.

—이런 것이 바로 양심의 세 겹의 침이요, 이 침은 지옥에 빠진 처참한 자들의 심장 한복판을 물어뜯는 독사입니다. 그런 고로 지옥의 분노로 가득 찬 그들은 스스로 우행(愚行)을 저주하며, 그들을 그와 같은 파멸과 저주로 이끈 간악한 친구들을 저주하고 인간 사회에서 그들을 유혹했으며 지금은 영원토록 그들을 조롱하는 악마들을 저주하며 나아가서는 지고의 존재이신 하느님까지도 저주하는지라, 그리하여 그들은 지난날 하느님의 선과 인내를 비웃거나 경시했지만 이제 와서 하느님의 정당하심과 힘을 피할 도리가 없습니다.

—저주받은 자들이 받아야 할 다음의 정신적 고통은 확대의 고통입니다. 인간은, 이 지상의 생활에서, 비록 그가 많은 악을 범할 수는 있지만, 한꺼번에 모두를 범할 수는 없습니다. 그 까닭인즉, 한 가지 독이 다른 독을 제거하듯 한 악이 다른 악을 제거하고 시정하기 때문입니다. 지옥에서는, 반대로, 한 고통이 다른 고통을 제거하는 대신에, 오히려 그것에다 더 큰 힘을 가중시키도록 인도합니다. 게다가 인간의 내면적 기능이 외면적 감각보다 더한층 완전한 것처럼, 고통 역시 내면적 능력이 외면적 감각보다 더 심합니다. 모든 감각이 거기에 합당한 고통을 당하듯이, 모든 정신적 능력 또한, 그에 알맞은 고통을 받습니다. 공상은 무시무시한 영상들로, 감수성은 상오의 동경과 분노로, 마음과 이해력은 저 무시무시한 지옥을 지배하는 외면적 암흑보다 심지어 더 무서운 내면적 암흑

으로, 고통을 당합니다. 악의는, 비록 그것이 보잘것없다손 치더라도, 이와 같은 악마의 영혼을 소유하는지라, 무변(無邊)한 확대의, 무한한 지속의 악이요, 우리가 죄의 극악(極惡)이나, 그에 대해 하느님이 품으신 증오를 마음에 간직하지 않는 한 이 사악(邪惡)이 얼마나 무서운 상태에 있는가를 우리는 거의 의식하지 못할 것입니다.

—이와 같은 확대의 고통과 반대되고 그것과 공존하는 것으로, 우리는 격렬의 고통을 갖습니다. 지옥은 모든 악의 중심이요, 여러분이 알다시피, 모든 사물은 그들의 가장 먼 지점에서보다 그 중심에서 한층 더 격렬합니다. 지옥의 고통을 조금이라도 줄이거나 완화해 줄 저항 물도 혼합물도 있을 수가 없습니다. 아니, 그들 자체에서 선한 물건들도 지옥에서는 악이 됩니다. 고통을 받는 자에게 그 밖의 다른 곳에서는 위안의 원천이 될 수 있는 친구도 지옥에서는 끊임없는 고통이 되고 말 것입니다. 지성의 주된 선으로서 그토록 갈망하는 지식은, 그곳에서는 무식보다 한층 더 증오를 받을 것입니다. 만물의 영장인 모든 인간으로부터 숲 속의 가장 비천한 식물에 이르기까지 그토록 탐내는 햇볕까지도, 지옥에서는 격렬하게 미움을 받을 것입니다. 이 세상에서 우리의 슬픔이 그토록 아주 오래가거나 아주 크지 않는지라, 왜냐하면, 천성은 습성에 의하여 그들을 압도하거나 슬픔의 중압 하에 그 슬픔을 가라앉힘으로써 그들을 종결지을 수가 있습니다. 그러나 지옥에서 고통은 습성에 의하여 극복될 수 없나니, 왜냐하면, 그 고통은 엄청나게도 극렬하지만, 동시에 그들은 한없이 변화무쌍한지라, 각 고통은, 말하자면, 또 다른 고통으로부터 불이 댕겨지고, 그 불을 댕겨 준 고통으로 하여금 더한층 사나운 불꽃을 가지고 다시 댕겨 주기 때문입니다. 그뿐만 아니라 인간의 천성은 이러한 강렬하고 변화무쌍한 고통에 굴복함으로써 그들로부터 피할 수가 없나니, 왜냐하면 영혼은 지옥에서 받는 고통을 한층 더 크게 하려고 악

속에 영원히 간직되거나 지속하기 때문입니다. 고통의 끊임없는 확대, 믿기 어려울 정도의 지독한 괴로움, 끝없는 변화무쌍한 고통, 이것이야 말로 죄인에 의하여 그토록 괴로움을 받은, 하느님의 성스러운 존엄성이 요구하는 바요, 이것이야말로 부패한 육체의 음란하고 야비한 쾌락을 위해 경시되고 소외되었던 천국의 성스러움이 요구하는 바요. 이것이야말로 죄인의 속죄를 위하여 흘린 피, 사악한 자 중에서도 가장 사악한 자들에 의하여 짓밟힌, 하느님의 천진한 어린양의 피가 주장하는 것입니다.

— 그러한 무서운 장소에서 받는 모든 고통 가운데서 마지막이요 무상의 고통은 영원의 지옥입니다. 영원이라! 오, 무섭고 엄청난 말. 영원! 무슨 인간의 마음이 그 말을 이해할 수 있겠습니까? 그런데 그것도 고통의 영원임을 기억해 보세요. 비록 지옥의 고통이 그토록 어마어마한 것이 아니라 할지라도, 그 고통이 영원토록 지속할 숙명에 처해 있는 한 무한할 수밖에 없을 것입니다. 그러나 그 고통이 영원히 지속하는 한, 여러분도 알다시피 그것은 동시에, 견딜 수 없을 정도로 열렬하고 참을 수 없을 정도로 확대됩니다. 벌레에 물린 쑤심도 영원토록 참는다면 무서운 고통이 될 것입니다. 하물며 지옥의 다양한 고통을 영원토록 참는 것은 어떠하겠습니까? 영원히! 영원토록! 단 한 해 또는 한 세대 동안이 아니라 영원토록 견뎌야 합니다. 이러한 말의 무서운 의미를 상상하도록 애써 보세요. 여러분은 이따금 바닷가의 모래를 본 적이 있을 것입니다. 그 작은 모래알은 얼마나 곱습니까! 아이가 장난으로 움켜쥔 한 줌의 모래를 이루기 위해서는 얼마나 작고 작은 모래알들로 이루어져야 합니까. 자 이제 이러한 산더미 같은 모래를 상상해 보세요, 높이가 1백만 마일이요, 지상에서 가장 먼 천국까지, 가장 먼 공간까지 뻗음으로써 그 폭이 1백만 마일이요, 그 두께가 또한, 1백만 마일입니다. 그리고 저 헤아릴 수 없을 정도의 모래알의 엄청난 더미가 마치 숲 속의 나뭇잎이나 대양의 물

방울, 또는 새의 깃털, 물고기의 비늘, 짐승의 털, 저 광대한 대기의 원자만큼 자주 그 수를 배가(倍加)한다고 상상해 보세요. 그리고 1백년의 끝 무렵마다 한 마리 작은 새가 이 모래 산더미에 날아와서 그의 부리로 작은 모래알을 한 알씩 날아간다고 상상해 보세요. 이 작은 새가 저 엄청난 모래 산의 1제곱피트의 모래만이라도 운반하기까지는 얼마나 많은, 억조(億兆)의 세기들이 걸리겠습니까? 하지만 이 엄청난 세월의 종말에 영원의 단 한 순간도 끝났다고 말할 수는 없을 것입니다. 이와 같은 수천억이나 수천 조의 세월의 종말에 영원은 거의 시작하지도 않을 것입니다. 그리고 저 산더미가 거의 사라진 다음에 그 모래 산더미가 다시 솟아난다 해도, 그리고 만일 그 새가 다시 와서 모래를 한 알 한 알 다시 날아간다 해도, 그리고 그 모래 산이 하늘의 별들, 대기의 원자, 대양의 물방울, 나뭇잎, 새의 깃털, 물고기의 비늘, 짐승의 털만큼이나 여러 번 솟았다 사라진다 해도, 그러한 잴 수 없을 정도의 거대한 산더미가 그토록 무수히 솟았다 사라진 종말에도, 여전히 영원의 단 한 순간마저 끝났다고 할 수 없을 것이요, 심지어 그때에도, 생각하면 머리가 빙빙 돌만큼 영겁의 세월 다음에도, 영원은 아직 시작하지도 않았을 것입니다.

　—어떤 거룩하신 성자께서는(우리 수도회의 한 분이었으리라 믿습니다만) 언젠가 지옥의 환영을 볼 수 있도록 허락받으셨습니다. 그분께서는 어둡고 커다란 벽시계의 째깍거리는 소리 외에는 아무것도 들리지 않는 커다란 홀 한복판에 자신이 서 있는 듯이 느껴졌습니다. 그 째깍거리는 소리는 끊임없이 계속되었습니다. 그리하여 이 성자에게는 그 째깍거리는 소리가 말의 끊임없이 되풀이하는 듯 느껴졌습니다. "언제나, 결코, 언제나, 결코" 하고. 언제나 지옥에 있되 결코, 천당에는 가지 못한다. 언제나 하느님의 면전으로부터 차단되어 있되 결코, 복음의 환영을 즐길 수 없다. 언제나 불길에 의하여 먹히고, 해충에 물리고, 불타는 꼬챙

이에 찔리되, 그 아픔으로부터 결코, 해방될 수 없다. 언제나 양심의 가책을 받고 기억이 미친 듯 노하며 마음은 어둠과 절망으로 가득 차 있되 그곳에서 결코, 도피할 수가 없다. 얼간이들의 비참함을 악마답게 히죽히죽 웃어대는 흉악스런 마귀들을 언제나 저주하고 비난하되 축복받은 영령들의 빛나는 옷을 결코, 바라볼 수 없다. 언제나 지옥의 불의 심연(深淵)으로부터 이 무시무시한 고통을 한순간 동안, 단 한 순간만이라도, 하느님에게 거두어 주십사하고 부르짖되 하느님의 용서를 단 한 순간만이라도 결코, 받을 수 없다. 언제나 고통을 받되 결코, 즐길 수 없다. 언제나 저주를 받되 결코, 구제될 수 없다. 언제나, 결코, 언제나, 결코. 오, 얼마나 무시무시한 형벌입니까! 영원하고 끝없는 고통, 육체적으로 정신적으로 무한한 고문, 한 가닥 희망의 빛도 없이, 한순간의 휴식도 없이, 무한토록 격렬한 번뇌, 무한히 장렬하고 무한히 지속되며 무한히 변화무쌍한 고통, 영원토록 삼키고 영원토록 지니고 있는 고통, 육체를 고문하며 영혼을 영원토록 갉아먹는 번뇌, 그 한순간 자체가 영원인 영원성, 번뇌의 영원성입니다. 이것이 바로 대죄 속에서 죽은 자를 위해 전지전능하시고 의로우신 하느님께서 선포하신 저 무시무시한 형벌입니다.

　—그렇습니다, 의로우신 하느님이십니다! 인간은 언제나 인간으로서 이치를 생각하기 때문에, 하느님이 단 한 가지 참혹한 죄에 대해서도 영원토록 그리고 한없이 형벌을 과해야 함을, 놀라지 않을 수 없습니다. 인간이 이처럼 판단하는 이유인즉, 육체의 야비한 환영과 인간의 오성(悟性)의 어둠에 눈먼 채, 그들은 대죄의 흉악한 악의를 이해할 수 없기 때문입니다. 인간이 이처럼 판단하는 이유인즉, 그들은 이해할 수 없나니, 심지어 보잘것없는 죄도 추잡하고 흉악한 성격을 띠고 있는지라, 전지전능하신 창조주께서 전쟁, 질병, 강도 행위, 범죄, 죽음, 살인 따위의 악과 불행을 세상에서 말살시킬 수 있을지라도, 그가 단 하나의 사소한 죄,

거짓말, 성난 얼굴, 순간적인 고의의 나태심 같은 단 하나의 사소한 죄를 벌하지 않고 버려두는 조건이라면, 위대하고 전지전능한 하느님이신, 그분은, 죄를 말살시킬 수 없을 것입니다. 왜냐하면, 죄는, 생각 또는 행동 속에 있을지라도, 하느님 율법의 탈선이요 하느님은 당신이 그와 같은 탈선 자를 벌하지 않는다면 하느님이 될 수 없을 것이기 때문입니다.

 —한 가지 죄, 지성의 한순간의 반역적 오만이, 루시퍼와 천사들의 무리의 3분의 1을 그들의 영광의 자리에서 떨어뜨리고 말았습니다. 한 가지 죄, 한순간의 우행(愚行)과 약점이, 아담과 이브를 에덴동산에서 몰아내고 이 세상에 죽음과 고통을 가져오게 했습니다. 그와 같은 죄의 결과를 보상하기 위해 하느님의 독생자(獨生子)께서 이 땅에 내려와 사시다가 고통을 당하시고 결국에는 세 시간 동안 십자가에 못 박힌 채 가장 고통스러운 죽음을 당하셨습니다.

 —오, 예수 그리스도 안에 있는 사랑하는 형제들이여, 그런데도 우리는 이 훌륭하신 속죄자의 감정을 해치고 그분의 노여움을 사야 하겠습니까? 우리는 찢기고 상처 난 그분의 유해(遺骸)를 또다시 짓밟을 작정입니까? 우리는 그토록 슬픔과 사랑으로 충만한 그분의 얼굴에 침을 뱉을 작정입니까? 우리는 또한 그 잔인한 유대인이나 무도한 병사들처럼, 우리를 위해 혼자서 슬픔의 저 엄청난 포도주 틀을 밟으셨던 위대하고 연민에 넘치는 구세주를 조롱하겠습니까? 죄의 말 한마디 한마디가 그분의 약한 옆구리에 난 창상(槍傷)입니다. 죄의 행동 하나하나가 당신의 머리를 찌르는 가시입니다. 모든 불순한 생각은, 그에게 순순히 굴복한 채, 저 성스럽고 사랑하는 심장을 꿰뚫는 날카로운 창과 같습니다. 천만에, 천만에. 인간이면 누구나 하느님의 성스러운 존엄성을 그렇게 깊이 상처 내는 일, 영원한 고뇌로 벌을 받게 되는 일, 그리고 하느님의 아들을 다시 십자가에 못 박게 하고 그분을 조롱하는 일을 할 수는 없을 것입니다.

─나는 오늘 나의 초라한 설교가 이미 하느님의 은총을 받고 있는 사람들에게 성스러움을 확인하게 하고, 흔들리는 자에게 힘을 주며, 혹시 여러분 가운데 길을 이탈한 자가 있으면 그 불쌍한 영혼을 은총의 상태로 되돌리도록 하는 데 도움이 되기를 하느님께 비는 바입니다. 나도 하느님께 기도하고, 여러분도 나와 함께 기도할지니, 우리 모두가 우리의 죄를 회개할 수 있도록 말입니다. 나는 이제, 여러분 모두가 여기 이 겸허한 예배당에 모여 하느님 면전에 무릎을 꿇고, 나를 따라 통회(痛悔)의 기도를 거듭하기를 바랍니다. 하느님께서는 인류를 위한 사랑으로 불타시며, 고통을 받는 자들을 위안하실 채비로, 저곳 감실(龕室) 안에 계십니다. 두려워하지 마세요. 그 죄가 아무리 크고 아무리 불결한 것이라 하더라도 여러분이 단지 그것을 뉘우치기만 하면 여러분은 용서를 받게 될 것입니다. 어떤 세속적인 수치도 여러분을 가로막지 않도록 합시다. 하느님은 여전히 죄인의 영원한 죽음이 아니라 오히려 그가 개심하고 살기 바라는 자비로운 주님이십니다.

　─그분께서 여러분을 당신께 부르고 계십니다. 여러분은 그분의 것입니다. 그분께서는 여러분을 무(無)로부터 창조하셨습니다. 그분께서는 단지 하느님만이 사랑할 수 있는 사랑으로 사랑하셨습니다. 그분의 양팔은, 여러분이 그분을 거역하고 죄를 지었다 하더라고, 여러분을 맞이하기 위해 벌려져 있습니다. 그분께 오십시오, 불쌍한 죄인이여, 불쌍하고 허망하고 과오를 범하는 죄인이여. 지금이 은혜를 감수할 때입니다. 지금이 바로 그때입니다.

　신부는 자리에서 일어섰는지라, 그리하여 제단을 향해 몸을 돌리며, 어둠이 깔린 감실 앞의 계단 위에 무릎을 꿇었다. 그러자 예배당 안의 모든 사람이 무릎을 꿇고 전혀 소리가 들리지 않을 때까지 기다렸다. 그러자, 그는 머리를 들면서, 통회(痛悔)의 기도문을 한 구절 한 구절, 열렬히 반복했다. 소년들은 그를 따라 한 구절 한 구절 응답했다. 스티븐은, 혓바닥을 입천장에 붙인 채, 고개를 숙이고, 마음으로 기도를 올렸다.

—오 나의 하느님!
—오 나의 하느님!
—진심으로 뉘우치나이다
—진심으로 뉘우치나이다
—당신을 거역하였음을
—당신을 거역하였음을
—저의 죄를 증오하나이다
—저의 죄를 증오하나이다
—모든 다른 악보다 한층
—모든 다른 악보다 한층
—하느님, 그것이 당신을 불쾌하게 하였기에
—하느님, 그것이 당신을 불쾌하게 하였기에
—받으시기 합당하시니
—받으시기 합당하시니
—저의 모든 사랑을
—저의 모든 사랑을
—제가 굳게 뜻하는바
—제가 굳게 뜻하는바
—당신의 거룩하신 은총으로
—당신의 거룩하신 은총으로
—결코, 더는 당신을 거역하지 않을 것을
—결코, 더는 당신을 거역하지 않을 것을
—저의 생활을 바로잡을 것을
—저의 생활을 바로잡을 것을

* * *

그는 저녁 식사 뒤에 홀로 자신의 영혼과 함께하기 위해 자기 방으로 올라갔다. 그리고 한 발짝 한 발짝 계단을 밟을 때마다 그의 영혼이 한숨을 쉬는 듯했다. 발걸음마다 그의 영혼은 끈끈한 우울의 영역을 뚫고, 오르며 한숨 쉬면서, 그의 발과 함께 솟았다.

그는 방문 앞 층계참에서 발을 멈춘 다음, 도자기 문고리를 쥐고, 재빨리 문을 열었다. 그는 자신의 몸속에서 영혼을 애태우며, 공포 속에 기다리면서, 문지방을 넘어서자, 죽음이 자신의 이마에 닿지 못하도록 조용히 기도를 올리고, 어둠 속에 사는 악마들이 자기 위로 힘을 쓰지 못하도록 기도를 드렸다. 그는 문지방에서 마치 어떤 어두운 동굴에 들어가듯 조용히 기다렸다. 여러 얼굴이 그곳에서 기다리고 있었다. 눈들. 그들은 기다리며 지켜보고 있었다.

—우리는 물론 너무나 잘 알고 있었는지라, 죄는 어차피 세상에 밝혀지기 마련이지만, 누구나 정신적 절대자를 확신시키기 위해 노력하도록 자신을 유도하려고 애씀에서 상당한 어려움을 발견하리라는 것을, 그리고 우리는 물론 그걸 너무나 잘 알고 있었는지라.

중얼거리는 얼굴들이 기다리며 빤히 노려보았다. 중얼거리는 목소리가 어두운 패각(貝殼) 같은 동굴을 채웠다. 그는 정신과 육체에 강렬한 공포를 느꼈으나, 용감하게 머리를 치켜들며 단호하게 방으로 걸어 들어갔다. 문건, 방, 같은 방, 같은 창문. 그는 어둠으로부터 중얼거리며 솟는 듯했던 그 말들이 절대적으로 무의미하다는 것을 자신에게 조용히 다짐했다. 그는 그것이 단지 문이 열린 자신의 방임을 스스로 타일렀다.

그는 문을 닫고 재빨리 침대 곁으로 걸어가며, 그 곁에 무릎을 꿇고 얼굴을 양손으로 가렸다. 그의 양손은 싸늘하고 축축했고 그의 사지는 오한(惡寒)으로 쑤셨다. 육체적 불안 그리고 오한과 피로가 그를 감싸며, 그의 생각을 파헤쳤다. 왜 그는 저녁기도를 드리고 있는 아이처럼 그곳에 무릎을 꿇고 있는가? 자신의 영혼과 홀로 같이 있기 위해, 자신의 양심을 점검하기 위해, 자신의 죄와 얼굴과 얼굴을 서로 마주 대하기 위해, 죄의 시기와 모양새와 환경을 되새기기 위해, 그들을 대하고 울기 위해. 그는 울 수가 없었다. 그는 죄들을 기억으로 소환할 수 없었다. 그는 단지 영혼과 육체의 아픔을, 그의 전신(全身), 기억, 의지, 이해, 육체가, 마비되고 지쳐 있음을 느낄 뿐이었다.

그의 생각을 흐트러뜨리고, 비겁하게 그리고 죄로 부패한 육체의 문간에서 그를 공격하면서, 그의 양심을 흐리게 하는 것은 바로 악마의 소행이었다. 그리고 자신의 미약함을 용서해 주도록 하느님께 겁에 질린 듯 기도를 드리면서, 그는 침대까지 계속 기어가, 담요로 몸 주위를 꼭 감싸며, 양손으로 다시 그의 얼굴을 가렸다. 그는 죄를 저질렀던 거다. 그는 하늘을 거역하고 하느님 앞에 너무나 깊이 죄를 지었는지라 그를 하느님의 아이라고 불릴 가치조차 없었다.

그가, 스티븐 데덜러스가, 그런 짓을 하다니, 그럴 수가 있는가? 그의 양심은 대답으로 한숨지었다. 그렇다, 그는 그와 같은 짓을 몰래, 비굴하게, 몇 번이고, 저질렀다. 그리고 죄의 뻔뻔스러움으로 굳어진 채, 자신 속의 영혼이 부패의 생생한 덩어리가 되어 있는 동안 감실 자체 앞에 감히 성스러운 가면을 쓰고 있다. 하느님이 그를 때려 죽게 하지 않으셨다니 어찌 된 일인가? 그의 문둥병 같은 죄의 무리가, 사방에서부터 그이 위로 숨결을 쉬며, 그를 굽어보면서, 그이 주위를 에워쌌다. 그는 사지를 바싹 가까이 함께 도사리며 눈시울을 꼭 감으면서, 기도로서 그들을 잊으려고 애를 썼다. 그러나 그의 영혼의 감각들은 한데 묵혀 있지 않으지라, 비록 그가 눈을 꼭 감고 있긴 해도, 그는 자신이 저지른 죄의 장소들을 보았으며, 귀를 꼭 막고 있는데도, 그들을 들었다. 그는 모든 의지를 다하여 듣거나 보지 않으려고 했다. 그는 원했는지라 마침내 그의 온몸이 욕망의 긴장 아래에서 흔들렸고 마침내 그의 영혼의 감각이 닫혔다. 감각들은 잠깐 닫혔다가 이내 열렸다. 그는 보았다.

뻣뻣한 잡초와 엉겅퀴 그리고 덤불을 이룬 쐐기풀의 들판. 무성하고 뻣뻣하게 자란 덤불들 사이 깊게 엉킨 채 찌그러진 깡통들과 딱딱한 배설물이 엉긴 덩어리며 사리들이 놓여 있었다. 한 가닥 희미한 늪의 빛이 뻣뻣한 회녹색 잡초를 뚫고 사방의 우물로부터 위고 솟으려고 애를 쓰고 있었다. 깡통들에서부터 그리고 썩어서 꺼덕꺼덕해진 똥에서, 늪의 빛처럼 희미하고 불결한 악취가, 소용돌이치며 풍겨 오르고 있었다.

짐승들은 들판에 있었다. 한 마리, 세 마리, 여섯 마리. 짐승들은 들판에서 움직이고 있었다, 여기저기. 사람의 얼굴을 하고, 뿔 솟은 이마에, 드문드문 턱수염이 나고 탄성 고무처럼 회색을 띤 염소 얼굴의 짐승들. 그들의 기다란 꼬리를 뒤로 질질 끌면서, 여기저기 움직이자, 악의가 그들의 굳은 눈에 번쩍였다. 잔학한 악의의 입이 그들의 늙고 뼈가 앙상한 얼굴을 회색으로 번뜩이게 했다. 한 놈은 갈비뼈 주변에 찢어진 플란넬 조끼를 꼭 끼게 잠그고, 또 한 놈은 덤불을 이룬 잡초에 그의 턱수염이 박히자 외마디 단조로운 소리로 불평을 했다. 그들이 잡초 사이를 이리저리 감돌며, 달그락거리는 깡통 사이를 긴 꼬리를 질질 끌면서, 천천히 원을 그리듯 들판을 빙빙 맴돌자, 부드러운 언어가 침이 마른 그들의 입술로부터 솟아 나왔다. 그들이, 감싸려고, 감싸려고, 한층 가까이 그리고 한층 가까이 맴돌면서, 천천히 원을 그리자, 그들의 입술로부터 부드러운 말이 솟아 나오고, 그들의 긴 꼬리가 썩은 똥으로 더러워진 채, 그들의 무시무시한 얼굴을 위쪽으로 치켜들었다……

살려줘요!

그는 미친 듯 담요를 몸으로부터 걷어차고 얼굴과 목을 내밀었다. 그것이 그의 지옥이었다. 하느님은 그의 죄에 합당한 지옥을 보도록 그에게 허락하셨다. 악취가 풍기고, 야수적이며, 악의에 찬, 문둥병에 걸린 염소 같은 악마들의 지옥. 그를 위한! 그를 위한!

그는 침대에서 벌떡 일어나자, 지독한 악취가 그의 목구멍으로 쏟아져 내려와 그의 창자를 가득 메우며 뒤집었다. 공기! 하늘의 공기를! 그는 신음하며 구역질로 거의 쓰러질 듯, 창문을 향해 비실비실 걸어갔다. 세면대에서 한 가닥 경련이 그를 속에서 사로잡았다. 그리하여 차가운 이마를 마구 검어 쥐고, 그는 번뇌 속에서 마구 토했다.

발작이 다하자 그는 맥없이 창가로 걸어가서, 창틀을 들어올리며 흉벽(胸壁)의 한쪽 모퉁이에 앉아, 팔꿈치를 문지방에 기댔다. 비는 이미 멈추었다. 그리고 점점이 켜진 등불로부터 움직이는 수증기 사이로 도시는 누르스름한 안개의 부드러운 고치[救]를 사방에 짓고 있었다. 하늘은 고요했고 희미하게 비쳤으며 대기는, 소나기로 흠뻑 젖은 숲 속에서처럼 달콤한 향기를 풍겼다. 그리하여 평화와 반짝이는 불빛 그리고 고요한 향기 속에서 그는 마음으로 맹세했다.

그는 기도했다.

—"하느님께서는 한때 천국의 영광에 싸여 지상에 내려오려 하셨으나 저희가 죄를 지었나이다. 그러자 하느님께서는 그 존엄성을 가리시고 하느님으로서의 그 빛을 흐리게 한 연후에야 저희를 안전하게 방문하실 수 있었나이다. 그리하여, 하느님께서는 권력자로서가 아니라 약한 자로서 오셨나이다. 하느님께서는 자신의 창조물인 인간의 아름다움과 저희 처지에 알맞은 빛을 지니신 당신을 그 대리인으로 보내셨나이다. 사랑하는 성모시여! 이제 당신의 얼굴과 모습 그 자체는 저희에게 영원을 말해

주시고 계십니다. 보기에 위태로운 지상의 미(美)가 아니라 당신의 상징인 샛별과 같이 빛나고 음악적이시며 순결함을 풍기시며 하늘을 말씀하시고 평화를 내려주시나이다. 오 낮의 선구자시여! 오 순교자의 빛이시여! 이전의 당신께서 그러하시듯 저희를 인도해 주소서. 어두운 밤에 황량한 광야를 지나 저희를 주 예수께 인도하여 주소서, 저희를 인도하여 주소서."

그의 눈은 눈물로 흐려졌고, 겸허하게 하늘을 우러러보며, 그는 자신의 잃어버린 순결을 위해 눈물을 흘렸다.

저녁이 되자 그는 집을 나섰으며, 그러자 축축하고 어두운 공기의 첫 감촉과 그의 등 뒤에 닫히는 문소리가, 기도와 눈물로 달래진 채, 그의 양심을 다시 저리게 했다. 고백하라! 고백하라! 눈물과 기도만으로 양심을 달래는 것은 충분치 않았다. 그는 성령의 사도 앞에 무릎을 꿇고 그의 감추어진 죄들을 진실하게 그리고 회개하며 헤아렸다. 그가 현관문의 발판이 그를 들어놓기 위해 열리며 문지방 너머 스치는 소리를 다시 듣기 전에, 저녁 식사를 위해 차려진 부엌 식탁을 다시 보기 전에, 그는 무릎을 꿇고 고백하리라. 그것은 아주 간단한 일이었다.

양심의 저림이 멈추자, 그는 어두운 거리를 빠져 재빨리 걸어 나아갔다. 거리의 보도에는 수많은 판석이 깔렸었고 저 도시에는 너무나 많은 거리 그리고 세상에는 너무나 많은 도시가 있었다. 그러나 영원은 끝이 없었다. 그는 대죄를 지었다. 심지어 단 한 번은 대죄였다. 그 죄는 순식간에 일어날 수 있었다. 그러나 빨리 보거나 보려고 생각함으로써. 눈은 처음에 보려 하지 않아도, 사물을 본다. 그리고 한순간에 죄는 일어난다. 그러나 육체의 저 부분은 이해하는가 아니면 무엇을? 저 뱀, 들판의 가장 교활한 짐승. 그것이 한순간에 욕망하고 이어 시시각각, 죄스럽게, 그것 자체의 욕망을 연장할 때 그것은 이해하지 않으면 안 된다. 그것은 느끼고 이해하고 욕망한다. 얼마나 무시무시한 일이냐! 누가 그것을 그렇게 만들었던가, 짐승처럼 이해하고 짐승처럼 욕망할 수 있는 육체의 짐승 같은 부분을? 그러면 그것이 바로 그 자신이던가 아니면 한층 야비한 영혼에 의하여 감동된 비인간적인 사물이던가? 그의 영혼은 마비된 뱀과 같은 생명이 자신의 생명의 부드러운 정수(精髓)를 뜯어먹고 정욕의 점액으로 살진다는 생각에, 메스꺼움을 느꼈다. 오 왜 그것은 그랬던가? 오 왜?

그는 이러한 생각의 그림자 속에 몸을 움츠렸고, 모든 사물과 모든 인간을 창조하신 하느님을 두려움 속에 스스로 부끄러워했다. 미친 짓이다. 누가 이따위 생각을 할 수 있었던가? 그리하여, 어둠 속에 몸을 움츠리며 비참하게, 그는 자신의 두뇌에 속삭이고 있는 악마를 칼로 몰아내도록 그를 수호하는 천사에게 묵묵히 기도를 올렸다.

속삭임이 끝나자 그는 자기 자신의 영혼이 자기 자신의 육체를 통하여 생각과 말 그리고 행동으로 마구 죄를 저질렀음을 분명히 알았다. 고백하라! 그는 죄 하나하나를 고백해야 했다. 그가 저질렀던 것을 어떻게 신부님에게 말로 표현할 수 있을까? 해야 한다, 해야 한다. 수치심을 애태우지 않고 어떻게 그는 설명할 수 있을까? 아니 수치심도 없이 어찌 그가 그런 죄를 저지를 수 있었던가? 미친 사람! 진저리나는 미친 사람! 고백하라! 오 그는 과연 다시 자유롭고 죄 없는 사람이 되리라! 아마도 신부님은 알고 계시리라. 오, 사랑하는 하느님!

그는 불빛이 잘 비치지 않는 거리 사이를 계속 그리고 계속 걸어갔는지라, 그를 기다렸던 것으로부터 몸을 움츠릴까 봐 잠시라도 멈추기를 두려워하며, 그를 향해 그가 아직도 동경하며 향했던 것에 다다르기 겁이 났다. 하느님이 사랑으로 내려다보고 계실 때 은총을 받고 있는 영혼이야말로 얼마나 아름다운가!

불결한 소녀들이 보도 가장자리 돌을 따라 광주리를 앞에 놓고 앉아 있었다. 그들의 축축한 머리카락이 이마에 길게 드리워져 있었다. 그들이 진창 속에 웅크렸을 때 그들은 결코, 아름답게 보이지 않았다. 그러나 그들의 영혼은 하느님이 보아 주셨다. 그리고 그들의 영혼이 은총의 상태에 있다면 소녀들은 찬란하게 보였다. 그리고 하느님은 그들을 보시며, 그들을 사랑하셨다.

수치의 한 가닥 황량한 숨결이 그의 영혼을 가혹하게 몰아치자, 그가 어찌 몰락했던가를 생각하게 하고, 저들의 영혼들이 자신의 것보다 하느님에게 더 많은 사랑을 받고 있다고 느끼게 했다. 바람은 그를 휘몰아쳤고, 하느님의 호의가 이제는 더 많이 이제는 적게, 별들이 이제는 더 밝게 이제는 더 어둡게, 그 위에 지속해서 쇠하게 비치는, 무수하고 무수한 다른 영혼에게로 스쳐 갔다. 그리하여 반짝이는 영혼이, 지속해서 쇠하게, 한 가닥 움직이는 숨결로 합쳐진 채, 스쳐 갔다. 하나의 영혼이 사라졌다. 하나의 작은 영혼. 그의 것. 그 영혼은 한 번 번쩍였다 사라졌고, 잊히고, 꺼졌다. 종말. 컴컴하고 차갑고, 텅 빈 황야.

장소에 대한 의식이 빛도 없고, 느낌도 없고, 생명도 없는, 시간의 광대한 궤도를 넘어 천천히 그에게로 되찾아 왔다. 불결한 장면이 그의 주변에 저절로 형성되고 있었다. 낡은 말의 억양, 상점들에서 타고 있는 가스등의 불꽃, 물고기와 독주 그리고 젖은 톱밥 냄새, 움직이는 남자와 여자들. 한 노파가 손에 기름 깡통을 들고, 거리를 막 건너려 하고 있었다. 그는 허리를 굽히고 노파에게 근처에 채플(예배당)이 있느냐고 물었다.

―채플? 있어요. 처치(성당) 스트리트 (가[街]) 채플요.

―처치요?

노파는 깡통을 다른 손으로 옮겨 쥐며 그에게 방향을 가리켰다. 그리고 그녀가 숄 가장자리 밑으로 냄새나고 주름진 오른손을 내밀었을 때,

그는 그녀 쪽으로 한층 허리를 굽히자, 그녀 목소리에 의해 슬프고, 위안을 받았다.

—감사합니다.

—천만이에요.

높다란 제단 위의 촛불은 이미 꺼져 있었지만, 분향의 향기는 어두컴컴한 본당 아래 여전히 떠돌고 있었다. 경건한 얼굴의 턱수염을 기른 일꾼들이 둥근 천개(天蓋)를 옆문을 통해 밖으로 끌어내고 있었고, 성당지기가 상냥한 몸짓과 말로써 그들을 도왔다. 몇몇 신자들은 측면 —제단들 앞에서 기도를 드리거나 혹은 고해소 근처의 벤치에 무릎을 꿇으며 여전히 서성거리고 있었다. 그는 엉금엉금 다가가서, 성당의 평화와 침묵 그리고 향기로운 그림자에 감사하면서, 본당의 맨 끝 좌석에 무릎을 꿇었다. 그가 무릎을 꿇은 판자는 좁고 낡았으며 그이 근처에 무릎을 꿇고 있던 사람들은 예수를 뒤따르는 겸허한 추종자들이었다. 예수께서도 또한, 빈곤 속에서 태어나셨으며, 판자를 자르고 대패질을 하면서, 어떤 목수의 가게서 일하셨는지라, 그리고 가난한 어부들에게 하느님의 천국에 대해 처음 말씀하셨고, 모든 사람에게 상냥하고 겸허하도록 가르치셨다.

그는 두 손위에 머리를 숙이고, 그의 곁에 무릎을 꿇고 있는 사람들처럼 자신의 기도가 그들의 것처럼 받아들이질 수 있는 것이 되기를 마음으로 하여금 상냥하고 겸허해지도록 타일렀다. 그는 그들 곁에서 기도를 드렸었으나 그것은 어려운 일이었다. 그는 자신의 영혼이 죄로 불결해졌고, 예수께서, 하느님의 신비스런 길을 따라, 맨 처음 당신 곁에 부르셨던 사람들, 목수, 어부, 천한 직업에 종사하는 가난하고 단순한 자들, 나무판자를 다루고 다듬어 모양내며, 그들의 그물을 끈기 있게 수선하는, 그들의 순수한 믿음을 가지고, 감히 자신이 용서를 구하지 않았다.

한 키 큰 인물이 측면 복도로 내려오자 고해자들이 서성거렸다. 그리고 마지막 순간에 흘끔 위쪽을 재빨리 쳐다보면서, 그는 기다란 회색 수염과 캐퓨친 수도회 수사의 갈색 승복을 보았다. 신부는 곧 고해소 안으로 들어갔고 모습을 감추었다. 두 고해자가 자리에서 일어나 각기 양쪽으로 고해소로 들어갔다. 나무 미닫이문이 닫히고 희미하게 속삭이는 한 가닥 목소리가 침묵을 어지럽혔다.

그의 피가 혈관 속에서 속삭이기 시작했으니, 그것은 마치 죄지은 도시가 죄의 선고를 듣기 위해 잠에서 불려 나오듯 속삭였다. 작은 불티들이 떨어지고 분가루 같은 재가 사람들의 집 위에 내리며, 살며시 떨어졌다. 사람들은, 잠에서 깨어나, 열띤 바람에 괴로워하며, 술렁거렸다.

미닫이문이 뒤로 활짝 열렸다. 고해자가 고해소의 옆구리에서 모습을 드러냈다. 한층 저편의 미닫이문이 닫혔다. 한 여인이 맨 처음 고해자가 무릎을 꿇었던 곳으로 조용히 그리고 재치 있게 들어갔다. 희미한 속삭임이 다시 시작되었다.

그는 지금이라도 성당을 떠날 수 있었다. 그는 자리에서 일어나, 한 걸음 한 걸음 옮겨 놓으며 조용히 걸어 나와 이어 어두운 거리를 통해 재빨리, 달리고, 달리고 달려갈 수 있었다. 이제라도 그는 치욕에서 도피할 수 있었다. 그 한 가지 죄만 아니었던들 아무리 무서운 범죄라도 감당할 수 있으련만! 살인죄였더라도! 작은 불티들이 떨어지며, 수치스런 생각, 수치스런 말, 수치스런 행위, 모든 점에서 그를 감촉 했다. 수치가 계속 떨어지는, 환히 타는 뜨거운 잿가루처럼 그를 온통 덮었다. 죄를 말로 표현해야 한다니! 그의 영혼은, 숨이 막히고 속수무책으로, 사라지고 말리라.

미닫이문이 활짝 열렸다. 한 고해자가 고해소의 저쪽 편에서 모습을 드러냈다. 가까운 미끄럼 문이 닫혔다. 먼저 고해자가 나온 곳으로 한 고해자가 들어갔다. 부드럽게 속삭이는 소리가 고해소로부터 증기의 구름 조각들처럼 흘러나왔다. 여자였다. 부드럽고 속삭이는 작은 구름 조각들, 부드럽고 속삭이는 증기, 속삭이다가 사라져 갔다.

그는, 나무 팔 보디의 커버 아래 남몰래, 주먹으로 겸하게 자신의 앞가슴을 쳤다. 그는 다른 사람들과 함께 그리고 하느님과 함께하나가 되고 싶었다. 그는 이웃을 사랑하리라. 그는 자기를 창조하셨고 사랑하셨던 하느님을 계속 사랑하리라. 그는 남들과 더불어 무릎을 꿇고 기도하며, 행복하리라. 하느님은 그와 그의 이웃을 내려다보시고 모두 함께 사랑하시리라.

선하게 되는 것은 쉬운 일이었다. 하느님의 멍에는 달콤하고 가벼웠다. 하느님은 작은 어린아이들을 사랑하셨고 그들로 하여금 당신을 찾아오도록 참으셨는지라, 죄를 결코, 짓지 않고, 언제나 어린아이로 남아 있는 것이 더 좋았을 것을. 죄를 짓는 것은 무섭고도 슬픈 일이었다. 그러나 하느님은 진실로 뉘우치는 불쌍한 죄인에게 자비로우셨다. 그건 얼마나 참된 일이냐! 그것이야말로 과연 선(善)이었다.

미닫이문이 갑자기 열렸다. 고해자가 밖으로 나왔다. 그는 다음 차례였다. 그는 공포 속에 일어서서 맹목적으로 고해소로 들어갔다.

마침내 일은 다가왔다. 그는 묵묵한 어둠 속에 무릎을 꿇고 머리 위에 걸려 있는 하얀 십자가로 눈을 쳐들었다. 하느님은 그가 뉘우치고 있음을 보실 수 있으리라. 그는 자신이 저지른 죄를 모두 다 말하리라. 그의 고백은 오래, 오래 계속되리라. 그러면 성당 안의 모든 사람은 그가 과거에 어떠한 죄인이었는지를 알게 되리라. 알게 내버려둬요. 그건 진실이었다. 그러나 하느님은 그가 진정으로 죄를 뉘우치면 그를 용서해 주겠다고 약속하셨다. 그는 뉘우치고 있었다. 그는 두 손을 마주 꽉 잡고 하얀 십자가를 향해 손을 들어올리며, 그의 캄캄한 눈으로 기도하며, 온몸을 부들부들 떨며, 마치 길 잃은 짐승처럼 머리를 좌우로 흔들면서, 기도했고, 흐느끼는 입술로 기도를 드렸다.

—죄송하나이다! 죄송하나이다! 오 죄송하나이다!

미닫이문이 덜컹 도로 열리자, 그의 심장이 가슴속에서 쿵 뛰었다. 나이 많은 신부의 얼굴이 창살 곁에서, 그를 외면한 채, 한 손에 기대고 있었다. 그는 성호(聖號)를 긋고 자신이 저지른 죄에 대하여 그를 축복하도록 신부에게 기도했다. 그런 다음, 고개를 숙이면서, 그는 겁에 질린 채 「고백의 기도」를 되풀이했다. "제 큰 잘못이나이다"라는 대목에서 그는 숨이 막힌 채, 말을 중단했다.

—마지막으로 고해한 지 얼마나 되느냐, 애야?

—오래입니다, 신부님.

—한 달이냐, 애야?

—더 오래입니다, 신부님.

—석 달이냐, 애야?

—더 오래입니다, 신부님.

—여섯 달?

—여덟 달입니다, 신부님.

그는 이미 고해를 시작했다. 신부가 물었다.

—그래 그때 이후로 어떤 일을 기억하느냐?

그는 자기의 죄들을 고백하기 시작했다. 미사에 빠진 일, 기도를 드리지 않은 일, 거짓말.

—그 밖에 또 있느냐, 애야?

분노, 남에 대한 시기, 탐식(貪食), 허영, 불복종에 대한 죄들.

—그 밖에, 애야?

별도리가 없었다. 그는 중얼거렸다.

―저는…… 불순한 죄를 지었습니다, 신부님.

신부는 고개를 돌리지 않았다.

―혼자서냐, 애야?

―그리고……다른 사람과 함께요.

―여자들과 같이, 애야?

―네, 신부님.

―결혼한 여자냐, 애야?

그는 알지 못했다. 그의 죄가 입술로부터 하나하나 떨어져 나왔다, 하나씩, 아픈 상처가, 악의 더러운 점액같이, 곪아서 터져 흐르며, 그의 영혼으로부터 수치스러운 물방울이 되어 뚝뚝 떨어졌다. 최후의 죄들이 느릿느릿, 불결하게, 솟아 나왔다. 이제 더는 말할 것이 없었다. 그는 압도된 채, 고개를 떨어뜨렸다.

신부는 말이 없었다. 이어 그는 물었다.

―애야, 몇 살이냐?

―열여섯입니다, 신부님.

신부는 손으로 그의 얼굴 위를 몇 번이고 쓰다듬었다. 그런 다음, 이마를 한 손에 댄 채, 창살 쪽으로 몸을 기대고, 눈을 여전히 외면한 채, 천천히 말했다. 그의 목소리는 늙고 지쳐 있었다.

―너는 몹시 어리구나. 그는 말했다, 그러니 제발 간청하나니 그런 죄를 버리도록 하여라. 그건 정말 무서운 죄야. 그것은 육체를 죽이고 영혼을 죽이는 거야. 그 죄는 큰 범죄와 불행의 원인이 되는 거야. 제발 버리도록 하여라, 애야. 그것은 불명예스럽고 비겁한 짓이야. 그와 같은 나쁜 버릇은 너를 어디로 끌고 갈지 또한, 어디서 너에게 해를 끼칠지 알 수 없단다. 나의 가련한 아이여, 네가 그와 같은 죄를 범하는 한, 너는 하느님께 한 푼 어치의 가치도 없는 기야. 너를 도우시도록 성모 마리아께 기

도하여라. 성모께서 너를 도와주실 거야. 그와 같은 죄가 마음에 떠오를 때에는 성처녀에게 기도하여라. 꼭 그렇게 할 것으로 나는 믿고 있어. 그렇지? 너는 모든 저 죄들을 후회하고 있어. 나는 네가 그러리라 확신하고 있어. 그러니 이제 하느님의 성스러운 은총으로 더는 그 추악한 죄를 범하지 않겠노라 하느님께 약속해야 하느니라. 너는 하느님께 엄숙하게 약속할 터이지, 안 그러냐?

—네, 신부님.

신부의 늙고 지친 목소리가 그의 떨리며 타는 심장에 단비처럼 내렸다. 얼마나 감미롭고 슬프냐!

—그렇게 하여라, 가련한 아이여. 악마가 너를 나쁜 길로 인도했구나. 악마가 너를 그런 식으로 유혹하여 몸을 더럽히 하거든 그를 지옥으로 도로 내쫓아 버려라—우리의 주를 증오하는 불결한 귀신이야. 이제 너는 그와 같은 죄악, 흉악하고 흉악한 죄를 버리겠다고 하느님께 약속하여라.

그는, 자신의 눈물에 의해 그리고 하느님의 자비로우신 빛에 의해 눈이 멀어진 채, 고개를 숙이고, 말해진 사면의 근엄한 말을 들으며, 신부의 손이 용서의 표시로서 자신의 머리 위로 치켜드는 것을 보았다.

—하느님이 그대에게 축복을 내리시길, 애야. 나를 위하여 빌으소서!

그는 어두운 회중석의 한구석에 무릎을 꿇으며, 참회를 말하기 위해 기도를 드렸다. 그리고 그의 기도는 하얀 장미의 화심(花心)으로부터 위를 향해 떠오르는 냄새처럼 그의 정화된 마음으로부터 하늘을 향해 치솟았다.

진흙의 거리는 즐거웠다. 눈에 띄지 않는 하느님의 은총이 그의 사지를 파고들며 가볍게 해주는 것을 의식하면서, 그는 집을 향해 성큼성큼 걸어갔다. 그는 온갖 어려움을 무릅쓰고 그 일을 해내고야 말았다. 그는 고백했고 하느님은 그를 용서하셨다. 그의 영혼은 다시 한 번 아름답고 성스러워졌으며, 성스럽고 행복했다.

만일 하느님께서 그렇게 바라시는 일이라면 죽는 것도 아름다우리라. 다른 사람들과 평화, 덕망 그리고 인내의 삶을 은총 속에 사는 것은 아름다웠다.

그는 행복에 감히 말도 못 한 채, 부엌 난로 가에 앉아 있었다. 그 순간까지 그는 인생이 얼마나 아름답고 평화로울 수 있을 것인지 알지 못했었다. 램프 주변에 핀으로 꽂힌 푸른 사각 색종이가 연한 그림자를 던지고 있었다. 조리대 위에는 소시지와 하얀 푸딩 그릇이 놓여 있었고 선반위에는 달걀이 얹혀 있었다. 그들은 학교 예배당에서 영성체 뒤에 아침조반으로 있는 것들이었다. 하얀 푸딩과 달걀과 소시지와 몇 잔의 홍차. 결국, 인생이란 얼마나 소박하고 아름다웠던가! 그런데 이 인생이 모두그의 앞에 놓여 있었다.

꿈속에서 그는 잠이 들었다. 꿈속에서 그가 일어나자 아침이 되었음을 보았다. 꿈속에서 깨나듯 그는 조용한 아침을 뚫고 학교를 향해 갔다.

아이들은 자기 자리에 무릎을 꿇으며, 모두 그곳에 참석하고 있었다. 그는 행복하고 수줍은 채, 그들 틈에 무릎을 꿇었다. 제단은 향기로운 하얀 꽃의 무더기로 쌓여 있었다. 그리고 아침 햇볕 속에 하얀 꽃들 사이에 희미한 촛불들이 그 자신의 영혼처럼 맑고 묵묵해 보였다.

그는 반 친구들과 함께 제단 앞에 꿇어앉아, 살아 있는 난간 같은 손너머로 그들과 함께 제단보를 쥐고 있었다. 그의 두 손은 부들부들 떨리고 있었고 그의 영혼은 신부가 성체 그릇을 들고 배령자에서 배령자로지나는 것을 들었을 때 부들부들 떨렸다.

—"꼬르뿌스 도미니 노스뜨리(주님의 몸이라)."

그럴 수가 있을까? 그는 그곳에 죄 없는 몸으로 겁에 질린 채 무릎을 꿇고 있었다. 그리고 그가 혀에 성체를 받으면 하느님은 그의 정화된 몸 속으로 들어오리라.

—"인 비땀 에떼르남(영원한 생명으로)." 아멘.

또 다른 인생! 은총과 덕망과 행복의 인생! 그것은 진실이었다. 그것은 그가 깨나면 사라질 꿈이 아니었다. 과거는 과거였다.

—"꼬르뿌스 도미니 노스뜨리(주님의 몸이라)."

성체가 그의 앞에 와 있었다.

제4장

　일요일은 성 삼위일체(三位一體)의 신비, 월요일은 성령(聖靈), 화요일은 수호천사, 수요일은 성 요셉, 목요일은 제단의 최고 성스러운 성체, 금요일은 수난의 예수, 토요일은 성모 마리아에게 각각 헌납되었다.

　매일 아침 그는 어떤 성스러운 모습이나 신비의 면전에서 자신의 몸을 새롭게 정화했다. 그의 하루는 매 순간의 생각과 행동을 거룩하신 로마 교황의 뜻을 위해 영웅적으로 이바지하고, 이른 새벽 미사로써 시작되었다. 냉랭한 아침 공기가 그의 의지에 찬 신앙심을 날카롭게 해주었다. 그리고 종종 그는 몇몇 신도들 사이에 끼여 측면 ―제단에 무릎을 꿇었을 때, 사이에 종이가 끼워져 있는 기도서를 들고 신부의 속삭이는 듯한 목소리를 따르면서, 잠깐 구약과 신약을 나타내는 두 개의 촛대 사이의 어두컴컴한 곳에 서 있는 사제복을 입은 인물을 쳐다보았고, 그리고 자신이 캐터콤(지하묘지)의 미사에 무릎을 꿇고 있음을 상상했다.

　그의 일상의 생활은 신앙의 범주 내에서 짜였다. 짤따란 송영(頌詠)과 기도를 드림으로써 그는 연옥에 있는 영혼들을 위해 무수한 날과 격리 기간 그리고 무수한 해를 마음속으로 아끼지 않고 저장했다. 그러나 종규(宗規)에 의한 참회의 그토록 엄청난 많은 세월을 쉽사리 성취함에서 자신이 느꼈든 정신적 승리감 역시 그의 열성 어린 기도에 전적으로 보답하지 못했으니, 그 이유인즉 고뇌를 겪고 있는 영혼들을 위해 용서를 청함으로써 얼마만큼의 순간적 형별을 자신이 면제받을 수 있는가를 그는 결코, 알지 못했기 때문이다. 그리고 그것이 영원하지 않는 데 있어서

만 지옥의 것과 다른 연옥의 불의 한복판에서, 자신의 참회가 단지 물 한 방울의 값어치밖에 되지는 않을까를 겁내며, 그는 공덕을 쌓는 일을 증가시킴을 통해 매일매일 자신의 영혼을 몰아갔다.

그의 하루의 각 부분은, 그가 인생에서 스스로 신분으로 간주했던 것에 의하여 구분됨으로써, 스스로 정신적 힘와 중심을 맴돌았다. 그의 생활은 영원에 가까워진 듯 보였다. 모든 생각, 말, 그리고 행위, 의식의 모든 순간은 천국에서 찬란하게 진동하도록 만들어질 수 있었다. 그리고 때때로 이와 같은 즉각적인 반항에 대한 그의 감각은 너무나 생생한 나머지, 그는 기도 시에 자신의 영혼이 마치 커다란 금전 출납기의 키보드를 손가락처럼 누르고 있는 듯 느꼈고, 자신의 구매액(購買額)이 숫자가 아니라 가느다란 한 줄기 향(香)이나, 아니면 연약한 한 송이 꽃처럼 하늘에 이내 솟아나는 것을 보는 듯했다.

묵주(黙珠) 또한, 그가 한결같이 외었으니—왜냐하면, 그는 거리를 걸을 때 욀 수 있도록 언제나 바지 주머니에 넣고 다녔기 때문이라—그토록 막연하고 지상의 것이 아닌 성질의 화관(花冠)으로 변용했기에, 그들은 그에게 이름이 없듯이 향기도 빛깔도 없는 듯 느껴졌다. 자신을 창조하신 성부에 대한 믿음에서, 자신을 구해 주신 성자에게 품는 희망에서, 자신을 성스럽게 해주신 성령에 대한 사랑에서, 신학상의 세 가지 덕망들의 각각에서 자신의 영혼이 강하게 자랄 수 있도록 그는 매일 세 차례 묵주의 단기도(短祈禱)를 올렸다. 그리고 이 세 번의 삼중의 기도를 그는 기쁘고 슬프고 영광스러운 신비의 이름으로 마리아를 통해 성삼위(聖三位)에게 바쳤다.

일주일의 이레 동안을 날마다 그는 성령의 일곱 가지 선물이 하나하나 자신의 영혼 위에 강림하고 과거에 그 영혼을 오염시켰던 일곱 가지 치명적인 죄들을 나날이 그로부터 몰아내 줄 것을 기도했다. 그리고 그는 지혜와 이해 그리고 지식이 각기 품은 성질에서 너무나 뚜렷하여 각자를 다른 것들과 구별하여 기도해야 하는 것이 그에게 이따금 이상스런 듯 느껴졌지만, 이와 같은 선물이 그에게 강림할 것이라고 확신하며, 각기 정해진 날짜에 그를 위해 기도를 올렸다. 하지만 그는 자신의 정신적 발전을 가져올 어떤 미래의 단계에서 이 같은 어려움도 없어질 것이요, 그때 가면 그의 죄 많은 영혼이 성 삼위의 제3위에 의해 그의 미약함에서 벗어나 계몽되리라 믿었다. 그는, 비둘기와 강한 바람을 상징하는, 이 눈에 보이지 않는 패러클리트가 그 속에 거주하는 성스러운 어둠과 침묵 때문에, 이 모든 것을 한층 더, 그리고 몸을 부들부들 떨면서 믿었는지라, 그를 배신하여 죄를 짓는다는 것은 도무지 용서받지 못할 죄요, 그 영원하고 신비스러운 존재를 위하여, 성직자들은 불의 혀와 같은 분홍빛 제의(祭衣)를 몸에 걸친 채, 1년에 한 번씩, 하느님처럼, 미사를 드리는 것이었다.

삼위일체의 삼위의 본질과 인척 관계가 그가 읽었던 신앙서 속에 그를 통해 어렴풋이 떠올랐던 심상(心像)은 —거울 속에서처럼 모든 영원으로부터 당신의 성스러운 완벽성을 살피시며 그로 하여 영원한 성자를 영원히 낳으시는 성부 그리고 모든 영원으로부터 성부와 성자로부터 나타나시는 성령은 —하느님이 모든 영원으로부터, 그가 이 세상에 태어나기 훨씬 이전 오랜 세월 동안, 이 세상 자체가 존재하기 이전 오랜 세월 동안 그의 영혼을 사랑하셨다는 단순한 사실보다 그들의 근엄한 불가해성(不可解性) 때문에 그의 마음으로 더 손쉽게 받아들일 수 있었다.

그는 사랑과 증오의 열정에 대한 이름들이 무대 위에서나 설교단에서 엄숙히 선포되는 것을 들은 적이 있었고, 책 속에도 엄연히 기록되어 있음을 발견했는지라, 그리하여 왜 자신의 영혼이 얼마 동안이나마 그것을 품거나 혹은 자신의 입술로 확고하게 그들의 이름을 말할 수 없는지 이

아해했다. 한 가닥 짧은 분노가 이따금 자신을 침범하기도 했지만, 그는 그것을 결코, 지속적인 열정으로 삼을 수 없었고, 마치 그의 육체 자체가 약간의 겉껍질 혹은 가죽을 쉽사리 벗겨 버릴 수 있듯이 자신의 감정에서 탈피할 수 있음을 언제나 느꼈었다. 그는 어떤 미묘하고 어둡고, 속삭이는 존재가 그의 몸을 파고들며 어떤 짧은 사악한 정욕으로 그를 불 지르는 것을 느꼈다. 그 존재는, 또한, 그의 손아귀에서 슬쩍 빠져나가 그의 마음을 맑고 냉정한 상태로 만들었다. 이것이야말로, 자신의 영혼이 품으려는 유일한 사랑이요, 유일한 증오인 듯싶었다.

그러나 그는 더는 사랑의 실재를 불신할 수 없었는지라, 왜냐하면, 하느님 자신이 그 개인의 영혼을 성스러운 사랑으로 모든 영원으로부터 사랑하셨기 때문이다. 점차로, 그의 영혼이 정신적 지식으로 풍요로워짐에 따라, 그는 전 세계가 하느님의 권력과 사랑의 한 거대한 조화로운 표현을 형성하고 있음을 보았다. 인생은 모든 순간과 모든 감각을 위한, 하느님이 주신 성스러운 선물이며, 비록 그것이 한 그루의 나뭇가지에 매달린 단 하나의 잎의 모양일지라도, 자신의 영혼은 시여자(施與者)를 찬양하고 감사해야 했다. 세상은 영혼의 견고한 본질과 복잡성에도 하느님의 성스러운 권력과 사랑 그리고 보편성의 원리로서 이외에는 그의 영혼을 위하여 더는 존재할 수가 없는 일이었다. 모든 자연에서 하느님의 성스러운 뜻에 대한 이런 의미는 너무나 완전하고 의심할 바 없이 그의 영혼에 부여되어 있으므로 그는 어찌하여 자신이 계속 살아가야 하는 것이 어떻든 필요한지 거의 이해할 수가 없었다. 하지만 그것은 하느님의 성스러운 목적 일부요 그는 그 용도를 감히 의심하지 않았나니, 그는 누구보다도 하느님의 성스러운 뜻을 거슬러 그토록 깊이, 그토록 추잡하게 죄를 지었던 것이다. 유일한 영원 보편의 완벽한 실재에 대한 이 의식에 의해 온순하고 겸허해진 채, 그의 영혼은 다시 재차 신앙, 미사, 기도, 성사(聖事) 그리고 굴욕의 짐을 걸머졌는지라, 그리하여 단지 그러자 최초로 그가 사랑의 위대한 신비를 곰곰이 생각한 이래, 자신의 몸속에 어떤 새로 태어난 생명의 그것과 닮은 아니 영혼 자체의 덕망을 닮은 한 가닥의 따뜻한 움직임을 느꼈던 것이다. 성스러운 예술이 품은 희열, 이내 졸도하려는 자의 것처럼 두 손을 쳐들어 벌리고, 입과 눈을 벌리는 태도는, 그에게 창조주 앞에 수치를 굴욕적인, 맥없는 기도를 드리는 영혼의 상(像)이 되었던 것이다.

그러나 그는 정신적 자만의 위험에 대해 짐짓 경고를 받았고, 자신은 아무리 적고 사소한 신앙심도 거절함을 허락하지 않았으며, 위기로 충만한 성스러움을 달성하기보다는 오히려 죄 많은 과거를 한결같은 굴욕을 통해 극복하려고 노력했다. 그는 자신의 감각 하나하나를 엄격히 훈련했다. 시각의 욕망을 억제하기 위해 그는 눈을 아래로 내리깔고 오른쪽도 왼쪽도 그리고 뒤를 결코, 보지 않고 거리를 걸어가는 것을 철칙으로 삼았다. 그는 눈이 여인의 눈과 마주치는 것을 피했다. 또한, 그는 이따금 의지의 갑작스러운 노력으로, 문장을 한참 읽다 말고 갑자기 눈을 들거나 책을 닫음으로써, 자신의 시력을 억제했다. 청각을 억제하기 위해 그는 막 변성기에 접어들고 있던 자신의 목소리를 전혀 통제하려고 하지 않았으며, 노래도 휘파람도 불지 않았고, 숫돌에 칼을 간다든지, 재를 삽으로 긁어모으는 일 그리고 양탄자를 터는 일 같은, 그로 하여금 신경을 아프게 자극하는 소리로부터 굳이 피하려고 시도하지 않았다. 후각을 억제하는 것은, 그것이 퇴비나 타르의 냄새와 같은 외부 세계의 냄새이건, 또는 자기 몸에서 나온 냄새이건 간에, 자신이 나쁜 냄새에 대해 본능적인 혐오감을 느끼지 않았으므로 한층 더 어려운 일이었으니, 그 냄새들 사이에서 그는 과거에 많은 호기심에 찬 비교와 실험을 해보았던 깃이다. 그는 자신의 후각을 불쾌하게 하는 유일한 냄새가 오래 묵은 오

줌 냄새 같은 어떤 퀴퀴하고 비린내 나는 썩은 것임을 마침내 알아냈다. 그리고 기회만 있으면 언제든지 이러한 불쾌한 냄새에 스스로 몸을 맡겼다. 미각의 욕망을 억제하기 위해 그는 식탁에서 엄격한 습관을 이행했고, 성당의 모든 단식을 엄밀히 관찰했으며, 여러 가지 다른 음식 맛으로부터 마음을 딴 곳으로 돌리기 위해 주의를 산만하게 함으로써 찾았다. 그러나 그가 가장 정성스런 기교로서 고안해 낸 것은 촉각의 금욕에 대한 것이었다. 그는 잠자리에서 의식적으로 자세를 바꾸는 일이 결코, 없었으며, 가장 불편한 자세 그대로 앉아, 온갖 가려움과 아픔을 꾸준히 참았고, 난로로부터 멀리 떨어져, 복음서를 낭독할 때 이외에는 미사 기간에도 내내 무릎을 꿇은 채였고, 공기가 닿으면 쓰리도록 목과 얼굴 부분을 닦지 않은 채 내버려 두었고, 묵주기도를 암송하고 있지 않을 때마다, 달리기 선수처럼 양팔을 옆구리에 꼿꼿이 붙이고 다녔고, 호주머니 속에 손을 또는 뒷짐을 지는 일은 결코, 없었다.

그는 중죄(重罪)에 대한 유혹이 있지 않았다. 그러나 복잡한 경건함과 자제의 과정을 겪은 종말에도 그 자신이 유치하고 창피스러운 온갖 결함에 그토록 쉽사리 제물이 되다니 놀라지 않을 수 없었다. 그의 기도와 단식도 어머니의 재채기 소리를 들을 때, 자신 기도하는 동안에 방해를 받을 때 갖는 화를 억제하기 위해 별반 도움을 주지 못했다. 그로 하여금 이 같은 분노의 분출을 자극하는 충동을 극복하기 위해서는 엄청난 의지의 노력이 필요했다. 그가 이따금 선생님 사이에서 목격하는 터져 나오는 사소한 분노의 상(像)들, 그들의 비트는 입들, 꽉 다문 입술 그리고 상기된 양 뺨들이, 기억에 다시 떠오르자, 자신의 그것과 비교함으로써 겸허한 마음을 가지려고 아무리 애를 써도, 그에게 실망만을 안겨 주었다. 그의 생활을 다른 이들의 생활에서 공동의 흐름 속에 휩쓸리게 하는 일은 어떠한 단식 또는 기도보다도 한층 그에게 어려웠고, 자신이 만족할 정도로 이를 이행하는 데 한결같이 실패하자, 그의 영혼 속에 마침내 회의와 주저함이 함께 자라나 정신적인 메마름의 감각을 일으켰다. 그의 영혼은 한동안 적막 상태를 겪어야 했으며 이러는 동안에 성체 자체도 말라 버린 샘으로 변화한 것처럼 느껴졌다. 그의 고해는 빈틈없는, 회개할 줄 모르는 결함의 도피를 위한 경로가 되었다. 그의 실질적인 영성체 배수(拜受)도 실제로 그가 성사(聖事)에 참배한 뒤에 이따금 느끼던 저 영적 교감에서 얻은 순수한 자기 망각의 황홀한 순간을 그에게 가져다주지 못했다. 이와 같은 성사 참배를 위해 그가 사용했던 책은 성 알폰수스 리구오리가 쓴, 낡고 등한시된 것으로, 이 책의 글자는 거의 퇴색되었고, 책장은 누렇게 변색되어 있었다. 열렬한 사랑과 순결한 응답의 퇴색한 세계가 아가(雅歌)의 영상(影像)이 성체 배수자들의 기도와 서로 얽혀 있는 이 책의 페이지를 읽음으로써, 자신의 영혼을 위해 떠오르는 듯했다. 어떤 들리지 않는 목소리가 영혼을 애무하며, 명성과 영광을 말해 주고, 그리하여 영혼으로 하여금 혼례를 행하기 위한 듯 일어나라고 명령하고, 신부(新婦)여, 아마나에서, 그리고 표범의 산에서 내려다보라고 명령하는 것 같았다. 그리고 영혼은 자신을 내맡기며, 똑같은 들리지 않는 목소리로 대답하는 듯했다. "뗴르 우베라 메아 꼼모라비뚜르(그는 나의 가슴 사이에 누워 있을지라)."

몸을 내맡기는 이러한 생각은 그의 기도와 명상 동안 다시 자신에게 중얼거리기 시작한 육체의 한결같은 목소리에 의하여 자신의 영혼이 다시 한 번 압도당하는 것을 이제 느꼈는지라, 그의 마음속에 한 가지 위험한 매력을 심어 주었다. 그가 단 한 번 응답의 행위로서, 단 한 순간의 생각으로서, 지금까지 그가 이루어 놓은 모든 것을 무너뜨릴 수 있다는 것을 알게 되자, 그는 강렬한 힘의 감각을 느끼게 되었다. 그는 마치 조수(潮水)가 자신의 맨발을 향해 처천히 다가와 최초의 맥없고 겁먹은 듯 소리 없는 잔물결로 그의 열렬한 피부를 어루만져 주기를 기다리고 있는 듯 느껴졌다. 그러자, 그 물결이 거의 와 닿는 순간, 죄를 거의 동의하려는 찰나에, 그는 의지의 갑작스러운 행동 혹은 갑작스러운 송영(頌詠)에 의해 구제된 채, 그 흐름부터 멀리 떨어져 어떤 메마른 해안에 서 있는 자신을 발견했다. 그리하여, 저 멀리 떨어진 한 줄기 은빛 흐름을 보면서 그리고 다시 그것이 그의 발을 향해 천천히 다가오기 시작하면서, 힘과 만족의 한 가닥 새로운 전율이 그가 아직도 죄에 굴복하지 않았을 뿐만 아니라 만사를 무너뜨리지도 않았음을 알자 그의 영혼을 뒤흔들었다.

그가 이런 식으로 몇 번이고 유혹의 물결을 물리쳤을 때, 자신이 잊기를 거절했던 하느님의 은총이 자신에게서 조금씩 박탈되고 있는 게 아닌가, 마음이 불안해지고 의심스러워졌다. 자기 자신의 면죄(免罪)의 분명한 확신도 희미해져 갔고, 자신의 영혼이 정말로 자기 몰래 타락해 버린 게 아닐까 하는 한 가닥 막연한 공포가 그에 잇달아 일어났다. 모든 유혹에 대해 하느님께 기도했으며, 그가 기도함으로써 얻은 은총은 하느님께서 기꺼이 그에게 하사하신 것인 이상, 틀림없이 그에게 주어진 것임을 혼자 다짐함으로써, 자신이 은총의 상태에 있다는 그의 옛 의식을 되살리는 것은 어려운 일이었다. 유혹의 빈도와 과격함 자체가 자신이 성인(聖人)들의 시련에 관해서 들었던 바대로 사실임을 마침내 그에게 보여 주었다. 빈번하고도 과격한 유혹은 영혼의 성곽(城郭)이 아직 허물어지지 않았고, 악마가 그것을 허물어뜨리려고 발광하고 있다는 증거였다.

이따금 그가 자신의 회의와 주저 —기도 시에 갖는 어떤 산만한 주의력, 자신의 영혼 속에 움직이는 사소한 분노, 또는 말씨나 행동에서 교활한 방자함을 고백했을 때, 그는 청죄사(고해 신부)에 의해 그의 사면(赦免)이 자신에게 주어지기 전에 그의 과거 생활의 어떤 죄를 이야기하도록 요구받았다. 그는 굴욕과 수치를 느끼며 그 죄를 부르고 다시 한 번 그 죄를 회개했다. 그가 아무리 성스럽게 살고 혹은 어떤 미덕이나 완벽함이 있다 하더라고, 그 죄에서 그가 결코, 완전히 해방될 수 없다는 걸 생각하면 굴욕과 수치를 느끼지 않을 수 없었다. 불안한 죄책감은 언제나 그와 함께 있으리라. 그는 고해하고 회개하고 사죄받고, 다시 고백하고 회개하고 다시 사죄받을지니, 허사일지라. 아마 그가 지옥의 두려움으로 자신에게서 짜낸 그 최초의 성급한 고해는 소용없는 것이 아니었을까? 아마, 자신의 임박한 심판의 운명에만 관심을 쏟은 채, 죄에 대한 진정한 슬픔을 그가 느끼지 않았던 것이 아닐까? 그러나 그의 고해가 참된 것이었고, 자신의 죄에 대해 진정으로 슬픔을 느꼈다는 가장 확실한 증거는, 그가 알기에, 그의 생활의 개선이었다.

—나는 내 생활을 개선했다, 그렇지 않은가?

그는 자기 자신에게 물어보았다.

* * *

교장 선생님은 해를 등지고 창틀에 서서 한쪽 팔꿈치를 갈색 차양에 기대고 있었다. 그가 다른 쪽 차양 끈을 천천히 흔들거나 고리 모양을 만들면서, 말을 하고 미소 짓는 동안, 스티븐은 그 앞에 서서, 지붕 위로 서서히 사라져 가는 긴 여름 햇살 또는 천천히 교묘하게 움직이는 신부의 손가락의 동작을 눈으로 좇고 있었다. 신부의 얼굴은 완전히 그늘 속에 잠겨 있으나, 그의 뒤에서 저물어 가는 햇살이 움푹 팬 그의 관자놀이와 두개골의 곡선을 비추었다. 스티븐은 신부가 막 끝낸 방학이나, 외국 수도회의 학교들, 선생님들의 전근과 같은 무관한 화제들에 대해서 정중하고도 공손하게 이야기하는 동안, 그의 목소리의 말투와 억양을 자신이 귀로 또한, 좇고 있었다 정중하고 공손한 목소리가 술술 이야기를 계속하고 있었고, 말이 끊어질 때마다 스티븐은 존경스런 질문을 해서 이야기를 다시 계속하도록 해야겠다고 느꼈다. 그는 이야기가 서곡에 불과함을 알고 마음속으로는 그 속편을 기다리고 있었다. 교장 선생님으로부터 그를 호출했다는 전갈을 받은 이래 그의 마음은 전갈의 의미를 알아내려고 무진 애를 썼다. 그리하여, 그가 학교 응접실에 앉아 교장 선생님이 들어오기를 기다리는 길고도 불안한 시간 동안, 그의 눈은 사방 벽에 걸린 한 칙칙한 초상화에서 다른 것으로 둘러보았고, 마침내 그 부름의 진의가 거의 명백해질 때까지 그의 마음은 이런 추측 저런 추측으로 배회했다. 그러자, 그가 어떤 예기치 않은 이유 때문에 교장 선생님이 오는 걸 막았으면 하고 바라고 있었을 때, 그는 문의 손잡이가 돌자 사제복의 스치는 소리를 들었다.

교장 선생님은 도미니크 수도회와 프란체스코 수도회에 관한 이야기며 성 토마스와 성 보나벤튜어의 우정에 관한 이야기를 하기 시작했다. 캐퓨친 수도회의 제복은, 그가 생각하기에, 오히려 지나치게……

스티븐의 얼굴은 교장 선생님의 너그러운 미소에 응수했으며, 의견을 애써 말할 생각이 없어지자, 입술로서 약간 회의적인 움직임을 만들었다.

—내가 믿기에는,

교장 선생님은 말을 계속했다.

—캐퓨친 교도들 사이에 그것을 폐지하고 다른 프란체스코 회원의 본보기를 따르자는 어떤 이야기가 있지.

—제 생각으로는, 그들은 수도원 안에 그걸 유지할 것 같아요.

스티븐이 말했다.

—오 물론이지.

교장 선생님이 말했다.

―수도원으로서는 전혀 상관없지만, 거리로서는 그런 옷이 사라져 버리는 게 더 나을 것 같아, 그렇잖아?

―틀림없이 거추장스러울 것 같아요.

―물론 그렇지. 글쎄, 바로 상상해 보게, 내가 벨기에에 있었을 때, 온갖 종류 날씨에 그들이 옷을 무릎까지 마구 걷어 올리고 자전거를 타고 돌아다니는 것을 본 적이 있지! 정말 우스꽝스러운 일이었어. '레 쥐프'라 사람들은 벨기에에서 그걸 부르지.

그 말의 모음이 지나치게 변형되었는지라 분명치가 않을 정도였다.

―뭐라 그들은 부르지요?

―'레 쥐프.'

―오!

스티븐은 그가 신부의 그늘진 얼굴에 볼 수 없는 미소에 답하여 다시 웃었고, 그의 나지막하고 신중한 말투가 귓전에 떨어졌을 때, 그 미소의 영상(影像) 또는 환영이 단지 그의 마음을 가로질러 재빨리 스쳐 지나갔다. 그는 저녁의 서늘한 냉기를 그리고 그의 뺨에 불붙는 작은 불꽃을 감추는 희미한 황색 노을을 반기며, 눈앞의 이울어져 가는 하늘을 조용히 응시했다.

여인이 입는 의류품이나 그들의 제조에 사용되는 부드럽고 고운 옷감의 이름들은 언제나 그의 마음에 묘하고도 죄스런 향기를 가져다주었다. 소년 시절 그는 말을 모는 고삐가 가느다란 비단 끈일 거라고 상상했는가 하면, 스트래드브룩에서 마구(馬具)의 끈적끈적한 가죽끈을 만져 보고 충격을 받았다. 그가 떨리는 손가락 아래 여자의 스타킹의 껄끄러운 면직물을 처음 만져 보았을 때에도, 또한, 큰 충격을 받는지라, 왜냐하면, 그가 읽은 온갖 책을 가운데에서 자신의 마음의 상태에 대한 메아리 또는 예언인 듯싶은 것 말고는 아무것도 남아있지 않았기 때문이요, 그걸은 부드러운 생명과 더불어 움직이는 한 여인의 영혼이나 육체를 그가 감히 느꼈던 것은 상냥한 말씨의 어구 사이 혹은 장미처럼 부드러운 물건들 안에서 만이었기 때문이다.

그러나 신부의 입술 위의 그 말은 솔직하지 못한 데가 있었으니, 왜냐하면, 신부가 그 문제에 대해 가볍게 이야기해서는 안 된다는 걸 그는 알고 있었기 때문이다. 신부는 일부러 그런 말을 가볍게 해버렸는지라, 그는 상대의 얼굴이 두 눈으로 그림자 속에 가려 살펴지고 있음을 느꼈다. 예수회의 신부들이 지닌 교활함에 대해 듣거나 읽은 것은 무엇이든지 간에 그 자신 경험의 산물이 아니므로 그는 솔직히 그들을 등한시해 버렸다. 선생님들은, 설령 그에게 전혀 매력을 주지 않았을 때라 할지라도, 언제나 지적이고 사려 깊은 성직자들이며, 운동가답고 원기 왕성한 학사들처럼 그에게 보였다. 그는 그들이 언제나 차가운 물로 잽싸게 몸을 씻고, 깨끗하고 차가운 리넨 속옷을 갈아입는 사람들로서 생각했다. 클론고우즈에서 그리고 벨비디어에서 그들 사이에서 생활하던 모든 시절 동안, 그는 단지 두 번 매를 맞은 적이 있었고, 비록 그것이 부당하게 다루어진 것이긴 했어도, 그가 이따금 벌을 모면한 적도 있음을 알고 있었다. 그처럼 여러 해 동안에 그는 선생님들 가운데 누구한테서도 한마디 경박한 말을 결코, 들은 적이 없었다. 그에게 가톨릭 교리를 가르쳐 주었고 그로 하여금 착한 생활을 하도록 촉구한 것도 그들이요, 그리하여 그가 극악한 죄에 빠졌을 때, 다시 은총으로 되돌아오도록 이끌어 준 것도 그들이었다. 그가 클론고우즈의 망나니였던 시절에도 그들의 존재는 언제나 그를 주춤하게 했으며 벨비디어에서 그 자신이 모호한 처지에 있었을 때에도 그것이 그로 하여금 스스로 부끄러움을 느끼게 했던 것이다. 이 같은 감정은 학창 시절의 마지막 해까지도 한결같이 그에게 남아 있었다. 그는 단 한 번도 불복(不服)한 적이 없었으며 난폭한 친구들로 하여금 조용한 복종의 습관으로 그를 유혹하도록 하지 않았다. 그리고 그가 선생님의 어떤 말에 의문을 품었을 때에도, 그는 결코, 공공연히 의문을 상상해 본 적이 없었다. 최근에 선생님들의 몇몇 판단이 그의 귀에 다소 유치하게 들렸는지라, 마치 그가 어떤 익숙한 세계로부터 서서히 빠져나가, 그와 같은 말을 마지막으로 듣고 있는 듯, 일종의 유감과 연민을 느끼게 했다. 어느 날 예배당 근처의 창고 아래에서 몇몇 소년들이 어떤 신부를 둘러싸고 모여 있었을 때, 그는 신부가 이렇게 말하는 것을 들었다.

—내가 믿기에 맥컬레이 경은 아마도 그의 생에서 결코, 단 한 번도 대죄를 지은 적이 없으신 분이야. 말하자면, 고의적인 대죄를 말이야.

그러자 몇몇 소년들은 신부에게 빅또 위고가 프랑스의 가장 위대한 작가가 아니냐고 물었다. 신부는 빅또 위고가 성당을 배반했을 때 자신이 가톨릭교도였을 때보다 절반도 글을 잘 쓰지 못했다고 대답했다.

—그러나 많은 탁월한 프랑스 비평가가 있는바, 신부가 말했다, 그들은 비록 빅또 위고가, 확실히 위대한 작가이긴 했지만, 루이 베이오 만큼 그토록 순수한 프랑스 문체를 갖지 못했다고 생각한단 말이야.

신부의 암시가 스티븐의 뺨에 활활 타오르게 했던 작은 불꽃이 다시 가라앉자, 그의 눈은 여전히 색깔 없는 하늘에 조용히 고정되어 있었다. 그러나 어떤 불안한 의혹이 그의 마음속을 이리저리 떠돌았다. 가면을 쓴 기억들이 그이 앞을 재빨리 스쳐 지나갔다. 그는 그 장면들과 인물들을 식별할 수 있었으나 그런데도 그들에게서 어떤 생생한 상황을 알아채는 데는 실패했음을 의식했다. 그는 클론고우즈에서 스포츠 경기를 보면서 운동장 주변을 걸어가거나, 크리켓 모자에서 과자를 꺼내 먹는 자기 모습을 그려보았다. 몇몇 예수회 회원들이 귀부인의 무리 속에 자전거—트랙 주위를 걷고 있었다. 클론고우즈에서 사용했던 어떤 말씨의 메아리가 그의 마음의 먼 동굴 속에서 울렸다.

그의 귀를 통하여 그가 응접실의 정적 속에서 이와 같은 먼 메아리를 듣고 있었을 때, 그는 신부가 다른 목소리로 그에게 말을 걸고 있음을 의식했다.

—내가 오늘 자네를 부른 것은, 스티븐, 아주 중요한 문제에 대해 말하고 싶었기 때문이야.

—예, 선생님.

—자네는 하늘의 소명(召命)을 받았다고 여태 생각한 적이 있는가?

스티븐은 네 하고 대답하려고 두 입술을 벌렸으나 이내 그 말을 갑자기 취소해 버렸다. 신부는 대답을 기다리다가 덧붙여 말했다.

—내가 뜻하는 바는, 자네 자신 속에, 자네의 영혼 속에, 종단에 가입하고 싶은 욕망을 여태 느껴 본 적이 있는가 하는 거야. 생각해 보게.

—가끔 그걸 생각해본 적이 있습니다, 스티븐이 말했다.

신부는 잡고 있던 창 가리개 끈을 한쪽으로 떨어뜨리고, 두 손을 맞잡은 채, 그 위에 턱을 정중하게 고이고, 혼자 말했다.

—이와 같은 학교에서는, 신부가 마침내 말했다, 한 명 또는 아마 두서너 명의 학생들을 하느님이 종교 생활로 부르지. 이런 학생은 그의 신앙심에서나, 그가 다른 학생들에게 보여 주는 훌륭한 모범에서나 동료와는 눈에 띄게 다르지. 그는 동료 학생들에게 존경을 받고, 또 동료 신심회(信心會) 회원들에 의해 필경 회장으로 선출되기도 하지. 그런데 스티븐, 자네는 성모의 신심회의 회장으로서, 이 학교에서 그에 합당한 인물이야. 아마 자네는 이 학교에서 하느님이 당신 자신께 부르시려는 학생인 것 같아.

신부의 목소리의 비중을 더해 주는 한 가닥 강한 자존심의 어조가 스티븐의 심장을 한층 그 반응 속에 빨라지게 했다.

—그와 같은 부름을 받는다는 것은, 스티븐, 신부가 말했다. 전능하신

하느님께서 인간에게 베풀 수 있는 가장 위대한 명예지. 이 지구에서 어떤 임금이나 황제도 하느님을 섬기는 성직자의 힘을 갖지 못하네. 하늘나라의 천사, 또는 대천사도, 어떤 성현이나 심지어 성모 마리아 자신까지도 하느님의 성직자가 누리는 권세를 갖지 못해요. 그것은 열쇠의 권능, 죄를 얽어매고 죄에서 해방하는 힘, 마귀를 내쫓는 힘, 하느님의 창조물로부터 그들 위에 힘을 행사하는 악령을 쫓아내는 힘, 하늘나라의 위대하신 하느님께서 제단에 내려오시어 빵과 포도주의 형태를 취하게 하는 힘과 권능이지. 이 얼마나 엄청난 힘인가, 스티븐!

　한 가닥 불꽃이, 스티븐의 자부심에 넘치는 이 말 속에서 자기 자신의 자랑스러운 생각의 메아리를 듣자, 그의 뺨 위에 다시 타오르기 시작했다. 스티븐은 성직자가 됨으로써 천사들과 성자들까지도 공경해 마지않는 그 엄청난 힘을 고요히 그리고 겸허하게 휘두르는 자신을 얼마나 자주 마음속에 그려보았던가! 그의 영혼은 비밀리에 이와 같은 욕망을 곰곰이 생각해 보기를 즐겼다. 그는 젊고 묵묵한 품위를 띤 신부로서 자기 자신이, 급히 고해소에 들어가며, 제단의 계단을 올라가며, 향을 피우며, 무릎을 꿇거나, 성직자의 여러 가지 막연한 행위를 수행하는 모습을 마음속으로 그려보았으며, 그와 같은 성직은 현실과 유사하면서도 그 현실과 거리가 멀다는 이유로 그를 기쁘게 해주었다. 자신의 명상 속에 헤쳐 나갔던 저 침울한 성직자의 생활 속에서 그는, 갖가지 신부들과 함께 그가 목격해 왔던 목소리며 몸짓들을 흉내 내곤 했었다. 그는 이런 신부처럼 자신의 무릎을 한쪽으로 굽혀 본다든지, 이런 신부처럼 향로를 살며시 흔들어 본다든지, 그 어떤 신부처럼 그가 신자들에게 축복을 내린 뒤 제단으로 되돌아올 때처럼 제의(祭衣)를 흔들어 활짝 열어 보기도 했다. 그리고 무엇보다도 그의 상상했던 이 어렴풋한 장면들에서 자신이 제2의 시위를 사시한다는 것이 그를 몹시도 기쁘게 해주었다. 그는 사제의 위엄을 피했으니, 그 이유는, 온갖 허망한 의식(儀式)이 자기 자신의 몸에서 끝나거나 의식이 그토록 분명하고도 최후의 소임을 그에게 부가한다고 상상하자, 그를 싫증 나게 했기 때문이었다. 그는 오히려 소(小) 성무(聖務)를 동경했나니, 대(大) 미사에서 보좌 신부의 제의를 입고, 제단에서 멀리 떨어져 서서, 신도로부터 잊힌 채, 어깨의 베일을 걸치고, 그 접힌 주름 사이에 성체를 담은 접시를 감싸거나, 아니면, 성찬식이 성취되었을 때, 부제서(副祭司)로서 황금사(黃金絲)의 제의를 입고 사제의 아래쪽 계단에 서서, 양손을 모아 얼굴을 회중을 향하게 하고, "이떼 미사 에스뜨(가시라, 미사가 끝난지라)"를 영창(詠唱)하는 일이었다. 만일 그가 여태 사제로서의 자기 모습을 그려보았다면, 그것은 어린아이의 미사 책에 나오는 미사의 그림에서처럼, 희생의 천사를 제외하고는, 신자도 없는 성당 안에, 텅 빈 제단에서, 자신과 거의 다름없는 소년의 모습을 한 시제(侍祭)에 의해 시중을 받는 것이었다. 막연한 성찬이나 성찬 의식에서 홀로 그의 의지는 앞으로 나아가 현실과 부딪치도록 끌리는 듯 느껴졌다. 그리하여 그가 자신의 분노나 자만을 감추기 위하여 침묵을 가질 것인가 아니면 자신이 주고 싶은 포옹을 단지 참고 견딜 것인가 하는 비활동적 상태를 그에게 언제나 강요하다니 그것은 부분적으로 어떤 지정된 의식(儀式)의 부재(不在) 때문이었다.

그는 이제 경외심의 침묵 속에서, 신부의 호소에 귀를 기울였고, 그 말을 통해서 그는 자신에게 비밀의 지식과 비밀의 힘을 제공하면서, 자신을 가까이 오도록 명령하는 소리를 심지어 더욱 명확하게 들었다. 그러면 그는 마술사 시몬의 죄가 무엇이며, 용서가 있을 수 없는 성령에 대한 죄가 무엇인가를 알게 되리라. 그는 진노(震怒)의 자녀로 잉태되어 태어난, 남들에게서 감추어진, 알 수 없는 일들을 알게 될 것이다. 그는 또한, 어두운 성당의 수치 아래 고해소에서 여인과 소녀들의 입술에 의해 자신의 귀에 그들이 소곤거리는 소리를 들으며, 타인의 죄들, 죄스런 동경과 죄스런 생각 그리고 죄스런 행동을 모두 알게 되리라. 그러나 서품식(敍品式)에서 안수례(按手禮)에 의해 신비스럽게도 면죄된 채, 그의 영혼은 다시는 죄에 감염되지 않고 제단의 백색의 평화로 나아가리라. 어떠한 죄의 감촉도 성체를 받들고 자르게 될 그의 손위에 서성거리지 않을 것이요, 어떠한 죄의 감촉도 주님의 육신을 분간하지 못하고 스스로 저주를 먹고 마시도록 하는 기도로써 자신의 입술에 서성거리지 못하리라. 그는 무구자(無垢者) 같이 죄 없는 자가 됨으로써, 비밀의 지식과 비밀의 권능을 누릴 것이며, 그리하여 그는 멜기세덱의 직분에 따라 영원토록 사제가 되리라.

—나는 내일 아침 미사를 드리겠네, 교장 선생님이 말했다, 전능하신 하느님께서 당신의 성스러운 뜻을 자네에게 내리시도록 말이야. 그러니 스티븐, 하느님과 함께 가장 유력하신, 최초의 순교자인, 자네의 수호 성자에게, 하느님이 자네의 마음을 교화(敎化)할 수 있도록, 9일 기도를 드리도록 하게. 그러나 스티븐, 자네는 스스로 소명을 받았다는 사실을 정말 확신해야 하는지라, 왜냐하면, 나중에 자네가 그렇지 않았다는 걸 알게 되면 큰일이니까 말이야. 일단 신부가 되면 항상 신부임을 기억하게. 자네의 교리 문답서가 일러주듯, 성직서품식(聖職敍品式)은 지울 수 없는 정신적 표적을 영혼에 각인(刻印)하기 때문에, 오직 한 번만 받을 수 있는 것 중의 하나야. 그것을 미리 잘 생각해야 해, 나중에는 안 되지. 그것은 엄숙한 문제야, 스티븐, 왜냐하면, 거기 자네의 영원한 영혼의 구제가 달려 있으니까 말이야. 그러나 우리 함께 하느님께 기도드리세.

그는 묵직한 홀 문을 열어젖히고, 마치 벌써 한 영적 삶의 동료에게 하듯 그의 손을 내밀었다. 스티븐은 계단 위의 넓은 플랫폼으로 빠져나오며, 은회빛 저녁 공기의 애무를 의식했다. 핀들레이터 성당 쪽으로 사중주(四重奏)의 청년이 서로 팔짱을 끼고 그들 지휘자의 손풍금의 경쾌한 곡조에 맞추어 고개를 흔들거나, 스텝을 밟으면서 걸어가고 있었다. 음악은, 마치 갑작스러운 음악의 첫 소절들이 언제나 그러하듯, 그의 심적 환상의 무늬 위를 한순간에 지나갔는지라, 갑작스러운 파도가 아이들이 쌓아놓은 모래성을 허물듯 고통도 없이 그리고 소리도 없이 그를 녹여버렸다. 그와 같은 사소한 곡조에 미소를 띠며, 그는 신부(교장)의 얼굴에 눈을 들고, 이울어져 가는 낮의 생기 없는 반영(反影)을 그 속에 보면서, 희미하게 동료 의식을 아련히 받아들였던 그의 손을 천천히 뗐다.

그가 계단을 내려갔을 때 그의 어지러운 자기 묵상을 지워 버린 인상이 있었으니, 그것은 학교 문간에서부터 저무는 낙조(落照)를 반사하고 있던 생기 없는 교장 선생님의 얼굴이었다. 그때, 이 학교생활의 그림자가 그의 의식을 신중하게 스쳐 지나갔다. 그를 기다리고 있는 것은 엄숙하고 질서 정연하며 정열이 없는 생활이요, 물질적인 관심이 없는 생활이었다. 그는 수련기의 첫날밤을 어떻게 보낼 것인가, 그리고 기숙사에서 첫날 아침을 어떤 어리둥절한 생각으로 깨나게 될 것인가가 궁금했다. 클론고우즈의 기다란 복도에서 풍기던 어지러운 냄새가 다시 그에게 되돌아오고, 타고 있는 가스 불꽃의 신중한 속삭임을 듣는 듯했다. 이내 전신의 각 부분으로부터 불안이 일기 시작했다. 잇달아 맥박의 열띤 재촉이 뒤따랐으며, 무의미한 말의 소음이 그의 이성적인 생각들을 이리저리 혼란으로 몰아갔다. 그의 허파는 마치 그가 후텁지근하고 해로운 공기를 들이마시고 있는 듯 부풀었다가 움츠렸고, 그는 클론고우즈의 욕탕 속 텁텁한 이탄 빛을 한 물 위에 어려 있던 후텁지근한 공기 냄새를 다시 맡는 듯했다.

어떤 본능이, 이런 기억에서 깨어나며, 그런 생활에 접근하려는 순간마다 교육 또는 신앙보다 한층 강하게 자신 속에 활기를 띠었으니, 미묘하고 적개심에 찬 본능이요, 그리하여 묵인에 반대하여 그는 무장했다. 그런 생활의 싸늘함과 질서가 그에게 혐오감을 주었다. 그는 아침의 냉기 속에 잠자리에서 일어나 다른 아이들과 더불어 새벽 미사에 줄지어 내려가, 뱃속의 가냘픈 허기를 참으며, 헛되이 기도하려고 애쓰는 자신의 모습을 그려보았다. 그는 학교라는 공동 사회와 함께 저녁 식탁에 앉아 있는 자신의 모습을 보았다. 그러면, 낯선 지붕 아래에서 그를 먹고 마시는 걸 싫어하게 만든 저 뿌리 깊은 자신의 수줍음은 어떻게 되어 버렸던가? 모든 집단에서 자기 자신을 동떨어진 존재로 언제나 스스로 인식하게 했던 그의 정신적 자존심은 어떻게 되어 버렸던가?

스티븐 데덜러스 신부, 예수회.

저 새로운 생활에서 그의 이름은 눈앞에 문자가 되어 뛰쳐나왔고, 그에 잇달아 어떤 무정형(無定型)의 얼굴 또는 얼굴의 빛에 대한 정신적 감정이 나타났다. 그 빛깔은 이울어졌고 파리한 붉은 벽돌의 변하는 광채처럼 강해졌다. 그것은 겨울 아침이면 신부들의 면도한 턱밑 살에서 그가 너무나 자주 보았던 얼얼한 붉은 광채였던가? 그 얼굴은 눈이 없고 씁쓸한 맛을 한, 경건한 것이었으니, 분노를 억제하듯 붉게 물들어 있었다. 그것은 몇몇 학생들이 '초롱 턱'이라 부르고, 다른 아이들이 '여우 같은 캠벨'이라 부르던 예수회의 신부들 가운데 한 분의 얼굴에 대한 심적 환영이 아니었던가?

그는 그 순간 가디너가(街)의 예수회의 집 앞을 지나가며, 만일 그가 성단에 입문한다면 어느 창문이 그의 것이 될 것인가 하고 막연히 생각해 보았다. 그러자 그는 자신 경이(驚異)의 막연함에 대해, 그가 지금까지 성역(聖域)으로 상상해 왔던 자기 자신의 영혼의 거리감에 대해, 한때 정해진, 돌이킬 수 없는 자신의 행동이 현세에서 그리고 내세에서 영원토록 그의 자유를 끝내두록 위협할 때, 그토록 여러 해 동안의 질서와 복종이 그를 장악했던 허망한 위력에 대해 놀랐다. 성당의 자랑스러운 권리 그리고 성직의 신비와 권능을 그에게 역설하던 교장 선생님의 목소리가 그의 기억 속에서 나른하게 되풀이되었다. 그의 영혼은 거기 그 목소리를 듣거나 맞이하려 하지 않았고, 그가 여태 귀담아들어 왔던 권유의 말은 한갓 부질없는 형식적 이야기로 이미 몰락하고 말았음을 그는 이제 알았다. 그는 신부로서 감실 앞에 향로를 결코, 흔들지 않으리라. 그의 운명은 사회적 혹은 종교적 질서를 피하는 데 있었다. 신부의 지혜로운 호소도 그에게 골수까지 감동을 주지 못했다. 그는 남과 동떨어져 자기 자신의 지혜를 배우거나 아니면 세상의 함정 사이를 배회하며 스스로 남의 지혜를 배워야 할 운명이었다.

세상의 함정은 죄의 길이었다. 그는 추락하리라. 그는 지금까지 추락하지 않았지만, 순간적으로, 말없이 추락하리라. 함정에 추락하지 않기란 너무나 어렵고, 너무나 어려운 일이다. 그리고 그는 자신의 영혼의 말없는 타락이, 장차 어떤 순간에 닥쳐올 것인 마냥, 추락하며, 추락하면서, 아직 추락하지 않았으나, 여전히 추락하지 않은 채, 그러나 추락하려 하고 있음을 느꼈다.

그는 다리를 건너 톨카 강까지 가자, 성모 마리아의 퇴색한 청색 사당(祠堂) 쪽으로 잠시 차갑게 시선을 돌렸으니, 그것은 초라한 오막살이들의 햄 모양으로 야영(野營)을 이룬 한가운데 기둥 위에 새처럼 서 있었다. 이어 왼쪽으로 굽으면서, 그는 자신의 집으로 나아가는 골목길을 따랐다. 썩은 양배추의 몽롱하고 시큼한 냄새가 솟는 땅의 채소밭으로부터 강 위로 풍겨왔다. 그는 그것이 이러한 무질서, 아버지의 집의 난장판과 혼란 그리고 식물 생활의 침체라고 생각하고 미소를 지었으니, 그것은 자신의 영혼 속에 그날을 이기고 말리라. 그리고 사람들이 그를 모자 쓴 남자로 별명을 붙인 그의 집 뒤의 채소밭에서 일하는 저 고독한 농부를 그가 생각하자 짧은 웃음이 입술에서 터져 나왔다. 첫 웃음에서 잠시 뒤에 두 번째 웃음이, 자신도 모르게 터졌는지라, 모자 쓴 남자가 일하는 모습을, 하늘의 네 방향을 번갈아 살피며, 이어 아쉽다는 듯이 삽을 땅에 꽂는 모습을, 그가 생각했기 때문이었다.

그는 빗장 없는 현관문을 밀쳐 열고 텅 빈 홀을 지나 부엌으로 들어갔다. 남동생과 누이동생들의 무리가 식탁 주위에 앉아 있었다. 차는 거의 바닥이 나고 단지 재탕한 차의 마지막 찌꺼기가 찻잔 대신 사용하는 작은 유리병과 잼 병 밑바닥에 남아 있었다. 설탕 바른 빵 덩어리와 버려진 빵 껍질들이 그 위에 부어진 홍차 때문에 갈색으로 변한 채, 식탁 위에 흩어져 있었다. 홍차의 작은 우물들이 널빤지에 여기저기 놓여 있었고, 부러진 상아 손잡이가 달린 칼이 마구 퍼먹다 남긴 파이 속에 깊숙이 꽂혀 있었다.

저무는 해의 슬프고 조용한 회청색 광채가 창문과 열린 문을 통해 들어와 스티븐의 가슴속에 맺힌 가책(呵責)의 갑작스러운 본능을 조용히 진정시켜 주었다. 동생들에게 거부되었던 모든 것이 장남인 그에게는 모두 자유로이 부여되었다. 그러나 조용한 저녁의 노을은 동생들의 얼굴에 어떤 원한의 빛도 그에게 보여주지 않았다.

그는 동생들 가까이 식탁에 앉아서 아버지와 어머니가 어디 가셨느냐고 물었다. 한 놈이 대답했다.

—지이입 보어어러러 가아았어어.

여전히 또 다른 이사를! 벨비디어 학교의 폴런이란 한 소년이 실없이 소리 내어 웃으면서 왜 너희는 그토록 자주 이사를 하느냐고 가끔 그에게 물었다. 그가 그렇게 묻는 이의 바보 같은 웃음소리를 다시 듣는 듯하자 한 가닥 냉소적인 찌푸림이 재빨리 그의 이마를 어둡게 했다.

그는 물었다.

—여쭤봐도 괜찮다면 왜 우린 다시 이사해야 하나? 같은 누이가 대답했다.

—왜냐하면 지이입 주우우이인이이 우릴 내애애쫓으니니까.

막내 남동생의 목소리가 벽난로 저쪽 끝에서 「고요한 밤에 가끔」의 노래를 부르기 시작했다. 하나하나 다른 동생들도 가락을 따라 부르자 마침내 합창의 목소리가 노래하고 있었다. 그들은, 몇 시간이고, 곡에서 곡으로, 환희에서 환희로, 마지막 창백한 햇볕이 지평선 위로 사라질 때까지, 최초의 어두운 밤 구름이 다가오고 밤이 깊어갈 때까지, 노래하리라.

그는, 동생들과 함께 곡을 따라 부르기 전에, 귀를 기울이면서, 얼마 동안 기다렸다. 그는 동생들의 가냘프고 신선하고 천진한 목소리 뒤에 피로의 음조를 쓰린 가슴으로 귀담아듣고 있었다. 그들은 인생의 여로를 미처 출발하기도 전에 이미 여로에 지쳐 있는 듯 보였다.

그는 부엌의 합창소리가 메아리치며, 끝없는 세대의 아이들이 합창하는 끝없는 반향(反響) 속으로, 증가해감을 들었으며, 그러한 모든 메아리 속에서 피곤함과 고통의 거듭되는 음조의 메아리를 또한, 들었다. 모두 인생에 들어가기도 전에 그에 지친 듯했다. 그리고 그는 뉴먼이 역시 베르길리우스의 단편 시행(詩行)들 속에서 이런 음조를 예전에 들었음을 기억했는지라, "그리하여 자연 자체의 목소리마냥, 모든 시대에서 아이들의 경험이 되어 온 저 고통과 피곤함 하지만 더 훌륭한 것에 대한 희망을 언급하도다."

* * *

그는 더 오래 기다릴 수 없었다.

바이런 주점의 문간에서부터 클론타프 예배당의 문까지, 클론타프 예배당 문에서 바이런 주점 문간까지 그리고 거기서 다시 되돌아 예배당까지 그리고 거기서 다시 되돌아 주점까지 그는 처음에는 천천히 보도의 석판 무늬 사이의 공간을 하나하나 면밀하게 발걸음을 옮겨 놓으며, 잇달아 시구의 박자에 걸음을 재며 걸어갔다. 아버지가 가정교사인, 댄 크로즈비와 함께 자신을 위해 대학에 관해 뭔가를 알아보기 위해 안으로 들어간 지 꼬박 한 시간이 지났다. 꼬박 한 시간 동안 그는 아래위로 거닐면서, 기다렸다. 그러나 그는 더 오래 기다릴 수가 없었다.

그는 불쑥 불을 향해 출발했는데, 아버지의 날카로운 휘파람소리가 그를 도로 부르지 않도록 재빨리 걸어갔다. 그리고 얼마 후에 그는 파출소 돌담 모퉁이를 돌자 마음이 놓였다.

그렇다, 어머니는 그녀의 맥 빠진 침묵으로 미루어 보아, 그가 대학에 가겠다는 생각에 반대했다. 하지만 어머니의 불신(不信)은 아버지의 자만심보다 한층 날카롭게 그의 마음을 자극했는지라, 그가 얼마나 자신의 영혼 속에 시들어가고 있던 신앙심이 어머니의 눈에 세월이 흐를수록 강해져 가고 있음을 목격했었는지 냉정하게 생각했다. 한 가닥 희미한 적대감이 그의 마음속에 힘을 모으고, 한 점 구름처럼 어머니의 불신을 반대하여 그의 마음을 어둡게 했는지라 그리하여 그 반감이 구름 —처럼 지나가 버리자, 다시 그녀에게 향한 자신의 마음이 평온하고 충실해지면서, 그는 그들의 생활에서 최초의 소리 없는 격리를 어렴풋이 그리고 유감없이 알게 하였다.

대학! 그리고 그는 자신의 소년 시절의 보호자로서 버티고 서서 그를 그들 사이에 끌어들여 그들에게 복종하게 하고 그들의 목적에 이바지하도록 했던 파수꾼들의 도전을 이미 초월해 버렸다. 만족에 잇단 자존심이 미처 기다랗게 친친히 밀려오는 파도처럼 그를 떠받쳐 올렸다. 그가 섬기기 위해 태어났음에도 아직 그 실재를 보지 못했던 목적이 눈에 보이지 않는 샛길로 그를 빠져나가게 했는지라, 이제 그 목적은 그에게 다시 한 번 손짓했고, 하나의 새로운 모험이 그에게 펼쳐질 찰나였다. 발작적인 음악의 곡조가 한 옥타브 위쪽으로 치솟았다가 한 감사도(減四度) 아래쪽으로 하강하고, 한 옥타브 위쪽으로 그리고 한 장삼도(長三度) 아래쪽으로, 마치 세 갈래 불꽃이, 한밤중 어떤 숲 속으로부터, 발작적으로, 연달아 뛰어나오듯 느껴졌다. 그것은, 끝도 없고 형태도 없는, 요정(妖精)의 서곡 같았다. 그리하여 서곡이 한층 사나워지고 빨라지자, 그 불꽃은 박자를 잃고 솟구치면서, 그는 마치 나뭇가지와 풀숲 아래로부터, 나뭇잎에 떨어지는 비처럼 그들의 발이 후드득거리며, 달려가는 야생 동물들의 소리를 듣는 듯했다. 그들의 발, 산토끼와 집토끼의 발, 수사슴과 암사슴 그리고 영양(羚羊)의 발들은 그의 마음 위에 후두둑 법석을 떨며 지나갔는지라, 마침내 그는 그 소리를 더는 들을 수 없게 되고, 단지 뉴먼의 한 가닥 자만심 넘치는 운율을 기억할 뿐이었다.

— '그들의 발은 수사슴의 발과 같았고 영원한 양팔 아래 있도다.'

저 희미한 상(像)에 대한 자존심이 그가 한때 거절했던 성직의 권위를 마음속에 되살아나게 했다. 온통 그의 소년 시절을 통해 그가 자신의 숙명이라 그토록 자주 생각했던 것에 관해 명상했는지라 그리하여 자신이 그 소명(召命)에 복종할 시간이 다가오자, 고집스러운 본능에 복종하여, 그는 몸을 옆으로 돌려버렸다. 이제 그 사이에 시간이 놓여 있었으니. 서품의 성유(聖油)는 결코, 그의 육체에 뿌려지지 않으리라. 그는 거절했었다. 왜?

그는 돌리마운트에서 도로를 벗어나 바다 쪽으로 방향을 돌렸고, 엷은 나무다리를 지나자 무겁게 쿵쿵거리며 지나가는 발 때문에 나무판자가 흔들리는 것을 느꼈다. 한 무리의 기독 형제 학교의 학생들이 불 등대에서 돌아오고 있었는데, 두 사람씩 두 사람씩, 다리를 건너가기 시작했다. 이내 다리 전체가 떨며 흔들리고 있었다. 거친 얼굴들이 둘씩 둘씩 그를 지나갔는데, 바다에 의해 누렇게 또는 붉게 또는 축축하게 얼룩져 있었으며, 그리고 그가 태연하고 무관심하게 그들을 바라보려고 애쓰자, 그의 얼굴에 개인적인 수치와 동정심의 한 가닥 빛이 떠올랐다. 자기 자신에 대해 화가 나서 그는 다리 아래로 소용돌이치고 있는 얕은 물 속을 비스듬히 내려다봄으로써 그들의 눈길에서 그의 얼굴을 감추려 애썼지만, 그는 여전히 그 속에서 그들의 큰 실크 모자와 테이프 같은 초라한 칼라, 느슨하게 늘어진 수도복이 비치는 것을 보았다.

—히키 수사(修士).

퀘이드 수사.

맥아들 수사.

키오 수사.

그들의 신앙은 그들의 이름과 같았고, 그들의 얼굴과 같았으며, 그들의 옷과 같았는지라, 그들의 겸허하고 통회하는 마음은, 어쩌면, 그의 마음이 여태 그랬던 것보다 기도에 한층 경의를 표했고, 그의 정성 어린 예배보다 열 배나 더 잘 받아들일 수 있는 선물일 거라고 그가 자신에게 타일러 본들 부질없는 노릇이었다. 그가 스스로 마음을 움직여 그들에게 관대해야 한다든지, 만일 그가 스스로 자존심을 빼앗긴 채, 패배 되고 거지의 상복(喪服)으로, 언젠가 그들의 문간에 나타난다면, 그들이 자신을 너그럽게 대해 주고, 자신들처럼 그를 사랑해 줄 것이라 혼자 자신에게 말해 보았던들 허망한 일이었다. 부질없고 비참할 뿐이었는지라, 최후로 자기 자신의 침착한 확신을 무릅쓰고, 사랑의 계율(戒律)이 우리가 사랑의 똑같은 양과 강도로 내 몸같이 이웃을 사랑할 것이 아니라 우리 자신처럼 그도 똑같은 사랑의 질을 가지고 사랑해야 한다고 말한 것은 스스로 입증해 보았던들 말이다.

그는 지식의 보고(寶庫)에서 한 구절을 꺼내 그것을 혼자서 조용히 되뇌어 보았다.

―바다에서 솟은 얼룩진 구름의 하루.

그 글귀와 그날과 그 주변의 광경이 한 줄로 조화를 이루었다. 낱말들. 그것은 말들의 빛깔 때문인가? 그는 그 말들이 색채를 연달아 진해졌다 이울어졌다 하는 대로 내버려두었다. 해돋이의 황금빛, 사과 과수원의 빨간빛과 초록빛, 파도의 푸른 빛, 가장자리 테를 두른 솜 같은 회색 구름. 아니야, 그것은 말들의 빛깔이 아니었다. 문장 자체의 편형(扁形)과 균형(均衡)이었다. 그러면 그는 이야기나 색깔의 결합보다 낱말 자체의 음율적 억양을 더 사랑했던가? 아니면 그가 마음이 수줍듯 시력이 약해서, 명쾌하고 유연한 종합적 산문 속에 완전히 반영된 개인적 감정의 내적 세계의 명상을 통하여 더 다채로운 색깔과 풍부하게 층들을 이룬 언어의 프리즘을 통한 빛나는 감각 세계의 반사를 통하여 스스로 즐거움을 덜 끌어냈기 때문이었던가?

그는 흔들거리는 다리에서 다시 단단한 육지로 발을 옮겨 놓았다. 그 순간에, 그에게 느껴지는 듯했는지라, 공기가 싸늘했고, 그리하여 바다를 향해 비스듬히 쳐다보면서, 그는 달려오는 한 가닥 질풍이 조수를 갑자기 어둡게 하고 물결을 일게 하는 것을 보았다. 심장에 약한 덜걱 소리, 목구멍의 가냘픈 울렁 소리는 자신의 육체가 바다의 차갑고 비인간적인 냄새를 얼마나 겁내고 있는가를 다시 한 번 그에게 알려주었다. 그런데도 그는 왼쪽으로 구릉지로 가로질러 걷지 않고 하구(河口)에 날카롭게 뻗은 바위돌기를 따라 계속 직행했다.

한 줄기 베일에 가려진 듯한 햇볕이 강으로 만(灣)을 이룬 회색의 수면을 아련히 비추었다. 멀리 유유히 흐르는 리피 강의 흐름을 따라 가느다란 돛대들이 하늘에 반점을 찍고, 한층 더 먼 곳에는, 아련한 직물 같은 도시가 안갯속에 엎드려 있었다. 인간의 피로처럼 오래된, 어떤 공허한 아라스 천위의 한 장면처럼, 기독교국의 제7도시(第七都市)의 이미지가 무궁한 대기를 가로질러, 식민시대에서보다 덜 오래지도 덜 지치지도 굴종을 덜 견디지도 않은 듯, 그에게 드러났다.

낙심한 채, 그는 천천히 표류하는, 얼룩지고 바다에서 솟아난, 구름을 향해 눈을 쳐들었다. 구름은 하늘의 사막을 가로질러 항해하고 있었으니, 행진하는 한 무리의 유목민 마냥, 아일랜드 위를 높이, 서쪽을 향해 항해하고 있었다. 구름이 흘러 온 유럽은 아일랜드 바다 저 너머에 거기 놓여 있었다. 낯선 말(言)과 골짜기 진, 숲으로 둘러치고 성채(城砦)가 있는 그리고 참호를 파고 군비를 갖추었던 종족들의 유럽. 그는 거의 의식했으나 잠깐도 포착할 수 없었던 기억들이나 이름들처럼 한 가닥 혼란스런 음악을 마음속에 들었다. 그러자 그 음악은 멀어지고, 멀어지고, 멀어질 듯 보였으며, 성운(星雲)같이 음악의 멀어지는 각각의 꼬리로부터 한 가닥 길게 끌린 음조가, 별처럼 침묵의 어둠을 꿰뚫으며, 거기 떨어졌다. 다시! 다시! 다시! 이 세상 너머로부터 한 가닥 목소리가 부르고 있었다.

—이봐, 스테파노스!

—여기 데덜러스가 온다!

—아유! ……응, 그려지마, 드와이어, 글쎄, 그렇잖으면 내가 네 입에다 한 대 갈길 테다…… 오!

—잘한다, 타우저! 그를 물에 처넣어!

—이리 와 데덜러스! 보우스 스테파노우메노스(왕관을 쓴 황소)! 보우스 스테파네포로스(화환을 두른 황소)!

—물에 처넣어! 물을 먹여, 타우저!

—사람 살려! 사람 살려!…… 아유!

그는 자신이 아이들의 얼굴을 분간하기 전에 그들의 말을 집단으로 식별했다. 그는 젖은 나체의 저 혼잡스런 광경만으로도 뼛골까지 그를 오싹하게 했다. 그들의 몸뚱이는 시체처럼 허옇거나 파리한 황금 햇볕으로 물들인 듯 또는 햇볕에 거칠게 탄 듯 바닷물에 젖어 번득였다. 조잡스런 받침대 위에 균형 잡힌 아이들이 물속으로 풍덩 뛰어들 때 건들거리는 돌축대, 그리고 아이들이 그 위에서 말(馬) 놀이하며 기어오르는 경사진 방파제의 거칠고 날카로운 돌들이 차가운 바닷물에 젖어 빛으로 번쩍이고 있었다. 그들이 몸뚱이를 철썩 치는 수건이 차가운 바닷물에 젖어 무거웠다. 그리고 형클어진 그들의 머리카락은 차가운 소금물에 흠뻑 젖어 있었다.

그는 아이들이 부르는 소리를 존중하며 잠자코 서서, 그들의 야유를 가벼운 말로 받아넘겼다. 모두 어쩌면 그토록 개성이 없어 보였던가! 그의 깊고도 단추 채우지 않은 칼라 없는 슐리, 뱀 같은 버클이 달린 붉은 혁대 매지 않은 에니스, 그리고 뚜껑 없는 옆주머니가 달린 노픽 코트를 입지 않은 코놀리! 그들을 보는 것은 일종의 고통이요, 그들의 애처로운 나체를 불쾌하게 느끼게 하는 사춘기의 징후들을 보는 것은 칼 같은 고통이었다. 아마도 그들은 자신들의 영혼 속에 무서운 비밀로부터 수(數)와 소음으로 피난을 취하는지도 모를 일이었다. 그러나 그는, 그들과 떨어져 그리고 침묵 속에, 그이 자신의 육체의 신비를 자신이 얼마나 무서워하며 서 있는지를 기억했다.

—스테파노스 데덜러스! 보우스 스테파노우메노스! 보우스 스테파네포로스!

아이들의 야유는 그에게 새로운 것이 아니었으니, 그리하여 그 야유는 자신의 온화하고도 자만심에 넘치는 존엄성을 추켜세웠다. 이제, 이

전에 결코, 그러지 않았던 듯, 그의 이상한 이름은 그에게 일종의 예언처럼 느껴졌다, 잿빛의 따뜻한 대기가 너무나 무궁한 듯 보였고, 자기 자신의 기분이 너무나 유동적이고 비개인적인 것으로 느껴졌는지라, 모든 시대가 그에게 하나로 느껴졌다. 조금 전만 하더라도 덴마크 족의 고대 왕국의 망령이 그 안으로 감싸 인 도시의 의상을 뚫고 모습을 드러내 보였다. 이제 그 전설적인 명장(名匠)의 이름을 듣자, 그는 캄캄한 파도 소리를 듣는 듯 그리고 날개 돋친 어떤 형태가 파도 위를 날며 천천히 공중으로 솟아오르는 것을 보는 듯 느껴졌다. 그건 무엇을 의미했던가? 그건 예언과 상징들로 가득 찬 어떤 중세기 책의 한 페이지를 여는 한 가지 기묘한 방안(方案), 태양을 향해 바다 위를 나는 매 같은 사나이, 자신이 섬기기 위해 태어나 유년기와 소년기의 안개를 통해 따르던 목적의 한 예언, 보잘것없는 흙덩이를 가지고 새로운 하늘로 치솟는 불가사의한 불멸의 존재를 자신의 작업장에서 새로이 빚어 만드는 예술가의 한 상징이었던가?

그의 심장이 떨렸다. 그의 숨결이 한층 빨라지고 마치 자신이 태양을 향하여 치솟는 듯, 어떤 야성의 정기가 그의 사지 위를 스쳐 지나갔다. 그의 심장은 공포의 황홀경 속에 떨었고 영혼은 비상(飛翔)하고 있었다. 그의 영혼은 이 세상을 넘어 대기 속으로 치솟고 있었으며 그가 알고 있는 육체는 단숨에 정화되어 불확실을 벗어 던지고, 찬연히 빛나며 영혼의 정기와 혼합되었다. 비상의 한 가닥 황홀경이 그의 눈을 빛나게 했고 숨결을 거칠게 했으며 그의 바람에 스친 육체를 떨게 하고 거칠게 그리고 찬란하게 빛내었다.

—하나! 둘! …… 조심해!

—오, 크라이프스, 난 물에 빠졌어!

—하니! 둘! 빗 지 기리!

―다음! 다음!

　―하나!……윽!

　―스테파네포로스!

　그의 목구멍은 크게 외치고 싶은 욕망, 하늘 높이 나는 매 또는 독수리의 외침, 바람을 향해 자신의 구원을 날카롭게 외치고 싶은 욕망으로 쓰렸다. 이것은 영혼을 부르는 생명의 소리요, 의무와 절망의 세계가 지닌 무디고 조잡한 소리는 아니었으며, 한때 자신을 제단의 막연한 봉사로 불렀던 비인간적인 목소리도 아니었다. 황막한 비상의 한순간이 그를 해방했으며, 그의 입술이 억제했던 승리의 부르짖음이 그의 두뇌를 쪼겠다.

　―스테파네포로스!

　이제 그들은 죽음의 몸뚱이에서 떨쳐 버린 수의(壽衣)가 아니고 무엇이었던가. 그가 밤낮으로 품고 걸었던 공포, 그를 둘러쌌던 불확실, 안팎으로 그를 비굴하게 만들었던 수치심―수의며, 무덤의 리넨 천이 아니었던가?

　그의 영혼은 수의를 벗어 던지며, 소년 시절의 무덤으로부터 일어섰다. 그렇다! 그렇다! 그렇다! 그가 지닌 이름의 저 위대한 명장(名匠)처럼, 그는 영혼의 자유와 힘에서부터 하나의 살아 있는 존재, 새롭고 하늘로 치솟는 그리고 아름답고, 불가사의한, 불멸의 것을 자랑스럽게 창조하리라.

　그는 자신의 핏속의 불꽃을 더는 끌 수가 없어 돌축대에서 신경질적으로 갑자기 일어섰다. 그는 양 뺨이 활활 타는 듯 느꼈으며 목구멍이 노래로 두근거렸다. 거기 지구의 끝을 향해 출발하려는 불타는 방랑의 욕망이 있었다. 앞으로! 앞으로! 그의 심장이 부르짖는 듯했다. 땅거미가 바다 위로 짙어 오고, 평원에는 밤이 내리고, 새벽이 방랑자 앞에 번득이며 그에게 낯선 들과 언덕 그리고 얼굴들을 보여주리라. 어디에?

그는 북쪽으로 호우드 언덕을 향해 바라보았다. 바다는 얕은 쪽의 방파제 위에 선을 이룬 해초 아래로 얕아졌고, 조수는 이미 해안선을 따라 급히 빠져나가고 있었다. 이미 길고 갸름한 타원형의 모래 무덤이 잔물결 사이로 따뜻하고 마른 채 놓여 있었다. 여기저기 따뜻한 모래섬들이 얕은 조수 위로 반짝이고, 섬들 근처와 긴 모래 둑 주위 그리고 해안의 얕은 물결 사이로 가볍고 경쾌한 옷차림을 한 사람의 모습들이, 물을 건너거나 모래를 뒤지고 있었다.

잠시 후 그는 맨발이 되었고, 그의 양말은 호주머니 속에 접은 넣은 채, 그의 캔버스 신발은 끈이 마디로 매어져 어깨에 달랑 걸쳤다. 그리고 그는 바위틈의 표류물에서 소금에 저린 뾰족한 막대기 하나 집어 들고, 방파제의 경사를 엉거주춤 기어 내려갔다.

기다란 여울이 하나 물가에 있었다. 그리고 그가 그의 물줄기를 따라 천천히 거슬러 올라가자, 끝없이 떠도는 해초에 경탄했다. 에메랄드색, 검은색, 적갈색 그리고 올리브색의 해초가, 물결 아래서, 몸을 흔들거나 뒤집으며 움직였다. 여울의 물은 끊임없이 떠도는 해초로 검게 보였고 하늘 높이 떠도는 구름을 거울처럼 비추었다. 구름은 말없이 그의 머리 위로 떠돌고 있었고, 엉클어진 바다의 해초는 말없이 그의 아래에 떠돌았으며, 회색의 따스한 공기는 잠잠했고, 한 가닥 새로운 야생의 생명이 그의 혈관 속에서 노래하고 있었다.

이제 그의 소년 시절은 어디에 있었던가? 수치의 상처를 홀로 되새기며 그리고 오욕과 속임수의 집 속 퇴색된 수의를 걸치고 만지면 시들어 버릴 화환에 싸인 채 여왕으로 군림하기 위해, 자신의 숙명에서 몸을 움츠렸던 그 영혼은 어디에 있었던가? 아니 그는 어디에 있었던가?

그는 홀로였다. 그는 그 누구의 시선도 끌지 않은 채, 행복히며 인생의 황량한 중심 가까이 있었다. 그는 홀로였고 젊고 외고집이요 마음이 황량한 채, 야생의 대기와 소금기 있는 바다 그리고 조가비와 엉긴 해초의 바다 수확물 그리고 베일 두른 회색의 햇볕과 아이들과 소녀들의 경쾌하고 가벼운 옷차림의 모습들 그리고 공중에 아이답고 소녀다운 목소리 사이에 홀로였다.

한 소녀가 그의 앞에 흐름 한가운데에, 혼자 조용히, 바다를 밖으로 응시하며 서 있었다. 그녀는 마술이 이상하고 아름다운 바닷새의 모습으로 바꾸어 놓은 사람을 닮은 듯했다. 그녀의 길고 가느다란 벌거벗은 양다리는 학(鶴)의 그것처럼 섬세했고 한 줄기 에메랄드 빛 해초가 살결 위에 도안처럼 그려 놓은 것 이외에는 온통 순결하게 보였다. 그녀의 허벅다리는, 몹시 부푼 데다가 상아처럼 부드러운 빛깔로, 거의 엉덩이까지 벌거벗은 채 드러나고, 거기 그녀의 하얀 깃 장식의 속옷은 마치 부드럽고 하얀 솜털의 깃을 닮았다. 그녀의 청회색 치마는 허리 주변까지 대담하게 걷어 올려졌고 뒤쪽으로 비둘기의 꽁지 모습을 하고 있었다. 그녀의 앞가슴은 새의 그것처럼, 부드럽고 가냘프고, 어떤 검은 깃털을 한 비둘기의 앞가슴처럼, 가냘프고 부드러웠다. 그러나 그녀의 길고 아름다운 머리칼은 소녀다웠다. 그리고 그녀의 얼굴 또한 소녀다웠고, 경이적인 인간의 아름다움으로 느껴졌다.

그녀는 홀로 가만히, 바다를 밖으로 응시하고 있었다. 그리고 그녀가 그의 존재와 눈의 동경을 의식하자 그녀의 눈은 수치심이나 방자함이 없이, 그의 시선을 조용히 묵인하며 그에게로 돌렸다. 오래, 오래 그녀는 그의 시선을 말없이 받아들이자 이어 조용히 그녀의 눈길을 그로부터 돌려 물의 흐름을 향해 몸을 굽히고, 발로 물을 이리저리로 조용히 휘저었다. 조용히 움직이는 물의 최초의 아련한 소리가, 낮고도 어렴풋이 그리고 속삭이며, 잠결의 종소리같이 아련하게, 침묵을 깨뜨렸다. 이리저리,

이리저리. 그러자 한 가닥 엷은 불꽃이 그녀의 뺨 위에 떨어졌다.

—천상의 하느님! 스티븐의 영혼이, 북받쳐 나오는 세속적인 환희 속에, 부르짖었다.

그는 갑자기 소녀에게서 몸을 돌리고 물가를 가로질러 나아갔다. 그의 양 뺨이 불타고 있었다. 그의 온몸이 화끈거렸다. 사지가 부들부들 떨고 있었다. 앞으로 앞으로 그리고 앞으로, 멀리 밖으로 모래밭을 넘어, 바다를 향해 격렬하게 노래하며, 그에게 소리쳤던 생명의 출현을 맞아들이기 위해, 부르짖으며, 그는 계속 걸어갔다.

그녀의 영상은 영원히 그의 영혼 속으로 빠져들어 갔고 어떠한 말도 그의 황홀경의 성스러운 침묵을 깨트리지 않았다. 그녀의 눈이 그를 불렀고 그의 영혼이 그 부름에 도약했다. 살도록, 과오 하도록, 추락하도록, 승리하도록, 인생에서 인생을 재창조하도록! 한 야성의 천사, 인간의 젊음과 아름다움의 천사, 생명의 아름다운 궁전으로부터 한 특사(特使)가, 한순간에 그이 앞에 갖가지 과오와 영광의 문을 활짝 열기 위해 나타났다. 앞으로 앞으로 앞으로 앞으로!

그는 갑자기 발걸음을 멈추고 침묵 속에 자신의 심장의 고동소리를 들었다. 얼마나 멀리 그는 걸었던가? 몇 시가 되었던가?

그의 가까이 아무런 사람의 모습도 보이지 않았고 공기를 타고 그에게 들리는 어떤 소리도 없었다. 그러나 조수가 바뀔 때가 가까웠고 이미 날은 저물고 있었다. 그는 육지를 향해 몸을 돌리고 해변 쪽으로 달렸는지라, 뾰족한 자갈들을 개의치 않고, 경사진 바닷가를 달려, 동그란 덤불진 사구(砂丘) 사이 모래 구석을 발견하고, 해거름의 평화와 침묵이 그의 피의 격동을 진정시킬 수 있도록 그곳에 누웠다.

그는 그이 위로 광활하고도 무심한 천개(天蓋)와 천체들의 조용한 행진을 느꼈다. 그리고 그의 아래 대지(大地), 그를 지탱했던 대지가 그의 가슴에 그를 받아들였다.

그는 나른한 졸림 속에 눈을 감았다. 그의 눈꺼풀은 마치 그들이 대지와 그의 목격자들의 광대한 주기적 운동을 느끼듯 떨렸고, 마치 그들이 어떤 새로운 세계의 이상한 빛을 느끼듯 떨렸다. 그의 영혼은 어떤 새로운 세계, 환상적이요, 침침하고, 바다 밑처럼 불확실한, 구름 같은 형태와 몸체들이 횡단하는, 세계 아래로 이울어져 가고 있었다. 하나의 세계, 한 가닥 빛 아니면 한 송이 꽃인가? 번쩍이며 그리고 떨면서, 떨면서 그리고 펼치면서, 한 가닥 열리는 빛, 한 송이 열리는 꽃, 그것은 끊임없는 연속으로 자진해서 펼쳐졌나니, 온통 진홍빛으로 열리며 펼쳐지며 그리고 가장 창백한 장밋빛으로 이울어지며, 한 잎 한 잎 잇따라, 그리고 빛의 물결, 빛의 물결을 따라, 모든 홍조(紅潮)가 어는 것보다 한층 짙게, 하늘을 온통 그의 부드러운 홍조로 물들였다.

그가 잠에서 깨났을 때 땅거미가 이미 내렸고, 그가 누워 있던 곳의 모래와 메마른 풀들은 이제 더는 화끈거리지 않았다. 그는 천천히 일어나, 잠의 환희를 회상하면서, 그의 기쁨에 한숨을 쉬었다.

그는 모래 언덕의 등성이로 기어올라 그의 주위를 살펴보았다. 땅거미가 내렸다. 초승달의 한쪽 가장자리가, 회색의 모래 속에 파묻힌 한 은빛 테 마냥, 파리한 광야의 지평선을 쪼개놓았다. 그리고 조수는 그의 파도의 나직한 속삭임과 함께 육지를 향해 급히 흘러들어오고, 먼 곳의 물웅덩이 속에 마지막 몇몇 사람들의 몸체를 섬처럼 만들었다.

제5장

그는 묽은 차를 석 잔째 찌꺼기까지 다 마시고, 차 항아리 속에 담긴 검은 물웅덩이를 빤히 들여다보면서, 근처에 흩어져 있는 튀긴 빵 껍질을 씹기 시작했다. 누리끼리한 방울로 기름진 국물이 수렁구멍처럼 국자로 파내져 있었고 그 밑에 물웅덩이는 클론고우즈 우드 칼리지의 목욕탕의 꺼먼 토탄빛 물을 기억에 되살아나게 했다. 그의 팔꿈치에 놓인 전당포 티켓의 상자는 막 샅샅이 뒤져졌고, 그러자 그는 갈겨쓴, 얼룩지고, 구겨진 그리고 데일리니 맥케보 같은 전당잡힌 사람의 이름이 적힌, 푸르고 하얀 일람표를 기름진 손가락으로 한 장씩 차례로 빈둥빈둥 집었다.

반장화 1켤레.

검은색 상의 1벌.

물품 3점과 흰옷.

남자 바지 1벌.

이어 그는 전당포 쪽지를 옆으로 치우고 이(蝨) 자국으로 얼룩진, 상자 뚜껑을 심각하게 쳐다보다가, 막연히 물었다.

—시계는 지금 얼마나 빨라요?

어머니가 부엌의 벽로대 한복판에 옆으로 누워 있던 쭈그러진 자명종 시계를 바로 놓자, 다이얼이 12시 15분 전을 가리켰고, 이어 어머니는 시계를 다시 한 번 옆으로 놓았다.

—1시간 25분, 어머니가 말했다. 지금 맞는 시간은 10시 20분이야.

맹세코 넌 강의 시간에 맞도록 애쓰는 게 좋겠구나.

—저 세수하게 물 좀 떠 주세요, 스티븐이 말했다.

—케이티, 스티븐이 세수하도록 물 좀 떠 주렴.

—부디 스티븐이 세수하도록 물 좀 떠 줘.

—난 못 해. 난 세탁 청분(靑粉) 사러 가야 하니까. 네가, 채워 줘, 매기.

에나멜 대야가 싱크대의 우물에 고정되고, 오래된 세탁 장갑이 그 옆에 던져지자, 그는 어머니가 목을 문지르며 귓바퀴 속과 코 날개의 주름 속을 파 헤집는 대로 참았다.

—글쎄, 참 안됐구나, 어머니가 말했다. 대학생이 이토록 더러워서 어미가 때를 씻어 줘야 한다니.

—하지만 어머니는 그게 즐겁잖아요, 스티븐은 조용히 말했다.

한 가닥 귀를 찢는 듯한 휘파람소리가 위층에서 들리자, 어머니는 축축한 작업복을 그의 손에 던져주며, 말했다.

—닦고 제발 빨리 서둘러 나가거라.

두 번째 날카로운 휘파람소리가, 성난 듯 길게 연장된 채, 딸 중 하나를 계단 발치로 불러갔다.

—네, 아버지?

—네 게으름뱅이 암캐 같은 오빠는 벌써 나갔니?

—네, 아버지.

—정말이냐?

—네, 아버지.

—흠!

소녀는, 오빠더러 빨리 서둘러 뒷문으로 살며시 빠져나가도록 신호하면서, 되돌아왔다. 스티븐은 큰 소리로 웃으며 말했다.

—암캐를 남성으로 생각하다니 성(性)에 대한 개념이 희한하군.

—아아, 이 무슨 창피스런 꼴이냐, 스티븐, 어머니가 말했다, 그런데 그곳에 발을 들여다 놓는 날을 후회하게 될 거야. 글쎄 너를 얼마나 변하게 했느냐 말이야.

—자 안녕, 여러분, 스티븐이 미소를 띠며 그리고 작별로 손가락 끝에 키스하면서, 말했다.

축대 뒤의 골목길은 물로 질펀했고, 그가 젖은 쓰레기 더미 사이 발걸음을 고르며, 천천히 내려가자, 담 너머로 수녀의 정신병원에서 미친 수녀의 부르짖는 소리가 들려왔다.

—예수님! 오 예수님! 예수님!

그가 성난 듯 고개를 흔들어 그 소리를 귀에서 몰아내고, 썩은 쓰레기 더미 사이를 비틀거리며, 급히 지나가자, 그의 심장은 혐오감과 쓰라림의 고통으로 이미 찢어져 있었다. 아버지의 휘파람소리, 어머니의 중얼거림, 보이지 않는 광인(狂人)의 비명은 그의 젊음의 자존심을 꺾으려고 위협하고 해치는 너무나 많은 소리로 느껴졌다. 그는 그러한 소리의 메아리를 저주의 말로써 그의 마음에서 몰아냈다. 그러나 그가 가로수 길을 따라 내려가며, 회색의 아침 햇살이 물이 뚝뚝 떨어지는 나무들을 통하여 그의 주변을 비추고 있음을 느끼면서, 젖은 잎들과 나무껍질의 이상하고도 야생적인 냄새를 맡았을 때, 그의 영혼은 비참에서 벗어났다.

비를 실은 가로수들이 그의 마음속에, 언제나 그러하듯, 게르하르트 하우프트만의 연극에 나오는 소녀들과 여인의 기억에 대해 일깨워 주었다. 그리고 그들의 창백한 슬픔의 기억과 젖은 나뭇가지에서 떨어지는 향기가 조용한 기쁨의 기분 속에 뒤엉켰다. 도시를 가로지르는 그의 아침 산책이 진작 시작되었고, 그는 미리 알고 있었는지라, 자신이 페어뷰의 습지대를 통과할 때 뉴먼의 수도원 같은 은맥(銀脈)의 산문을 생각하리라고, 그리고 그가 노드 스트랜드 가도를 따라 산책하며, 식료품 가게들의 창문을 한가로이 들여다보고 있을 때, 기도 카발칸티의 검은 유머를 회상하며 미소 지으리라고, 또한, 텔버트 광장의 베어드의 석재(石材) 공작소 곁을 지날 때, 입센의 정신, 방종한 소년다운 미(美)의 정신이 한 가닥 날카로운 바람처럼 그의 마음을 통하여 불고 지나가리라고, 그리고 리피 강 건너의 어떤 우중충한 선구상(船具商) 앞을 통과할 때, 벤 존슨이 지은 노래를 반복할 것이라고, 그리고 그 노래는 다음과 같이 시작된다.

내가 누워 있던 곳에 더는 권태롭지 않았다네.

그의 마음은, 아리스토텔레스나 아퀴나스의 유령 같은 말들 사이에서 미의 본질을 위한 추구에 권태를 느꼈을 때, 엘리자베스 조(朝)의 수려한 노래로 즐거움을 향해 이따금 마음을 돌렸다. 그의 마음은, 회의적인 수도사(修道師)의 의상 사이로, 당시의 창문 아래 그늘진 곳에 자주 서서, 류트 연주자의 정중하고도 조롱하는 음악 또는 창녀들의 솔직한 웃음소리를 들었는지라, 그리하여 마침내 너무나 저속한 한 가닥 웃음, 시간에 의해 때 묻은, 방사(房事)와 엉터리 명예의 한 가닥 글귀가, 그의 수도사다운 자존심을 찌르고 그를 그의 은거소(隱居所)로부터 계속 몰아갔다.

젊음의 우정을 자신으로부터 빼앗을 정도로 곰곰이 생각하며 나날을 보낸 것으로 믿어졌던 그 박식(博識)은 단지 아리스토텔레스의 시학(詩學)과 심리학 그리고 『성 토마스 사상의 이해를 위한 스콜라 철학 요강』에서 따온 왜소한 문장들의 저장고에 불과했다. 그의 사고(思考)는 의혹과 자기 불신의 어둠으로 이따금 직관의 번갯불에 의해 밝혀지긴 했지만, 번갯불이 너무나 번쩍이는 나머지 그와 같은 순간에 세계가 마치 불에 타서 소모되듯 그의 발 주위에서 사라져버렸다. 그리고 나면 그의 혀는 무거워지고, 자신은 다른 이들의 눈을 아무런 반응 없는 눈으로 만났으니, 왜냐하면, 미의 정신이 망토처럼 그의 주위를 감싸고 자신은 적어도 공상 속에 고귀함과 서로 친근해질 수 있다고 느꼈기 때문이다. 그러나 이와 같은 짧은 침묵의 자존심이 더는 그를 지탱할 수 없었을 때, 그는 여전히 평범한 삶의 한복판에 서 있었으며, 도시의 권태와 소음 그리고 나태 사이를 두려움 없이 그리고 가벼운 마음으로 자신의 길을 지나가고 있음을 스스로 발견하고 기뻐했다.

운하의 판자 울타리 근처에서 그는 인형 같은 얼굴에 챙 없는 모자를 쓰고 총총걸음으로 다리의 경사를 따라 그를 향해 다가오고 있던 한 폐병환자를 만났는데, 그는 초콜릿색 외투의 단추를 꼭 채운 채, 그의 접은 우산을 마치 점쟁이 막대처럼 그로부터 한두 뼘 앞으로 내밀고 있었다. 틀림없이 11시는 되었을 거라고, 그는 생각하고, 시각을 알아보기 위해 한 우유 가게 안을 들여다보았다. 우유 가게의 시계는 5시 5분 전을 말해 주고 있었으나, 그가 몸을 돌이키자, 보이지 않으나, 가까이 어디선가 시계가 신속한 정확성으로 11시를 치는 것을 들었다. 그 소리를 듣자 그는 맥캔 생각이 나서 큰 소리로 웃었는지라, 그런데 그는 사냥꾼의 재킷과 바지를 입고 금발의 염소수염을 기른 몽땅한 인물이 홉킨즈 모퉁이의 바람막이에 서 있는 것을 보았고, 다음과 같이 말하는 것을 들었다.

— 데덜러스, 너는 너 자신 속에 휘말려 있는, 반(反)사회적 동물이야. 나는 그렇지 않아. 나는 민주주의자요, 그리고 나는 앞으로 미래의 유럽 합중국의 모든 계급과 성(性)들 사이의 사회적 자유와 평등을 위해서 일하고 행동하겠어.

11시! 그렇다면 그는 역시 강의에 늦었구나. 오늘이 무슨 요일이더라? 그는 신문 가판대 곁에 서서 광고판의 제목을 읽었다. 목요일. 10시부터 11시까지 영어. 11시부터 12시까지 프랑스어. 12시부터 1시까지 물리학. 그는 마음속으로 영어 강의를 상상하자, 그렇게 멀리 떨어져 있는데도, 초조하고 어찌할 바 없음을 느꼈다. 그는 반 친구들이 노트에다 받아쓰도록 일러 받은 요점들, 명목상의 정의(定義), 본질적인 정의 그리고 그 실례(實例)들 또는 출생 혹은 사망의 날짜들, 주요 작품들, 호의적 비평 및 비호의적 비평을 나란히, 받아 쓸 때 그들의 고개를 조용히 숙이고 있는 것을 보았다. 자신의 머리는 굽히지 않았는지라, 왜냐하면, 생각이 다른 데로 흘러가고 있었기 때문이요, 그가 작은 반의 학생들을 둘러보던 또는 창 밖으로 그린 공원의 황량한 정원을 가로질러 내다보던, 우중충한 지하실의 축축함과 부패의 냄새가 그를 공격했다. 바로 앞 첫째 줄 벤치에는 그의 머리 말고 또 다른 머리가, 숙이고 있는 다른 아이들 위에, 마치 그의 주변의 겸허한 예배자를 위해 감실을 향해 겸양 없이 호소하는 신부의 머리처럼, 정면으로 균형 잡고 있었다. 그가 크랜리를 생각했을 때 결코, 그의 몸뚱이의 전체 상(像)이 아니고 머리와 얼굴 상만을 그의 마음 앞에 떠올리다니 어찌 된 노릇이던가? 심지어 지금도 아침의 회색 장막을 배경으로, 그는, 꿈의 환영처럼 그이 앞에 떠오르는 것, 그의 잘린 머리의 얼굴 또는 마치 쇠관에 의해서처럼 억세고 검고 곤두선 머리카락으로 이마에 관(冠) 씌워진, 데스마스크를 보았다. 그것은 신부(神父) 같은 얼굴이었으니, 창백하고, 넓은 날개의 코, 눈 아래와 턱을 잇는 그림자로 신부처럼 보였고, 길쭉하고도 핏기없는 그리고 엷은 미소를 띤 입술로 신부를 닮아 보였다. 그리고 스티븐은, 자신의 영혼 속의 모든 동요와 불안 그리고 동경을, 그의 친구의 경청하는 침묵으로 대답할 뿐, 어떻게 자신이 크랜리에게, 날마다 그리고 밤마다, 말을 했는가를 회상하면서, 그 얼굴은 그가 사면할 힘도 없으면서 사람들의 고해를 듣는 죄 많은 신부의 얼굴이요, 그러나 그것의 어둡고 여자다운 눈의 응시를 다시 기억 속에 느꼈음을 홀로 중얼거리곤 했었다.

이 상(像)을 통해 그는 사색의 이상하고 어두운 동굴을 얼핏 보았으나 아직 거기에 들어갈 시간이 아님을 느끼면서, 이내 그로부터 몸을 돌리고 말았다. 그러나 그의 친구의 무관심한 밤의 그림자가 그의 주위의 대기 속에서 약하고 치명적인 기운을 발산시키고 있는 것처럼 보였고, 그리하여 그는 좌우의 한 우연한 말에서 다른 말로 흘끗 쳐다보면서, 그 말들의 즉각적인 의미가 너무나 은연중에 상실되고 있음을 한결같은 경의 속에 느꼈는지라, 그리하여 마침내 모든 비천한 가게의 간판이 마치 주문(呪文)의 말들처럼 그의 마음을 얽매었고, 자신의 영혼은 그가 골목에서 죽은 언어의 더미 사이를 걷고 있을 때 나이와 더불어 탄식하며 시들어갔다. 언어에 대한 자신의 의식이 그의 두뇌에서 물밀듯 밀려가고, 그것이 이내 낱말 하나하나 속으로 뚝뚝 떨어지면서, 변덕스런 음률로 엉켰다 풀어졌다 하기 시작했다.

> 담쟁이가 벽 위에 흐느끼네,
> 벽 위에 흐느끼며 뒤엉키네,
> 노란 담쟁이가 벽 위에,
> 담쟁이, 높이 벽 위에 담쟁이.

누가 이런 허튼소리를 여태 들어본 적이 있었던가요? 전능하신 하느님! 누가 벽 위의 담쟁이 우는소리를 여태 들은 적이 있었던가요? 노란 담쟁이. 그건 모두 옳았다. 노란 상아도 역시. 그리고 상아색의 담쟁이는 어떤가요?

그 말은 이제 그의 두뇌 속에 코끼리의 얼룩진 어금니에서 톱으로 잘라낸 어떤 상아보다도 한층 맑고 한층 밝게 빛났다. "이보리, 이브와르, 아보리오, 에부르(상아)." 그가 라틴어를 배웠던 최초의 예문 중 하나는 이러했다. "인디아 미띠뜨 에부르(인두는 상아를 수출하도다)." 그리고 그는 오비디우스의 『변신담(變身譚)』을 품격 있는 영어로 해석하는 것을 그에게 가르쳐 주며, 식용 돼지, 질그릇 조각, 돼지고기 등심이니 하는 말로 괴상하게 찡그린 교장 선생님의 날카로운 북구인(北歐人)의 얼굴을 회상했다. 그는 자신이 라틴어 시의 법칙에 대해 알고 있는 약간의 지식을 어떤 포르투갈 신부가 쓴 다 해진 책에서 배웠다.

꼰뜨라히뜨 오라또르, 바리안뜨 인 까르미네 바떼스.(웅변가는 말을 압축하고, 시인 예술가는 그들의 노래로 장식하도다)

로마 역사상 수많은 위기와 승리 및 분열은 '인 딴또 디스끄리미네(이런 커다란 식별로)'라는 낡은 말로써 그에게 전해졌다. 그리고 그는 교장 선생님이 데나리 은화로 항아리를 채우다와 같은 낭랑하게 번역한 바 있는 '임쁠레레 올람 데나리오룸'이란 말을 통해 도시 중의 도시의 사회생활을 들여다보려고 노력했다. 세월의 때 묻은 호라티우스의 페이지들은 심지어 자신의 손가락이 차가울 경우에도 그 끝으로 그것을 만져 결코, 차가움을 느끼지 않았다. 그것은 인정에 넘치는 페이지들이요, 그리고 50년 전에 존 덩컨 인베라리티와 그의 동생, 윌리엄 맬컴 인베라리티의 인정에 넘치는 손가락이 넘겼던 페이지들이었다. 그렇다, 그들은 책의 우중충한 첫 면지(面紙)에 적힌 고상한 이름들이었고, 심지어 자신과 같은 서투른 라틴어 학자에게도, 그 모호한 운시들은 마치 그들이 수년 동안 도금양이나 라벤더 그리고 마별초 속에 묻혀 있었던 것처럼 향기로웠다. 그러나 자신은 세계의 문화라는 향연에서 한갓 수줍은 손님에 불과할 것이며, 자신이 심미 철학을 단조(鍛造)해 내려고 애써 노력한다는 견지에서 보면, 수도자적 학문 또한, 그가 사는 시대에서는 문장학(文章學)이나 매사냥 술 같은 교묘하고도 호기심에 넘치는 술어로밖에 더는 인정

받지 못할 것으로 생각하자, 그것이 그의 마음을 상하게 했다.

왼쪽에 있는 트리니티 대학의 회색 건물은 부담스런 반지에 박힌 커다랗고 둔탁한 보석처럼 시(市)의 무지 속에 육중하게 자리 잡고 있었고, 그의 마음을 아래로 끌어내렸다. 그리하여 그가 회개한 양심의 족쇄로부터 그의 발을 해방하려고 이리저리 애쓰고 있는 동안, 그는 아일랜드의 민족시인의 익살스러운 동상에까지 다다랐다.

그는 동상을 노여움 없이 쳐다보았다. 왜냐하면, 비록 육체의 그리고 영혼의 권태가 눈에 띄지 않는 벌레처럼, 그의 질질 끄는 발 너머로 그리고 외투의 주름위로 그리고 그 비굴한 머리 주변을 덮쳐 기어오른다 하더라도, 그 동상은 자신의 수치를 겸허하게 인식하는 듯 보였기 때문이다. 그것은 어떤 마일리지언 족의 빌린 옷을 입은 한 퍼볼그인이었다. 그러자 그는 농민 학생인, 친구 데이빈을 생각했다. 그것은 퍼볼그라는 자기들끼리 농담으로 부르는 이름이었지만, 이 젊은 농민은 그것을 가볍게 받아넘겼다.

—계속해봐, 스티비, 난 돌대가리잖아, 네 말처럼 마음대로 부르란 말이야.

그의 세례명이 이처럼 다정하게 친구의 입술에 들렸을 때 스티븐의 마음을 흐뭇하게 감촉했는지라, 왜냐하면, 그가 남과 이야기할 때에는 남들도 그를 그렇게 대하듯 말이 형식적이었기 때문이다. 이따금, 그가 그랜덤가(街)에 있는 데이빈의 방에 앉아 있었을 때, 한 켤레씩 짝으로 벽의 측면에 세워둔 친구의 잘 제작된 구두를 보고 감탄하거나, 자기 자신의 동경과 낙담의 베일인 타인의 운시나 노랫가락을 친구의 소박한 귀를 위해 박복하면서, 그것을 경청하는 자의 순박한 퍼볼그인(人)다운 정신이 자신의 마음을 그를 향해 이끌거나 다시 반발하게 했는지라, 그것은 주의력에 대한 친구의 조용한 천부의 예절 또는 고대 영어의 괴상한 말투 또는 거친 육체적 숙련을 좋아하는 그의 힘 때문이었고 데이빈은 게일인(人), 마이클 쿠색을 존경했기에 그가 재빨리 그리고 갑자기 반감을 느꼈다면, 그것은 지성의 둔함에 의한 또는 감정의 무딤에 의한 또는 눈(眼) 속의 공포의 둔함에 의한, 야간 통행금지 시간이 여전히 밤의 공포였던 한 아일랜드의 굶주린 촌락 사람 영혼의 공포 때문이었다.

운동선수인, 그의 아저씨 매트 데이빈의 용맹스러운 행동에 대한 기억과 함께 나란히, 이 젊은 농민 청년은 아일랜드의 슬픈 전설을 숭배했다. 어떻게 해서든 학교의 단조로운 생활에 의미를 찾아내려고 애썼던 그의 동료 학생들과의 잡담은 그를 한 젊은 페니언 당원으로 즐겨 생각하기를 좋아했다. 그의 유모가 그에게 아일랜드어를 가르쳤고, 아일랜드 신화의 단편적 지식으로 그의 조잡한 상상력을 다듬어 주었다. 그는 어느 개인의 마음이 여태 미의 한 줄 글귀도 빼내지 못한, 이러한 신화라든지, 여러 시대를 내려오는 동안 여러 갈래로 갈라진 그 다루기 어려운 이야기들을 마치 로마 가톨릭 종교, 지력이 우둔하고 충성스런 농노의 태도를 대하듯 시가(詩歌)들을 고수했다. 영국으로부터 또는 영국 문화를 통하여 그에게 전해지는 사상이나 감정이 무엇이든 간에 그의 마음은 군대의 암호에 복종하듯 무장하고 일어섰는지라, 영국 저쪽에 놓인 세계에 대해 그는 단지 프랑스의 외인부대만을 알았고, 자신이 그것에 종군(從軍)하겠다고 말했다.

이러한 야심과 이 젊은 청년의 유머를 결부하면서 스티븐은 이따금 그를 길든 거위의 하나로 불렀다. 그리고 사색에 열렬한, 스티븐의 마음과 아일랜드의 숨은 생활양식 사이에 이따금 가로놓여 있는 것처럼 보였던 그 친구의 언행이나 혹은 품은 바로 그 혐오감에 대항하여 붙여진 그와 같은 이름에는 한 점의 노여움마저 담겨 있었다.

어느 날 밤 이 젊은 농민은, 스티븐이 지적 반항의 차가운 침묵으로부터 도피하기 위해 사용했던 과격하고 사치스러운 언어에 의해 자신의 정신에 자극을 받아, 스티븐의 마음 앞에 한 가지 이상한 환상을 불러왔다. 두 사람은 가난한 유대인이 사는 어둡고 좁은 골목을 빠져, 데이빈의 방을 향해, 천천히 걸어가고 있었다.

—한 가지 일이 내게 일어났었어, 스티비, 지난가을, 겨울이 다가올 즈음에, 그런데 나는 그걸 그 누구에게도 절대 말하지 않았고, 너는 내가 말하는 최초의 사람이야. 그게 10월인지 11월인지 기억이 잘 나지 않아. 10월이야, 왜냐하면, 내가 대학 입학시험에 참가하기 위해 이곳에 오기 전이었으니까.

스티븐은 자신의 웃는 눈을 친구의 얼굴을 향해 돌렸으며, 말하는 자의 자신감에 기분이 좋았고, 그의 순박한 어조에 공감이 갔다.

—나는 그날 내가 사는 곳을 떠나 온종일 버트밴트에 가 있었어. 나는 네가 그곳이 어디 있는지 아는지 몰라. 크로크즈 오운 소년 팀과 무적(無敵)의 설즈 팀의 필드하키 시합에 갔었는데, 스티비, 그것은 힘든 시합이었어. 내 사촌, 폰시 데이빈은 그날 옷을 홀딱 벗어젖히고 리머릭 팀을 위해 공을 지키고 있었어, 그러나 그는 시간의 절반을 포워드(前衛)까지 달려나와 미친 듯 고함을 지르고 있었지. 그날을 나는 결코, 잊지 않을 거야. 크로크 팀의 한 녀석이 하키채를 가지고 한 번 그를 후려갈겼지, 그런데 맙소사 그는 관자놀이를 얻어맞을 뻔했단 말이야. 오, 정말이지, 만일 그 고부랑 채가 그를 쳤더라면 그는 이내 끝장났을 거야.

—그걸 피했으니 다행이군, 스티븐이 소리 내어 웃으며 말했다, 하지만 그게 너에게 일어난 그 이상한 일은 분명히 아니겠지?

—글쎄, 그건 너에게는 아무런 흥미가 없을 거야, 그러나 어쨌든 시합이 끝난 다음 얼마나 소란을 피웠는지 난 집으로 가는 기차를 놓치고 말 정도였어 그리고 나를 태워다 줄 마차도 구할 수가 없었기 때문에, 게

수 없게도, 같은 날 캐슬타운로치에서 군중대회가 있어서, 사골에 있는 차들이 모두 그곳으로 몰려갔기 때문이야. 그래서 밤을 거기서 새우거나 아니면 걸어갈 수밖에 별도리가 없었어. 난 걷기 시작했고, 내가 걸어서, 밸리호우러 언덕에 도착했을 때에는 이미 밤이 다가오고 있었지. 그건 킬멀로크에서 10마일은 족히 되는 곳이었는데 그 뒤로 길고도 외로운 길이 있었어. 길을 따라 집다운 집의 흔적이라고는 볼 수 없었고 소리 하나 들을 수 없었어. 밤은 캄캄하고 어두웠지. 한두 번 나는 파이프에 불을 붙이기 위해 숲 아래에서 발걸음을 멈추었어. 그리고 이슬이 짙게 내려 있지 않았던들 그곳에 뻗어 잠이 들었을 거야. 마침내, 길모퉁이를 돌자, 나는 창문에 한 가닥 불빛이 비치는 조그마한 오막살이를 염탐했어. 나는 그곳으로 가서 문을 두드렸지. 그러자 한 목소리가 누군지를 물었어. 그래서 나는 버트밴트의 시합을 보러 갔다가 걸어서 되돌아오는 길인데, 물 한 잔만 주면 고맙겠다고 했지. 잠시 뒤에 한 젊은 여인이 문을 열고 내게 우유잔을 내다 주었어. 그녀는 내가 문을 두드렸을 때 마치 잠자러 가는 듯 옷을 반쯤 벗었고, 머리칼을 늘어뜨리고 있었어. 그리고 나는 그녀의 몸매나 눈 속의 표정으로 보아 그녀가 틀림없이 임신하고 있구나 생각했어. 그녀는 문간에서 나를 붙들고 한참 동안 이야기를 했지. 그리고 이때 그녀의 앞가슴과 어깨가 다 드러나 있었기 때문에 난 이상했어. 그녀는 나에게 피곤하지 않냐며 그곳에서 묵고 가지 않겠느냐고 물었어. 그녀는 말하기를 집에는 그녀 혼자뿐이고 남편은 그날 아침에 퀸즈타운으로 누이동생을 바래다주러 갔다지 뭐야. 그리고 이야기하는 동안 내내, 스티비, 그녀는 계속 내 얼굴에 눈을 고정하고 있었고, 나와 너무나 바싹 붙어 서 있었기 때문에 나는 그녀의 숨소리를 들을 수 있었어. 내가 마침내 그녀에게 잔을 되돌려 주자 그녀는 내 손을 잡고 나를 문지방 너머로 끌어들이며 말하는 거야. "들어와서 오늘 밤 여기서 묵어요. 겁낼 필요는 조금도 없어. 집안에는 우리밖에 아무도 없어요……" 난 들어가지 않았어, 스티비. 나는 그녀에게 감사하고, 온통 열기 속에, 다시 내 갈 길을 가고 말았지. 내가 길의 첫 번째 모퉁이에서 뒤돌아보자 그녀는 문간에 서 있었어.

데이빈의 이야기의 마지막 몇 마디가 그의 기억 속에 쩽쩽 울렸고, 이 야기 속 여인의 모습이 그가 학교 마차를 타고 지나갈 때 클레인 문간에 서 있던 것을 본 농촌 아낙네들의 다른 모습 속에 반영되어 있었으니, 그 것은 그녀와 그녀 민족의 전형(典型)으로, 어둠과 비밀 그리고 고독 속에 서 깨어나 스스로 의식을 되찾는, 그리하여 가식 없는 여인의 눈과 목소 리 그리고 몸짓을 통하여, 낯선 사람을 그녀의 잠자리로 불러들이는, 박 쥐 같은 영혼이기도 했다.

손 하나가 그의 팔 위에 놓이며 앳된 목소리로 외쳤다.

—아, 선생님, 선생님의 단골 아가씨예요! 오늘 마수예요, 선생님. 이 아름다운 꽃다발을 사세요, 네, 선생님?

그녀가 그를 향해 치켜든 파란 꽃과 그녀의 앳되고 파란 눈이 그 순간 에 가식 없는 영상들처럼 그에게 느껴졌고, 그가 발을 멈추자 마침내 그 영상들은 사라지고, 그녀의 누더기 진 옷과 축축한 거친 머리카락 그리 고 말괄량이 같은 얼굴만을 그는 보았다.

—제발, 나리! 단골 아가씨를 잊지 마세요, 네!

—돈이 없어, 스티븐이 말했다.

—이 예쁜 꽃을 사세요, 네, 선생님? 단돈 1페니예요.

—내 말 못 들었니? 스티븐이 소녀 쪽으로 몸을 굽히며, 물었다. 돈이 없다고 말하지 않았어. 이제 다시 말하지.

—그럼, 다음번에 꼭 사세요, 선생님, 꼭이요, 소녀가 잠시 후에 대답 했다.

―어쩌면, 스티븐이 말했다, 하지만 그럴 것 같지 않구나.

그는 소녀의 친근함이 비웃음으로 바뀔까 봐 두려워하면서 그리고 그녀가 또 다른 사람, 영국에서 온 여행객 혹은 트리니티 대학생에게, 그녀의 상품을 내놓기 전에 그곳에서 벗어나기를 바라면서, 황급히 소녀 곁을 떠났다. 그가 따라 걷고 있는, 그래프턴가(街)가 낙담했던 가난의 순간을 계속 느끼게 했다. 거리의 머리에 있는 차도에 울프 톤의 기념비가 서 있었는데, 그는 그 정초식(定礎式)에 아버지와 함께 참가했던 것을 기억했다. 그는 당시의 비속한 봉헌식(奉獻式)의 광경을 씁쓰레한 마음으로 기억했다. 커다란 사륜마차에는 네 명의 프랑스 대표자들이 타고 있었고, 그중 한 사람, 통통하고 싱글거리는 젊은 청년이, '아일랜드 만세!'라고 적힌 카드를, 막대기에 꽂아 들고 있었다.

그러나 성 스데반즈 그린 공원의 나무들은 비로 향기로웠고 비를 ― 머금은 대지는 인간의 냄새, 경토(耕土)를 통해 많은 심장으로부터 위를 향해 솟아오르는 희미한 냄새를, 뿜어내고 있었다. 나이 많은 사람이 그에게 이야기해주었던 이 번지르르하고 범속한 도시의 영혼은 시간과 더불어 대지에서 솟는 희미한 인간의 냄새로 위축되고 말았으며, 잠시 후에 그가 음산한 대학 건물에 들어설 때쯤에는 그는 자신이 벅 이건과 번 채플 훼일리의 그것보다 다른 부패를 의식하게 되리라는 것을 알았다.

이 층 불어 교실로 가기에는 시간이 너무 늦었다. 그는 현관을 가로질러, 왼쪽으로 물리학 계단교실로 나아가는 복도로 택했다. 복도는 어둡고 조용했으나 누군가가 지켜보는 것만 같았다. 왜 그는 지켜본다는 느낌이 들었을까? 벅 훼일리의 시절에 이곳에 어떤 비밀의 계단이 있었다는 이야기를 그가 들었기 때문일까? 아니면 예수회의 건물은 치외법권 지역인지라 그가 이방인 사이를 걷고 있는 걸까? 톤과 파넬의 아일랜드는 오래전에 공간 속으로 사라진 듯싶었다.

그는 계단교실의 문을 열었고, 먼지 묻은 창문을 통해 간신히 스며들어오는 차가운 회색의 햇볕 속에 멈추어 섰다. 커다란 벽난로의 쇠 살대 앞에 한 인물이 몸을 쭈그리고 있었는데, 그의 여윈 몸매나 흰 머리카락으로 보아 학감이 불을 지피고 있다는 것을 알았다. 스티븐은 조용히 문을 닫고 벽로대로 접근했다.

—안녕하세요, 선생님! 제가 도와 드릴까요?

신부는 재빨리 위로 쳐다보며 말했다.

—잠깐만, 데덜러스 군, 곧 자네 알게 될 테니. 불을 지피는 것은 일종의 예술이야. 우리는 교양 예술을 갖고 있고 실용 예술도 갖고 있어. 이건 실용 예술의 하나야.

—저도 그걸 배워 보겠습니다, 스티븐이 말했다.

—석탄이 너무 많아서는 안 되네, 학감은, 서둘러 일을 하면서, 말했다, 그게 비결 중의 하나야.

그는 수단 복 옆 호주머니에서 양초 네 도막을 꺼내어, 석탄과 뒤틀린 쏘시개 종이 사이에 교묘하게 그들을 놓았다. 스티븐은 묵묵히 그를 쳐다보았다. 불을 붙이기 위해 판석(板石) 위에 이렇게 무릎을 꿇으며, 그리고 종잇조각과 양초들을 부지런히 배열하는, 그는, 텅 빈 사원에서 제물의 제단을 준비하는, 그 어느 때보다 겸허한 봉직자, 주님의 레위 사람처럼 보였다. 평범한 리넨 천의 레위의 사제복처럼, 그 바래지고 낡은 수단 복이 웅크린 자의 몸을 감싸고 있었으니, 그에게 정규의 법복(法服) 또는 방울 가장자리 장식의 유대 성직자의 사제복이 거추장스럽고 거북했는지 모른다. 그의 육체는 바로 주님을 섬기는 저속한 봉사 제단 위의 불을 돌보는 일, 소식을 몰래 간직하는 일, 속인을 시중드는 일, 요청을 받을 때는 재빨리 행동하는 일에서 늙어 버렸다. 그런데도 성인의 또는 고승이 미에서 벗어나 은총을 받지 못한 채 남아있었다. 아니, 그의 영혼은 바로 그와 같은 봉사 속에서 빛이나 미를 향해 성장하거나 영혼의 신성한 감미로운 향기를 밖으로 퍼뜨려 보지도 못했는지라 —메마르고 힘줄이 드러나고, 은빛—뾰족한 솜털로 백발이 된 채, 그의 나이 먹은 육체가 사랑이나 투쟁의 전율에 대해 아무런 반응을 하지 못하듯이, 고행에 시달린 의지 또한, 그의 복종의 전율에 아무런 반응을 하지 못했던 것이다.

학감은 뒤로 쭈그리고 앉아 쉬면서, 나무 막대기에 불이 붙는 것을 지켜보았다. 스티븐이, 침묵을 메우기 위해, 말했다.

—저는 도저히 불을 지필 수 있을 것 같지 않아요.

—자네는 예술가지, 그렇잖아, 데덜러스 군? 학감이 그를 흘끗 쳐다보며 그리고 창백한 눈을 깜박이면서, 말했다. 예술가의 목적은 미의 창조야. 무엇이 미인지는 별개의 문제지.

그는 어려운 문제를 두고 천천히 그리고 냉담하게 양손을 비볐다.

—자네 이제 그 문제를 풀 수 있겠나? 그는 물었다.

—아퀴나스는, 스티븐이 대답했다, '뿔 꺼라 순뜨 꾸아에 비사 쁠라첸뜨(눈을 즐겁게 하는 것입니다)'라고 말합니다.

—우리 앞의 이 불은, 학감이 말했다, 눈에 즐거운 거야, 그런 고로 이것이 미가 될 수 있을까?

—불이 시각(視覺)에 의해 인식되는 한 미이죠, 그리고 시각이란, 제 생각으로는, 여기 심미적 관념을 의미하며, 그것이 미가 될 테죠. 그러나 아퀴나스는 또한, '보눔 에스뜨 인 꾸오드 뗀디뜨 아뻬띠뚜스(선은 욕구가 그를 향해 움직인다)'라고 말합니다. 따뜻함을 갈망하는 동물을 만족하게 하는 일에 한하여 불은 일종의 선입니다. 지옥에서는, 그러나 불은 일종의 악이지요.

—아주 옳아, 학감이 말했다. 자네는 확실히 정곡을 찔렀어.

그는 날쌔게 자리에서 일어나 문쪽으로 가서, 문을 조금 열어 놓으며 말했다.

—통풍(通風)은 이런 문제를 해결하는 데 도움이 된다고 하지.

그가 약간 다리를 절면서 그러나 총총걸음으로, 난로 가에 되돌아왔을 때, 스티븐은 한 예수회원의 말없는 영혼이 창백하고 사랑 없는 눈으로 그를 빤히 쳐다보고 있음을 알았다. 이그너티우스처럼 그는 발을 절었으나 그의 눈에는 이그너티우스의 정성의 불꽃이 타지 않았다. 심지어 교단의 전설적인 재간, 교단의 가공의 신비롭고, 교묘한 지혜의 책들보다도 한층 신비롭고 교묘한 재간도, 그의 영혼을 사도의 정력으로 불태우지 못했다. 그는 마치, 요청을 받는 대로, 하느님의 더 위대한 영광을 위해, 세속의 술책이나 박학(博學), 그리고 간계를 이용하긴 해도, 그들을 다룸에서 기쁨 또는 그 속에 숨은 사악을 증오하지 않고, 다만 복종의 확고한 몸짓으로 그들을 계속 이용하고 있을 뿐인 것 같았는지라, 그리하여 이 모든 말없는 봉사에도 그는 주(主)를 전혀 사랑하지도 않으며, 자신이 봉사하는 목적을, 적어도 있다면, 거의 사랑하지 않는 것처럼 보였다. '시밀리떼르 아뜨꾸에 세니스 바꿀루스(또한, 노인의 지팡이처럼)'. 그는, 교단의 창시자가 그에게 일렀듯이, 황혼의 한길에서 또는 험한 날씨에 기대고, 정원 벤치 위에 귀부인의 꽃다발과 함께 놓여있는, 위기의 순간에 치켜드는, 노인의 손에 쥐인, 지팡이처럼 보였다.

학감은 난롯가로 되돌아가 턱을 쓰다듬기 시작했다.

—언제 우리는 미학 문제에 관한 의견을 자네한테서 듣게 될까? 그는 물었다.

—저요? 스티븐이 깜짝 놀라 말했다. 저는 운이 좋으면 두 주에 한 번쯤 우연히 생각이 떠오르는데요.

—이러한 문제는 대단히 심오한 거야, 데덜러스 군, 학감이 말했다. 그것은 마치 모허의 절벽에서 깊은 바닷속을 내려다보는 것과 같은 거야.

많은 사람이 바닷속으로 뛰어들고 결코, 떠오르지 못해요. 단지 숙달된 잠수부만이 저 깊은 바닷속으로 내려가, 그들을 탐험하고 다시 표면에 나타날 수 있지.

─사색에 관한 이야기라면, 선생님, 스티븐이 말했다, 저는, 모든 사고 (思考)는 그 자체의 법에 따라 얽매이지 않으면 안 되기 때문에 자유로운 사고와 같은 것은 없다고, 역시 확신합니다.

─하!

─저의 목적을 위해 저는 아리스토텔레스와 아퀴나스의 한두 가지 관념에 비추어 현재 계속 연구할 수 있습니다.

─그래. 자네 말의 요점을 잘 알겠네.

─저는 그분들에 힘입어 제가 제 나름대로 무엇을 해낼 때까지 저 자신의 용도와 안내용으로만 그분들을 필요할 따름입니다. 만일 램프가 연기를 내거나 냄새를 풍기면, 저는 그 심지를 잘라 버리도록 하겠어요. 만일 충분한 빛을 내지 않는다면 저는 그것을 팔아 버리고 다른 것을 사겠어요.

─에픽테토스도 역시 램프를 하나 갖고 있었지, 학감이 말했다, 그런데 그것은 그의 사후에 엄청난 값으로 팔렸지. 그 등불로 그는 자신의 철학 논문을 썼었어, 자네 에픽테토스를 아는가?

─한 옛날 선비지요, 스티븐이 거칠게 말했다, 그분은 인간의 영혼은 바로 한 양동이의 물과 같다고 말했지요.

─그는 아주 소박한 말투로 말하고 있지, 학감은 말을 계속했다, 그는 신 중 하나의 조상(彫像) 앞에 쇠 램프를 한 개 놓아두었는데 도둑이 그 램프를 훔쳤다는 거야. 그 철학자는 어떻게 했겠어? 그는 물건을 훔치는 것은 도둑의 성품에 있다고 곰곰이 생각하고, 다음 날 쇠 램프 대신에 흙으로 된 램프를 하나 사겠노라 결심했지.

녹은 수지(樹脂)의 냄새가 학감의 양초들로부터 솟아올라, 스티븐의 의식 속에 양동이와 램프 그리고 램프와 양동이라는 징글징글 울리는 말들과 함께 어울렸다. 신부의 목소리, 역시, 딱딱하고 징글징글 울리는 음조를 지녔다. 스티븐의 마음은 그 이상한 음조와 영상(影像) 그리고 마치 불 켜지 않은 등잔 또는 잘못된 초점으로 걸려있는 반사경 같은 신부의 얼굴에 의해 막힌 채, 본능에 따라 주춤했다. 저 얼굴 뒤에 또는 저 속에 숨어 있는 것은 무엇인가? 영혼의 아둔한 마비인가 아니면 지력(智力)으로 충만된 채, 신의 우울함을 감당할 수 있는, 먹구름 같은 둔탁함인가?

—제가 뜻하는 바는 다른 램프였어요, 선생님, 스티븐이 말했다.

—의심할 바 없이, 학감이 말했다.

—미학적 토론에서 한 가지 어려움은, 스티븐이 말했다, 말들이 문학적 전통에 따라서 아니면 시장(市場)의 평범한 전통에 따라서 사용되고 있는지 어떤지를 알아내는 일입니다. 저는 뉴먼의 문장 하나가 생각납니다만, 그는 그 속에서 성처녀에 관해서 말하는데, 그녀는 많은 성인의 무리 속에 억류하고 있다고(detained) 말하지요. 시장의 평범한 뜻으로 그 말을 사용하면 뜻이 전혀 달라져요. 제가 선생님의 시간을 빼앗고 있지(detaining) 않은지 모르겠어요.

—조금도 그렇지 않네, 학감이 예의 있게 말했다.

—아니, 아니에요, 스티븐이, 미소를 지으며, 말했다, 제가 뜻하는 바는—.

—그래, 그래. 알겠네, 학감은 재빨리 말했다, 자네의 요점. '억류하다'를 잘 포착하겠어.

그는 아래턱을 불쑥 앞으로 내밀고 짧고 마른 헛기침을 토했다.

—램프 얘기로 되돌아가지만, 그는 말했다, 그의 기름을 채우는 것도 또한, 한 가지 좋은 문제지 자네는 깨끗한 기름을 골라야 하고 그걸 부

어 넣을 때 넘치지 않도록 조심해야 하지. 깔때기(funnel)가 담을 수 있는 이상을 붓지 않도록.

—무슨 깔때기요? 스티븐이 물었다.

—그를 통해 램프 속에 기름을 부어 넣는 깔때기 말이야.

—그것을? 스티븐이 말했다. 그것을 깔때기이라 부르나요? 깔때기(tundish)가 아닌가요?

—턴디쉬가 뭐야?

—그거요. 그……퍼늘.

—그걸 아일랜드에서는 턴디쉬라고 부르나? 학감이 물었다. 나는 내 평생 그 말은 결코, 한 번도 들어보지 못했어.

—하부(下部) 드럼콘드라에서는 턴디쉬라고 부릅니다, 스티븐이 소리 내어 웃으며, 말했다, 그곳에서 사람들은 제일 훌륭한 영어를 쓰지요.

—턴디쉬라, 학감은 생각에 잠기며 말했다. 그건 가장 재미있는 말이군. 사전에서 그 말을 찾아봐야겠어. 정말 그려야지.

그의 예의 바른 태도는 다소 허위인 듯 울렸고, 그리하여 스티븐은 우화의 나이 든 형이 탕아(蕩兒)의 동생에게 돌리듯 똑같은 눈초리로 이 영국의 개종자(改宗者)를 쳐다보았다. 떠들썩한 개종(改宗)의 발자취를 좇는 하잘것없는 한 추종자, 아일랜드에 사는 한 가련한 영국인인, 그는 음모와 수난과 질투와 투쟁 그리고 경멸의 저 이상스런 연극이 거의 끝났을 시기에 예수회의 역사적 무대 위에 그의 자취를 드러낸 듯 보였으니 — 지각자(遲刻者)요, 느린 귀신이었다. 그는 무엇으로부터 출발했던가? 아마도 그는 견실한 비국교도(比國教徒) 사이에서 태어나 자랐으며, 오직 예수 속에서만 구원을 보면서 그리고 국교의 허영 된 화려함을 혐오하는지도 모른다. 그는 종파 싸움의 와중 그리고 그것의 격동하는 분립된 종파, 육교리(六教理), 특수 교파, 선악 세례 교파, 인간의 타락 이전 교파의

횡설수설 사이에서 맹목적 신앙의 필요를 느꼈던 것이었을까? 그는 면화(棉花)의 실패를 감듯 안수례(按手禮)의 호흡 흡입식(吸入式) 또는 착수(着手) 성령의 행렬 기도에 대한 이성의 어떤 곱게 짠 실을 최후까지 감는 속에서 참된 성당을 갑자기 발견했던가? 아니면 세관의 접수계에 앉아 있던 저 사도처럼, 그가 어떤 양철 지붕을 한 성당의 문간에 앉아, 하품하며 그의 성당 연보의 돈을 세고 있었을 때, 주 그리스도께서 그를 어루만지시고 따라오도록 명하셨던가?

학감은 이제 다시 그 말을 반복했다.

―턴디쉬라! 글쎄, 그것참 재미있는 말이군!

―조금 전에 선생님께서 제게 물으신 문제가 한층 더 재미있는 것 같습니다. 예술가가 흙덩이로 표현하려고 애쓰는 미가 무엇인가 하는 것 말입니다, 스티븐이 냉정하게 말했다.

그 사소한 말이 이 예의 바르고 경계심 많은 적수(敵手)에게 스티븐의 감수성의 날카로운 칼끝을 겨누는 듯싶었다. 그는 이야기하는 상대(신부)가 벤 존슨의 동포라는 것을 아픈 낙담의 심정으로 느꼈다. 그는 생각했다.

―우리가 말하는 언어는 내 것이기 이전에 그의 것이다. '가정', '그리스도', '술', '주인'이라는 낱말들이 그의 입술에서와 나의 입술에서 얼마나 다른가! 나는 마음의 불안감 없이 이런 낱말을 말하거나 혹은 쓸 수가 없다. 그토록 귀에 익으면서도 그토록 이국적으로 들리는, 그의 언어는, 나에게는 언제나 얻어 온 말이다. 나는 그 낱말을 만들거나 받아들인 적도 없다. 나의 목소리가 그들을 멀리하고 있다. 나의 영혼은 그의 언어의 그림자 속에서 안달하고 있다.

―그리고 아름다운 것과 숭고한 것을 구별하는 일, 학감이 말을 덧붙였다, 도덕적 미와 물질적 미를 구분하는 일. 그리고 어떠한 종류의 미가

각자 다양한 예술에 적합한가를 묻는 일. 이러한 것들은 우리가 취급할 수 있는 어떤 재미있는 점들이지.

스티븐은, 학감의 단호하고, 메마른 목소리에 갑자기 좌절된 채, 잠자코 있었다. 그러자 침묵을 뚫고 많은 구두와 혼란스런 목소리의 먼 소음이 층층대 위로 들려왔다.

—이러한 사색들을 추구함에서, 학감은 결론적으로 말했다. 그러나 절망의 공허에 빠질 위험이 있어. 우선 자네는 학위를 따야 하네. 그걸 자네 제일의 목표로 삼게, 그런 다음, 조금씩 조금씩, 자네의 길을 알게 되지. 내가 뜻하는 바는 모든 의미에서, 인생에서나 생각에서 자네의 길 말일세. 처음에는 오르막길에 페달을 밟는 기분이 들지 몰라. 무넌 군을 봐요. 그가 정상에 오르기까지는 긴 세월이 걸렸어. 그러나 그는 그곳에 도달했지.

—제가 그의 재주를 가졌는지 모르겠어요, 스티븐이 조용히 말했다.

—자넨 결코, 알 수 없지, 학감이 명쾌하게 말했다. 우리는 마음 속에 품고 있는 걸 결코, 말할 수 없어요. 나 같으면 분명히 절대로 실망하지 않겠어. "뻬르 아스뻬라 아드 아스뜨라(거친 길을 통해 별들로)."

그는 재빨리 난로를 떠나 2학년 문과반의 도착을 감독하기 위해 층계마루를 향해 갔다.

벽로대에 기대서서 스티븐은 그가 반의 각 학생을 쾌활하게 그리고 골고루 맞이하는 것을 들었고, 더 난폭한 학생의 솔직한 미소를 거의 볼 수 있는 듯했다. 기사다운 로욜라의 이 성실한 봉사자를 위해, 말에서 다른 이들보다 한층 낡은, 영혼이 그들보다 한층 확고한, 성직자들의 이 의붓 형제, 그가 결코, 자신의 영적인 아버지라 부를 수 없는 자를 위해, 한 가닥 삭막한 연민의 정이, 스티븐의 쉽사리 상처 나기 쉬운 마음에 이슬처럼 내리기 시작했다. 그리고 그는 이분과 그의 동료가 예수회의 모든 역사를 통해, 하느님의 정의의 법정에서 방종한 자와 신앙심이 미지근한 자 그리고 타산적인 자의 영혼들을 위해, 변호해 왔기에, 비세속적인 자들뿐만 아니라 또한, 세속적인 자들의 손에 어떻게 하여 속물이란 이름을 얻게 되었는지를 생각했다.

교수의 들어섬이 침침한 교실의 맨 위층에, 회색 거미줄이 쳐 있는 창문 아래에 앉아 있던 학생들의 무거운 구둣발에 의한 켄트식 불 박수의 몇 차례 울림에 의해 신호되었다. 출석 호명이 시작되고 이름에 대한 대답들이 온갖 음조로 나오자 마침내 피터 번의 이름에 다다랐다.

—여기요!

한 가닥 깊은 저음의 대답이 윗줄로부터 나오자, 다른 좌석을 따라 항의의 기침 소리가 뒤따랐다.

교수는 호명을 멈췄고 다음의 이름을 불렀다.

—크랜리!

무(無) 대답.

—크랜리 군!

한 가닥 미소가 스티븐의 얼굴을 가로질러 날랐으니, 자기 친구의 공부를 생각했기 때문이다.

—레퍼즈타운을 불러보세요! 한 가닥 소리가 뒤쪽 좌석에서 말했다.

스티븐은 재빨리 위쪽을 흘끗 쳐다보았으나 잿빛 광선에 윤곽을 드러낸, 모이니헌의 코주부 같은 얼굴은 무표정하기만 했다. 공식이 출제되었다. 공책의 바스락거리는 소리가 들리는 가운데 스티븐이 다시 뒤돌아보며 말했다.

—종이 좀 줘 제발.

—네 처지가 그쯤 되었니? 모이니헌이 씩 웃으며 물었다.

그는 잡기장에서 한 장을 뜯어 그에게 건네주며, 속삭였다.

—궁할 때에는 평신도든 여자든 아무나 그걸 할 수 있지.

그가 종이 장에 고분고분 받아쓰던 공식, 교수의 꼬이며, 풀리는 계산, 힘과 속도의 유령 —같은 상징들이 스티븐의 마음을 사로잡으며 그를 매우 피곤하게 했다. 노 교수는 무신론자 프리메이슨 당원이라 누군가가 말한 것을 들은 적이 있었다. 오 회색의 지루한 날! 그것은 마치 수학자들의 어느 영혼을 통하여 배회하는 고통 없는 꾸준한 의식의 지옥의 변방(邊方)처럼 느껴졌는지라, 그것은 한층 희미하고 한층 창백한 황혼의 평면에서 평면으로 길고 가는 구조물을 투영하며, 항시 한층 광범위하고, 한층 멀고 한층 불가사의한 우주의 마지막 가장자리로 빠른 소용돌이를 방출하고 있었다.

—그러므로 우리는 타원형과 타원체를 구별해야만 해요. 아마 여러분 가운데 몇몇은 W. S. 길버트 씨의 작품들을 잘 알고 있을 것이오. 그의 노래 중의 하나에서 그는 놀도록 운명 지워진 당구 야바위꾼에 관해 말하고 있어요.

엉터리 천위에
뒤틀린 당구 채와
타원형의 당구공을 가지고.

—그가 뜻하는 바는 내가 조금 전에 말한 주축(主軸)의 타원체 모양을 가진 공이지.

모이니헌이 스티븐의 귀 쪽으로 몸을 굽히며, 속삭였다.

—타원형의 공(불알)은 어떤가! 숙녀들이여, 나를 따르라, 나는 기병대 소속이외다!

그의 동료 학생의 거친 유머가 수도원 같은 스티븐의 마음을 통해 한 가닥 질풍처럼 달려갔는지라, 그리하여 벽 위에 걸려 있는 축 늘어진 사제복을 경쾌하게 생기를 불어넣듯 흔들면서, 무질서한 안식일에 그것을 좌우로 움직여 춤추게 하였다. 교단의 모습들이 질풍에 날린 수도복에서 출현했는지라, 그들은 학감, 백발의 모자를 쓴 당당한 체구에 혈색 좋은 회계주임, 학장, 경건한 운시를 쓴, 새털 같은 머리칼을 가진 작은 체구의 신부, 경제학 교수의 땅딸막한 농군의 체격, 한 무리의 영양(羚羊) 사이에 높은 나뭇잎을 뜯고 있는 기린처럼 층계 마루에서 그의 반 학생들과 함께 양심의 문제를 토론하는 젊은 심리학 교수의 키 큰 모습, 신심회의 신중하고도 걱정스러운 표정의 회장, 개구쟁이 눈을 가진 통통하고 둥근 머리의 이탈리아 어 교수였다. 그들은 느릿느릿 거닐거나 뒹굴며, 넘어지거나 껑충껑충 뛰며, 개구리 뛰기를 위해 그들의 가운을 걷어 올리며, 서로 등을 찰싹 치며 그리고 그들의 조잡한 악의를 비웃으며, 귀에 익은 별명들을 서로 부르며, 어떤 난폭한 말투의 사용에 갑작스러운 위엄으로 항의하며, 둘씩 둘씩 손으로 입을 가리고 속삭이면서, 다가왔다.

교수는 옆벽의 유리 상자로 가서, 그곳의 선반으로부터 한 세트의 코일을 꺼내 많은 점에서 먼지를 불어 버린 다음, 그것을 조심스럽게 테이블로 가지고 가, 그 위에 손가락을 올려놓으며 강의를 계속했다. 그는 현대의 코일 철사는 최근에 F. W. 마티노에 의해 발견된 플라티노이드라고 불리는 혼합물로 이루어져 있다고 설명했다.

그는 발견자의 이름 두문자와 성을 분명히 말했다. 모이니헌이 뒤로부터 속삭였다.

—참 멋들어진 프레쉬 워터 마틴이군!

—여쭈어 봐, 스티븐이 지친 유머로 되에서 속삭였다. 그가 전기처형(電氣處刑) 감을 원하지 않느냐고 말씀이야. 나를 그 대상으로 쓸 수 있지.

모이니헌은, 교수가 코일 위로 몸을 굽히는 것을 보면서, 자리에서 일어나, 오른손 손가락을 소리 나지 않게 튀기면서, 칭얼거리는 아이의 목소리로 부르기 시작했다.

—그런데 선생님! 이 애가 방금 나쁜 말을 했어요, 선생님.

—플라티노이드는, 교수는 엄숙하게 말했다. 독일의 은보다 더 좋은 거야, 왜냐하면, 그것은 온도의 변화에 따라 한층 낮은 저항계수(抵抗係數)를 갖기 때문이지. 플라티노이드 철사는 절연되어 있고, 그것을 절연하게 하는 명주 덮개가 바로 내 손가락이 있는 에보나이트 얼레에 감겨 있어요. 만일 그것이 따로따로 감기면 여분의 전류가 코일 속으로 유도되지. 이 코일은 뜨거운 파라핀 왁스 속에 배어 있어……

한 가닥 날카로운 얼스터 사투리가 스티븐 아래 좌석에서 말했다.

—응용과학에 관한 문제도 나올 것 같은가요?

교수는 신중한 말투로 순수 과학과 응용과학을 우물우물 설명하기 시작했다. 금테 안경을 쓴, 묵직한 체구의 한 학생이 질문한 학생을 약간 놀라운 듯 빤히 쳐다보았다. 모이니헌이 뒤에서, 그의 이번에는 제 목소리로 속삭였다.

—맥앨리스터는 저 친구의 한 파운드의 살을 요구하는 악마가 아닌가?

스티븐은 자기 아래 삼(杉)—빛깔의 엉클어진 머리카락을 지나치게 기른 장방형 두개골을 냉정하게 쳐다보았다. 질문자의 목소리, 말투, 마음이 그를 화나게 했고, 화난 김에 그에게 일부러 매정한 생각이 들어, 이 학생의 아버지가 아들을 벨파스트로 유학을 보내어, 그렇게 해서 기차 삯이라도 절약하는 것이 훨씬 나을 뻔했다는 생각이 들었다.

아래쪽의 이 장방형의 두개골은 스티븐의 이와 같은 생각의 화살을 맞이하려고 뒤돌아보지 않았지만, 그런데도 그 화살은 본래의 활줄로 되돌아왔다. 왜냐하면, 그는 순간적으로 이 학생의 유장(乳漿) 같은 창백한 얼굴을 보았기 때문이다.

—그건 내 생각이 아니야, 그는 재빨리 혼자 말했다. 그건 뒷줄 벤치에 앉은 저 익살꾼 아일랜드 녀석에게서 나온 거지. 참아. 너는 누가 네 종족의 영혼을 팔아넘겼고, 선발된 자를 배신했는지 확신을 하고 말할 수 있는가?

—질문하는 자냐 아니면 조롱하는 자냐? 참아. 에픽테토스를 기억해. 이러한 순간에 이런 질문을 이런 말투로 묻고 또 '과학'이란 단어를 단음절로 발음하다니 필경 그의 성격 때문일 거야.

교수의 단조로운 목소리가 설명하는 코일 주변을 천천히 계속 뱅뱅 감돌며, 그 코일이 저항도를 증가해 감에 따라 그것의 최면(催眠) 힘을 곱절, 세 곱절, 네 곱절로 늘어나게 했다.

모이니헌의 목소리가 멀리서 들려오는 종소리의 메아리에 엉켜 뒤쪽에서 들려왔다.

—끝나는 시간입니다. 여러분!

입구 홀은 사람들로 가득 찼고 이야기로 소란스러웠다. 문 가까이 테이블 위에는 액자로 된 두 개의 사진이 놓여 있었고, 그 사이에 끝이 들쭉날쭉 불규칙한 서명들이 적힌 기다란 두루마리 종이가 놓여 있었다. 맥캔이 학생들 사이를 이리저리 황급히 돌아다니며, 재빨리 이야기하거나, 퇴짜에 응답하면서, 한 사람 한 사람씩 테이블로 인도하고 있었다. 안쪽 홀에는 학감이 턱을 정중하게 쓰다듬으며, 고개를 끄덕이고, 한 젊은 교수와 이야기하면서 서 있었다.

스티븐은, 문간의 군중에 막혀, 안절부절 주춤거렸다. 중절모의 넓게 처진 챙 밑으로부터 크랜리의 까만 눈이 그를 살펴보고 있었다.

—너 서명했니? 스티븐이 물었다.

크랜리는 길고 얇은 입술을 디물고, 혼자 잠시 생각하다, 대답했다.

—"에고 하베오(서명했어)."

—무엇 때문에?

—"꾸오드(무엇이라니)?"

—무엇 때문에?

크랜리는 그의 창백한 얼굴을 스티븐에게 돌리고 덤덤하게 그리고 씁쓸하게 말했다.

—"뻬르 빡스 유니베르살리스(범세계 평화를 위해)."

스티븐이 러시아 황제의 사진을 가리키며 말했다.

—저인 술 취한 그리스도의 얼굴을 하고 있어.

그의 목소리에 담긴 조소와 노함이 홀의 벽들을 조용히 살피는 크랜리의 눈을 되돌리게 했다.

—너 화났니? 그는 물었다.

—아니, 스티븐이 대답했다.

—기분이 나빠?

—아니.

—"끄레도 우뜨 보스 산구이나리우스 멘닥스 에스띠스(내 생각에 넌 경칠 거짓말쟁이야)." 크랜리가 말했다. "꾸이아 파치에스 보스뜨라 몬스뜨라뜨 우뜨 보스 인 담노 말로 후모레 에스띠스(네 얼굴에 아주 기분이 나쁜 것이 쓰여 있으니)."

모이니헌이, 테이블 쪽으로 가는 도중, 스티븐의 귀에다 대고 말했다.

—맥캔은 기분이 최고야. 마지막 피 한 방울까지 흘릴 참이지. 참신한 신세계. 암캐들에게는 알코올과 투표권은 금지야.

스티븐은 이러한 자신의 태도에 미소를 띠고, 모이니헌이 지나가 버리자, 다시 고개를 돌리며 크랜리의 눈과 마주쳤다.

—아마 넌 내게 말할 수 있을 거야. 그는 말했다, 왜 그가 내 귀에다 그

의 속마음을 마구 떨어놓는지. 알 수 있지?

한 가닥 우중충한 찡그림이 크랜리의 이마에 나타났다. 그는 모이니헌이 종이 두루마리에다 자신의 이름을 쓰기 위해 허리를 구부리고 있는 테이블 쪽을 향해 빤히 노려보며, 이어 단호히 말했다.

—아첨꾼!

—"꾸이스 에스뜨 인 말로 후모레(누가 기분 나빠)," 스티븐이 말했다, "에고 아우뜨 보스(나냐 너냐)?"

크랜리는 그의 조롱을 받아들이지 않았다. 그는 싫은 듯 자신의 판단을 곰곰이 생각하며 똑같은 단호한 힘으로 거듭 말했다.

—못된 경칠 아첨꾼 같으니, 그게 바로 저 녀석이야!

그 말은 모든 죽은 우정에 대한 그의 묘비명을 의미했고 그리하여 스티븐은 자신의 추억에 대해서 똑같은 어조로 그와 같은 말을 여태 한 것이 아닌가 하고 궁금히 여겼다. 무거운 덩어리 같은 말귀가 진흙탕 속으로 빠져드는 돌멩이처럼 그의 귀로부터 천천히 가라앉았다. 스티븐은 과거에도 여러 번 보아왔듯이 그것이 가라앉는 것을 보았고, 그 무거움이 자신의 심장을 억누르는 것을 느꼈다. 크랜리의 말은, 데이빈의 그것과는 달리, 엘리자베스 조의 영어의 희귀한 말귀도 아니었고, 아일랜드 관용어의 교묘한 변형도 아니었다. 그 질질 끄는 말투는 어느 황량하고 부패해 가는 항구에 의해 다시 되울리는 더블린 부두의 메아리요, 그 말이 품은 힘은 위클로우의 설교단에 의해 다시 되울리는 더블린의 성스러운 웅변의 메아리였다.

크랜리의 얼굴에서 무거운 찌푸린 이맛살이, 맥캔이 홀의 다른 쪽으로부터 그들을 향해 활발히 다가오자, 사라졌다.

—너 왔구나! 맥캔이 쾌활하게 말했다.

—그래 왔다! 스티븐이 말했다.

―여전히 늦었군. 너는 그 진보적 경향과 시간 엄수에 대한 존경심을 겸할 수 없나?

―그 질문은 이치에 맞지 않아, 스티븐이 말했다. 다음 용건은.

그의 미소 짓는 눈이 이 선전자의 앞가슴 호주머니에서 내다보이는 밀크 초콜릿의 은으로 ―싼 종잇조각 위에 고정되었다. 작은 원을 이룬 청취자들이 이 기지(奇智)의 전쟁을 들으려고 동그랗게 모여들었다. 올리브 피부에 빳빳한 검은 머리칼을 기른 한 홀쭉한 학생이 이 두 사람 사이에 얼굴을 불쑥 내밀고 말 한마디마다 이쪽저쪽을 흘끗 쳐다보면서, 침에 젖은 벌린 입으로 나르는 말들을 잡으려고 애쓰는 듯했다. 크랜리는 호주머니에서 조그마한 회색 핸드볼 공을 꺼내, 거듭거듭 돌리면서, 자세히 그걸 살피기 시작했다.

―다음 용건이라니? 맥캔이 말했다. 흠!

그는 큰기침과 함께 한바탕 웃으며, 만면에 미소를 띠고 두툼한 턱에 매달린 밀짚 빛깔의 염소수염을 두 번 잡아당겼다.

―다음 용건은 청원서에 서명하는 일이야.

―내가 서명을 하면 자네 돈이라도 지급할 참인가? 스티븐이 물었다.

―난 네가 이상주의자인 줄 생각했어, 맥캔이 말했다.

그 집시 같은 학생이 주변을 돌아보며 염소 울음소리 같은 불분명한 목소리로 구경꾼들에게 말을 걸었다.

―맙소사, 그것참 괴상한 생각이군. 그 생각은 돈벌이 생각 같단 말이야.

그의 목소리가 침묵 속으로 사라졌다. 아무도 그의 말에 주의를 기울이지 않았다. 그는 말[馬] 같은 표정의, 올리브색 얼굴을 스티븐에게 돌리고 다시 이야기를 계속하도록 청했다.

맥캔은 러시아 황제의 조칙(詔勅, 청원서)에 관하여, 스테드에 관하여,

국제적 분규의 경우에서 조정, 전면적 군비축소에 관하여, 시대의 징후에 관하여, 가능한 최대 다수의 가능한 최대 행복을 가능한 한 값싸게 보장함을 지역사회의 사업으로 삼는 새로운 인간성과 생의 새로운 복음에 관하여, 힘을 주어 유창하게 말하기 시작했다.

그 집시 같은 학생이 다음과 같이 소리침으로써 이 말의 종결에 반응을 보였다.

—사해동포주의(四海同胞主義) 만세 삼창!

—계속해, 템플, 통통하고 뻘건 얼굴의 한 학생이 그의 곁에서 말했다. 내가 너한테 이따 한 잔 낼 테니.

—나는 사해동포주의 신봉자야, 템플이, 검은 타원형 눈으로 주변을 흘끗 쳐다보며, 말했다. 마르크스는 단지 경칠 얼간이에 불84크랜리는 불안하게 미소를 띠며, 그의 혀를 막으려고 팔을 꽉 잡은 채, 되풀이 말했다.

—찬찬히, 찬찬히, 찬찬히!

템플이 그의 팔을 뿌리치려고 애를 쓰면서, 그러나 입가에 엷은 거품을 튀긴 채, 말을 계속했다.

—사회주의는 아일랜드 사람에 의해 창립되었고 사상의 자유를 설파한 유럽의 최초의 사람은 콜린즈였어. 2백 년 전. 미들섹스의 철학자인, 그는 성직자의 음모를 규탄했어. 존 앤소니 콜린즈 만세 삼창!

한 가느다란 목소리가 원의 가장자리로부터 대답했다.

—피! 피!

모이니헌이 스티븐의 귓가에서 중얼거렸다.

—그런데 존 앤소니의 가련한 누이동생은 어때.

로비 콜린즈는 그녀의 펜티를 잃었데요.

그대 그걸 그녀에게 좀 빌려주지 않겠나?

스티븐이 큰 소리로 웃었고 모이니헌이 그 결과에 흡족해하며, 다시 소곤거렸다.

—우린 존 앤소니 콜린즈에게 각각 5실링씩 걸어 보자고.

—나는 네 대답을 기다리고 있어, 맥캔이 짧게 말했다.

—그 문제는 내겐 조금도 흥미가 없어, 스티븐이 지친 듯 말했다. 너도 그걸 잘 알잖아. 왜 그걸로 법석을 떠는 거야?

—좋아! 맥캔이 입맛을 쩝쩝 다시면서 말했다. 그럼, 너는 반동(反動)이구나?

—네가 나한테 감동을 줄 것으로 생각하나, 스티븐이 물었다, 네가 그 따위 나무칼을 휘두를 때?

—은유(隱喩)로군! 맥캔이 퉁명스레 말했다. 사실대로 말해 봐.

스티븐이 얼굴을 붉히며 몸을 옆으로 돌렸다. 맥캔은 자기 뜻을 고수하며, 악의에 찬 유머로 말했다.

—군소 시인은, 내 생각에, 세계 평화 문제와 같은 사소한 문제들을 초월할 거야.

크랜리가 고개를 쳐들고 평화 안(案)을 제시하는 모습으로 두 학생 사이에 손공을 들어올리며, 말했다.

—"빡스 수뻬르 또뚬 산구이나리움 글로붐(경찰 놈의 전 세계를 위에 평화를)."

스티븐은, 둘러선 사람들을 헤치고, 화가 난 듯 러시아 황제의 초상화 방향으로 어깨를 흔들며, 말했다.

—네 우상이나 지켜. 만일 우리가 예수 같은 사람을 가져야 한다면 우린 진짜 예수를 가지잔 말이야.

—맙소사, 그것참 근사한 말이군! 집시 학생이 주변 사람들을 향해 말했다. 그것참 근사한 표현이야. 그 표현이 엄청나게 내 마음에 들어.

그는 그 말귀를 꿀꺽 삼키듯 목구멍의 침을 꿀꺽 삼켰다, 그리고 트위드 천 모자의 꼭대기를 만지작거리며, 스티븐을 향해, 말했다.

—실례지만, 자네, 방금 한 그 표현이 무슨 뜻이지?

그는 가까이 학생들에 의해 자신이 떠밀리고 있음을 느끼면서, 그들에게 말했다.

—난 저 친구가 쓴 표현이 무슨 뜻인지 당장 몹시 알고 싶어.

그는 스티븐에게 다시 몸을 돌리고 속삭이는 소리로 말했다.

—넌 예수를 믿니? 난 인간을 믿어. 물론, 네가 인간을 믿는지 난 몰라. 난 자네에게 감탄한다네. 난 모든 종교에서 독립한 사람의 정신을 감탄하고 있어. 그게 예수의 정신에 대한 네 의견이니?

—계속해, 템플, 건장하고 얼굴이 붉은 학생이, 늘 하는 버릇처럼, 그의 처음 생각으로 되돌아가며, 말했다, 술이 너를 기다리고 있어.

—저 친구 나를 저능아로 생각하고 있어, 템플이 스티븐에게 설명했다, 왜냐하면, 내가 정신의 힘을 믿는 자이기 때문에.

크랜리는 스티븐과 그 숭배자의 팔에 자신의 양팔을 끼고 말했다.

—"노스 아드 마눔 발룸 조까비무스(우린 그의 손공을 비웃을 지라)."

스티븐은, 끌려가는 도중, 맥캔의 상기되고 퉁명스런 얼굴을 보았다.

—나의 서명은 별로 중요하지 않아, 그는 점잖게 말했다. 너는 네 길로 가는 것이 옳아. 나로 하여금 내 길을 가도록 놓아두게.

—데덜러스, 맥캔이 또렷또렷하게 말했다, 난 네가 좋은 친구라고 믿지만 너는 이제 이타주의(利他主義)의 존엄성과 인간 개인의 책임도 배워야만 해.

한 가닥 목소리가 말했다.

—지적 괴벽(怪癖)은 이 운동에 참여하기보다는 거기서 빠져나오는 게 더 나아.

스티븐은, 맥앨리스터의 거친 목소리를 알아차리면서, 목소리의 방향으로 돌아보지 않았다. 크랜리는, 마치 사제가 그의 보좌 신부들을 대동하고 제단으로 나아가듯, 스티븐과 템플의 팔을 끼면서, 학생들의 무리를 뚫고 엄숙히 나아갔다.

템플은 크랜리의 가슴 너머로 열렬히 몸을 굽히고 말했다.

—너 맥앨리스터가 한 말을 들었니? 저 젊은이가 너를 질투하고 있어. 그걸 알았나? 확실히 크랜리는 그걸 몰랐을 거야. 정말이지, 난 그걸 당장 알았어.

그들이 안쪽 홀로 건너갔을 때, 학감이 여태껏 자신과 이야기하고 있던 학생에게서 도망치려 하고 있었다. 그는 층계 발치에, 한쪽 발로 제일 낮은 층계 위에 서자, 그의 낡아서 해진 수단 법의를 여자다운 조심성으로 몸 주위에 끌어모으며 오르려고, 이따금 고개를 끄덕이면서, 거듭 말했다.

—그건 의심할 바 없지, 해케트 군! 아주 훌륭해! 조금도 의심할 바 없어요!

회관의 한가운데에서 대학 신앙회의 회장이, 조용히 투덜거리는 목소리로, 한 기숙 학생과 열렬히 이야기하고 있었다. 그는 말할 때, 주근깨난 이마를 약간 찌푸리며, 말귀 사이사이에 작은 뿔 연필을 깨물었다.

—신입생들이 모두 왔으면 좋겠는데. 2학년 문과 반은 아주 틀림없어. 3학년 문과반도, 마찬가지. 우린 신입생들을 확보해 두어야만 해.

템플이, 모두가 문간을 통해 지나가자, 다시 크랜리를 가로질러 몸을 구부리고, 재빠른 소곤거리는 목소리로 말했다.

—저 사람이 기혼자라는 걸 너 아니? 개종하기 전에 이미 결혼한 사람

이었어. 어딘가 아내와 아이들이 있어. 정말이지, 여태 별 희한한 생각도 다 들어보는 것 같아! 응?

그의 속삭임은 교활한 깔깔대는 큰 웃음소리로 끝고 갔다. 모두 문간을 지나는 순간 크랜리가 난폭하게 그의 목을 잡고 흔들며 말했다.

—이 지독히 꼴사나운 바보! 난 경칠 성서에 맹세코, 이 꼴사나운 경칠 세상을 다 뒤져도 너보다 못난 경칠 얼간이는 분명히 있는 것 같지 않아, 알겠니?

템플은 그의 손아귀 안에 몸을 꿈틀거리면서, 여전히 만족한 듯 교활하게 소리 내어 웃자, 한편 크랜리는 난폭하게 몸을 흔들 때마다 거듭 단호하게 말했다.

—이 거지발싸개 같은 경칠 바보 천치!

그들은 잡초가 우거진 정원을 함께 가로질러 걸어갔다. 학장은, 묵직하고 헐거운 망토에 둘러싸인 채, 성무 일과서를 읽으면서, 보도의 하나를 따라 그들을 향해 오고 있었다. 보도가 끝나는 곳에 그는 방향을 돌리기에 앞서 발을 멈추고 눈을 치켜들었다. 학생들은 인사를 했고, 템플은 전처럼 모자 꼭대기를 더듬거렸다. 그들은 말없이 앞으로 걸어갔다. 그들이 구기장(球技場)에 접근했을 때 스티븐은 선수들의 손이 딱딱 부딪치는 소리와 젖은 공을 찰싹 치는 소리 그리고 공을 칠 때마다 흥분해서 부르짖는 데이빈의 목소리를 들을 수 있었다.

세 학생은 데이빈이 앉아 있던 상자 주변에서 게임을 뒤쫓기 위해 걸음을 멈추었다. 템플이, 잠시 후, 스티븐에게 옆걸음으로 가까이 건너와 말했다.

—실례지만, 난 너한테 물어보고 싶었어, 넌 장 자끄 루소가 성실한 사람이었다고 믿나?

스티븐은 이내 큰 소리로 웃었다. 크랜리는, 깨진 상자 조각을 발치의 풀밭으로부터 주위들며, 재빨리 몸을 돌리고 엄하게 말했다.

—템플, 내 살아 있는 하느님께 선언하지만 만일 네가 다시 한마디 더한다면, 알겠나, 누구에게 어느 문제에 대해서 말한다면, "수뻬르 스뽀뜸(즉석에서)" 널 죽여 버리겠어.

—내 생각에, 그도 너처럼, 다감한 사람이었어. 스티븐이 말했다.

—망할 녀석, 저주받을 녀석! 크랜리가 대담하게 말했다. 그에게 전혀 말하지 마. 확실히, 넌 템플에게 말 거는 것은 빌어먹을 요강 —단지에다, 알겠나, 말 거는 것과 마찬가지이야. 꺼져, 템플. 제발, 꺼져.

—난 너 따위에 대해선 눈곱만큼도 상관 안 해, 크랜리, 템플이 치켜든 나뭇조각이 닿지 않도록 물러서며 그리고 스티븐을 가리키면서, 대꾸했다. 저 친구는 내가 알기로 이 대학에서 특유의 마음을 가진 유일한 자야.

—대학! 특유의! 크랜리가 부르짖었다. 꺼져, 망할 녀석, 넌 희망 없는 경칠 놈이니까.

—난 다감한 사람이야, 템플이 말했다. 정말로 그건 타당한 표현이야. 그리고 난 내가 다감한 사람이라는 걸 자랑하고 있어.

그는 교활하게 미소 지으며, 구기장 밖으로 옆걸음 쳐 나갔다. 크랜리는 멍하니 무표정한 얼굴로 그를 지켜보았다.

—저 녀석 봐! 그는 말했다. 너 저따위 비루한 자를 여태 본 적이 있어?

그의 말귀는, 뾰족한 모자를 위에 내려쓴 채, 벽에 몸을 기대어 빈둥거리던 한 학생으로부터 이상스런 웃음소리로 영접받았다. 웃음은, 아주 높은 음정인데다 그토록 남성적인 체구에서 터져 나왔는지라 마치 코끼리의 울음소리처럼 들렸다. 그 학생의 몸이 온통 흔들렸고, 폭소를 억제하기 위해, 그는 두 손을 사타구니 위로 즐겁게 문질렀다.

—린치가 잠에서 깨었도다, 크랜리가 말했다.

린치는, 대답 대신, 몸을 쭉 뻗고, 가슴을 앞으로 불쑥 내밀었다.

—린치가 가슴을 내밀도다.

스티븐이 말했다.

—인생의 한 비평으로 말이야.

린치가 가슴을 낭랑하게 치면서, 말했다.

—누가 뭐라 내 몸통 둘레에 대해서 지껄이느냐?

크랜리가 이 말대로 그를 받아드리자, 두 사람은 싸우기 시작했다. 그들의 얼굴이 다툼으로 시뻘게졌을 때 두 사람은 숨을 헐떡이면서, 떨어졌다. 스티븐은 데이빈에게 몸을 굽혔는지라, 후자는 게임에 열중한 채, 다른 사람의 이야기에 전혀 주의를 기울이지 않았다.

—그런데 꼬마 길든 거위는 어떻게 지내니? 그는 물었다. 그도 역시 서명을 했나?

데이빈이 고개를 끄덕이며, 말했다.

—그런데 너는, 스티비?

스티븐은 고개를 흔들었다.

—너는 참 지독한 사람이야, 스티비, 데이빈이, 입에서 짧은 파이프를 떼면서, 말했다, 언제나 혼자지.

—너는 이제 세계 평화를 위한 청원서에 서명했으니, 스티븐이 말했다, 네 방에서 내가 본 조그만 비망록을 불태울 것 같구나.

데이빈이 대답을 하지 않자, 스티븐은 문구를 인용하기 시작했다.

—긴 걸음(앞으로 갓), 페니언 당원! 우향, 페니언 당원! 번호, 경례, 하나, 둘!

—그건 별개 문제야, 데이빈이 말했다. 나는 뭐니 뭐니 해도 먼저, 아일랜드의 민족주의지야. 그러나 그게 너의 본색이군 너 타고난 냉소자

야, 스티비.

　—네가 헐리 채를 가지고 다음 반란을 일으킬 때, 스티븐이 말했다, 그리고 필요 불가결한 밀고자를 필요로 할 때, 내게 말해. 나는 이 대학에서 자네에게 몇 사람을 찾아 줄 수 있어.

　—나는 너를 이해할 수 없어, 데이빈이 말했다. 한때 나는 네가 영국 문학을 욕하는 걸 듣는가 하면. 지금은 아일랜드의 밀고자를 욕하고 있어. 네 이름이다 네 사상이다 하며 말이야—도대체 넌 아일랜드 사람이냐?

　—나하고 당장 문장국(紋章局)으로 가자꾸나. 그러면 우리 가족의 족보를 보여 줄 테니, 스티븐이 말했다.

　—그럼 우리와 한패가 되자, 데이빈이 말했다. 왜 넌 아일랜드 말을 배우지 않나? 왜 넌 첫 수업 후로 연맹 강습회에서 손을 뗐지?

　—너는 한 가지 이유를 알지, 스티븐이 대답했다.

　데이빈이 고개를 저으며 소리 내어 웃었다.

　—오, 자, 자, 그는 말했다. 저 어떤 젊은 숙녀와 모런 신부 때문이지? 그러나 그건 모두 너 자신의 마음속에 있는 거야, 스티비. 그들은 단지 이야기하고 웃고 있었을 뿐이었어.

　스티븐은 말을 멈추고 데이빈의 어깨 위에 손을 다정하게 올려놓았다.

　—넌 기억하니, 그는 말했다, 언제 우리가 처음 서로 알게 되었는지? 우리가 만났던 첫날 아침 너는 내게 신입생 반으로 가는 길을 가르쳐 달라고 물었지, 그 말의 첫 번째 음절에 아주 강세를 붙이면서 말이야. 너 기억나? 그리고 너는 예수회 사람들을 신부로서 부르곤 했었지. 기억나? 난 너에 대해서 속으로 물어봤어. "저 친구는 자신의 말만큼 천진한가?" 하고 말이야.

—난 단순한 사람이야, 데이빈이 말했다. 너는 그걸 알지. 네가 그날 밤 하코트가(街)에서 네 사생활에 관한 여러 가지 일들을 내게 말했을 때, 정말이지, 스티비, 나는 저녁을 먹을 수가 없었어. 나는 아주 언짢았지. 나는 그날 밤 오랫동안 깨어있었어. 왜 넌 그따위 일들을 내게 말했지?

　　—고맙군, 스티븐이 말했다. 너는 내가 한 괴물이란 말이지.

　　—아니야, 데이빈이 말했다. 그러나 너는 내게 말하지 않았더라면 좋았을 걸.

　　한 가닥 파도가 스티븐의 우정의 잔잔한 표면 아래로 일기 시작했다.

　　—이 민족, 이 나라 그리고 이 생활이 나를 낳았어, 그는 말했다. 난 있는 그대로 나 자신을 표현할 거야.

　　—우리와 한편이 되도록 노력해 봐, 데이빈이 거듭 말했다. 마음속에 너는 아일랜드 사람이지만 너의 자존심이 너무 강해.

　　—나의 조상은 자기들의 언어를 내던지고 또 다른 언어를 택했어, 스티븐이 말했다. 그들은 한 줌의 외국인으로 하여금 그들을 굴복하게 했어. 너는 내가 나의 생명과 몸으로 그들이 진 빚을 갚으리라 생각하나? 무엇 때문에?

　　—우리의 자유를 위해서. 데이빈이 말했다.

　　—명예롭고 성실한 어떤 이도, 스티븐이 말했다, 톤의 시대로부터 파넬의 그것까지, 그대들에게 자신의 생명과 젊음과 애정을 포기하지 않았으나, 그대들은 그를 적에게 팔았거나, 위기에 그를 실망하게 했거나 그를 욕하고 다른 사람을 위해 그를 포기했어. 그런데도 너는 나를 너의 한편이 되도록 청하다니. 난 우선 너희가 지옥에 빠지는 것을 보고 싶어.

　　—그들은 자신들의 이상을 위해 죽었어, 스티비, 데이빈이 말했다. 하지만 우리 영광의 그날이 오고 말 거야, 내 말을 믿어.

스티븐은, 자기 생각을 따르면서, 잠깐 말이 없었다.

—영혼은 태어나는 거야, 그는 막연하게 말했다, 내가 네게 말한 저 순간에 처음으로. 그것은, 육체의 탄생보다 한층 신비스럽고, 느리고 애매한 탄생이야. 인간의 영혼이 이 나라에서 태어날 때, 그것이 날아가지 못하도록 그에 쳐진 그물들이 있지. 너는 내게 국적, 언어, 종교를 말하고 있어. 나는 그러한 그물을 뚫고 날아가려고 노력할 거야.

데이빈은 파이프에서 재를 떨었다.

—내겐 너무 어려운 이야기이군, 스티비, 그는 말했다. 하지만 인간에게는 나라가 첫째야. 아일랜드가 첫째지, 스티비. 다음으로 너는 시인이나 신비주의자가 될 수 있지.

—너는 아일랜드가 뭔지 아니? 스티븐은 냉정한 가혹성으로 물었다. 아일랜드는 자신의 새끼를 잡아먹는 늙은 암퇘지란 말이야.

데이빈은 상자에서 일어나, 슬프게 고개를 흔들면서, 선수들을 향해 나아갔다. 그러나 순간적으로 그의 슬픔은 사라지고, 크랜리 및 방금 경기를 끝마친 두 선수와 함께 열렬히 말다툼하고 있었다. 4인조의 경기가 마련되었는데, 그러나 크랜리는, 자기 공을 사용해야만 한다고 주장했다. 그는 공을 두서너 번 손에다 리바운드를 하게 하고, 구기장의 베이스를 향해 세게 그리고 재빨리 치자, 그 쿵 소리에 답하여 부르짖었다.

—염병할!

스티븐은 스코어가 오르기 시작할 때까지 린치와 함께 서 있었다. 그러자 이어 그는 그곳을 빠져나가도록 린치의 소매를 잡아당겼다. 린치는 이에 복종하며, 말했다.

—크랜리가 말하듯, 우리도 역시 가보세.

스티븐은 이러한 측면 공격에 미소를 띠었다. 그들은 정원을 빠져나가 비틀거리는 수위가 게시판에다 핀으로 광고를 꽂고 있는 홀 밖으로 빠져나갔다. 층계 발치에서 그들이 발걸음을 멈추자 스티븐이 호주머니에서 담뱃갑을 꺼내, 그의 동료에게 내밀었다.

—나는 네가 가난하다는 걸 알아, 그는 말했다.

—너의 그 경칠 오만에 저주를, 린치가 대답했다.

린치의 교양의 이 두 번째 증거가 스티븐을 다시 미소 짓게 했다.

—네가 매우 저주받으라고 증언한 날은 유럽의 문화를 위한 위대한 날이었어, 그는 말했다.

두 사람은 담배에 불을 댕기고 오른쪽으로 돌아갔다. 잠시 후 스티븐이 말을 시작했다.

—아리스토텔레스는 연민과 공포를 정의(定義)하지 않았어. 내가 했지. 내 말은 —

린치가 발걸음을 멈추고 무뚝뚝하게 말했다.

—그만! 나는 듣고 싶지 않아! 나는 몸이 아파. 간밤에 밖에서 호런과 고긴즈와 함께 경칠 술을 마시고 있었지.

스티븐은 말을 계속했다.

—연민이란 무엇이든 인간의 고통에서 침통하고 한결같은 것에 직면하여 마음을 사로잡으며, 그와 인간의 수난자를 결합하는 감정이야. 공포란 무엇이든 인간의 고통에서 침통하고 한결같은 것에 직면하여 마음을 사로잡으며, 그와 비밀의 원인을 결합시키는 감정이야.

—되풀이해봐, 린치가 말했다.

스티븐은 정의를 천천히 되풀이했다.

—한 소녀가 며칠 전에 마차를 탔지, 그는 말을 계속했다, 런던에서 말이야. 그녀는 여러 해 동안 보지 못했던 그녀의 어머니를 만나러 가는 길이었어. 거리의 모퉁이에서 짐마차의 끌채가 마차의 유리창을 별 모양으로 조각나게 했지. 한 조각 길고 엷은 바늘 같은 유리가 그녀의 심장을

찔렀어. 그녀는 당장 죽어 버렸지. 신문 기자는 그걸 비극적 죽음이라 불렀어. 그건 그렇지 않아. 그건 내가 정의하는 말에 따르면 공포와 연민과는 거리가 멀어.

—비극적 감정이란, 사실상, 공포를 향한 그리고 연민을 향한, 두 가지 방향을 보는 얼굴과 같아서, 이들의 두 방향이 비극적 감정의 양면성이란 말이야. 너는 내가 '사로잡다' 라는 말을 쓰고 있음을 알지. 내가 뜻하는 바는 비극적 감정은 정적(靜的)이야. 아니면 차라리 극적 감정이 그렇지. 부적당한 예술에 의하여 자극을 받는 감정은 동적(動的)이요, 욕망 또는 혐오야. 욕망은 우리에게 중요한 뭔가를 소유하거나 그를 향해 가도록 권고하지. 혐오란 우리에게 중요한 뭔가를 포기하게 하고, 그에게서 멀어지도록 권고한단 말이야. 외설적이든 교훈적이든, 그들을 자극하는 예술은, 그런 고로 부적당한 예술이야. 심미적 감정이란 (나는 총체적 용어를 사용하고 있지만) 그런 고로 정적이야. 마음은 사로잡히고, 욕망과 혐오를 초월하여 고양(高揚)되는 거야.

—너는 예술이 욕망을 자극해서는 안 된다고 말하는 군, 린치가 말했다. 내가 네게 말한 대로 어느 날 나는 박물관에서 프락시텔레스의 비너스 상의 엉덩이에 연필로 내 이름을 썼었지. 그건 욕망이 아니던가?

—나는 통상적 본성(本性)에 관해서 말하고 있어. 스티븐이 말했다. 너 또한, 내게 말했지만, 네가 저 매력 있는 카르멜 수도회의 한 소년이었을 때 너는 마른 쇠똥 조각을 먹었다고 했지.

린치는 다시 말 우는소리를 터뜨리고, 양손을 호주머니에서 다시 빼지 않은 채 단지 사타구니 위로 문질렀다.

—오, 난 그랬어! 난 그랬어! 그는 부르짖었다.

스티븐은 그의 동료 쪽으로 얼굴을 돌리고, 잠깐 그의 눈 속을 대담하게 들여다보았다. 린치는, 웃음에서 회복하며, 그의 겸손해진 눈으로부터 상대방의 시선에 응답했다. 기다랗고 뾰족한 모자 밑으로 길고 가는 납작한 두개골이 스티븐의 마음 앞에 한 두건 쓴 파충류의 이미지를 불러왔다. 그 눈은, 또한, 번뜩이고 빤히 쳐다보는 가운데 마치 파충류처럼 보였다. 하지만 그 순간, 시선이 겸손해지고 민첩한 채, 그들은 하나의 조그만 인간적인 점에 의해 비쳤고, 통렬하고 자조적(自嘲的), 어떤 시들어 버린 영혼의 창문 같았다.

—그로 말하면, 스티븐이 점잖은 말투로 덧붙여 말했다. 우리는 모두가 동물이야. 나 역시 동물이야.

—맞아, 린치가 말했다.

—그러나 우리는 바로 지금 정신세계 안에 있어, 스티븐이 말을 계속했다. 부적당한 심미적 방법에 따라 자극되는 욕망이나 혐오는 성격에서 동적일 뿐만 아니라 육체적인 감정보다 더 나을 것이 없어서 실제로 심미적 감정이 아니야. 우리의 육체는 신경조직의 순수한 반사적 행동으로 두려워하는 것으로부터 몸을 움츠리며, 그것이 욕망하는 것의 자극에 대해 반응하는 거란 말이야. 눈꺼풀은 파리가 눈에 들어오려는 것을 우리가 알기 전에 이미 닫혀 버리지.

—언제나 그렇지는 않아, 린치가 비판적으로 말했다.

—마찬가지로, 스티븐이 말했다, 네 육체는 나체 상(像)의 자극에 반응하지, 그러나 그것은, 글쎄, 단순히 신경의 반사 작용일 뿐이야. 예술가에 의해 표현되는 미는 우리의 마음속에 동적 감정이나 단순히 육체적 감정을 불러일으킬 수 없어. 미는 일종의 심미적 정지 상태, 일종의 이상적 연민 또는 이상적 공포, 소위 내가 말하는, 미의 음률에 의해 환기되고, 지속하며, 그리하여 마침내는 해소되는 정지 상태를 일깨우거나, 또는 일깨워야 하고, 또는 유발하고 유발해야 하는 거야.

—정확히 그건 뭐지? 린치가 물었다.

─음률이란, 스티븐이 말했다, 어느 미적 전체 속에서 부분과 부분 또는 미적 전체와 그 부분 또는 한 부분을 이루는 미적 전체에 대한 부분들 혹은 어느 부분을 이루는 최초의 형태상의 심미적 관계를 말하는 거야.

─만일 그것이 음률이라면, 린치가 말했다, 네가 부르는 미는 뭔지 어디 들어보자. 그리고 제발 기억하게, 비록 내가 한때는 쇠똥 조각을 먹었다 하더라도, 내가 감탄하는 것은 단지 미(美)임을.

스티븐은 마치 인사하듯 모자를 치켜들었다. 그리고는, 얼굴을 약간 붉히면서, 손을 린치의 두툼한 트위드 천 옷소매 위에 놓았다.

─우리는 옳아, 그는 말했다, 남들은 잘못이야. 이런 일들을 이야기하고, 그들의 본질을 이해하려고 노력하고, 그것을 이해한 연후에, 이 거친 대지 또는 그것의 산출로부터, 우리의 영혼의 감옥문(監獄門)이라 할 음향, 형태 그리고 색채로부터, 우리가 이해하는 미의 이미지를 천천히 겸허하게 그리고 한결같이 표현하고 다시 짜내는 것, 그것이 예술이야.

그들은 운하교(橋)에 이르렀고, 그들의 진로로부터 방향을 바꿔, 가로수 옆을 계속 걸어갔다. 천천히 흐르는 물속에 비친, 한 가닥 야한 회색의 햇볕과 그들의 머리 위의 젖은 나뭇가지의 냄새가 스티븐 사색의 진로를 가로막는 듯했다.

─그러나 너는 아직 내 질문에 대답하지 않았어, 린치가 말했다. 예술이란 뭐냐? 그것이 표현하는 미는 뭐냐?

─그건 내가 너한테 내린 첫 번째 정의지, 이 멍청이 바보야, 스티븐이 말했다, 내가 그 문제를 내 나름대로 생각해 내려고 애쓰기 시작했을 때 말이야. 너는 그날 밤이 생각나니? 크랜리가 화를 내며 위클로우 베이컨에 관해 말하기 시작했지.

─나는 기억해, 린치가 말했다. 그 녀석이 그들 살진 악마 같은 불붙는 돼지들에 관해 우리에게 이야기했지.

—예술이란, 스티븐이 말했다, 심미적 목적을 위한 감각적 또는 지적인 것의 인간적 처리를 의미하지. 너는 돼지 이야기는 기억해도 그 정의는 잊었구나. 너와 크랜리는 한심한 짝패야.

린치는 칙칙한 회색의 하늘을 향해 상을 찌푸리며 말했다.

—만일 내가 너의 심미적 철학을 들어야 한다면, 적어도 담배 한 대를 더 주렴. 나는 그따위 정의에는 상관하지 않아. 나는 심지어 여자들에 대해서도 관심이 없어. 너와 만사가 지옥에 떨어져 버려. 내가 바라는 건 연(年) 5백 파운드짜리 직업이야. 넌 그런 걸 내게 얻어 줄 수 없지.

스티븐이 담뱃갑을 그에게 건넸다. 린치는 남은 마지막 한 개비를 집으며, 간단히 말했다.

—진행하게!

—아퀴나스는, 스티븐이 말했다, 즐거움을 주는 것의 인식 그것이 미라고 말하고 있어.

린치는 고개를 끄덕였다.

—나는 그걸 기억하고 있어, 그는 말했다. "풀끄라 순뜨 꾸아에 비사 뻴라첸뜨(미는 눈을 즐겁게 하는 것이니라)."

—그는 '눈(visa)'이란 단어를 쓰고 있어, 스티븐이 말했다, 그건, 시각 또는 청각을 통해서건, 아니면 어떤 다른 인식의 통로를 통해서건, 모든 종류의 심미적 이해를 총망라하는 말이야. 이 단어는, 비록 그것이 모호하기는 해도, 욕망과 혐오를 자극하는 선과 악을 배제하기 위해 아주 분명한 거야. 그것은 분명히 정지 상태를 의미하지 동적 상태는 아니야. 진리란 어떤가? 그건 또한, 마음의 정지 상태를 낳는 거야. 너는 직각 삼각형의 사변(斜邊)을 가로질러 연필로 너의 이름을 쓰지는 않을 테지.

—아니, 린치가 말했다. 프락시텔레스의 비너스의 사변을 내게 주면 몰라도.

─그런고로 정적이야, 스티븐이 말했다. 플라톤은, 내가 믿기로, 미는 진리의 광휘(光輝)라고 했어. 그것은 진리와 미가 유사하다는 것 이외에는, 뜻이 없다고 생각해. 진리는 지각할 수 있는 것의 가장 납득할 수 있는 관계에 의해 달라지는 지성에 의해서 관망 되는 거야. 미는 지각할 수 있는 것의 가장 이해할 수 있는 관계에 의해 달라지는 상상력에 의해서 관망 되는 거야. 진리를 향한 첫째 단계는 지성 그 자체의 구조와 범위를 이해하고, 지각 작용의 행위 그 자체를 포착하는 일이지. 철학에 대한 아리스토텔레스의 전체 체계는 그의 심리학의 책에 근거를 두고 있는 것으로, 그것은, 내가 생각하기에, 같은 속성은 동시에 그리고 같은 연관에서 같은 실재에 속하지 않을 수도 그리고 속할 수도 있다는 그의 진술에 근거를 두고 있어. 미를 향한 첫째 단계는 상상력의 구조와 범위를 이해하고, 심미적 인식의 행동 자체를 포착하는 일이야. 그건 분명한가?

─그러나 미란 무엇이냐? 린치가 초조하게 물었다. 또 다른 정의를 내놓아 봐. 우리가 알고 좋아하는 근사한걸! 그게 너와 아퀴나스가 할 수 있는 최선의 정의란 말이냐?

─여자를 예로 들어보자, 스티븐이 말했다.

─좋아, 그러자! 린치가 안달하며 말했다.

─그리스 사람, 터키 사람, 중국사람, 콥트 사람, 호텐토트 사람은, 스티븐이 말했다, 모두 여성미의 각기 다른 유형을 찬미하지. 그건 우리가 그로부터 도망칠 수 없는 일종의 미로처럼 보인단 말이야. 나는 보지, 그러나 두 가지 돌파구를. 하나는 이런 가설이야. 즉 남성이 여성에게서 감탄하는 모든 육체적 특성은 종(種)의 번식을 위한 여성의 다양한 작용들과 직접적인 연관을 맺고 있어. 그건 아마 그럴 거야. 세상은, 린치, 심지어 네가 상상했던 이상으로 황량한 것처럼 보여. 나는 그와 같은 돌파구를 좋아하지 않아. 그건 미학보다도 우생학으로 통하는 거야. 그와 같은

돌파구는 너를 미궁에서 빠져나와 어떤 새롭고 번드레한 강의실 속으로 끌고 가자, 거기서 맥캔은 한 손을 『종의 기원』 위에 그리고 다른 한 손을 신약성서 위에 얹고, 네가 비너스의 위대한 옆구리를 찬미함은 그녀가 튼튼한 자손을 네게 낳아 줄 것으로 생각하기 때문이고, 그녀의 위대한 앞가슴을 찬미함은 그녀가 자신의 자식들 그리고 네 자식에게 훌륭한 우유를 제공할 것이라 네가 느꼈기 때문이라고, 네게 말한단 말이야.

─그럼 맥캔은 새빨간 경칠 거짓말쟁이야. 린치가 정력적으로 말했다.

─또 하나의 돌파구가 남아 있어. 스티븐이 소리 내어 웃으며 말했다.

─말하자면? 린치가 말했다.

─이런 가설이야, 스티븐이 시작했다.

고철(古鐵)을 실은 기다란 짐마차 한 대가성 파트릭 던즈 병원 모퉁이를 돌아오자 쩡쩡 울리는 금속의 거친 큰소리로 스티븐의 말끝을 덮어버렸다. 린치는 귀를 닫고 마차가 지나갈 때까지 연달아 욕지거리를 퍼부었다. 그러고 나서 그는 발꿈치로 거칠게 돌아섰다. 스티븐 역시 돌아서서 친구 불쾌감의 그 분출구를 찾을 때까지 잠깐 기다렸다.

─이 가설은, 스티븐이 거듭 말했다. 다른 돌파구야. 즉, 동일한 대상물이 모든 사람에게 아름답게 보이지 않을지 몰라도, 한 아름다운 대상물을 찬미하는 모든 사람은 모든 심미적 인식의 단계 자체를 만족하게 하고 그와 맞추는 어떤 관계를 그 속에서 발견하는 거야. 네게 한 가지 형식을 통하여 그리고 내게 다른 형식을 통하여 볼 수 있는, 감각의 이러한 관계들은, 그런 고로 미의 필요한 특질임이 틀림없어. 이제 우리는 또 다른 몇 푼짜리 지혜를 얻기 위해 우리의 옛 친구 성 토마스에게로 돌아갈 수 있지.

린치가 소리 내이 웃었다.

—그것참 나를 굉장히 즐겁게 하는군, 그는 말했다. 네가 유쾌한 똥뚱보 수도사를 닮은 그를 연거푸 인용하는 것을 들으니 말이야. 너도 속으로 웃고 있겠지?

—맥앨리스터이라면, 스티븐이 대답했다, 나의 심미론을 응용 아퀴나스라 부를 테지. 심미 철학의 이면에 관한 한, 아퀴나스는 언제나 나를 인도해 줄 거야. 우리가 예술적 착상, 예술적 창안, 그리고 예술적 재생의 형상에 이를 때, 나는 새로운 술어와 새로운 개인적 경험을 요구하지.

—물론이야, 린치가 말했다. 결국, 아퀴나스는, 그의 지력에도, 분명히 착한 한 똥뚱보 수도사였어. 그러나 너는 그 새로운 개인적 경험과 새로운 술어에 대해서 어느 날 내게 이야기를 해줘. 서둘러 이야기의 첫 부분을 끝내.

—누가 알아? 스티븐이 미소를 지으며, 말했다. 아마 아퀴나스가 나를 너보다 잘 이해할 거야. 그는 그 자신 한 사람의 시인이었어. 그는 세족(洗足) 목요일을 위해 한 수의 성가를 썼지. 그것은 '빤게 린구아 글로리오시(혀여, 영광스럽게 찬미할지라).' 라는 말로 시작하지. 사람들은 이 노래가 성가 가운데에서 최고의 영광이라는 거야. 그건 미묘하고 마음을 달래는 성가지. 난 그걸 좋아해. 그러나 베난티우스 포르투나투스의 「왕의 깃발」, 저 슬프고도 장중한 행진 가와 비견할 수 있는 성가는 없지.

린치는 깊은 저음으로 부드럽게 그리고 엄숙하게 노래하기 시작했다.

만백성에게 말하는,
다비드 왕의 노래는,
믿음의 노래로 이루어졌나니,
하느님은 십자가에서 다스렸도다.

―그것 대단하군! 그는 기분이 아주 좋은 듯, 말했다. 위대한 음악이
야!

그들은 하부 마운트가(街)로 돌아들어 갔다. 모퉁이에서 몇 걸음, 비단
목도리를 두른, 한 뚱뚱한 청년이 그들에게 인사하며, 멈추어 섰다.

―너희 시험 결과를 들었나? 그는 물었다. 그리핀이 낙방했어. 핼핀과
오플린은 국내 문관시험에 통과했지. 무넌은 인도문관 시험에서 다섯 번
째에 들었어. 오쇼니시는 열네 번째에 들었고. 클라크 주점의 아일랜드
녀석들이 지난밤에 그들에게 한턱냈어. 그들 모두가 카레를 먹었지.

그의 창백하고 퉁퉁한 얼굴이 호의적인 악의를 드러내며 그가 합격의
소식을 미리 전하자, 그의 살로 둘러싸인 작은 눈이 시야에서 사라졌고,
그의 연약하고 씨근거리는 목소리도 들리지 않았다.

스티븐의 질문에 대답하느라고 그의 눈과 목소리가 숨은 곳에서 다시
나타났다.

―그래, 맥컬러하고 나 말이야, 그는 말했다. 그는 순수 수학을 택하고
난 헌법사를 선택하고 있어. 스무 개의 과목들이 있어. 난 식물학도 택하
고 있지. 내가 야외 클럽의 회원인 걸 너희도 알지.

그는 당당한 모습으로 다른 두 사람으로부터 물러서며 털장갑 낀 퉁
퉁한 손을 가슴에 대자, 거기서부터 중얼대는 씨근거리는 웃음소리가 이
내 터져 나왔다.

―다음에 네가 외출할 때 무와 양파를 몇 개 우리한테 갖다 줘, 스티
븐이 멋쩍게 말했다. 스튜 요리를 만들게 말이야.

살진 학생이 마구 소리 내어 웃으며 말했다.

―우린 모두 야외 클럽에서 높이 존경받는 사람들이야. 지난 토요일
우린 글렌멀어까지 외출했지, 우리 일곱이.

―여자들하고, 두 누번? 린치가 말했다

도노번이 다시 한 손을 가슴에 얹고 말했다.

─우리의 목적은 지식의 획득이야.

그러고 나서 그는 재빨리 말했다.

─자넨 미학에 관해 어떤 논문을 쓰고 있다고 난 듣고 있어.

스티븐은 막연한 부정적인 몸짓을 취했다.

─괴테와 레싱은, 도노번이 말했다, 그러한 주제로 글을 많이 썼지, 고전파니 낭만파니 그리고 그런 것 모두. 내가 『라오콘』을 읽어보니 퍽 재미있더군. 물론 그건 관념론적, 독일식, 초(超)심오한 거야.

다른 사람 중 아무도 말하지 않았다. 도노번은 품위 있게 그들과 작별을 했다.

─난 가봐야 해, 그는 조용히 그리고 인정 많게 말했다. 나는 내 누이가 오늘 도노번 가족의 만찬을 위해 팬케이크를 만들 생각이라는, 거의 확신에 가까운, 강한 예감이 든단 말이야……

─잘 가, 스티븐이 그의 발자취를 좇아 말했다. 나와 내 친구를 위해 무를 잊지 말게.

린치는, 그의 얼굴이 악마의 탈처럼 닮아 보일 때까지 입술이 천천히 조소하듯 삐죽이면서, 그의 뒤를 돌아보며 말했다.

─저 경칠 놈의 팬케이크, 먹는 똥 덩어리가 근사한 일감을 얻을 수 있다는 걸 생각하면, 그는 마침내 말했다, 그리고 나는 싸구려 담배를 피워야만 하다니!

그들은 메리언 광장 쪽으로 얼굴을 돌리고, 잠깐 말없이 걸어갔다.

─미에 대해서 내가 하던 이야기를 끝내자면, 스티븐이 말했다. 감지할 수 있는 것의 가장 만족스러운 관계는 그런 고로 예술적 인식의 필요한 국면들과 상통해야만 해. 이 관계를 찾아내면 넌 보편적 미의 특질을 찾아낼 수 있지. 아퀴나스는 말하고 있어. '아드 뿔끄리뚜디넴 뜨리아 레

뀌룬뚜르 인떼그리따스, 꼰소난띠아, 끌라리따스'라고 말이야. 내가 이를 번역하면, '미를 위해 세 가지가 필요하다. 즉 전체성, 조화 및 광휘.' 이것이 인식의 단계와 상통할까? 알아들어?

─물론, 알아듣고말고, 린치가 말했다. 만일 네가 나를 똥 덩어리 같은 지능을 가졌다고 생각하면, 도노번을 뒤쫓아 가 너의 이야기를 듣도록 그에게 요구하란 말이야.

스티븐은 어떤 푸줏간의 소년이 머리에 뒤집어쓰고 있는 광주리를 가리켰다.

─저 광주리 좀 봐, 그는 말했다.

─보고 있어, 린치가 말했다.

─저 광주리를 보기 위해서, 스티븐이 말했다, 너의 마음은 모든 것 중에서 우선 광주리를 광주리가 아닌 가시적인 우주의 여타 부분으로부터 분리하는 거야. 인식의 첫째 단계는 인식되는 물체 주변에 그어진 한계선이야. 한 개의 심미적 이미지는 공간 안에서 아니면 시간 안에서 우리에게 제시되지. 가청적(可聽的)인 것은 시간 안에서 제시되고, 가시적(可視的)인 것은 공간 안에서 제시되는 거야. 그러나 시간적이든 공간적이든, 미적 이미지는 우선 그것이 아닌 공간 또는 시간의 측정할 수 없는 배경에 대해서 그 자체의 한계선을 가지며 그 자체의 내용을 가짐으로써 명료하게 인식될 수 있지. 너는 그걸 '하나의' 사물로 인식하지. 너는 그걸 하나의 전체로 보지. 너는 그것의 전체성을 인식하는 거야, 그것이 '인떼그리따스'야.

─정곡을 찔렀군! 린치가 큰 소리로 웃으며, 말했다. 계속해.

─그런 다음, 스티븐은 말했다, 너는 사물의 형태의 선들에 인도되어, 점에서 점으로 통과하지. 너는 사물의 한계선 내에서 부분 대 부분이 균형을 이루는 것으로 그 사물을 인식하지. 넌 사물의 구조의 리듬을 느끼

는 거란 말이야. 말을 바꾸면, 직감의 종합은 인식의 분석이 뒤따르지. 그것이 '하나의' 사물임을 처음 느낀 다음에 너는 이제 그것이 하나의 '사물'임을 느끼게 되지. 너는 사물이 복합적(複合的), 다원적(多元的), 가분적(可分的), 가할적(可割的)이며, 여러 부분으로 구성되고, 그 사물의 부분과 그들 총화의 결과가, 조화적인 것으로, 인식하는 거야. 그것이 '꼰소난띠아'야.

—다시 전곡이군! 린치가 재치 있게 말했다. 자 이제 '끌라리따스'가 뭔지 말해 봐, 그럼 넌 담배를 얻게 돼.

—그 말의 함축된 뜻은, 스티븐이 말했다. 오히려 모호해. 아퀴나스는 정확하지 않은 듯한 술어를 쓰고 있어. 이 말은 한참 동안 나를 당혹게 했어. 그건 그가 상징주의 또는 관념론을 염두에 두지 않았나 상대를 느끼게 할 거야, 그리고 미의 지고(至高)의 본질은 어떤 다른 세계에서 오는 한 가닥 빛, 물질은 다만 그림자에 불과하고, 빛의 실체는 상징에 불과하다는 것이지. 나는 그가 '끌라리따스'란 말로 어떤 사물에서 하느님의 목적에 대한 예술적 발견 및 재현하거나 아니면 심미적 이미지를 보편적인 것으로 만들고, 그것을 사물의 본래의 상태보다 한층 빛나게 하는 보편화의 힘을 의미할 거로 생각했어. 그러나 그건 문자 그대로의 이야기야. 나는 그걸 그렇게 이해하고 있어. 네가 저 광주리를 한 가지 물체로 이해하고 그다음으로 그의 형태를 따라서 분석하며 그것을 하나의 물체로 인식할 때, 너는 논리적으로 그리고 심미적으로 허용될 수 있는 유일한 종합을 이루게 되는 거야. 너는 그것이 그것 자체요 다른 것이 아님을 알게 되지. 스콜라 철학의 "꾸이디따스"란 말로 그가 말하는 광휘란, 사물의 '본체'야. 이 지고의 본질은 심미적 이미지가 예술가의 상상 속에 최초로 품어질 때 느껴지는 거야. 저 신비스런 순간의 마음을 시인 셸리는 한갓 사그라지는 숯불에다 아름답게 비유했어. 미의 저 지고의 본질,

즉 심미적 이미지의 맑은 광휘가 미의 전체성에 의해 사로잡히고 그의 조화로 매혹되었던 마음에 의해 밝게 인식되는 순간이야말로 심미적 쾌락의 밝고도 조용한 정지 상태, 즉 이탈리아의 생리학자 루이지 갈바니가, 셸리의 말과 같은 거의 아름다운 말을 사용하여, 심장의 황홀경이라 불렀던, 저 강심(强心)의 상태와 아주 유사한 정신적 상태인 거야.

스티븐은 말을 멈추었고, 비록 그의 동료가 아무 말도 하지 않았지만, 자신의 말이 생각에 매료된 침묵을 그들 주변에 불러일으켰음을 느꼈다.

—내가 한 말은, 그는 다시 시작했다, 말의 넓은 의미에서, 그 말이 문학적 전통에서 갖는 의미에서 미에 관해 언급하지. 시장에서 그건 또 다른 의미가 있어. 우리가 그 말의 두 번째 의미로 미에 관해 말할 때, 우리의 판단은 먼저 예술 그 자체에 의해 그리고 예술의 형태에 의해 영향을 받는 거야. 미적 이미지는, 그건 분명하지만 예술가 자신의 마음 또는 감각과 다른 사람들의 마음 또는 감각 사이에 놓여야만 하는 거야. 만일 네가 이를 기억에 간직한다면, 예술은 하나의 형식에서 다음의 것으로 전진하는 세 개의 형식들로 필연적으로 나누어짐을 너는 알 거야. 세 개의 형식이란. 서정적 형식, 즉 예술가가 자신의 이미지를 자기 자신과 직접적인 연관 속에 제시하는 형식, 그가 자신의 이미지를 자기 자신과 남에게 간접적으로 연관시키는 서사시적 형식, 자신의 이미지를 다른 사람들과 직접적인 연관 속에 두는 극적 형식이야.

—그건 내가 며칠 전날 밤에 말한 거잖아, 린치가 말했다, 그래서 우린 그 유명한 논쟁을 시작했지.

—나는 집에 책을 한 권 갖고 있어, 스티븐이 말했다, 그 속에 너의 질문보다 한층 재미있는 문제들을 적어 두었어. 그들에 대한 답을 찾는 가운데 내가 방금 설명하려고 하는 심미 이론을 발견했단 말이야. 여기 나 자신이 세기한 약간의 문제들이 있지. "멋지게 만들어진 의자는 비극적

이냐 아니면 희극적이냐? 모나리자의 초상화를 만일 내가 그걸 보기를 원한다면 훌륭한 것이냐? 필립 크램턴 경의 흉상은 서정적이냐, 서사적이냐, 아니면 극적이냐? 만일, 아니라면 왜 아니냐?"

─왜 아니냐, 정말? 린치가 크게 웃으며, 말했다.

─"만일 장작을 패는 한 사나이가 화가 나서", 스티븐이 계속했다, "거기 암소의 상을 만든다면, 그 상은 예술작품인가? 아니라면, 왜 아닌가?"

─그 참 재미있는 거로군, 린치가 다시 소리 내어 웃으며, 말했다, 그건 진짜 스콜라 학파의 냄새가 나는데.

─레싱은, 스티븐이 말했다, 한 무리의 조상(彫像)들을 들어 글을 쓰지 말았어야 했어. 조각 예술이란, 열등한 것이어서, 내가 이야기한 세 가지 형식을 하나하나 분명히 구별해서 제시해 주지 못해. 가장 높고 가장 정신적인 예술이라 할 문학에서도, 이와 같은 형식들은 이따금 혼동된 거야. 서정적 형식은 사실상 감정의 순간을 감싸주는 가장 단조로운 말의 의상(衣裳)이요, 옛날에 노를 젓거나 비탈에 바위를 끌어올리거나 하는 사람을 격려할 때와 같은 일종의 율동적 부르짖음과 같은 거야. 그 외침을 터뜨리는 사람은 감정을 느끼고 있는 자기 자신보다 감정의 순간을 한층 더 의식하지. 가장 단조로운 서사적 형식은 서사 문학에서 나타나는 것을 볼 수 있는데, 이때 예술가는 서사적 사건의 중심으로의 자기 자신을 지속시키고 숙고하는 거야, 그리고 이러한 형식은 감정적 인력의 중심이 예술가 자신으로부터 그리고 다른 사람으로부터 등거리(等距離)가 될 때 발전하는 거야. 서술은 이때 더는 순수한 개인적인 상태로 될 수는 없어. 예술가의 개성은 서술 그 자체 속으로 빠져들고, 마치 생동하는 바다처럼 인물과 행동 주변을 돌고 돌아 흐르는 거야. 너는 이런 진전을 1인칭으로 시작하여 3인칭으로 끝나는 영국의 옛 민요 『영웅 터핀』

에서 쉽사리 찾아볼 수 있을 거야. 극적 형식은 각 개인의 둘레를 흐르며 소용돌이치는 생명력이 각자에게 이와 같은 활력을 불어넣음으로써 남녀 개개인이 고유의 그리고 신비의 미적 생활을 영위할 때 달성하는 거야. 예술가의 개성은, 애초에는 한갓 외침 또는 선율 또는 기분에 불과하지만 이어 한 가닥 율동적이고 유연하게 흔들리는 서술이 되며, 마침내는 세련되어 그 존재를 감추고, 말하자면, 그 자체가 비개성화하는 거야. 극적 형식에서 미적 이미지는 인간의 상상력으로부터 정화되고 재투사(再投射)되는 거지. 물질적 창조의 신비처럼, 심미적 신비가 달성되는 거야. 예술가는, 창조의 하느님처럼, 그의 수공품 안에 또는 뒤에 또는 그 너머 또는 그 위에 남아, 세련된 나머지, 그 존재를 감추고, 태연스레 자신의 손톱을 다듬고 있는 거야.

─손톱 역시 세련되게 다듬이로써 그 존재를 감추려고 하겠지, 린치가 말했다.

높이 가린 하늘에서 가랑비가 내리기 시작하자, 그들은 소나기가 쏟아지기 전에 국립 도서관에 당도하도록 공작의 잔디밭(정원)으로 돌아서 들어갔다.

─그게 무슨 뜻이야? 린치가 실쭉하게 말했다, 하느님에게 버림받은 이 비참한 섬나라에서 미(美)니, 상상력에 관해 지껄이다니. 예술가가 이 나라를 농지거린 후에 자신의 작품 속에 또는 뒤에 숨어 버려도 이상할 것 없지.

비는 한층 빨리 쏟아졌다. 그들이 킬데어 하우스 곁의 통로를 빠져 지나갔을 때, 많은 학생이 도서관 회랑 아래에서 비를 피하고 있음을 보았다. 크랜리는, 기둥에 몸을 기대고, 뾰족한 성냥개비로 이를 쑤시며, 몇몇 동료의 귀를 기울이고 있었다. 몇몇 소녀들이 출입문 근처에 서 있었다. 린치가 스티븐에게 속삭였다.

—네 애인이 저기 있어.

스티븐은 무리를 이룬 학생들 아래 계단 위에 말없이 자리를 잡고 서서, 심하게 내리는 비에 개의치 않은 채, 시선을 이따금 그녀 쪽으로 돌렸다. 그녀 또한, 동료 사이에 말없이 서 있었다. 그녀는 새롱대는 신부가 함께 없구나, 그는 지난번 그녀를 어떻게 보았는지를 기억하면서, 의식적인 심술을 부리며 생각했다. 린치가 옳았다. 그의 마음은, 이론이나 용기를 비운 채, 맥 풀린 평화 속으로 다시 빠져들었다.

그는 학생들이 자기들끼리 이야기하는 것을 들었다. 그들은 최종 의과 시험에 합격한 두 친구에 관해, 대양(大洋) 정기선의(定期船醫의) 자리를 얻은 기회에 관해, 빈부의 개업(의사의)에 관해 말했다.

—그건 모두 거품이야. 아일랜드 시골 개업이 더 나아.

—하인즈가 리버풀에서 2년간 있었는데, 그는 똑같은 이야기하고 있어. 무서운 함정이었다고 그는 말했어. 산파 환자들밖에 아무것도 없다는 거야. 반 크라운짜리 환자들 말이야.

—너는 그럼 여기 시골서 일자리를 갖는 것이 그처럼 돈 많은 도시에서보다 낫다는 말이야? 내가 아는 녀석은……

—하인즈는 머리가 없어. 그는 지독히도 파서 합격한 거야, 순전히 파서 말이야.

—그를 상관하지 마. 큰 상업 도시에는 많은 돈을 벌 수 있어.

—개업에 달렸지.

—"에고 끄레도 우뜨 비따 빠우뻬룸 에스뜨 심쁠리치떼르 아뜨록스, 심쁠리치떼르 산구이나리우스 아뜨록스, 인 리베르뿔리오(내가 믿기로, 리버풀의 가난한 사람들의 생활은 정말 지독해, 매우 지독해)."

그들의 목소리가 마치 멀리서부터 단속적인 맥박처럼 그의 귀에 들려왔다. 그녀는 동료와 함께 떠날 채비하고 있었다.

빠르고 가벼운 소나기가 멎자, 검어진 대지에 의해 증기가 뿜어나는 사각 안뜰의 관목 숲 사이로 물방울들이 다이아몬드같이 타래로 맺혔다. 그들은, 조용히 그리고 즐겁게 이야기하며, 구름을 흘끗 쳐다보며, 몇몇 마지막 빗방울을 피하고자 교묘한 각도로 우산을 잡으며, 다시 그들을 접으며, 새침하게 치마를 쳐들며, 주랑(柱廊)의 계단 위에 서자, 말쑥한 구두를 토닥토닥 울렸다.

그런데 혹시 그는 그녀를 거칠게 판단하지 않았던가? 혹시 그녀의 생활은 시간의 묵주처럼 단순하고, 그녀의 생활은 새의 생활처럼 단순하고 수상하며, 아침에 경쾌하고, 온종일 안절부절못하고, 해질 때면 지치는가? 그녀의 마음은 새의 마음처럼 단순하고 변덕스러운가?

* * *

새벽 가까이 그는 잠에서 깨어났다. 오 얼마나 감미로운 음악이랴! 그의 영혼은 온통 이슬처럼 흠뻑 젖었다. 그의 잠든 사지 위로 창백하고 차가운 빛의 물결이 스쳐 갔다. 그는 자신의 영혼이 마치 차가운 물속에 놓여 있기라도 하듯 아늑하고 감미로운 음악을 의식하며, 조용히 누워 있었다. 그의 마음은 떨리는 아침의 지식, 아침의 영감으로 서서히 깨나고 있었다. 가장 맑은 물처럼 순수한, 한 정기가 이슬처럼 감미롭게, 음악처럼 감동적으로, 그를 가득 채웠다. 그러나 그의 입김은 마치 치품천사(熾品天使)들이 몸소 그에게 불어대는 숨결처럼, 얼마나 희미하고, 얼마나 정열이 없었던가! 그의 영혼은 완전히 깨나기를 두려워하며, 서서히 깨나고 있었다. 때는 광기가 잠을 깨고 이상한 식물들이 햇볕에 눈을 뜨며, 나방이 소리 없이 날아 나오는 새벽의 저 바람 한 점 없는 시간이었다.

심장의 황홀경! 밤은 황홀경에 사로잡혀 있었다. 꿈이나 환상 속에서 그는 치품천사 같은 생활의 환희를 알았다. 그것은 단지 황홀경의 한순간에 불과했던가 아니면 오랜 시간과 여러 해 그리고 여러 세월이었던가?

영감의 순간이 이제 일찍이 일어났던 일 또는 일어났을지도 모를 일의 무수한 구름 같은 상황의 온갖 측면으로부터 한꺼번에 반사되는 듯했다. 그 순간은 한 점의 불빛처럼 번쩍 빛났고 그리하여 이제 겹겹이 쌓인 구름 같은 몽롱한 상황으로부터 혼란스런 형태가 그의 잔광(殘光)을 부드럽게 가리고 있었다. 오! 상상의 처녀 자궁 속에서 언어는 살로 변했도다. 치품천사 가브리엘이 처녀의 방으로 찾아왔었다. 그의 정신 속에 한 가닥 잔광이 짙어 갔고, 거기에서 하얀 불꽃이 지나가며, 한 송이 장미와 열렬한 불빛으로 짙어 갔다. 그 장미와 열렬한 빛은 그녀의 이상하고 변덕스러운 심장이었고, 그것은 아무도 알지 못했거나 알려고 하지 않는 이상한, 이 세상의 시작 전부터 변덕스러웠던 그녀의 마음이었다. 그리하여 저 열렬하게 타오르는 장미 같은 불빛에 유혹되어, 치품천사의 합창대가 하늘로부터 내려오고 있었다.

그대는 불타는 버릇에 지치지도 않았는가,
타락한 천사에 유혹되어?
황홀한 날들의 이야기를 더는 말라.

시구들이 그의 마음으로부터 입술로 지나갔는지라 그리하여 그것을 되뇌면서, 그는 19행시(빌러넬) 율동의 움직임이 그들 시구에서 빠져 지나감을 느꼈다. 그 장미 같은 광휘가 리듬의 빛을 발산했다. 버릇, 나날, 불길, 찬미, 일어나다. 그의 광선들은 세계를 불태웠고, 인간과 천사의 마음을 소모해 버렸다. 그녀의 변덕스런 마음이었던 그 장미로부터 나온 광선이었다.

그대의 눈이 남자의 마음을 불타게 했으며
그대는 마음대로 그를 사로잡았으니.
그대는 불타는 버릇에 지치지 않는가?

그리고 다음은? 리듬이 사라졌다, 끊어졌다, 다시 움직이고 약동하기
시작했다. 그리고 다음은? 연기, 세계의 제단에서 솟아오르는 향(香)의
냄새.

불꽃 위에 찬양의 연기가
바다 가장자리에서 가장자리까지 솟아나니.
황홀한 날들의 이야기를 더는 말라.

연기가 온 대지로부터, 수연(水煙)의 대양으로부터, 솟아올랐나니, 그
녀를 찬미하는 연기. 대지는 흔들며 동요하는 향로, 향(香)의 공, 타원
체의 공과 같았다. 음률은 당장 사라졌다. 그의 마음의 부르짖음은 깨졌
다. 그의 입술은 최초의 시구들을 연거푸 되뇌기 시작했다. 이어 절반 시
구들을 통해 계속 곱더러 지며, 더듬거리며 당황했다. 이어 멈추었다. 마
음의 외침은 깨어졌다.

베일에 가린 바람 없는 시간은 지나가고, 살벌한 창틀 뒤에 아침의 햇
볕이 모이고 있었다. 종소리가 아주 먼 곳에서 은은하게 들렸다. 한 마리
새가 지저귀었다. 두 마리, 세 마리. 종소리와 새소리가 멎었다. 그리고
희뿌연 빛이 동서로 펼치며, 세계를 덮으며, 그리고 그의 마음속 장밋빛
을 가렸다.

모든 걸 잊을까 두려워하며, 그는 종이와 연필을 찾기 위해 갑자기 팔꿈치를 괴고 일어났다. 책상에는 어느 것도 없었다. 단지 그가 저녁으로 쌀을 먹었던 수프 접시, 덩굴손 같은 수지 촛대와 마지막 불꽃에 그슬린, 종이 초 꽂이뿐이었다. 그는 지친 듯 침대 발치를 향해 팔을 뻗고, 손으로 그곳에 걸린 코트의 호주머니 속을 뒤졌다. 손가락이 한 자루의 연필과 이어 담뱃갑을 발견했다. 그는 뒤로 반듯이 누워, 담뱃갑을 찢어 열면서, 마지막 시가를 창틀에 놓고, 거친 마분지 표면에 작고 말끔한 글씨로 19행 시의 절(節)을 쓰기 시작했다.

그걸 다 쓴 다음 그는 베개 뭉치 위에 반듯이 누워, 그들을 다시 중얼거렸다. 머릿밑의 마디 진 새 깃털 덩이가 그에게 그녀의 응접실 소파의 뭉친 마디 진 말총 덩이를 상기시켰는지라, 그는 소파에 앉아, 그 위에서 미소를 짓거나 심각하게, 자신이 왔던 이유를 스스로 물으면서, 그녀와 자신에게 못마땅한 채, 비어있는 찬장 위 성심(聖心)의 판화 곁에 어리둥절하게, 앉아 있곤 했었다. 그는 이야기의 뜸해진 사이 그녀가 그에게 접근하여 그의 신기한 노래 중의 하나를 불러 달라고 간청하는 것을 알았다. 그런 다음 그는 자기 자신이 낡은 피아노 앞에 앉아, 얼룩진 건반으로부터 조용히 화음을 두드리며, 방안에 다시 솟던 이야기 사이, 벽난로 곁에 기대고 있는 그녀에게, 엘리자베스 조(朝)의 단아한 노래, 떠나기 역겨운 슬프고 달콤한 노래, 아쟁쿠르의 전승(戰勝)의 노래, '푸른 소매'의 행복한 가락을 부르는 자신을 보았다. 그가 노래하고 그녀가 귀를 기울이거나, 또는 기울이는 척하는 동안, 그의 마음은 평온했으나, 그 기묘한 옛 노래들이 끝나고, 목소리를 방 속에 다시 들었을 때, 그는 그 자신의 뒤틀린 기억을 했는지라. 이 집에서는 젊은 남자들의 세례명(첫 이름)들이 약간 너무 빨리 불리도다.

어떤 순간들에서 그녀의 눈이 그를 신뢰하려는 듯 보였으나 그의 기다림은 헛되었다. 그녀는, 그의 사육제 무도회의 밤에 그랬듯이, 하얀 드레스를 가볍게 들어올리고, 머리카락에 하얀 꽃가지를 간들거리며 경쾌하게 춤을 추면서, 방금 그의 기억을 스쳐 지나갔다. 그녀는 원무(圓舞)를 경쾌하게 추었다. 그녀가 그를 향해 춤을 추며, 다가왔을 때, 그녀의 눈은 그를 약간 외면하고 있었으며, 뺨에는 엷은 홍조를 띠고 있었다. 양손을 사슬처럼 맞잡고 잠깐 쉬는 동안 그녀의 손이 부드러운 상품처럼, 한순간 그의 손위에 놓여있었다.

　—넌 요사이 참 이상한 사람이 되었어.

　—그래. 난 수도승으로 태어났으니까.

　—혹시 이단자가 아닌지 모르겠어.

　—넌 정말 두려워?

대답 대신, 그녀는 서로 맞잡은 손을 따라, 경쾌하고 신중하게 춤을 추며, 아무도 상대하지 않은 채, 춤추면서 그에게서 멀리 떠나갔다. 그 하얀 꽃가지가 그녀의 춤에 맞추어 간들거렸고, 그녀가 그늘진 곳에 서자 홍조가 그녀의 뺨 위에 한층 짙어 보였다.

수도승! 그 자신의 이미지가, 수도원의 독신자(瀆神者), 이단적인 프란체스코 회원, 뜻하면서도 섬기려 뜻하지 않는, 게라르디노 다 보르고 산 도니노처럼 궤변의 유연한 거미줄을 짜면서, 그리고 그녀의 귀에 속삭이면서, 앞으로 나타나기 시작했다.

아니다, 그것은 자신의 이미지가 아니었다. 그것은 그가 지난번 그녀를 보았을 때 그녀와 함께 갔던 그 젊은 신부의 이미지를 닮았는지라, 그녀는 그를 비둘기의 눈으로 쳐다보면서, 그녀의 아일랜드어 구어집(句語集)의 페이지를 만지작거리고 있었다.

　—그래요, 그래요, 숙녀들이 우리에게 동조하고 있어요. 나는 그걸 매일 볼 수 있어요. 숙녀들은 우리와 한편이랍니다. 언어가 갖는 최고의 옹

호자들이랍니다.

—그리고 성당도, 모런 신부님?

—성당도 역시. 역시 동조하고 있어요. 일이 그곳에 또한, 잘 진전되고 있어요. 성당에 대해서 안달하지 마요.

흥! 그는 강의실을 멸시하고 떠나기를 잘했다. 도서관 층계에서 그녀에게 인사하지 않은 것이 잘한 일이었다! 그녀가 신부와 희롱을 하고, 기독교 국의 시녀라 할, 성당을 노략질하도록 내버려두길 잘했다.

거칠고 야수적인 분노가 그의 영혼으로부터 환희의 마지막 머뭇거리는 순간을 몰아냈다. 그것은 그녀의 아름다운 이미지를 사납게 부수었고 그 파편들을 사방으로 날려 버렸다. 사방에 그녀의 이미지의 부서진 그림자들이 그의 기억으로부터 솟아 나왔다. 헤진 누더기에, 젖고 거친 머리칼과 말괄량이 얼굴을 한, 그녀 스스로 그의 단골손님이라 외치며 꽃다발을 간청하던 꽃 소녀, 달그락거리는 접시 너머로, 시골 가수의 느린 콧노래와 함께 〈킬라니의 호수와 폭포 곁에〉의 첫 소절들을 노래하던 그 이웃집 식모 아가씨, 코크 힐 근처의 보도에서 쇠 창틀이 그의 떨어진 구두창을 붙잡던 것을 보고 경쾌하게 깔깔거리며 웃던 소녀, 그녀가 제이콥의 비스킷 공장에서 빠져나왔을 때, 그녀의 작고 무르익은 입술에 매혹된 채, 그가 흘끗 쳐다보았던 한 소녀, 그런데 그녀는 자신의 어깨너머로 그에게 외쳤다.

—제 모습이 마음에 드세요, 빳빳한 머리카락과 꼬불꼬불한 눈썹요?

그런데도 그는 느꼈는지라, 아무리 그가 그녀의 이미지를 욕하고 조롱한다 할지라도, 자신의 분노 역시 일종 동경의 모습임을 느꼈다. 그는 전적으로 성실하다고는 할 수 없는 강의실을 멸시하며 떠나 버렸으니, 그리하여 그것은 아마 그녀 종족의 비밀이 그녀의 기다란 속눈썹이 재빠른 그림자를 던지는 저 까만 눈 뒤에 숨어 있을지 모른다고 느꼈다. 그가 거리를 빠져 걸어갔을 때 그녀야말로 조국 여성의 한 인물로서, 어둠과 비밀과 고독 속에서 자아의 의식으로 깨어나, 그녀의 다정한 애인과 사랑도 없이 죄도 없이, 얼마 동안 머물다가, 신부(神父)의 격자(格子) 같은 귀속에 천진한 탈선의 행위를 속삭이기 위해 자기를 떠나는, 박쥐같은 영혼이라, 혼자 암담하게 중얼거렸다. 그녀에 대한 자신의 분노가 그녀의 정부(情夫)에 대한 거친 비난이 되어 터져 나왔으니, 그 정부의 이름과 목소리 그리고 용모가 그의 좌절된 자존심을 손상했다. 신부가 된 농군, 동생 중 하나는 더블린의 순경이요 다른 동생은 모이컬른의 술집 급사. 그자에게 그녀는 자신의 영혼의 수줍은 나성(裸性)을 들어내려 하다니, 영원한 상상력의 사제요, 매일의 경험의 빵을 영원한 생명의 빛나는 육체로 변형시키는 자신에게보다는 오히려 한 형식적 의식(儀式)의 수행을 익혔을 뿐인, 그 자에게 말이다.

성찬의 찬란한 상(像)이 다시 한순간 그의 쓰리고 절망적인 생각들을 결합하고, 그들의 부르짖음이 감사의 송가가 되어 깨지지 않은 채 솟았다.

우리의 부서진 부르짖음과 슬픈 노래가
성찬의 찬송 속에 솟아나니.
그대는 불타는 버릇에 지치지 않았는가?

성찬(聖餐)을 드리는 양손이 쳐드는 동안
언저리까지 넘치는 성배(聖杯)를.
황홀한 날들의 이야기를 더는 말라.

그는 운시를, 음악과 음률이 그의 마음에 스며들고, 조용한 관용으로 그걸 바꾸면서, 첫 행들부터 큰 소리로 읊었다. 그런 다음 그 시구들을 봄으로써 그들을 더 잘 감지할 수 있도록 애써 베꼈다. 이어 그는 자기의 덧베개 위에 반듯이 누웠다.

충만한 아침 햇살이 들어왔다. 아무 소리도 들리지 않았다. 그러나 그는 모든 자기 주변의 삶이 일상의 소리, 거친 목소리가, 졸리는 기도 소리 속에 깨어나려 하는 것을 알았다. 그러한 삶에서 몸을 움츠리며, 담요를 두건으로 삼으며, 해진 벽지의 때 지난 커다란 분홍색 꽃들을 빤히 쳐다보며, 그는 벽을 향해 몸을 돌렸다. 그는 자신이 누운 곳으로부터 위로 하늘나라에까지 분홍색 꽃으로 온통 흐드러진 장미 길을 상상하면서, 그들의 분홍색 광휘 속에 자신의 사라지는 기쁨을 따뜻하게 하려고 애를 썼다. 지쳤도다! 지쳤도다! 그 또한, 불타는 버릇에 지쳐 있었다.

한 가닥 점차로 퍼지는 온기, 일종의 나른한 피로감이 담요를 바싹 고깔처럼 뒤집어쓴 머리로부터 그의 척추를 따라 내려오면서 전신 위로 스쳐 흘렀다. 그는 온기가 흘러내려 옴을 느끼고, 누워 있는 자기 자신을 보면서, 미소를 지었다. 곧 그는 잠들리라.

그는 10년 뒤에 다시 그녀를 위해 시를 썼다. 10년 전 그녀는 숄을 머리 주변에 고깔처럼 둘렀고, 그녀의 따뜻한 입김의 물보라를 밤 공기 속에 내보내며, 면경(面鏡) 같은 도로 위에 발을 타닥거렸다. 그건 마지막 마차였다. 홀쭉한 갈색 말들은 그 사실을 알고 경고하듯 맑은 밤을 향해 그들의 벨을 흔들었다. 차장이 마부와 서로 이야기하며, 두 사람은 이따금 파란 등불 속에 고개를 끄덕였다. 그들은, 그는 위 칸에, 그녀는 아래 칸에, 마차의 계단에 서 있었다. 그녀는 서로 이야기하는 사이 몇 번이고 그의 계단으로 올라와 다시 내려갔으니, 내려가는 것을 잊어버린 채, 그의 곁에 한두 번 머물러 있다가 다시 내려갔다. 흘려 버려! 흘려 버려!

그런 어린 시절의 지혜에서 그의 우행(愚行)까지 10년. 만일 그가 그녀에게 시를 보낸다면? 모두 아침 식사 때 달걀 껍데기를 탁탁 깨는 사이

이 시를 읽으리라. 과연 우행인가! 그녀의 형제들이 소리 내어 웃으며 그들의 튼튼하고 딴딴한 손가락으로 각자로부터 페이지를 뺏으려고 할 테지. 그녀의 아저씨인, 유순한 신부는, 안락의자에 앉은 채, 팔을 한끝 뻗쳐, 미소를 띠며 그걸 읽으면서, 문학 형식이 그럴듯하다고 시인하리라.

아니야, 아니. 그건 우행이었다. 비록 그가 그녀에게 시를 보낸다 할지라도 그녀는 그걸 다른 이들에게 보여 주지 않을 것이다. 아니야, 아니. 그녀는 그럴 수는 없을 것이다.

그는 자신이 그녀에게 부당하게 행동했다고 느끼기 시작했다. 그녀의 천진함에 대한 느낌이 그로 하여금 그녀를 거의 연민으로 움직이게 했는지라, 자신이 죄를 통해 그 죄를 인식하게 될 때까지 그가 결코, 이해하지 못했던 천진함, 그것은 그녀가 천진한 동안 혹은 그녀의 천성의 이상한 수치심이 처음으로 그녀에게 다가왔을 때까지, 그녀 또한, 이해하지 못했던 천진함이었다. 그런 다음 처음으로 그녀의 영혼은 그가 처음으로 죄를 지었었을 때 그의 영혼이 그랬던 것처럼 살아나기 시작했으며, 그리고 일종의 부드러운 동정심이, 그가 여성의 어두운 수치에 의해 겸허해지고 슬퍼진, 그녀의 가냘픈 창백함과 눈을 상기하자, 그의 마음을 가득 채웠다.

그의 영혼이 황홀에서 권태로 지나는 동안 그녀는 어디에 있었던가? 정신생활의 신비한 행동으로, 그녀의 영혼은 저 똑같은 순간에 그의 동경심을 의식할 수 있었던가? 그럴 수도 있었을 터인데도.

한 가닥 욕망의 불길이 다시 그의 영혼을 불사르고 온몸을 불태우며 충만했다. 그의 욕망을 의식하며 그녀는 향기로운 잠에서 깨나고 있었으니, 까맣고 권태의 표정을 띤, 19헬 시의 한 유혹녀. 그녀의 눈이 그의 눈을 향해 열리고 있었다. 찬란하고, 따스한, 체취를 풍기며, 풍만한 사지를 기닌 그녀의 나성(裸性)이, 한갓 빛나는 구름처럼, 그를 감싸고, 유동적인 생명을 지닌 물처럼, 그를 감쌌다. 그리고 공간 속에 감도는 증기의 구름처럼 또는 바다처럼, 신비소(神秘素)의 상징들, 언어의 유동하는 글자들이, 그의 두뇌 위로 흘러나왔다.

그대는 불타는 버릇에 지치지 않았는가,
타락한 천사에 유혹되어?
황홀한 날들의 이야기를 더는 말라.

그대의 눈이 남자의 마음을 불타게 하고
그대는 그대의 의지로 그를 사로잡았으니.
그대는 불타는 버릇에 지치지 않았는가?

불꽃 위에 찬양의 연기가
바다 끝에서 끝까지 솟아오르나니.
황홀한 날들의 이야기를 더는 말라.
우리의 깨어진 부르짖음과 슬픈 노래는
성찬(聖餐)의 찬송 속에 솟아나니.
그대는 불타는 버릇에 지치지 않았는가?

성찬을 드리는 두 손이 높이 쳐드는 동안
넘치는 언저리까지 흐르는 성배(聖杯)를.
황홀한 날들의 이야기를 더는 말라.

여전히 그대는 우리의 동경하는 시선을 장악하니,
지친 시선과 방종한 팔다리로!
그대는 불타는 버릇에 지치지 않았는가?
황홀한 날들의 이야기를 더는 말라.

* * *

저건 무슨 새였던가? 그는 도서관 층계에 서서 물푸레나무 지팡이에 맥없이 몸을 기댄 채, 새들을 바라보았다. 그들은 몰즈워드가(街)에 있는 한 집의 불쑥 내민 어깨주위를 빙빙 돌며 날았다. 때늦은 3월 저녁의 공기가 그들의 비상(飛翔)을 한껏 선명하게 했고, 그들의 검고 떨리는 몸뚱이들이 흐리고 연푸른빛, 축 늘어진 천을 배경 삼 듯, 하늘을 배경으로 선명히 윤곽을 그리며 날고 있었다.

그는 그들의 비상을 자세히 쳐다보았다. 새들을 연달아. 한점 검은 섬광, 한 점 회전, 다시 한 점 섬광, 옆으로의 돌진, 곡선, 푸드덕거리는 날개. 그는 날쌔게 떨며 돌진하는 새들의 몸뚱이들이 지나가기 전에 그들을 세어 보려고 애를 썼다. 여섯, 열, 열하나. 그런데 그들은 홀수일까 짝수일까 궁금했다. 열둘, 열셋. 왠고하니 두 마리가 높은 하늘에서 선회하며 내려왔기에. 그들은 높고 낮게 그러나 언제나 직선과 곡선을 이루며 빙글빙글 날았고, 언제나 왼쪽에서 오른쪽으로 날며, 대기의 전당(殿堂) 주위를 맴돌고 있었다.

그는 그 우는 소리에 귀를 기울였다. 징두리 벽판 뒤에서 들려오는 생쥐들의 울음소리같이. 한 가닥 날카로운 이중 음. 그러나 그 음조는 길고 날카로우며 윙윙거렸는지라, 쥐들의 울음소리와는 달리, 나르는 부리가 공기를 쪼갤 때, 3도 또는 4도 음정으로, 노래하듯 지저귀었다. 그들의 우는소리는 날카롭고 선명하고 가늘었으며 마치 윙윙 울리는 실패에서 푸는 명주 빛의 실같이 떨어졌다.

그 비인간적 지저귐은 어머니의 흐느낌과 책망의 소리가 한결같이 속삭였던 그의 귀를 위안해 주었고, 어스름한 하늘의 대기의 전당 주위를 빙빙 돌며, 퍼덕이며, 선회하는 가냘프고 떨리는 몸뚱이들이 그의 어머니의 얼굴의 이미지를 한결 보았던 그의 눈을 달래 주었다.

왜 그는 현관의 계단에서 위쪽을 빤히 쳐다보며, 새들의 날카로운 이중의 부르짖음을 들으며, 그들의 비상을 바라보고 있었던가? 길흉의 점괘를 위해서? 코넬리우스 아그립파의 한 구절이 그의 마음속을 스치고 지나갔는지라, 이어 스베덴보리의 새들의 대응에서부터 지적(知的)인 것들로, 그리고 공중의 피조물들이 어떻게 그들의 지식을 득하며, 그들이, 인간과는 달리, 그들 자신의 생의 질서를 지키고 이성으로 그 질서를 전도하지 않기 때문에 자신들의 세월과 계절을 알고 있는지에 관한 형체없는 생각들이 여기저기에 날아다녔다.

그리고 오랜 세월 동안 인간은 자신이 비상하는 새들을 응시하고 있듯이, 하늘을 응시해 왔었다. 머리 위의 주랑이 그에게 막연히 고대의 신전을 그리고 그가 지친 듯 몸을 기대고 있는 물푸레나무 지팡이가 점쟁이의 구부러진 지팡이를 생각나게 했다. 미지의 것에 대한 두려움, 상징과 전조(前兆)에 대한 두려움, 버들가지 —엮은 날개를 타고 구속에서 하늘로 치솟는 자신의 이름이 지닌 매 같은 사나이에 대한 두려움의 감각이, 그의 지친 마음속에 움직이는 듯했으니, 그것은 진흙 판에 갈대로 글씨를 쓰면서, 그의 좁은 따오기 머리 위에 날카로운 초승달을 얹고 있는, 작가들의 신(神), 토드에 대한 두려움이었다.

그는 그러한 신의 이미지를 생각하자 미소를 지었으니, 왜냐하면, 가발을 쓴 주먹코의 재판관이 팔을 한껏 뻗은 채 서류에 구두점을 찍고 있는 모습이 생각났는지라, 그는 그 신의 이름이 아일랜드의 맹세를 닮지 않았던들 그 이름을 기억할 수 없으리라는 것을 알고 있었기 때문이다. 그것은 우행이었다. 그러나 그는 이 같은 우행 때문에 자신이 그를 위해 태어났던 기도와 근신의 집이며, 그가 그로부터 두고 나왔던 삶의 질서를 영원토록 떠나려 하지 않았던가?

새들은 날카로운 지저귐과 함께 불룩 튀어나온 집의 언저리 너머로, 저물어 가는 하늘을 등지고 어둑어둑 나르며, 되돌아왔다. 저건 무슨 새들일까? 그는 새들이 남쪽에서 되돌아온 제비들임이 틀림없다고 생각했다. 그럼 그도 멀리 떠나가리라, 왜냐하면, 새들은 언제나 떠나갔다가 돌아오며, 언제나 인간의 집 처마 밑에 일시적인 집을 지으며, 그들이 지은 집을 언제나 떠나 날아가기 때문이다.

그대의 얼굴을 숙여요, 우우나와 알리일.
나는 그들을 바라보나니
제비가 처마 밑 둥지 위를 바라보듯
그가 소리치는 바다를 배회하기 전에.

한 가닥 부드럽고 유동적인 기쁨이 많은 대양의 소리처럼 그의 기억 위로 넘쳐흘렀고, 그는 바다 위의 이울어져 가는 희미한 하늘의 말없는 공간의, 대양 같은 침묵의, 흐르는 바다 위로 황혼을 뚫고 나르는 제비들의, 부드러운 평화를 마음속에 느꼈다.

한 가닥 부드럽고 유동적인 기쁨이 거기 부드럽고 긴 모음이 소리 없이 부딪치며 깨지는 말속을 뚫고 흘러갔는지라, 그 소리는 밀려왔다가 되돌아 흘러가며 말없는 선율과 말없는 울림 그리고 부드럽고 낮은 기절할 듯한 외침 속에 파도의 하얀 종을 언제나 흔들면서 이울어져 갔다. 그리고 그는 회오리치며 돌진하는 새들한테서 그리고 머리 위의 파리한 하늘의 공간에서 그가 찾았던 점괘가 석탑에서 날아온 한 마리 새처럼 조용히 그리고 날쌔게 그의 마음으로부터 솟아나는 것을 그는 느꼈다.

출발 아니면 고독의 상징인가? 그의 기억의 귓전에서 흥얼거리던 시구가 국립극장 개관의 밤에 홀의 장면을 그의 기억의 눈앞에 천천히 드러냈다. 그는 위층 난간 곁에 홀로 앉아서, 무대 앞 특별석의 더블린 문화를 그리고 번지르르한 무대 막과 화사한 램프에 둘러싸인 인간 인형들을 지친 눈으로 바라보고 있었다. 한 건강하게 생긴 순경이 그의 등 뒤에서 땀을 뻘뻘 흘리며, 언제라도 행동에 옮길 채비하는 듯했다. 야유와 쉬쉬 대는 소리 그리고 조소하는 아우성들이 그의 흩어진 동료 학생들로부터 회관 주변에 난폭한 질풍으로 달려나왔다.

—아일랜드의 명예 훼손이다!

—독일제다.

—신성모독이다!

—우린 신앙을 결코, 팔지 않았다!

—어떠한 아일랜드 여성도 그런 적이 없다!

—우린 아마추어 무신론자는 필요 없다.

—우린 풋내기 불교도는 필요 없다.

한 가닥 갑작스러운 쉬익 소리가 머리 위의 창문으로부터 떨어지자 그는 전등들이 열람실에 켜지는 것을 알았다. 그는 방금 조용히 불이 켜진, 기둥들이 늘어선, 홀 속으로 돌아들고, 층계를 올라 삐걱삐걱 소리 나는 회전문을 빠져 지나갔다.

크랜리가 사서집(辭書集) 근처에 앉아 있었다. 한 권의 두툼한 책이, 앞쪽 표지가 펼쳐진 채, 그의 앞 나무 받침대 위에 놓여 있었다. 그는 의자에 등을 기대고, 한 잡지의 체스(장기) 난(欄)으로부터 문제를 그에게 읽어 주고 있던 그 의과 대학생의 얼굴을 향해 고해사의 그것처럼 그의 귀를 기울였다. 스티븐이 그의 오른쪽에 앉자, 테이블 맞은편에 앉은 신부가 그의 『태블릿』지를 골이 난 듯 탕 덮으며 자리에서 일어섰다.

크랜리는 그의 뒷모습을 멍하니 그리고 막연히 쳐다보았다. 그 의과 대학생은 한층 조용한 목소리로 계속 말했다.

—졸(卒)을 장(將)의 넷째 칸에.

—우린 떠나는 것이 좋겠어, 딕슨.

스티븐이 경고하는 투로 말했다.

—저 친구 불평하러 갔어.

딕슨이 잡지를 접고 위엄 있게 일어서며, 말했다.

—아군은 질서 정연하게 후퇴했도다.

—대포와 가축들과 함께.

스티븐이 『소의 질병』이라 적힌 크랜리의 책의 속표지를 가리키며, 덧붙여 말했다. 그들이 테이블 사이의 통로를 빠져나가자 스티븐이 말했다.

—크랜리, 난 너한테 할 말이 있어.

크랜리는 대답도 하지 않고 뒤돌아보지도 않았다. 그는 카운터에 책을 놓고 멋진 구두를 신은 발을 마룻바닥에 단조로이 굴리면서, 밖으로 나갔다. 층계에서 그는 발걸음을 멈추고 딕슨을 빤히 쳐다보면서, 거듭 말했다.

—졸(卒)을 경칠 장(將)의 넷째에.

—좋다면 그렇게 두렴, 딕슨이 말했다.

그는 조용하고 억양 없는 목소리와 세련된 태도를 보였고, 통통하고 깨끗한 손가락에 낀 도장 새겨진 반지를 이따금 드러내 보였다.

그들이 난관을 가로지를 때 난쟁이 몸집의 한 사나이가 그들을 향해 다가왔다. 그의 둥근 조그마한 모자 밑으로 면도하지 않은 얼굴이 기쁨으로 미소 짓기 시작했고, 그의 중얼거리는 소리가 들렸다. 두 눈은 원숭이의 그것처럼 침울해 보였다.

—안녕, 주장(主將), 크랜리가 멈춰 서면서, 말했다,

―안녕, 자네들, 그루터기 같은 수염 기른 원숭이 같은 얼굴이 말했다.

―3월치고는 따뜻한 날씨야, 크랜리가 말했다. 이 층에는 창문을 열어 놓고들 있어.

딕슨이 미소를 지으며 그의 반지를 뒤집었다. 그 까맣고, 원숭이처럼 주름진 얼굴이 조용한 즐거움을 드러내며 인간미 있는 입을 오므리자, 그의 고양이 같은 목소리가 가르랑거렸다.

―3월치고는 화사한 날씨야. 아주 화사해.

― 주장, 이 층에 두 어여쁜 젊은 아가씨들이, 기다리기다가 지쳐 있어, 딕슨이 말했다.

크랜리가 웃으면서 상냥하게 말했다.

―주장은 단지 한 애인을 가졌단 말이야. 월터 스코트 경(卿) 말이야. 안 그래, 주장?

―자네 지금 뭘 읽고 있나, 주장?

딕슨이 물었다.

―『레머무어의 신부(新婦)』?

―나는 스코트가 좋아,

그 유연한 입술이 말했다.

―그는 정말 아름다운 작품을 쓰는 것 같아. 월터 스코트 경을 당할 작가는 없지.

그는 자신의 찬사에 박자를 맞춰 가늘고 찌든 갈색 손을 공중에다 조용히 움직이자, 그의 가늘고 날쌘 눈꺼풀이 슬픈 눈동자 위로 이따금 깜빡거렸다.

스티븐의 귀에는 그의 말씨가 한층 슬프게 들렸다. 나지막하고 촉촉한, 잘못들로 얼룩진, 점잖은 말투. 그리고 그 말씨에 귀를 기울이면서, 그 이야기가 사실일까, 그의 찌든 육체 속에 흐르는 엷은 피가 귀족의 피요 근친상간의 사랑에서 나온 것일까 생각했다.

공원의 나무들은 비로 무거웠고 비는 방패처럼 갈색으로 놓여 있는, 호수에 여전히 계속 내리고 있었다. 한 떼의 백조들이 그곳을 날자, 그 아래 물과 호숫가가 희푸른 끈적한 흙으로 오염되었다. 그들은 비에 젖은 희뿌연 빛, 젖은 묵묵한 나무들, 방패처럼 쳐다보는 호수, 백조들에 의해 충동 되어, 조용히 서로 껴안았다. 그들은, 형제의 팔이 자매의 목 주위에, 기쁨 혹은 정열 없이 서로 껴안았다. 회색의 털외투가 그녀의 어깨에서 허리까지 비스듬히 감싸고 있었다. 그리고 그녀의 아름다운 머리는 의지의 수치 속에 구부리고 있었다. 남자는 느슨한 적갈색의 머리칼과 부드럽고 맵시 있는 주근깨 박힌 억센 손을 하고 있었다. 얼굴. 거기 얼굴은 보이지 않았다. 형제의 얼굴이 그녀의 비 냄새 머금은 금발 위에 숙여 있었다. 주근깨 박힌, 튼튼하고 맵시 있고, 애무하는 손은 데이빈의 손이었다.

그는 자기 생각과 그런 생각을 자아내게 한 찌든 마네킹(난쟁이)에게 화가 나서 상을 찌푸렸다. 밴트리 일당에 대한 그 아버지의 욕설이 기억에서 뛰쳐나왔다. 그는 욕설을 멀리 외면한 채, 자기 생각을 불안스럽게 다시 곰곰이 생각했다. 왜 그건 크랜리의 손이 아니었을까? 데이빈의 단순성과 천진성이 한층 비밀리에 그를 아리게 쑤셨던가?

그는, 크랜리가 난쟁이와 점잖게 작별을 하도록 내버려두고, 딕슨과 함께 홀을 건너 계속 걸어갔다.

주랑 아래에서 템플이 작은 무리의 학생들 한복판에 서 있었다. 그중에 하나가 소리쳤다.

―딕슨, 이리 건너와 들어봐. 템플이 기염을 토하고 있어.

템플은 그에게 집시 같은 까만 눈을 돌렸다.

―닌 위선자야, 오키프, 그는 말했다. 그리고 딕슨은 생글쟁이야. 정말

이지, 내 생각에 이건 정말 멋진 문학적 표현인 것 같아.

그는 교활하게 큰 소리로 웃고, 스티븐의 얼굴을 들여다보며, 거듭 말했다.

—정말이지, 그 이름이 마음에 드는걸. 생글쟁이 라.

그들 아래쪽 계단에 서 있던 한 건강한 학생이 말했다.

—아까 그 정부(情婦) 이야기나 계속해, 템플. 그 이야기가 듣고 싶어.

—진짜 그는 가졌었어. 템플이 말했다. 그런데 그는 역시 기혼자였어. 그리고 모든 신부(神父)들이 그곳에 가서 식사하곤 했었지. 정말이지, 내 생각에 그들은 모두 한 번씩 만남을 가진 것 같아.

—우린 그런 걸 두고 사냥말 아끼느라 노새를 탄다고들 하지, 딕슨이 말했다.

—말해 봐, 템플, 오키프가 말했다, 넌 맥주를 몇 잔이나 뱃속에 들이켰어?

—네 지능의 혼(魂)이 온통 그 말(言)에 들어 있어, 오키프, 템플이 노골적인 경멸로 말했다.

그는 휘청거리는 걸음걸이로 무리 주위를 움직이자 스티븐에게 말했다.

—너 포스터가(家)가 벨기에의 왕가라는 걸 알고 있니? 그는 물었다.

크랜리가 모자를 목덜미까지 뒤로 젖혀 쓰고 이빨을 조심스럽게 쑤시면서, 출입 홀의 문을 빠져 밖으로 나왔다.

—그런데 여기 아는 체하는 자가 오는군, 템플이 말했다. 너 포스터가(家)에 대한 조 이야기를 아나?

그는 말을 멈추고 대답을 기다렸다. 크랜리는 뭉툭한 이쑤시개 끝으로 이빨에서 무화과씨를 후벼내어 그걸 열심히 쳐다보았다.

—포스터 가족은 템플이 말했다. 플랜더즈의 왕, 볼드윈 1세의 후손

이야. 그는 포리스터 가라 불렸지. 포리스터와 포스터는 같은 이름이야. 볼드윈 1세의 후손인, 프란시스 포스터 선장이, 아일랜드에 정착하여 클램브러실의 최후의 족장의 딸과 결혼했지. 그리고 블레이크 포스터가(家)가 있어. 그건 다른 가문이야.

―플랜더즈의 왕, 볼드헤드의 후손이라, 크랜리가, 그의 반짝이는 드러난 이빨을 다시 조심스럽게 쑤시면서, 거듭 말했다.

―너 어디서 그런 내력을 주셨어? 오키프가 물었다.

―난 네 가문의 역사도 다 알고 있어 역기, 템플이 스티븐에게 고개를 돌리며, 말했다. 넌 지럴더스 캠브렌시스가 너의 가족에 대해 뭐라 말하는지 아니?

―저 애도 역시 볼드윈의 후손인가? 크고 까만 눈을 가진 키 큰 폐병 환자 같은 학생이 물었다.

―볼드헤드(대머리)라, 크랜리가 이의 틈바구니를 빨면서, 거듭 말했다.

―"뻬르노빌리스 에뜨 뻬르베뚜스따 파밀리아(귀족이요 아주 오래된 가문 출신이지)", 템플이 스티븐에게 말했다.

그들 아래쪽 계단에 서 있던 그 건장한 학생이 짧게 방귀를 뀌었다. 딕슨이 그이 쪽을 돌아다보며, 조용한 목소리로 말했다.

―천사의 소린가?

크랜리가 역시 돌아보며 과격하게 말을 했으나, 골은 내지는 않았다.

―고긴즈, 너같이 지독히도 불결한 놈은 처음 봤어, 너 알아?

―나도 마음으로 그렇게 말하려고 했어, 고긴즈가 단호하게 대답했다. 누구에게도 해가 될 건 없잖아, 안 그래?

―우린 희망하건대, 딕슨이 상냥하게 말했다, 그건 "빠울로 뽀스뜨 푸뚜룸(미래 환료 시세)"로 과학에 실려진 그런 뮤(秘)의 뜻은 사기였겠지.

—내가 그 녀석을 '생글쟁이'라 말하지 않았던가? 템플이 좌우를 돌아보면서, 말했다. 내가 그를 그런 이름으로 부르지 않았던가?

　—그랬어. 우린 청각장애인이 아니야, 그 키 큰 폐병환자가 말했다.

　크랜리는 여전히 자기 아래의 건강한 학생에게 상을 찌푸렸다. 그러고는, 불쾌한 콧방귀를 뀌며, 그를 난폭하게 계단 아래로 밀었다.

　—여기서 꺼져, 그는 무례하게 말했다. 꺼지란 말이야, 이 냄새 단지야. 그런데 넌 냄새 단지란 말이야.

　고긴즈는 자갈길까지 계속 껑충 뛰어 내려갔다가 넉살 좋게 이내 제자리로 되돌아왔다. 템플이 스티븐을 되돌아보며 물었다.

　—넌 유전의 법칙을 믿니?

　—넌 취했나 아니면 무슨 말을 하고 있나 아니면 하려나? 크랜리는, 이상하다는 표정으로 그의 쪽으로 얼굴을 돌리고, 물었다.

　—여태 쓰인 가장 의미심장한 문장은, 템플이 열렬히 말했다, 동물학 책의 맨 끝에 있는 문장이야. 생식(生殖)은 죽음의 시작이야.

　그는 겁먹은 듯 스티븐의 팔꿈치를 건드리며 열렬히 말했다.

　—넌 시인이니까 그 말이 얼마나 의미심장한 것인지 느끼겠지?

　크랜리는 그의 긴 둘째 손가락으로 가리켰다.

　—저 녀석 좀 봐! 그는 다른 사람들에게 경멸조로 말했다. 저 아일랜드의 희망을 보란 말이야!

　모두 그의 말과 몸짓에 웃음을 터뜨렸다. 템플이 용감하게 그를 돌아보며, 말했다.

　—크랜리, 넌 언제나 나를 비웃고 있어. 난 그걸 알 수 있어. 그러나 난 너에게 조금도 뒤지지 않아. 내가 널 나 자신과 비교해서 어떻게 생각하는지 알기나 해?

　—이봐요, 크랜리가 점잖게 말했다, 넌 할 줄 몰라, 알아, 절대로 생각

할 줄 모른단 말이야.

—하지만 알겠나, 템플이 계속 말했다, 내가 너를 그리고 나 자신과 비교해서 너를 어떻게 생각하는지?

—말해 봐, 템플! 그 건강한 학생이 층계에서 소리쳤다. 낱낱이 말해 보란 말이야!

템플은 좌우를 둘러보고, 갑작스러운 맥 빠진 몸짓을 하면서, 말했다.

—난 실없는 놈(불알)이야, 그는 절망 속에 머리를 흔들며, 말했다. 난 그래. 그리고 내가 그렇다는 걸 난 알아. 내가 그렇다는 걸 난 인정해.

딕슨이 그의 어깨를 가볍게 탁탁 치면서, 얌전히 말했다.

—그런데 그게 너의 자랑거리야, 템플.

—하지만 저이는, 템플이 크랜리를 가리키며 말했다, 저이도, 역시, 나처럼 실없는 놈(불알)이야. 단지 그가 그걸 모를 뿐이지. 그리고 글쎄 그게 유일한 차이인 것 같아.

터져 나오는 큰 웃음소리가 그의 말을 가렸다. 그러나 그는 다시 스티븐에게 고개를 돌리고 갑작스러운 열성으로 말했다.

—그 말은 정말 재미있는 말이야. 영어의 유일한 양수어(兩數語)란 말이야. 알고 있었나?

—그래? 스티븐이 막연히 말했다.

그는, 이제 거짓 인내의 미소로 상기된, 크랜리의 굳은 용모의 괴로워하는 얼굴을 쳐다보고 있었다. 그 야비한 말은, 어떤 낡은 석상 위에 끼얹어진 더러운 물처럼, 온갖 해(害)를 참으며, 그의 얼굴 위를 스쳐 갔다. 그리고 스티븐이 그를 쳐다보았을 때, 그가 인사로 모자를 치켜들고, 그의 이마로부터 쇠 왕관처럼 빳빳하게 솟은 검은 머리칼을 드러내는 것을 보았다.

그녀는 도서관의 현관으로부터 밖으로 통과하여, 스티븐을 사도질러 크랜리의 인사에 답하며 고개를 숙였다. 그도 또한? 크랜리의 뺨에 엷은 홍조가 있지 않았던가? 아니면 템플의 말 때문에 그게 솟았던가? 햇볕은 이미 사라졌었다. 그는 볼 수 없었다.

그것은 그 친구의 무관심한 침묵, 그의 거친 말투, 스티븐의 열렬하고 괴팍스런 고백을 그토록 자주 흩트려 버렸던 그 무례한 말씨의 갑작스러운 참견을 설명해 주었던가? 스티븐은 자기 자신도 이 같은 무례함이 있음을 알았기 때문에 그를 너그러이 용서해 주었다. 그리고 그는 맬러하이드 근처의 숲 속에서 하느님께 기도하기 위해 빌린 삐걱거리는 자전거에서 자신이 내렸던 어느 밤을 기억했다. 그는 양팔을 치켜들고 환희 속에 거무스름한 나무 밑동을 향해 소리쳤으며, 성스러운 땅 위에 그리고 성스러운 시간 속에 스스로 서 있음을 알았다. 그리고 두 순경이 컴컴한 길의 모퉁이 둘레에 나타났을 때 그는 기도를 멈추고 최신 유행의 무언극의 한 곡조를 휘파람으로 불었었다.

그는 물푸레나무 지팡이의 닳은 끝으로 기둥뿌리를 두드리기 시작했다. 크랜리가 그의 말을 듣지 못했던가? 하지만 그는 기다릴 수 있었다. 그의 주변의 이야기가 잠시 멎자, 나직한 쉬! 소리가 위쪽 창에서 다시 떨어졌다. 그러나 공중에는 다른 어떤 소리도 들리지 않았고 그가 나른한 눈으로 그들의 비상(飛翔)을 뒤따랐던 제비들도 잠자고 있었다.

그녀는 어스름을 뚫고 지나가고 있었다. 그런고로 대기는 나직한 쉬 소리 이외에는 잠잠했고 그의 주변의 혀들이 그들의 재잘거림을 멈추었다. 어둠이 내리고 있었다.

어둠이 공중에서 내린다.

한 가닥 떨리는 기쁨이, 희미한 불빛처럼 경쾌하게, 요정의 무리처럼 그의 주변을 희롱거렸다. 그러나 왜? 어두워 가는 대기 속 그녀의 지나감 아니면 풍부한, 류트의 현악기처럼, 음울한 모음과 처음 열리는 음을 지닌 운시(韻詩) 때문일까?

그는 주량의 끝에 한층 깊은 그림자를 향해 천천히 걸어가며, 그가 두고 떠나 온 학생들로부터 자신의 몽상을 감추기 위해 주춧돌을 지팡이로 가볍게 두드렸다. 그리고 자신의 마음속에 도울랜드와 버드 및 내쉬의 시대를 회상했다.

욕망의 암흑으로부터 열리고 있는 눈, 동트는 동녘 하늘을 어둡게 하는 눈. 그 눈에 넘치는 나른한 우아함이란 정사(情事)의 부드러움 이외에 무엇이랴? 그리고 그 눈의 아물거림이란 방탕한 스튜어트 왕조의 시궁창을 덮은 찌꺼기의 아물거림 이외에 무엇이랴. 그리고 그는 기억의 그 언어 속에 호박(琥珀)색의 포도주, 달콤한 노랫가락의 사그라져 가는 곡조, 당당한 무도곡을 맛보았고, 코벤트 가든의 발코니에서 입을 빨면서 사랑을 구하는 상냥한 숙녀들, 곰보 자국으로 얼룩진 술집의 작부들, 그들의 겁탈자인 사내들에게 기꺼이 몸을 내맡기며, 끌어안고 다시 끌어안는 아낙네들을 기억의 눈으로 보았다.

그가 마음속에 불러일으킨 상들은 그에게 아무런 기쁨을 주지 못했다. 그들은 은밀하고 불타듯 했으나 그녀의 상은 그들과 서로 엉기지 못했다. 그녀를 그런 식으로 생각해서는 안 되었다. 더구나 그는 그런 식으로 그녀를 생각하지도 않았다. 그렇다면 그의 마음은 그 마음 자체를 믿을 수 없었던가? 낡은 말들, 그들은 크랜리가 그의 번쩍이는 이빨로부터 파낸 무화과 씨처럼 무덤에서 파낸 달콤함으로 달콤할 뿐이었다.

그것은, 그녀의 몸매가 도시를 지나 집을 향해 나아가고 있음을 그가 막연히 알고 있긴 했지만, 사상도 환상도 아니었다. 막연히 처음에 그리고 이어 한층 날카롭게 그는 그녀의 육체를 냄새 맡았다. 한 기닥 의식적인 불안이 그의 핏속에 끓었다. 그렇다, 그가 냄새 맡는 것은 그녀의 육체였다, 야성적이고 나른한 냄새, 그의 음악이 욕망을 주듯 그 위를 흘렀던 미지근한 사지 그리고 그녀의 육체가 그 위에 향기와 한 점 이슬을 증류했던 은밀하고 부드러운 속옷의 냄새였다.

한 마리 이(蝨)가 그의 목덜미 위로 기어가자, 그는, 엄지손가락과 둘째손가락을 그의 헐렁한 칼라 밑으로 교묘히 집어넣어, 그것을 잡았다. 그는, 말랑하지만 쌀알같이 단단한, 몸뚱이를 엄지손가락과 둘째손가락 사이로 잠깐 굴리다가 이내 자신으로부터 땅바닥에 떨어뜨리고 그놈이 살까 죽을까 궁금히 여겼다. 그러자 인간의 땀에서 생겨난 이는 다른 동물들과 함께 엿새째 날 하느님에 의하여 창조되는 것이 아니라고 말한 꼬르넬리우스 아 라뻬드의 기이한 말이 그의 마음에 떠올랐다. 그러나 그의 목덜미 피부의 근질근질함이 그의 마음을 으스스하게 그리고 붉게 만들었다. 자신의 육체의 삶이, 옷도 잘 입지 못하고, 잘 먹지도 못한 채, 그의 눈을 절망의 갑작스러운 발작 속에 감게 만들었고, 그 어둠 속에서 그는 이들의 단단하고 반짝이는 몸뚱이가 공중에서 떨어지며, 떨어질 때 가끔 뒤집히는 것을 보았다. 그렇다, 공중에서 떨어지는 것은 어둠이 아니었다. 그것은 밝음이었다.

'밝음이 공중에서 내린다.'

그는 심지어 내쉬의 시행(詩行)을 올바르게 기억하지 못했다. 그 시구가 깨웠던 모든 상은 거짓이었다. 그의 마음은 벌레를 키웠다. 그의 사상들은 나태의 땀에서 태어난 이들이었다.

그는 주량을 따라 모여 있는 학생들을 향해 재빨리 되돌아왔다. 그래 좋아, 여자여 가려면 가라 그리고 그녀에게 저주를! 그녀는 매일 아침 허리까지 몸을 씻고 가슴에 검은 털이 난 어떤 멋진 운동선수를 사랑할 수 있으리라, 그녀를 내버려 둬.

크랜리는 호주머니의 비축(備蓄)으로부터 또 다른 말린 무화과를 꺼내 그것을 천천히 소란스럽게 먹고 있었다. 템플이 졸린 눈 위까지 모자를 끌어내린 채, 뒤로 기대어, 기둥의 발치에 앉아 있었다. 땅딸막한 젊은 사나이 하나가 가죽 손가방을 겨드랑이 아래에 끼고, 현관에서 나왔다. 그는 구두 뒤축과 무거운 우산 끝으로 네모난 포석(鋪石)을 치면서, 무리를 향해 행진했다. 그러자 이어, 인사조로 우산을 쳐들면서, 모두에게 말했다.

—안녕, 나리들.

그는 다시 포석을 탁탁 치고 낄낄거리며 웃자 그의 머리가 약간 신경질적인 동작으로 떨렸다. 그 키 큰 폐병환자 학생과 딕슨 그리고 오키프는 아일랜드(게일) 말로 이야기하고 있었고 그에게 대답하지 않았다. 그러자, 그는 크랜리에게 고개를 돌리며, 말했다.

—안녕, 특별히 자네한테.

그는 우산을 가리키는 시늉으로 움직이고, 다시 낄낄거렸다. 크랜리는, 무화과를 여전히 씹으면서 턱을 요란하게 움직여, 대답했다.

—안녕? 그래. 안녕하다.

그 땅딸막한 학생이 그를 심각하게 쳐다보며 그의 우산을 조용히 그리고 꾸짖는 듯 흔들었다.

—난 알 수 있어, 그는 말했다, 네가 분명한 말을 하려고 하는걸.

—음, 크랜리는 반쯤 씹은 무화과의 남은 것을 내밀면서, 그리고 억지로 먹어야 한다는 신호로 그 땅딸막한 학생의 입을 향해 그걸 불쑥 흔들었다.

땅딸막한 학생은 그걸 먹지는 않았으나, 자신의 각별한 유머에 몰입하면서, 여전히 낄낄거리며, 우산을 가지고 자신의 말을 부추기면서, 정중하게 말했다,

—네 의도는……?

그는 갑자기 말을 끊고, 무화과의 씹힌 덩어리를 무뚝뚝하게 가리키며, 큰 소리로 말했다.

—내가 그에 대해 언급하지.

—음, 크랜리가 전처럼 말했다.

—그래 너의 의도는 통통한 학생이 말했다. "입소 팍또(진짜)로", 아니면, 글쎄, 가정(假定)으로 말하는 거야?

딕슨이 학생들의 무리로부터 옆으로 비켜서며, 말했다.

—고긴즈가 널 기다리고 있어, 글린. 너와 모이니헌을 찾으러 아델피 호텔 쪽으로 돌아갔단 말이야. 거기 뭐가 들었니? 그는 글린의 팔 밑에 낀 손가방을 탁탁 두드리며, 물었다.

—시험지야, 글린이 대답했다. 나는 내 수업으로 학생들이 이익을 보고 있나 보려고 그들에게 월례 시험을 치르지.

그도 덩달아 손가방을 탁탁 치며 점잖게 기침을 하면서 미소를 지었다.

—수업! 크랜리가 무례하게 말했다. 글쎄 상상컨대 너같이 경칠 원숭이한테서 배우는 그 맨발의 아이들 말이군. 맙소사!

그는 남은 무화과를 물어 떼고 그 꼭지를 팽개쳤다.

—나는 꼬마 아이들이 내게 오는 걸 받아들이도다. 그린이 상냥하게 말했다.

—경칠 원숭이, 그린이 다시 강조하여 되풀이 말했다, 모독적 경칠 놈의 원숭이!

템플이 자리에서 일어섰다, 그리고 크랜리를 밀치면서, 글린에게 말을 걸었다.

—방금 네가 한 그 말은, 그는 말했다, 신약 성서에서 따온 말로 '아이

들이 내게 오는 걸 받아들이도다'라는 글귀로군.

—가서 다시 잠이나 자, 템플, 오키프가 말했다.

—아주 좋아, 그럼, 템플이, 여전히 글린에게 말을 걸면서, 계속했다, 예수께서 아이들이 오는 걸 받아들인다면 왜 성당은 만일 그들이 세례를 받지 않고 죽으면 그들 모두를 지옥으로 보내는가 말이야? 그건 왜 그래?

—넌 세례를 받았니, 템플? 그 폐병환자 학생이 물었다.

—그러나 예수께서 아이들을 모두 오도록 말한다면 왜 그들을 지옥으로 보내야 하느냐 말이냐? 템플이 글린의 눈 속을 탐색하면서, 말했다.

글린은 기침을 하고 목소리의 신경질적인 낄낄거림을 어렵게 억제하면서 그리고 말끝마다 우산을 움직이면서, 점잖게 말했다.

—그런데 네가 말한 대로, 만일 그게 그렇다면, 나는 어디서 그렇다는 것이 나오는지 강조해서 묻고 있어.

—왜냐하면, 성당이 모든 늙은 죄인처럼 잔인하기 때문이야, 템플이 말했다.

—그 점에 대해서 넌 아주 정통파 적이겠지, 템플? 딕슨이 상냥하게 말했다.

—성 아우구스티누스는 세례받지 않은 아이들이 지옥에 간다는 것에 관해 그걸 말하지, 템플이 대답했다, 왜냐하면, 그 역시 잔인한 늙은 죄인이었으니까.

—실례지만, 딕슨이 말했다, 그러나 지옥의 변방(림보)은 이러한 경우를 위해 존재한다는 인상을 나는 가졌었지.

—저 친구와 말다툼하지 마, 딕슨, 크랜리가 야만스럽게 말했다. 저 친구에게 말을 하거나 쳐다보지도 마. 자네가 음매 우는 염소를 끄는 식으로, 저 친구를 새끼줄로 집으로 인도하란 말이야.

—지옥의 변방이라! 템플이 부르짖었다. 그것 역시 멋진 발명품이군. 지옥처럼.

—그러나 (지옥의) 불쾌한 건 배제하고, 딕슨이 말했다.

그는 다른 아이들을 돌아보고 미소를 띠며 말했다.

—내가 그토록 말을 많이 함에서 나는 지금 이곳에 있는 모든 이들의 의견을 대변하고 있다고 생각해.

—그래, 글린이 단호한 목소리로 말했다. 그 점에 대해서 아일랜드는 연합하지.

그는 우산 끝으로 주랑의 돌 바닥을 쳤다.

—지옥, 템플이 말했다. 나는 사탄의 희색 마누라라는 그 같은 말의 발명을 존경할 수 있어. 지옥은 로마적이야, 마치 로마인의 성벽처럼, 튼튼하고 보기 흉하지. 그러나 지옥의 변방은 무엇인가?

—저 친구를 유모차에 태워 되돌려 보내, 크랜리, 오키프가 소리쳤다.

크랜리는 템플 쪽으로 급히 한 걸음 다가섰다가, 그의 발을 구르며, 멈춰 서서 새에게 하듯 소리를 질렀다.

—후쉬!

템플이 잽싸게 물러났다.

—자네 지옥의 변방이 뭔지 아니? 그는 부르짖었다. 로스코먼에서 그와 같은 개념을 우리는 뭐라 하는지 자네 알아?

—후쉬! 망할 것 같으니! 크랜리가 손뼉을 치면서, 부르짖었다.

—그건 내 엉덩이도 내 팔꿈치도 아니란 말이야! 템플이 경멸조로 소리쳤다. 그런데 그것이 내가 부르는 지옥의 변방이야.

—그 지팡이 이리 좀 줘, 크랜리가 말했다.

그는 스티븐의 손에서 물푸레나무 지팡이를 왈칵 낚아챈 뒤, 계단을 뛰어 내려갔다. 그러나 템플은, 그가 뒤쫓아 움직이는 소리를 듣고, 거친 짐승처럼 날쌔고, 빠른 발걸음으로 어둠을 뚫고 도망쳤다. 크랜리의 무거운 구둣발이 사각의 안마당을 가로질러 요란하게 공격하며, 이어 무겁게 되돌아서면서, 저지당한 채, 발걸음마다 자갈을 걷어찼다.

그의 발걸음은 화가 났고, 화난 갑작스러운 모집으로 그는 지팡이를 스티븐의 손에 도로 던져 안겼다. 스티븐은 그의 화가 다른 이유 때문이라 느꼈지만, 참는 척하면서, 그의 팔을 살며시 건드리며 조용히 말했다.

―크랜리, 내가 너한테 말할 게 있다고 했지. 저리로 가세.

크랜리는 잠시 그를 쳐다본 뒤 물었다.

―지금?

―그래, 지금, 스티븐이 말했다. 우린 여기서는 말할 수 없어. 저리로 가세.

그들은 말없이 사각의 안마당을 함께 건너갔다. 조용히 휘파람을 부는 「지크프리트」로부터의 새의 부름이 현간의 층계로부터 그들을 뒤따랐다. 크랜리가 돌아보자, 휘파람을 불던, 딕슨이 소리쳤다.

―너희 어디로 가나? 경기는 어떡하고, 크랜리?

그들은 고요한 대기를 가로질러 아델피 호텔에서 경기할 당구 게임에 관해 크게 지껄였다. 스티븐은 혼자 계속 걸어가다, 메이플 호텔 맞은편의 킬데어 가의 정적 속으로 걸어 나와 다시 참을성 있게, 서서 기다렸다. 호텔의 이름, 닦은 무색의 목재, 그리고 그의 무색의 조용한 정면이 정중한 멸시의 시선처럼 그의 마음을 찔렀다. 그는 호텔의 아늑히 불 켜진 응접실을 골이 난 듯 빤히 뒤 쳐다보며, 거기고요 속에 사는 아일랜드 귀족들의 윤택한 생활을 상상했다. 그들은 군대의 승진이나 토지 대리인을 생각했다. 농부가 시골길을 따라 그들에게 인사했다. 그들은 어떤 프랑스 요리의 이름들을 알았고 그들의 빽빽한 말투를 통해 꿰뚫는 높은 가락의 지방 사투리로 마부에게 명령했다,

어떻게 그는 농부들의 양심을 자극할 수 있을까 또는 어떻게 그들의 지주들이 자신의 딸들에게 자식을 낳게 하기 전, 그들 자신보다 덜 무시당할 종족을 낳을 수 있도록, 그들의 상상력에 자신의 그림자를 던질 수 있을까? 그리고 한층 짙은 어둠 아래 그는 자신이 속해 있는 민족의 사상과 욕망이 박쥐처럼 어두운 시골 오솔길을 가로질러, 시냇물의 가장자리 곁의 나무 아래 그리고 웅덩이가 군데군데 있는 늪지대 근처를 훨훨 날아다니고 있음을 느꼈다. 데이빈이 밤에 지나갈 때 한 여인이 문간에서 기다리고 있었고, 그에게 한 잔의 우유를 제공하면서, 그를 그녀의 잠자리로 거의 유인할 뻔했었다. 왜냐하면, 데이빈은 은밀하게 될 수 있는 사람의 온화한 눈을 가졌기 때문이다. 그러나 어떤 여인의 눈도 스티븐을 유혹한 적은 없었다.

그의 팔이 억세게 힘껏 쥐어지며, 크랜리의 목소리가 들려왔다.

—우리 역시 가자꾸나.

그들은 묵묵히 남쪽을 향해 걸어갔다. 이윽고 크랜리가 말했다.

—저 허튼소리 하는 천치, 템플! 모세에게 맹세하지만 자네 알아, 내가 언젠가 저 녀석을 기필코 죽여 놓을 테다.

그러나 그의 목소리는 더는 골이 나 있지 않았고, 스티븐은 혹시 그가 현관 아래에서 그에게 한 그녀 사를 생각하는 게 아닌가 궁금히 여겼다.

그들은 왼쪽으로 방향을 바꾸고 전처럼 계속 걸어갔다. 그들이 그렇게 한참 동안 계속 걸어갔을 때 스티븐이 말했다.

—크랜리, 난 간밤에 불쾌한 말다툼을 했어.

—너희 가족들하고? 크랜리가 물었다.

—어머니하고.

—종교 때문이냐?

—그래, 스티븐이 대답했다.

잠시 있다가 크랜리가 물었다.

—어머니 나이가 얼마 시니?

—늙지 않으셨어, 스티븐이 말했다. 그녀는 내가 부활절 영성체이길 원하서.

—그래 넌 그럴 참이냐?

—난 못 해, 스티븐이 말했다.

—왜 못 해? 크랜리가 말했다.

—난 하느님을 섬기지 않겠어, 스티븐이 대답했다.

—그 말은 그전에도 했지, 크랜리가 조용히 말했다.

—그 말은 지금도 하고 있어, 스티븐은 열띤 어조로 말했다.

크랜리는 스티븐의 팔을 누르며, 말했다.

—고정해, 이 친구야. 넌 쉽게 흥분할 수 있는 경칠 녀석이지, 알아?

그는 그렇게 말하자 신경질적으로 소리 내어 웃었고, 감동되고 우정에 넘치는 눈으로 스티븐의 얼굴을 들여다보면서, 말했다.

—넌 흥분 잘하는 녀석이라는 걸 아니?

—정말 그래, 스티븐도 역시 소리 내어 웃으며, 말했다.

최근에 서로 벌어졌던, 그들의 마음들이 갑자기 한층 가까이 끌어당겨진 듯했다.

—넌 성체를 믿니? 크랜리가 물었다.

—안 믿어, 스티븐이 말했다.

—그럼 불신한다는 말이지?

—난 믿는 것도 아니고 믿지 않는 것도 아니야.

스티븐이 대답했다.

—많은 사람이 의심을 품고 있지, 심지어 종교인까지도, 하지만 그들은 그와 같은 의심을 극복하거나 접어 두는 거야, 크랜리가 말했다. 그

점에 대한 너의 의심이 너무 강한 게 아닌가?

—난 그걸 극복하고 싶지 않아, 스티븐이 대답했다.

크랜리는 잠시 당황한 채, 호주머니에서 또 다른 무화과를 꺼내 먹으려고 하자 그때 스티븐이 말했다.

—먹지 마, 제발, 입에 씹힌 무화과를 잔뜩 채우고 이 문제를 토론할 수는 없잖아.

크랜리는 자신이 멈춰 선 가로등 아래의 불빛으로 무화과를 자세히 살폈다. 그러고는 두 콧구멍으로 그걸 냄새 맡고, 한 조각을 물어뜯은 다음, 그걸 뱉어 버리고 무화과를 시궁창 속으로 거세게 던졌다.

그곳에 떨어진 무화과에 말을 걸면서, 그는 말했다.

—너 저주받은 자여, 나에게서 떠나 영원의 불길 속으로!

그는, 스티븐의 팔을 잡고, 다시 계속 걸으며 말했다.

—넌 심판의 날에 저 말을 들을까 겁나지 않니?

—다른 한편으로 내게 주어진 게 뭐야? 스티븐이 물었다. 학감 선생님과 한패가 되어 영원한 축복을 누리려고?

—기억해 둬, 크랜리가 말했다, 그분은 영광을 받으실 거라는 걸.

—그래, 스티븐이 약간 씁쓸하게 말했다, 영리하고, 날쌔고, 고통을 참고, 그리고 무엇보다, 영민하니까.

—참 기묘한 일이야, 알아, 크랜리가 냉철하게 말했다, 너의 마음이 어째서 너 자신이 그토록 믿지 않는다는 종교로 흠뻑 젖어 있는지 말이야. 그전 학교에 다닐 때에도 넌 종교를 믿었니? 정말 넌 그랬어.

—그래, 스티븐이 대답했다.

—그리고 그때의 너는 행복했지? 크랜리가 조용히 물었다, 지금보다 행복했지, 이를테면?

—때로는 행복하고, 스티븐이 말했다, 때로는 불행했어. 그때 난 다른

사람이었으니까.

　―어째서 다른 사람이냐? 그 말이 무슨 뜻이냐?

　―내 뜻은, 스티븐이 말했다, 지금 나처럼 나 자신이 아니었다는 말이야.

　―지금의 너처럼 아니라고, 그렇게 되지 않을 수 없었던 네가 아니라고, 크랜리는 되풀이해 말했다. 하나 물어보자. 넌 어머니를 사랑하니?

　스티븐은 천천히 고개를 흔들었다.

　―난 네 말의 뜻을 모르겠어, 그는 단순하게 말했다.

　―지금까지 누구를 결코, 사랑해 본 적이 없어? 크랜리가 물었다.

　―여자 말이냐?

　―그런 말이 아니야, 크랜리는 한층 냉담한 어조로 말했다. 나는 네가 여태 누구든 또는 무엇이든 사랑을 해본 일이 있느냐고 묻고 있는 거야.

　스티븐은 친구 곁을 계속 걸으면서, 침울하게 보도를 노려보았다.

　―난 하느님을 사랑하려고 애썼어, 그는 마침내 말했다. 지금 생각하니 난 실패한 것 같아. 그건 무척 어려운 일이야. 난 매순간 나의 의지와 하느님의 의지를 결합하려고 노력했어. 그 점에서 난 언제나 실패하지 않았어. 난 아마 아직도 그걸 할 수 있을 거야.

　크랜리가 그의 말을 가로채며 물었다.

　―너의 어머니는 행복한 일생을 보내셨니?

　―내가 어떻게 알아? 스티븐이 말했다.

　―자녀를 몇 명이나 두셨지?

　―아홉 아니면 열, 스티븐이 대답했다. 몇 명은 죽었지.

　―너의 아버지는······ 크랜리는 잠시 말을 중단했다가 이내 계속했다. 난 너의 가정 문제를 파고들고 싶지는 않아. 그러나 너의 아버지는 말하자면 유복하셨니? 내 뜻은, 네가 성장하고 있었을 때 말이야

―그래, 스티븐이 말했다.

―그인 뭘 하셨어? 크랜리가 잠시 후에 물었다.

스티븐은 아버지의 속성을 줄줄 늘어놓기 시작했다.

―의과 대학생, 보트 선수, 테너 가수, 아마추어 배우, 고함치는 정객, 소지주, 소 투자가, 술꾼, 호인, 이야기꾼, 타인의 비서, 양조업의 유지(有志), 수세리, 지금은 파산자로 과거의 자신을 찬미하는 자.

크랜리는 스티븐의 팔을 한껏 힘주어 꽉 잡으며, 소리 내어 웃으며, 말했다.

―양조업은 경칠 멋진걸.

―그 밖에 또 뭐 알고 싶은 게 있니? 스티븐이 물었다.

―현재 너의 환경은 좋으니?

―그렇게 보여? 스티븐이 퉁명스럽게 물었다.

―그렇다면, 크랜리가 생각에 잠긴 듯 말을 계속했다, 넌 정말 호강스럽게 타고났구나.

그는 자신이 이따금 전문적 표현을 사용할 때처럼, 마치 그가 그 표현을 별 뉘우침 없이 상용한 것을 그의 청취자가 이해해 주기를 자신이 바라기라도 하듯, 그 말을 넓게 그리고 큰 소리로 사용했다.

―너의 어머니는 틀림없이 많은 고생을 하셨구나, 그는 이어 말했다. 넌 어머니가 더는 고생하시는 걸 구하려고 노력할 마음은 없어…… 어때?

―내가 할 수 있다면, 스티븐은 말했다. 그건 별반 힘든 일은 아닐 테지.

―그럼 그렇게 해봐, 크랜리가 말했다. 어머니가 원하시는 대로 해보란 말이야. 종교가 너에게 어쨌다는 거야? 넌 그걸 안 믿고 있어. 그건 하나의 형식이야. 그 밖의 아무것도 아니지. 그러면 넌 어머니의 마음을 편

안하게 해드릴 거야.

그는 말을 멈추었다. 그리고 스티븐이 대답하지 않자, 말없이 그대로 있었다. 이어, 자기 자신의 사고의 과정을 표현하듯, 그는 말했다.

―이 구린 똥 무더기 같은 세상에서 그 밖의 무엇이 불확실하다 할지라도 어머니의 사랑만은 그렇지 않아. 네 어머니가 너를 이 세상에 태어나게 하고, 너를 최초에 그녀의 몸 안에 품고 다니셨지. 우리는 어머니의 감정에 대해 뭘 알겠나? 그러나 어머니의 감정이 무엇이든, 그건, 적어도, 진실임이 틀림없어. 그건 그래야 해. 우리의 관념 또는 야심은 다 뭐야? 장난. 관념! 글쎄, 그 경칠 음매 우는 염소 같은 템플도 관념이 있어. 맥캔도 관념이 있지. 길에 나돌아다니는 모든 바보 녀석도 자신이 관념이 있다고 생각하지.

스티븐은, 이 말 뒤의 무언(無言)의 선변(詭辯)에 귀를 기울이고 있었던 바, 무관심을 가장하며 말했다.

―파스칼은 내 기억이 옳다면, 그가 어머니의 성의 접촉을 두려워한 나머지 어머니가 그에게 키스하는 것마저 용납하지 않았어.

―파스칼은 돼지야. 크랜리가 말했다.

―알로이시우스 곤자가도, 내 생각에, 같은 마음이었던 것 같아, 스티븐이 말했다.

―그럼 그도 돼지야, 크랜리가 말했다.

―성당은 그를 성인이라 부르지, 스티븐이 반박했다.

―누가 뭐라도 난 경칠 조금도 상관 안 해, 크랜리가 무례하게 잘라 말했다. 난 그를 돼지라 부르겠어.

스티븐은, 할 말을 마음속으로 깔끔히 준비하면서, 계속했다.

―예수도, 역시, 공공연히 어머니를 예의로 대접한 듯 않지만, 그러나 예수회의 신학자요 스페인의 신사였던, 수이레스는 그를 위해 사과했지,

—너 여태 이런 생각해본 적 있어, 크랜리가 물었다, 예수가 겉으로 보이는 인물이 아니었다는 걸?

—그 생각이 그에게 제일 먼저 떠오른 자는, 스티븐이 대답했다, 예수 자신이었어.

—내 말은 크랜리가 그의 말투를 굳히며 말했다. 그이 자신이 의식적 위선자였다는 생각을 너는 여태 해본 일이 있는가 말이야. 그가 당시의 유대인, 한 회칠한 무덤이라고 분 것을 말이야? 또는 좀 더 명백히 말하면, 그가 무례한 이었다는 것을?

—그런 생각을 해본 적이 결코, 없어, 스티븐이 대답했다. 그러나 난 네가 나를 개종자로 아니면 너 자신을 배교자로 만들려고 하는지 몹시 알고 싶어.

그는 친구의 얼굴을 향해 몸을 돌리자, 어떤 의지의 힘이 한층 의미심장하게 만들려고 애쓰는 일종의 야한 미소를 보았다.

크랜리는 갑자기 솔직하고 지각 있는 어조로 물었다.

—진실을 말해 봐. 도대체 내가 말한 것에 의해 넌 충격을 받았니?

—약간, 스티븐이 말했다.

—그러면 왜 충격을 받았지? 크랜리가 같은 어조로 그의 대답을 촉구했다, 만일 네가 우리의 종교가 거짓이고 예수가 하느님의 아들이 아니었다고 확신한다면?

—난 그것이 전혀 확실치가 않아, 스티븐이 말했다. 예수가 마리아의 아들이라기보다 하느님의 아들인 것 같아.

—그러면 그게 네가 성찬을 받지 않으려는 이유란 말인가? 크랜리가 물었다, 왜냐하면, 네가 그에 대해서도 역시 확신이 없어서, 왜냐하면, 성찬이, 역시, 하느님 아들의 몸과 피요, 단순히 한 조각의 빵이 아닐 거라고 네가 느끼기 때문에? 그리고 그것이 그럴 수도 있을까 네가 두려워

서?

　—그래, 스티븐이 조용히 말했다, 난 그렇게 느끼고 또한, 그것을 두려 워하고 있어.

　—알겠네, 크랜리가 말했다.

　스티븐은, 자신의 닫힌 어조에 충격을 받아, 이내 논쟁을 재개하며, 다 음과 같이 말했다.

　—난 많은 것을 두려워하고 있어. 개, 말, 총기, 바다, 뇌우, 기계, 밤의 시골길 말이야.

　—그러나 왜 넌 빵 조각이 두렵니?

　—내가 상상하기는, 스티븐이 말했다, 내가 두렵다고 말하는 그런 것 들 뒤에는 어떤 악의적인 실체가 있는 것 같아.

　—그럼 너는 두려워하는가, 크랜리가 물었다. 만일 네가 어떤 신성 모 독적인 성찬 배수를 하면, 로마 가톨릭의 하느님이 너를 때려눕혀 지옥 으로 떨어뜨릴 것 같아서?

　—로마 가톨릭의 하느님은 당장 그걸 할 수 있어, 스티븐이 말했다. 그 보다 나는, 권위와 존경의 스무 세기가 그것 뒤에 뭉친 상징에 대한 거짓 경의에 의하여 내 영혼 속에 일어날지 모를 그 화학적 반응을 두려워해.

　—너는, 크랜리가 물었다, 극단적인 위험에 처해서, 그러한 별난 신성 모독을 범할 참인가? 예를 들면, 만일 네가 가톨릭교도를 처벌하던 그 형 벌의 시대에 살고 있다면?

　—난 과거에 대해서는 대답할 수 없어, 스티븐이 대답했다. 필시 그렇 지 않을 거야.

　—그러면, 크랜리가 말했다, 넌 신교도가 될 의도는 없어?

　—난 내가 이미 신앙을 잃었다고 말했어, 스티븐이 대답했다, 그러나 난 자존심을 잃었다고 하지는 않았어. 논리적이요 일관성 있는 부조리를

뿌리치고, 비논리적이요 일관성이 없는 부조리를 받아들인다면 그것이 무슨 종류의 해방이 될 수 있겠나?

그들은 펨브로크의 군구(郡區)를 향해 계속 걸어갔고, 이제, 그들이 가로를 따라 천천히 걸어가자, 나무들과 저택들의 흩어진 불빛들이 그들의 마음을 달래 주었다. 그들 주변에 스며 있는 부(富)와 안식의 분위기가 그들의 빈곤을·위로해 주는 듯했다. 월계수 울타리 뒤에 한 가닥 불빛이 부엌 유리창에 반짝였고, 칼을 갈며 노래하는 한 소녀의 목소리가 들렸다. 그녀는 짧고 끊긴 소절로 '로지 오그라디'를, 노래했다.

크랜리가 발을 멈추고 귀를 기울이며, 말했다.

—"물리에르 깐따뜨(여자가 노래한다)."

라틴어 구절의 부드러운 미(美)가 저녁의 매혹적인 어둠을 감촉으로, 음악이나 여인 손길의 감촉보다 한층 은은하고 한층 설득력 있는 감촉이었다. 두 사람의 마음의 갈등은 진정되었다. 여인의 몸매가 성당의 연도(煉禱)에 나타나며 어둠을 뚫고 말없이 지나갔다. 그것은 소년처럼 작고 가냘픈, 그리고 허리띠를 떨어뜨린 채, 하얀 도복 입은 몸매였다. 그녀의 목소리가, 소년의 것처럼 가냘프고 높은, 첫 구절의 정열의 침울함과 소란을 꿰뚫는 한 여인의 첫 몇 가사들을 읊으면서 먼 곳의 성가대로부터 들렸다.

—"에뜨 뚜 꿈 예수 갈릴라에오 에라스(당신은 또한, 갈릴리의 예수와 함께 있도다)."

그리고 모든 마음이 감동하여 그녀의 목소리 쪽으로 향하자, 목소리는 하나의 샛별처럼 빛나며, 목소리가 프로파로크시톤 말투로 읊조릴 때보다 한층 맑게 그리고 그 선율이 사라지자 한층 희미하게 빛났다.

노랫소리가 멈췄다. 두 사람은 함께 계속 걸어갔고, 크랜리는 강하게 리듬을 붙이며 후렴의 끝 부분을 반복했다.

우리가 결혼하면,

오, 우리는 얼마나 행복하리.

나는 아름다운 로지 오그라디를 사랑하고

그리고 로지 오그라디는 나를 사랑하기에.

─이게 너를 위한 진짜 시야, 그는 말했다. 이게 진짜 사랑이란 말이야.

그는 야릇한 미소를 띠며 스티븐을 옆으로 언뜻 보면서, 말했다.

─넌 이걸 시라고 생각하나? 혹은 가사가 무슨 뜻인지 알아?

─로지를 우선 보고 싶군, 스티븐이 말했다.

─그녀야 찾기 쉽지, 크랜리가 말했다.

그의 모자가 이마 위에 내려와 있었다. 그는 그것을 뒤로 젖혔고, 나무 그늘 속에, 스티븐은 어둠으로 윤곽이 드러난, 그의 창백한 얼굴과 크고 검은 눈을 보았다. 그렇다. 그의 얼굴은 잘생겼고 그의 몸은 튼튼하고 단단했다. 그는 어머니의 사랑에 대해 이야기했다. 그렇다면 그는 여인의 고통, 그들의 육체와 영혼의 연약함을 느꼈을 것이다. 그리고 억세고 단호한 팔로 그들을 감싸며 자신의 마음을 그들에게 굴복하리라.

그렇다면 떠나자. 지금이 떠날 시간이다. 한 가닥 목소리가 스티븐의 외로운 마음에 부드럽게 말을 걸며, 그를 떠나가도록 권하고 그의 우정이 끝나고 있음을 말해 주었다. 그렇다. 그는 떠나가리라. 그는 남과 다툴 수가 없었다. 그는 자신의 역할을 알고 있었다.

─아마도 난 떠나게 될 거야, 그는 말했다.

─어디로? 크랜리가 물었다.

─내가 갈 수 있는 곳으로, 스티븐이 말했다.

—그래, 크랜리가 말했다. 네가 지금 여기서 산다는 건 어려울지 몰라. 하지만 그런 이유 때문에 넌 떠나려는 거야?

—난 떠나가야만 해, 스티븐이 대답했다.

—왜냐하면, 크랜리가 말을 계속했다, 네가 가고 싶지 않지만, 쫓겨난다거나 이단자 혹은 무법자로 여길 필요가 없어서. 너처럼 생각하는 훌륭한 신자들도 많이 있어. 그게 놀라운 일인가? 성당은 단지 석조 건물도 아니거니와 성직자나 그들의 교리도 아니야. 그건 그와 관계하는 모든 것의 집합체야. 나는 네가 인생에서 뭘 하기를 원하는지 모르겠어. 우리가 하코트가(街)의 정거장 밖에 서 있던 날 밤 네가 나에게 말하던 그 일 때문이니?

—그래, 스티븐은 장소와 연관하여 기억해 내려는 크랜리의 버릇에 자신도 모르게 미소를 지으며, 말했다. 그날 밤 너는 샐리갭에서 라라스로 가는 가장 짧은 지름길 때문에 도어티와 서로 말다툼하면서 반 시간을 보냈지.

—깡통 대가리! 크랜리가 조용히 경멸조로 말했다. 샐리갭에서 라라스로 가는 길을 자기가 뭘 안다고? 아니 그 일에 대해선 자기가 아는 것이 뭐가 있다고? 그리고 그의 커다란 침 흘리는 빨래통 대가리 같으니!

그는 크고 길게 웃음을 터뜨렸다.

—글쎄? 스티븐이 말했다. 그 나머지 일을 넌 기억하니?

—네가 한 말 말이냐? 크랜리가 물었다. 그래, 난 그걸 기억해. 너의 정신이 그걸로 아무런 속박 없는 자유 속에 스스로 표현할 수 있는 생활양식이나 예술양식을 발견하겠다는 것 말이야.

스티븐은 시인하는 뜻으로 그의 모자를 쳐들었다.

—자유! 크랜리가 거듭 말했다. 하지만 너는 아직 신성 모독의 행위를 범할 만큼 자유롭지 못해. 말해 봐 강도질은 할 것 같은가?

—우선 난 구걸 할 거야, 스티븐이 말했다.

—그런데 가진 것이 아무것도 없다면, 강도질할 테야?

—너는 내가 이렇게 말하기를 원하겠지, 스티븐이 대답했다, 소유권은 잠정적이요, 어떤 상황에서는 강도질도 불법이 아니라고 말이야. 누구나 그런 신념으로 행동하겠지. 그런 고로 난 그런 대답은 하지 않겠어. 예수회 신학자, 후앙 마리아나 데 탈라베라에게 여쭈어 보란 말이야, 그러면 그들은 어떤 상황에서 너의 국왕을 네가 합법적으로 죽일 수 있는지 그리고 독약을 술잔에 타서 임금에게 마시게 하는 것이 좋을지 또는 그걸 그의 법복이나 그의 말안장에 문대는 것이 좋을지 네게 설명해 줄 거야. 내가 다른 사람들이 나를 강도질하도록 내버려 둘 것인가, 아니면 그들이 강도질을 한다면, 내가 믿기로, 이른바 세속적인 무기의 응징을 그들에게 요구할 것인가를 내게 오히려 물어보란 말이야.

—그래 넌 그럴 거야?

—내 생각으로는, 스티븐이 말했다, 그건 강도질을 당하는 만큼이나 내게 괴로움을 주는 일일걸.

—알았어, 크랜리가 말했다.

그는 성냥을 꺼내어 두 이빨 사이의 틈을 청소하기 시작했다. 드디어 그는 아무렇게나 말했다.

—말해 봐, 가령, 넌 처녀를 탈화(脫花)할 생각이 있나?

—실례지만, 스티븐이 정중하게 말했다, 그건 대부분의 젊은 신사들의 야망이 아닌가?

—그러면 너의 견해는 뭐란 말이야? 크랜리가 물었다.

그의 마지막 말이, 숯의 연기처럼 시큼한 냄새를 풍기고 기분을 언짢게 하면서, 스티븐의 두뇌를 자극하자, 그 연무(煙霧)가 그 위로 끼는 듯했다.

─여기를 봐, 크랜리. 그는 말했다. 너는 내가 무엇을 할 것이며 또 무엇을 하지 않을 것인가를 물었지. 내가 앞으로 무엇을 할 것이며 또 하지 않을 것인지를 말해 줄게. 나는 내가 이제 더는 믿지 않는 것을 섬기지 않을 거야. 그것이 비록 나의 가정이건, 조국이건, 성당이건 간에. 그리고 나는 될 수 있는 한 자유롭게 그리고 될 수 있는 한 오롯이 인생이나 예술의 어떤 양식 속에서 자신을 표현하도록 노력하겠어. 그리고 나를 옹호하기 위해서 나 자신에게 사용하도록 허용된 유일한 무기들인 침묵, 유랑 그리고 간계(奸計)를 사용할 거야.

크랜리는 그의 팔을 움켜잡고 리슨 공원 쪽으로 방향을 되돌리도록 그를 둥글게 키 잡았다. 그는 거의 교활하게 소리 내어 웃으며 형다운 애정으로 스티븐의 팔을 꾹 눌렀다

─간계라 과연! 그는 말했다. 네가? 이 가련한 시인아, 네가!

─그런데 네가 나를 너에게 고백하게 하였지. 스티븐은 그의 접촉으로 전율된 채 말했다. 내가 그전에도 너한테 많은 다른 것들을 고백해 왔듯이, 그렇지?

─그래, 애야. 크랜리는 여전히 경쾌하게 말했다.

─넌 내가 가진 두려움을 고백하게 했어. 하지만 난 내가 두려워하지 않는 것도 역시 네게 말해 주겠어. 나는 홀로인 것, 다른 사람을 위해 걸어차이는 것 또는 내가 버려야 할 것은 무엇이든지 버리는 것을 두려워하지 않아. 그리고 과오, 심지어 커다란 과오까지도, 일생에서 저지른 과오, 그리고 아마 영원처럼 긴 과오라도 범하기를 두려워하지 않겠어.

크랜리는 다시 정중하게 걸음을 늦추며 말했다.

─홀로, 아주 홀로. 넌 그걸 두려워하지 않아. 그런데 그 말이 무슨 뜻인지 알기나 해? 모든 다른 사람에게서 떨어져 있어야 할 뿐만 아니라, 단 한 사람의 친구도 갖지 않는다는 것 말이야.

―그런 위험을 무릅쓰겠어. 스티븐이 말했다.

―그래 어느 한 사람도 갖지 않는다는 거지. 크랜리가 말했다, 친구보다 더한 사람, 인간이 지금까지 사귀어 온 가장 고귀하고 가장 진실한 친구보다 심지어 더한 사람을.

그의 말은 그 자신의 천성 속에 어떤 깊은 심금을 울리는 듯했다. 그는 자기 자신에 대하여, 현재 그대로의 자기 자신 또는 스스로 되기를 바라는 자기에 대하여 이야기했던가? 스티븐은 한동안 말없이 그의 얼굴을 지켜보았다. 거기에는 한 가닥 차가운 슬픔이 있었다. 그는 자기 자신에 대하여, 그가 두려워했던 그이 자신의 외로움에 대하여 이야기했다.

―넌 누구 이야기하는 거야? 스티븐이 마침내 물었다.

크랜리는 대답하지 않았다.

* * *

3월 20일. 나의 반항(反抗) 문제에 대한 크랜리와의 긴 이야기. 그는 오만한 태도를 보였다. 나는 유순하고 상냥했다. 어머니를 위한 사랑이란 이유로 나를 공격했다. 그의 어머니를 상상하려 애썼다. 그럴 수가 없다. 무심한 순간에, 한때 내게 말하기를, 그가 태어났을 때 그의 아버지가 예순한 살이었다고 했다. 그를 상상할 수 있다. 튼튼한 농부 타입. 소금 후춧가루 반점의 양복. 네모진 발. 단정치 못한, 반백의 콧수염. 아마도 사냥에 참가할 모양. 라라스의 드와이어 신부에게 헌금을 규칙적으로 지급하지만 많지는 않아. 때때로 해 질 녘에 소녀들에게 말을 걸다. 그러나 그의 어머니는? 아주 젊었을까 아니면 아주 늙었을까? 전자일 것 같지는 않아. 만일 그렇다면, 크랜리는 그런 식으로 말하지는 않았을 것이나. 그럼 늙은 거다. 필경, 그리고 무시당한 채, 그리하여 크랜리의 영혼에 대한 절망. 지친 요부(腰部)의 아이.

3월 21일, 아침. 간밤에 잠자리에서 이런 생각을 했지만, 너무 게으르고 마음이 풀어져 그것에 덧붙이지 못했다. 그래, 풀어져 있었다. 그 지친 요부는 엘리자베스과 즈가리야의 것이다. 그렇다면 그는 선지자(先知者)다. 항목. 그는 주로 돼지의 뱃살 베이컨과 말린 무화과를 먹는다. 메뚜기와 야생의 꿀벌을 읽는다. 역시, 그를 생각할 때, 엄숙하고 잘린 머리, 회색의 커튼이나 베로니카 손수건 위에 윤곽을 드러내는 듯한 죽음의 마스크를 언제나 보았다. 성당 집단에서 그들이 부르는 참수(斬首). 라틴 문에서 잠깐 성 요한 때문에 어리둥절했다. 내가 뭘 보지? 자물쇠를 비틀려고 애쓰는 참수당한 한 선지자.

3월 21일, 밤. 자유롭다. 영혼도 자유롭고 공상도 자유롭다. 죽은 자들은 죽은 자들로 장사지내게 하라. 그래. 죽은 자들은 죽은 자들과 결혼하게 하라.

3월 22일. 린치와 함께 몸집이 한 아름이나 되는 병원 간호사를 뒤따랐다. 린치의 발상. 그것이 싫다. 한 마리의 암소 뒤를 뒤쫓는 야위고 굶주린 두 사냥개.

3월 23일. 그날 밤 이후로 그녀를 보지 못했다. 몸이 불편한가? 어머니의 목도리를 어깨에 두르고 필경 난로 가에 앉아 있으리라. 하지만 골은 내지 않고. 맛있는 오트밀 죽 한 그릇? 너 지금 먹지 않으련?

3월 24일. 나의 어머니와 말다툼으로 시작했다. 주제. 동정녀 마리아. 나의 섹스와 젊음 때문에 불리했다. 도피하기 위해 마리아와 그녀 아들의 관계 대(對) 예수와 아빠(요셉)의 관계를 내세웠다. 종교는 산부인과 병원이 아니라고 말했다. 어머니는 관대했다. 내가 이상한 마음을 갖고 책을 너무 많이 읽었기 때문이라 했다. 사실이 아니었다. 별반 읽지도 못하고 이해한 것도 없었다. 그러자 그녀는 내가 불안한 마음을 가졌기 때문에 신앙으로 되돌아올 것이라고 말했다. 이 말은 죄의 뒷문을 통해 성당을 떠나 회개의 채광창(採光窓)으로 되돌아옴을 뜻한다. 회개는 할 수 없어요. 어머니께 그렇게 말하고 6페니를 요구했다. 3페니를 받았다.

이어 대학으로 갔다. 작고 둥근 머리를 한 악한의 눈을 가진 게지와 다른 말다툼. 이번에는 놀라노 사람 브루노에 관하여 이탈리아 말로 시작하여 혼성 영어로 끝났다. 그는 브루노가 무서운 이단자라고 말했다. 나는 그가 무섭게 화형(火刑)을 당했다고 했다. 그는 약간 슬픈 듯 이에 동의했다. 그러자 그는 이른바 "리소토 알라 베르가마스카(베르가모 식 쌀 요리)"의 요리법을 내게 가르쳐 주었다. 그가 부드러운 O를 발음할 때, 마치 모음에 키스하듯 그의 풍만하고 육감적인 입술을 불쑥 내민다. 그가 키스를 해봤을까? 그리고 그가 회개할 수 있었을까? 그래, 그는 할 수 있었어. 그리고 악한의 둥근 두 눈에서 눈물을 흘렸을 것이다.

성스데반즈 그린(공원), 즉, 나의 공원을, 가로질러 걸어가면서, 크랜리가 다른 날 밤에 우리의 종교라고 부른 것을 발명한 자는 그의 나라 동포들이지 나의 나라 사람이 아니라고 한 말을 상기했다. 네 사람으로 짝을 지은, 제97보병 연대의 병사들이, 십자가 발치에 앉아 십자가에 못 박힌 자의 겉옷을 가지려고 주사위를 던져 올렸다.

도서관으로 갔다. 세 편의 서평을 읽으려고 애썼다. 소용이 없었다. 그녀는 아직 보이지 않는다. 내가 놀라고 있는 건가? 무엇 때문에? 그녀가 다시는 밖으로 나오지 않을까 봐.

브레이크는 시를 썼다.

윌리엄 본드는 죽을지 몰라.
확실히 그의 병이 아주 중하니까.

아아, 불쌍한 윌리엄!

나는 한때 로툰더 극장에서 디오라마를 본 적이 있었다. 종말에 고관들의 사진이 나왔다. 그중에 윌리엄 이워트 글래드스톤, 당시 갓 죽다. 오케스트라가 「오, 윌리, 우린 당신이 그리워요」를 연주했다.

시골뜨기의 민족!

3월 25일, 아침. 꿈이 뒤숭숭한 밤. 가슴에서 그들을 몰아내고 싶다.

길고 꼬불꼬불한 복도. 마룻바닥으로부터 검은 증기의 기둥이 솟는다. 돌에 새겨진, 전설적인 왕들의 상들이 그곳에 가득하다. 그들의 손은 지친 증거로 무릎 위에 포개져 있고 그들의 눈이 인간의 과오가 그들 앞에 어두운 증기처럼 영원히 솟는지라 침침해 있다.

이상한 모습들이 동굴에서처럼 앞으로 나온다. 그들은 사람만큼 키가 크지는 않다. 한 놈이 다른 놈과 서로 아주 떨어져 서 있는 것 같지 않다. 그들의 얼굴은 한층 어두운 줄무늬를 띤, 인광(燐光)을 발한다. 그들은 나를 엿보며 그들의 눈은 뭔가 내게 물어볼 듯하다. 그들은 말을 하지 않는다.

3월 30일. 오늘 저녁 크랜리는 도서관 현관에서 딕슨과 그녀의 오빠에게 문제를 내주고 있었다. 어떤 어머니가 그녀의 아이를 나일 강 속으로 떨어뜨렸다. 여전히 어머니 타령을 하면서. 한 마리 악어가 그 아이를 잡았다. 어머니가 그걸 돌려 주라고 요구했다. 악어는 만일 자신이 그 애를 잡아먹을 것인가 아니면 잡아먹지 않을 것인가를 그녀가 알아맞히면 문제없다고 했다.

이런 정신 상태는 레퍼두스는 말하리라, 그대의 태양 작용에 의하여 진흙에서 과연 태어나는 것이라고.

그런데 나의 정신 상태는? 그것도 역시 그렇지 않은가? 그러면 그와 함께 나일 강 진흙 속으로!

4월 1일. 이 마지막 말에 찬동할 수 없다.

4월 2일. 그녀가 존스턴 점, 무니 앤드 오브라이언 점에서 차를 마시며 케이크를 먹고 있는 것을 보았다. 오히려, 우리가 지나갈 때 살쾡이 눈을 한 린치가 그녀를 보았다. 그는 크랜리가 그녀 오빠의 초대로 그곳에 왔노라고 내게 말한다. 그가 악어 이야기를 꺼냈을까? 그는 이제 비치는 등불인가? 글쎄, 나는 그의 정체를 알아냈다. 정말 나는 그랬다. 위클로우의 왕겨 한 됫박 뒤에 조용히 비치고 있다.

4월 3일. 데이빈을 핀들레이터 성당 맞은편 담배 가게에서 만났다. 그는 까만 스웨터를 입고 헐리 막대기를 갖고 있었다. 그는 내가 떠나는 것이 사실인지 그리고 그 이유가 무엇인지를 내게 물었다. 그에게 타라로 가는 가장 빠른 길은 홀리헤드를 경유하는 것이라고 일러주었다. 바로 그때 나의 아버지가 나타났다. 소개. 아버지는 예의 있고 관찰력이 있었다. 그가 데이빈에게 음료라도 대접하는 게 어떠냐고 물었다. 데이빈은 모임에 가는 중이라, 그럴 수가 없었다. 우리가 떠나가자 아버지는 그가 정직한 눈을 가졌다고 내게 말했다. 나더러 왜 보트 클럽에 들지 않느냐고 물었다. 나는 그걸 생각해보는 척했다. 그러자 어떻게 그가 페니페더를 골려 주었는지를 내게 말해 주었다. 내가 법률 공부하길 바라고 있다. 내가 그쪽에 소질이 있다고 말한다. 진흙이 많을수록, 더 많은 악어가.

4월 5일. 황량한 봄. 질주하는 구름. 오 인생이여! 사과나무들이 예쁜 꽃들을 떨어뜨리는 소용돌이 늪의 까만 흐름. 나뭇잎들 사이 소녀들의 눈. 얌전하고 쾌활한 소녀들. 모두가 금발 아니면 갈색 머리카락. 검은 머리카락은 하나도 없다. 얼굴을 붉힐 때 한층 아름답다. 정말이야!

4월 6일. 분명히 그녀는 과거를 기억하고 있다. 린치 말이 모든 여인은 다 그렇단다. 그렇다면 그녀는 유년 시절도 기억한다. 그리고 내가 여태 아이였다년 나의 깃도. 과거는 현재 속에 살아 지고 현재는 미래를 가져오기 때문에 단지 살아 있는 것이다. 여인의 조각상은 린치 말이 옳다면, 여인의 한 손이 불만스러운 듯 그녀 자신의 엉덩이를 만지면서, 언제나 옷으로 몸을 완전히 감싸야 한다고.

4월 6일, 늦은 밤. 마이클 로바츠는 잊힌 미(美)를 기억한다, 그리하여 그의 양팔로 그녀를 감쌀 때, 세상에서 오래전에 사라진 그 아름다움을 팔 안에 안는다. 아니 이게 아니지. 천만에. 나는 아직 이 세상에 태어나지도 않은 귀여움을 양팔에 꼭 껴안는다.

4월 10일. 어스름하게, 짙은 밤 아래, 아무런 애무도 감동을 주지 않는 지친 애인처럼 꿈에서 꿈 없는 잠으로 바뀐 도시의 정적을 뚫고 들리는, 한길 위의 말발굽 소리. 그들이 다리 근처에 당도하자 이제 그렇게 어스름하지 않다. 그리고 한순간에 그들이 어두워진 창들을 지나갈 때, 침묵은 화살처럼 놀라움으로 깨진다. 이제 그 소리는 멀리 들린다, 짙은 어둠 속에 보석처럼 반짝이는 말발굽 소리, 잠자는 들판 너머 어떤 여행의 목적을 위해 달려가는 —무슨 마음으로? —무슨 소식을 싣고?

4월 11일. 간밤에 내가 쓴 것을 읽는다. 모호한 감정을 위한 모호한 말씨들. 그녀가 좋아할까? 그럴 것 같군. 그럼 나도 역시 그걸 좋아해야 해.

4월 13일. '턴디시'란 그 말이 오랫동안 내 마음을 짓누르고 있었다. 나는 그걸 사전에서 찾아, 그것이 영어요 역시 제법 괜찮은 옛 영어임을 발견한다. 망할 학감과 퍼늘(깔때기)이라! 그는 왜 이 나라에 와서 우리에게 자기네 말을 가르치거나 아니면 우리로부터 그걸 배우려 하는가? 이래저래 저주할 사람!

4월 14일. 존 알폰서스 뮬레넌이 방금 아일랜드의 서부에서 되돌아왔다. (유럽과 아시아의 신문들이여 그 기사를 실어 주오) 그는 어느 산의 오두막집에서 거기 한 노인을 만났다고 우리한테 말했다. 노인은 붉은 눈과 짧은 파이프를 가졌다. 노인은 아일랜드 말을 했다. 뮬레넌은 아일랜드 말을 했다. 이어 노인과 뮬레넌은 영어를 말했다. 뮬레넌은 우주와 별들에 관하여 그에게 이야기했다. 노인은 앉아, 귀를 기울이고, 담배를 피우고, 침을 뱉었다. 그리고 말했다.

—아, 세상 끝 무렵이 틀림없이 무섭고 괴상한 짐승들이 있을 거야.

나는 그가 두렵다. 그의 붉은 테가 낀 백내장의 눈이 두렵다. 날이 샐 때까지 내내 이 밤을 통해 내가 그와 싸워야만 하다니, 그이 또는 내가 죽어서 쓰러질 때까지, 힘줄 솟은 목으로 그를 움켜쥐면서……언제까지? 그가 내게 굴복할 때까지? 아니야. 난 그를 해칠 생각은 없어.

4월 15일. 오늘 그녀와 그래프턴가(街)에서 정면으로 마주쳤다. 군중에 떠밀려 만났던 거다. 우리 둘은 걸음을 멈췄다. 그녀는 왜 내가 결코, 오지 않느냐고 물었고, 나에 관한 모든 이야기를 들었노라 말했다. 이는 단지 시간을 끌기 위한 짓이었다. 내게 시를 쓰고 있는지를 물었다. 누구에 관해서? 나는 그녀에게 물었다. 이 말이 그녀를 한층 당황하게 했고 나는 미안하고 야속한 생각이 들었다. 저 안전판을 즉시 돌려 꺼버리고 단테 알리기에리가 발명하여 모든 나라에서 특허를 받은 정신적이며 영웅적인 냉각장치를 열었다. 나 자신과 나의 계획에 대하여 급히 말했다. 이야기하는 도중에 불행히도 나는 혁명적 특성을 띤 갑작스러운 몸짓을 취했다. 나는 아마도 공중에다 한 줌의 콩을 던져 올리는 녀석처럼 보이고 싶었음이 틀림없었다. 사람들이 우리를 쳐다보기 시작했다. 잠시 후에 그녀는 악수했고, 떠나면서, 그녀는 내가 말한 모든 것이 다 이루어지기를 희망한다고 말했다.

글쎄 난 그걸 우정으로 부르지, 그렇잖은가?

그렇다, 나는 오늘 그녀를 좋아했다. 조금 아니면 많이? 알 수가 없다. 나는 그녀를 좋아했고 그것이 나에게 새로운 감정처럼 느껴진다. 그럼,

그렇다면, 나머지 모든 것, 내가 생각한다고 생각했던 모든 것 그리고 내가 느낀다고 느꼈던 모든 것, 지금 이전의 나머지 모든 것, 사실은……오, 집어치워. 이 녀석아! 잠으로 그걸 때워 버려!

4월 16일. 떠나자! 떠나자!

팔들과 목소리의 마력. 하얀 팔처럼 뻗은 길들, 그들의 친밀한 포옹의 약속 그리고 달을 배경으로 서 있는 높다란 배들의 까만 팔들, 그들의 먼 민족들에 관한 이야기. 그들은 팔을 뻗쳐 말한다. 우리는 홀로다, 오라. 그리고 목소리도 그들과 함께 말한다. 우리는 당신의 친족이다. 그리고 공기는 그들 무리와 함께 그들이 떠날 준비를 하며, 그들의 기고만장 무서운 젊음의 날개를 흔들면서 그들의 친족인 나를 부를 때 짙어져 있다.

4월 26일. 어머니는 내 헌 옷가지들을 정리하고 있다. 그녀는 내가 살아가는 동안 그리고 가정과 친구들을 떠나 마음이 무엇이며 그것이 느끼는 바가 무엇인지를 배울 수 있기를 기도한다고 말한다. 아멘, 그렇게 되기를. 오 인생이여! 나는 경험의 현실에 1백만 번이라도 부딪치기 위해 떠나며, 내 영혼의 대장간 속에서 내 민족의 창조되지 않은 양심을 벼리기 위해 떠나가노라.

4월 27일. 노부(老父)여, 노(老) 거장(巨匠)이여, 지금 그리고 영원토록 변함없이 나를 도와주오.

더블린, 1904
트리에스테, 1914

역자 해설

　『젊은 예술가의 초상』은 제임스 조이스의 첫 장편소설이다. 이는 본래 런던의 정기 간행물인 『에고이스트(The Egoist)』에 1914년 2월부터 1915년 9월까지 연재 형식으로 출간되었다. 이후 미국의 출판자 휴브쉬(B. W. Huebsch)가 1916년에 단행본으로 출간하였다. 『젊은 예술가의 초상』의 최초 단계는 1904년 초에 시작되었다. 당시 조이스는 「예술가의 초상(A Portrait of the Artist)」이란 일종의 산문(논문)을 완성했다. 조이스에게 기고를 요청한 문예지 『다나』의 편집부원들은 『젊은 예술가의 초상』의 인쇄를 거절했다. 그 후 조이스는 당시까지의 논문을 개편하고, 이를 장편소설로 확장함으로써 『영웅 스티븐』이라 제목을 붙였다.

　소설의 판본에서 조이스는 스티븐 다이덜러스(당시에는 그렇게 불렀다)가 예술가가 되기까지의 성장과정을 유년시절부터 대학시절 이후까지 그 과정의 진화를 답습할 의도였다. 이러한 계획은 그의 상상력을 분명히 포착했으니, 그 이유인즉, 조이스는 약 1년 반 동안 『영웅 스티븐』을 꾸준히 작업해 왔기 때문이다. 하지만 1905년 6월에 작품이 절반가량 다다랐을 때, 그는 그 작업을 포기하고 말았다.

　우리는 그의 이러한 결정에 대한 이유를 추측할 뿐이다. 거기에는 텍스트상으로나 전기적으로 많은 단서가 있다. 조이스는 이미 『더블린 사람들』을 구성할 많은 이야기를 완료했으며, 이들은 『영웅 스티븐』보다 기법상으로 한층 정교한 것이 분명했다. 소설의 정통적 및 형식상으로 한정된 문체 속에 감금된 채 조이스는 쉽사리 좌절되었고, 그리하여 한층 창조적 선택을 지닌 계획을 위하여 그것을 포기해야 했다.

그러나 『영웅 스티븐』의 배후 생각은 극히 흥미로운 것으로 남아 있었으며, 결국 조이스는 그것을 이전의 계획으로 끌고갔다. 그리하여 1907년, 『더블린 사람들』의 마지막 이야기인 「죽은 사람들」을 완료한 다음, 조이스는 다시 한 번 이 이전의 소설을 되찾았다. 그러나 이번에 그는 소설의 사실적 형식의 한계를 벗어나, 오늘날 모더니스트들에게 친숙한 형식상 한층 유연하고 헐거운 문체를 실험하기 시작했다. 『영웅 스티븐』은 결국 『젊은 예술가의 초상』이 되었다. 1914년 2월에 『에고이스트』는 에즈라 파운드의 권고로 그것의 연재를 시작했다. 조이스는 마지막 장이 『에고이스트』에 게재되기 직전, 1915년 중순에 최후의 개정을 완료했다.

『젊은 예술가의 초상』은 그것이 파생했던 작품과는 최후의 형식에서 아주 먼 거리가 있다. 작품의 모더니즘적 성향은 그의 이야기의 양식과 중심인물의 의식과 관련해서 아주 두드러진다. 형식적으로 그리고 그것의 주제에 관한 한 『젊은 예술가의 초상』은 『영웅 스티븐』보다 오히려 『더블린 사람들』과 유사하다. 그럼에도 초기 작품의 요소들이 사방으로 눈에 띄게 남아 있다. 그의 선행 작품처럼 『젊은 예술가의 초상』은 예술가 스티븐 데덜러스(본질적으로 『영웅 스티븐』에 등장하는 인물과 같고, 그의 이름이 약간 수정되었을 뿐이다)의 생활을 그의 초등, 중등 및 대학 교육을 통한 유년에서부터 그가 아일랜드에서 출발하는 저녁까지 차례로 기록한다. 그러나 『영웅 스티븐』과는 달리, 이 작품은 스티븐의 생활을 자세히 연속적으로 설명하지 않으며 자연주의적 압박을 회피한다. 대신에 그것은 행동을 불연속적 에피소드로 분쇄함으로써, 현현적(顯現的) 사건들을 하나하나 제시한다. 서술은 장에서 장으로, 심지어 장면에서 장면으로 돌연히 이동함으로써, 그들 간의 연관성은 독자가 책임 짓도록 내맡긴다. 그러나 총체적 서술은 주제적으로 연결되어 있다.

이야기는 젊은 예술가의 상상력을 억압하거나 통제하고 위협하는, 융통성 없는 사회로부터의 스티븐의 더해 가는 소외를 다룬다. 서술은 아일랜드 가톨릭 사회의 중심 제도들, 가족, 교회, 민족주의 운동 등에 대해 그가 느끼는 점진적 환멸을 자세히 기록한다. 능숙하도록 조화롭게 편성된 장들의 연쇄 속에, 스티븐에게 각 제도는 억압적이고 억제적인 힘을 느끼게 한다. 그리하여 비평가들은 『젊은 예술가의 초상』을 한 모범적 모더니스트 작품으로, 분명히 초기의 예술적 인습들로부터 이탈된, 한 도덕적 가치로서의 심미적 비전에 이바지하는 작품으로 생각하게 되었다.

제1장은 스티븐이 6살 즈음부터 9살까지의 유년시절을 서술한다. 그는 클론고우즈 우드 칼리지의 학생으로 공부를 마치고, 방학 때가 되어 크리스마스 휴가에 집에 돌아온다. 조이스는 이 기간에 스티븐 생활의 의미심장한 3~4개의 사건을 자세히 설명한다. 즉, 스티븐이 한 무모한 급우에 의하여 시궁창에 떠밀린 후, 고열로 인해 학교 의무실에 입원한다. 이어 스티븐은 그의 가족과 크리스마스 만찬을 갖는데, 여기서 열띤 정치적 논쟁을 목격한다.

이 장은 스티븐의 아버지, 사이먼 데덜러스가 "아기 터쿠"라는 별명을 가진 그의 어린 아들에게 동화 이야기식으로 말하는 것에서 그 막이 열린다. 이런 식의 서술은 전통적 표현 양식으로부터의 급진적 이탈을 선언한다. 첫 행들에서부터 서술의 원천과 성질이 문제로 다가오며, 독자는 소설의 많은 의미가 작가의 개입 없이, 자기 해석상의 선택에 따라 이루어짐을 재빨리 인식하게 된다.

『젊은 예술가의 초상』이 갖게 될 중심적 수제들에 내한 긴락힌 소개에 이어, 스티븐이 처음 학교생활을 하게 되는 클론고우즈 우드 칼리지에서의 일상들을 서술하기 시작한다. 그것은 스티븐을 다른 아이들로부터 떼 놓는 특별한 성격적 특징을 독자를 위해 개관하기 시작하도록 한다. 이 장은 두 개의 유명한 에피소드로 끝난다. 즉 크리스마스 만찬에서 스티븐이 어른들과 식사를 하는 장면으로, 그것은 찰즈 스트웨드 파넬의 지지자들인 스티븐의 아버지와 케이시 씨, 그리고 파넬을 간음자로 고발하는 댄티 리오던 부인 간의 격렬한 논쟁으로 난장판을 이룬다. 논쟁은 스티븐에게 아일랜드 당대의 제도들 – 가족, 교회 및 민족주의 운동 가운데 어느 것을 믿어야 할지를 의문으로 남긴 채, 결론 없이 끝난다.

이 장은 스티븐이 클론고우즈로 되돌아와 어떻게 그가 학감인 돌런 신부에 의하여 부당하게 매를 맞는지, 그리고 이로 인해 어떻게 그가 교장인 존 콘미 신부에게 항의하는지에 대한 서술로서 끝난다. 그것은 스티븐을 위한 회심의 승리를 기록하며, 그를 위해 사회적 제도들이 우리 생활에 가져올 예언적 질서를 재확약한다. 독자에게는 질서와 권위주의(authoritarianism) 간의 유사성이 너무나 분명하게 나타나며, 잇따르는 극심한 갈등을 예고한다.

이 장의 첫 페이지와 그 절반은 전체 소설에서 극히 중요하다. 『젊은 예술가의 초상』의 모든 주제가 이 짧은 부분에 나타나고, 거의 모든 제목이 상징적 잠재력을 지닌다. 예를 들면, '음매소(moocow)'란 말은 시간에 대한 인식("옛날 옛적에……")에 이어, 스티븐이 이해해야 하는 첫 대상이다. 암소는 전통적으로 희생의 동물인 동시에, 다산 또는 창조를 대표한다. 스티븐 데덜러스의 이름 속에 함축된 이 양자는 예술가를 위해 필요하다. '장미(rose)'의 주제는 중세의 인습에서 도래하고, 소설에 중요한 차원을 첨가한다. 어린 스티븐은 노래를 부르려고 애쓰지만, 이를 혼동한다. "오 파란 장미꽃 피어 있네." 파란 장미에 대한 언급은 다산에 대한 암시를 확장하지만, 또한 미숙함을 암시하기도 한다. 이 장을 통한 장미에 대한 언급은 '적'과 '백'이란 색채에서 이루어지고, 여성에 대한 스티븐의 태도 또한, 성녀에 대한 백장미와 육체에 대한 적장미의 생각에 반영된다. 장미는 여인, 종교, 및 예술과 관련된 스티븐의 심미적 진행을 노정하며, 작품의 주제와 구조를 돕는다. 이야기가 진전됨에 따라, 백장미와 백색 자체는 불쾌함 및 젖은 감정과 연관되는 반면, 적장미는 그것이 더욱 두드러짐에 따라, 정신을 초월한 육체를 대변한다.

단티(Dante: 안티Auntie의 잘못된 발음)의 두 옷솔(brushes)에서 마이클 대비트는 파넬의 지지자요 아일랜드 토지 연맹의 창설자였다. 적과 녹색은 영국과 아일랜드를 상징하고, 실재와 상상, 질서와 반란을 또한, 암시한다. 서술을 통하여 이 두 가지 주제가 급진함에 따라, 그들은 스티븐의 마음속에 상속적인 갈등을 일으킨다. "독수리(eagle)" "오 스티븐은 사과할 거야"란 시행과 독수리에 대한 언급은 극히 중요하다. 스티븐은 필경어떤 장난 때문에 책상 밑에 몸을 움츠리고, 독수리에 관해 일러 받는다. 이 사건은 조이스의 초기 『에피파니들』로부터 응용된 것이다. 스티븐이 느끼는 죄의식은 소설 대부분을 통해서 진행된다. 이 이미지는 또한, '날개'와 '미궁'을 함께 연결하며, 이야기를 지배하는 두 상(像)을 형성한다. 뒤에 등장하는 날개는 스티븐이 "창조되지 않은 민족을 양심"을 위하여 도약하는 장익비상(張翼飛翔)의 전조가 된다.

제2장에서는 예수회의 남자 학교인, 더블린의 벨비디어 칼리지에서의 재학 시절을 다룬다. 작품의 제2, 3장 및 제4장은 11살에서 16살까지 스티븐의 생활을 서술한다. 우리는 종교에 대한 그가 갖는 의문의 각성 및 책의 세계에 몰두하는 그를 목격한다. 서술된 사건들은 한층 불연속적이고 덜 분명하게 정의된다. 스티븐은 학교 연극에 참가하고, 아버지

를 따라 코크로 기차 여행을 하는가 하면, 학교에서 수필 경쟁을 하여 상을 타기도 한다. 그의 개인적 좌절감과 자라나는 성적 본능은 그를 더블린의 사창가에서 최초의 성적 경험으로 인도한다. 이 부분은 소설의 3개의 비(非)극적 클라이맥스들 가운데 최초의 것이다.

이 장은 음조의 변화로서 열린다. 스티븐은 가족이 최근 이사한 블랙록의 남부 더블린의 교외에서 여름을 보내고 있다. 그는 또한, 가을에 클론고우즈 우드 칼리지로 되돌아갈 수 없음을 알고 있다. 가족은 다시 더블린 시로 이사하고, 서술은 사이먼 데덜러스의 더해 가는 재정적 위기에 대해 직접 언급하기 시작한다.

클론고우즈 우드 칼리지의 스티븐의 이전 교장인 콘미 신부가 다시 스티븐을 돕는데, 이번에는 더블린의 예수회 학교인 벨비디어 칼리지에 그를 위해 장학금을 마련해 주는 일이다. 스티븐은 재빨리 학교에서 아카데미시즘의 수완을 노출하며, 장의 중간에서 반 친구인 빈센트 헤론과의 지적 및 사회적 경쟁을 이루는 일련의 사건들을 연대기로 나열한다. 제2장의 끝에서 두 번째 문단은 스티븐이 학교의 현상(懸賞)으로 받은 돈으로 가족의 운명을 개량하려는 그의 다소 부질없는 노력에 대한 확장된 설명을 제공한다. 끝맺는 에피소드는 스티븐이 더블린의 매춘부와 갖는 성적 유희에 대한 미려한 서술이며, 시적 대목이다.

제3장에서 스티븐은 벨비디어 칼리지에서 3일간의 묵도(피정)에 참가한다. 신부의 달변의 설교가 그를 개심하도록 감동을 주고, 자신의 죄를 신부에게 고백한 뒤, 그는 신성하고 새로운 생활을 시작할 것을 결심한다. 이 장의 절반은 벨비디어 칼리지의 학생들이 행해야 할 종교적 묵도에 관해 거의 배타적으로 초점을 맞추는데, 그것은 특별히 아널 신부에 의하여 행해지는 설교로서 이루어진다. 묵도의 형식은 교회 시간에

예시된 일정을 따르며, 학생들을 죽음, 최후의 심판, 지옥, 연옥과 천국에 관한 일련의 명상을 통하여 개인적으로 자기를 평가하도록 인도한다. 서술적 형식은 스티븐이 자신의 지각을 통하여 설교를 추적하게 한다. 종국에, 이러한 진술의 강조는 죄와 벌로 추락한다. 스티븐이 자신의 병든 향락과 유사한 치명적 죄의 종말을 되새기자, 이러한 심적 상태가 그를 후회로 이끈다. 조이스 학자인 트랜(James R. Trane) 교수는 아널 신부의 설교의 많은 것이 이탈리아의 지오반니 신부가 쓴 『그리스도 교도들에게 열려 있는 지옥, 그것을 막기 위한 계율』(1688)이란 기도서에서 유래한다고 주장한다(이 책의 영국판은 1868년에 출판되었다).

이 장의 마지막 부분에서 특히 두드러지는 현상은, 스티븐의 종교적 위기가 클라이맥스에 달하자 일어나는 감정의 커다란 파동이다. 이 부분은 서로 대조되는 이미지들로 충만되어 있다. 한편으로 분뇨, 부패, 썩은 잡초, 어둠, 추한 동물과 악마의 이미지들이 충만한데, 이들을 스티븐은 지옥과 자신의 죄 많은 영혼과 결부한다. 다른 한편으로 성처녀, 고요, 성령과 그리스도는 그에게 죄 없는 영혼의 인습적 선(善)을 상기시킨다.

스티븐의 종교적 위기를 통하여, 그의 교회에 관한 그리고 신과 인간과의 관계에 관한 그의 견해가 여기서 고도로 낭만화된다. 백장미처럼 정화된 마음의 이미지는 같은 종류의 초기의 이미지들을 그에게 상기시키는가 하면, 교회는 자신의 낭만주의에 대한 유일한 일시적 피난처가 될 것임을 암시한다.

제4장은 스티븐의 성실한 신앙심으로, 학교 교장은 그가 신부가 될 의향이 있는지를 묻게 한다. 스티븐 영혼의 갈등이 그의 생활의 치솟는 불만과 함께 계속된다. 최후로, 이 장의 말에서 그는 일종의 정신적 개시라 할, "새 – 소녀(bird-girl)의 에피퍼니"를 경험한다 이는 작품의 두 번

째 비(比)극적 클라이맥스로서, 그의 행동의 전환점이 된다.

이 장에서 이야기는 스티븐이 자신의 죄를 회개하기 위한 노력 속에 자기 자신을 위해 정당화하려는 유사 – 피학대적(quasi-masochistic) 정체(正體)를 그가 일별함으로써 시작된다. 이러한 정체는 자기 부정의 기계적 과정에 의하여 구조(構造)되는 것으로, 육체의 치욕들이 가져오는 의도된 개화보다 오히려 그들 치욕 자체를 강조한다. 이어서 스티븐의 생각은 벨비디어 교장의 주의로 나아가는데, 후자는 스티븐에게 특히 예수회의 회원으로서, 성직에 대한 소명의 가능성을 생각해 보도록 요구한다. 스티븐이 교장과 나누는 대화에서 수많은 이미지가 그의 마음을 사로잡는데, 그중에서도 자신의 과거 생활과 성직의 특성에 대한 생각들이 최우선적이다. 이 장면은 서재에 있는 교장의 서술로서 시작된다. 여기 스티븐의 태도를 노정하는 많은 중요한 이미지들이 있다.

> 교장 선생님은 해를 등지고 창틀에 서서 한쪽 팔꿈치를 갈색 차양에 기대고 있었다. 그가 다른 쪽 차양 끈을 천천히 흔들거나 고리 모양을 만들면서, 말을 하고 미소 짓는 동안, 스티븐은 그 앞에 서서, 지붕 위로 서서히 사라져 가는 긴 여름 햇살 또는 천천히 교묘하게 움직이는 신부의 손가락의 동작을 눈으로 좇고 있었다. 신부의 얼굴은 완전히 그늘 속에 잠겨 있으나, 그의 뒤에서 저물어 가는 햇살이 움푹 팬 그의 관자놀이와 두개골의 곡선을 비추었다.

위의 구절에서 읽듯, 휴 케너 교수는 '두개골' '빛' '차양'과 같은 중요한 단어들은 이 사건이 줄 수 있는 다양한 가변성(可變性)을 독자에게 암시한다고 지적한다. '두개골'은 소설 제1장에서 교장 사무실의 그것을, 그리고 스티븐이 나중에 갖는 환멸을 회상시킨다. 신부가 그림자에 가려, 빛으로부터 부분적으로 차단된다는 사실은 교회의 어둠과 맹목(blindness)을 암시한다. 스티븐은 또한, 교장의 성의(聖衣)의 스치는 소리를 듣는데, 이는 돌런 신부와 그의 회초리에 대한 초기 장면을 반영한다. 여기 행동, 목적, 감정 등이 그들의 의미를 확장하거나 과속화할 때, 독자는 그들의 정체를 다시 확인할 수 있다.

이 대부분의 '상징들'은 스티븐이 마음속으로 회상하는 예수회의 행복한 인상들이지만, 그럼에도 그와 교장 간 인터뷰의 진짜 의미는 판이하다. 따라서 참된 단서는 표면의 반응에 있기보다 장면의 저변에 깔린 흐름에 있다. 이것을 포착하는 독자는, 스티븐의 교회에 대한 잇따른 거절로 스스로 경이감을 노출하지 않을 수 없다.

이상과 같은 교장의 암시는 스티븐 양심의 위기를 촉진한다. 그는 실지로 자신의 생활을 자극하는 가치에 대하여 활기찬 사고(思考)를 행사하는데, 이는 결국 그로 하여금 자신의 인생에서 직업으로서의 종교보다 예술을 선택하게 하는 결정을 내리게 한다. 이 장에서 스티븐이 돌리마운트 해변에서 산책할 때, 그는 친구들이 부르는 자신의 이름을 듣는다. 이때 그는 친구들과의 소외를 인식하지만, 그의 이름의 의미, 즉 공장(工匠) 데덜러스의 예언과 태양을 향해 무모하게 치솟는 그의 아들 이카로스의 방종을 회상한다. 그의 이름은 예술가의 소명을 알리는, 이른바 '가청적(可聽的) 에피파니(audible epiphany)'가 된다. 만일 우리가 이 소설을 철저하게 이해하려면, 이 장면을 극히 세심한 주의를 가지고 읽어야 한다. 왜냐하면 그것이 스티븐의 심미적 발전과 그 동기를 노출하기 시작하기 때문이다. 스티븐은 여기 돌리마운트 해변에서 그의 비전을 통해서 궁극적으로 예술을 선택해야 하는 절대적 당위성을 확약하는바, 그가 향락의 감정을 자신의 글쓰기를 통해서 얼마나 절실하게 즐길 수 있는가를 마음속에 다짐하기 때문이다.

그녀의 영상은 영원히 그의 영혼 속으로 빠져들어 갔고, 어떠한 말도 그의 황홀경의 성스러운 침묵을 깨뜨리지 않았다. 그녀의 눈이 그를 불렀고 그의 영혼이 그 부름에 뛰었다. 살도록, 과오를 범하도록, 타락하도록, 승리하도록, 인생에서 인생을 다시 창조하도록! 한 야성적인 천사가 그에게 나타났던 것이다. 인간의 젊음과 아름다움을 지닌 천사, 생명의 아름다운 궁전으로부터 온 한 특사가, 한순간에 갖가지 과오와 영광의 문을 활짝 열기 위해, 그의 앞에 나타났던 것이다. 계속 계속 계속 계속!

그이 앞의 시간과 공간에 대한 비전과 함께, 스티븐의 감정은 여기 사실상 심미적이 된다. 그는 환희에 넘쳐 울부짖고 싶어 한다. 바닷가의 새(鳥) – 소녀는 그의 어머니, 메르세데스, 아이린, 성처녀, 창녀에 이르기까지, 그를 위해 그가 지금까지 알아왔던 그리고 상상했던 모든 여성의 총화이며, 비전 그 자체다. 그리고 이러한 감정이 너무 힘겨운 듯, 그는 잠시 잠에 빠진 뒤(그의 수음의 결과라는 설도 있지만), 새로운 기쁨으로 깨어난다. 스티븐이 꿈꾸는 소녀의 비전은 바로 단테가 꿈꾸는 연인 비아트리체의 그것이다. 앞서 에피파니 장면들이나 이 새로운 비전의 장면들의 묘사는 풍부한 이미지 및 언어의 율동과 함께 사실상 산문이기보다 오히려 시에 가깝다. 여기 빈번한 동사의 – ing의 사용은 시간의 무상을 특징 짓는 인상주의 문체 바로 그것이다(졸라의 『결작』에서 센 강의 풍경 묘사와 비교해 보아라).

제5장에서 스티븐은 이제 유니버시티 칼리지 더블린에 등록하며, 17세부터 20세까지 그의 생의 기간을 서술한다. 스티븐의 심미 철학은 학감과 그의 급우들인 클랜리외 린치와의 대화 형식으로 펼쳐진다. 이 장에서 그는 기독교 교회, 그의 가족 및 그의 조국과 최후의 결별을 선언한다. 작품은 소설의 최후의 반(反) 클라이맥스가 될 스티븐 망명의 찰나로서 끝난다.

서술은 스티븐의 도덕적 방향을 제시한 인습적 제도들 – 아일랜드의 민족주의, 가톨릭교회 그리고 가족으로부터의 그의 이탈을 답습하며, 그가 각 제도를 파열하는 이유를 나열한다. 그의 친구 대이빈(소설에서 스티븐이 그의 첫 이름(성)을 부르는 유일한 인물)에게, 스티븐은 아일랜드 민족주의 운동에 자신이 참여할 수 없음을 설명하는데, 그 이유는 자신의 의견으로는, 아일랜드의 애국적 노력을 에워싼 위선과 배신의 전(全) 역사야말로 아무리 합리적 인간이라 할지라도, 그들에 충성할 수 없기 때문이다. 스티븐의 냉소적 견해는 린치에 의해 차단당하고, 그는 여기서 때때로 학자인 채, 유머 없는 모습으로, 가톨릭교의 독선을 대치하게 될 자신의 우주의 중심으로서 심미론의 교의(敎義)를 개관한다.

유니버시티 칼리지의 다른 급우인 린치에게, 스티븐은 가톨릭의 교의를 그의 우주의 도덕적 중심으로 대치하게 될 심미론의 원칙들을 때때로 학자인 채 그리고 유머 없는 모습으로 개관하는데, 이러한 모습은 그의 냉소적 견해들에 대한 린치의 감탄성(感歎聲)에 의하여 빈번히 차단되기도 한다. 린치와 갖는 해박한 심미적 및 문학적 이론의 전개에 이어, 스티븐은 그가 지금까지 전개한 이 심미론을 실지로 자신의 시의 창작 과정을 통해 활용한다. 스티븐이 애인 엠마의 꿈으로부터 잠이 깨자, 그는 순간적으로 시적 영감을 느끼고, 이 비전에 대하여 빌러넬(19행 2운 시체)을 작시하고, 그의 마음속에 꿈의 사건들을 조람(照覽)한다. 그가 그녀의 이미지를 반성할 때, 그녀는 그가 자신의 생활에서 본 많은 여성의 몽타주를 이룬다. 그리고 동시에, 그녀는 성처녀와 연관되고, 젊은 여성과 그 밖에 그늘진 모습들이 모두 6연(聯)의 시속에 묘사된다. 스티븐은 엠마 클러리에게 직접 말을 걸지만, 시는 이러한 경험 이상으로 한층 광범위한 언급이 있다. 시의 그늘진 여인은 스티븐이 지금까지 내내 탐색해 왔던 이상(理想) 그 자체다. 여기 언어는 장면의 아이러니를 강조하는 가운데서도 몹시 낭만식이나. 이어지는 장면에서, 스티븐은 부활절 의무를 수행함으로써 자신의 가톨릭 신앙을 공공연히 공언하지 못하는 그의 무의지(無意志)를 두고 어머니와 결별해야 했음을 그의 친구이며 막역한 동료인, 또 다른 급우 클랜리에게 설명한다.

소설의 마지막 부분은, 스티븐이 아일랜드로부터 비상(飛翔)할 준비를 할 때, 그가 3월과 4월 사이에 쓴 일기의 형식으로 나타난다. 항목들은 아일랜드에서 근 며칠 동안 스티븐이 품었던 생각들을 다룬다. 소설의 모든 주제가 그의 출발의 찰나에 쓴 일기 속에 융합되고 있다. 그의 일기 속 문장들이 지금까지의 3인칭에서 1인칭의 문체로 변형되어 쓰임은 의미심장한 일이다. 예를 들면,

> 4월 11일. 간밤에 내가 쓴 것을 읽어본다. 모호한 감정을 위한 모호한 말씨들. 그녀가 좋아할까? 그럴 것 같군. 그러면 나도 그걸 좋아해야만 해.

아마도 이는 스티븐이 이제 그의 하느님, 가정, 조국, 애인(엠마) 및 친구(린치)로부터의 자신의 이탈이 거의 완료됨으로써, 자기 이외 대화의 대상이 없어졌기 때문일 것이다. 나아가 조이스가 작가로서의 그의 임박한 대작 『율리시스』(1인칭 '내적 독백')의 예고일 것이다. 나중의 작품에서 보다 성숙한 스티븐은 가일층 '1인칭'의 유아론적 자기반성(solipsistic reflexivism)에 함몰한다.

소설은 스티븐이 파리로 가기 위해 아일랜드의 폐쇄공포적 분위기를 벗어나, 자신이 선언하는 희망찬 외침으로 그 대단원의 막이 내린다. "오 인생이여! 나는 경험의 실현에 1백만 번이라도 부딪치기 위해 떠나며, 내 영혼의 대장간 속에서 내 민족의 창조되지 않은 양심을 벼리기 위해 떠나가노라."

여기 스티븐의 절규는 『피네간의 경야』의 제14장 말에서 "사랑하는

대리자를 뒤로한 채" 커다란 사명을 띠고 이국으로 떠나가는 손의 그것을 닮았다. "그대의 진행 중을 작업할지라! 붙들지니! 지금 당장! 승하라, 그대 마(魔)여! 침묵의 수탉이 마침내 울리로다! 서(西)가 동(東)을 흔들어 깨울지니, 그대 밤이 아침을 기다리는 동안 걸을지라…." (FW 473)

＊『젊은 예술가의 초상』의 진필판(眞筆版)이 조이스 필생의 친구이며, 후원자인 하리에트 쇼 위버의 관용으로 아일랜드 국립도서관에 최근 소장되어 있음을 여기 부언해 둔다.

중요 등장인물 소개

우리는 『젊은 예술가의 초상』에서 스티븐 데덜러스의 존재가 너무나 크고 지배적이기 때문에, 대부분의 다른 인물들은 극히 작게 느껴진다. 그럼에도 그들은 그들 자신을 위해서보다, 그들이 얼마나 스티븐에게 영향을 주는가에 따라 중요하다. 따라서 스티븐과 그들의 관계는 그의 개성과 성장에 다양한 영향을 끼친다.

스티븐 데덜러스 Stephen Dedalus

『젊은 예술가의 초상』에서 스티븐 데덜러스는 주된 인물이며, 그가 세상에서 자신의 위치와 인생에서 소명을 탐색하는 과정을 다룬다. 그는 때로는 오만하고 교활하며, 때로는 자의식적 및 극도로 자만심이 강한 젊은이다. 그는 조야하고 주변 인물들과 무관하지만, 동시에 그의 노력은 참되고 몹시도 고무적이다. 그는 자기 자신에게 정직하려고 무던히 애쓰며, 한층 중요하게도 정신적으로 생생하게 살아 있다. 실지 생활에서 그는 혼란스럽고 흥분하기에 십상이지만, 그의 뛰어난 지력은 우리에게 감동을 준다. 세계 문학 사상, 햄릿 이래 한 허구의 인물로서, 스티븐만큼 잘 묘사되고, 그만큼 많이 이해되는 인물도 드물 것만 같다.

메리 데덜러스 Mary Dedalus

스티븐의 어머니, 신앙심이 두텁고 오랫동안 병고로 고통받는 여인이다. 비록 그녀는 소설의 배경에 머물러 있지만, 스티븐에게 한결같이 영향을 주는 인물이다. 그러나 그녀의 가정의 재정적 문제와 많은 아이의 양육은 스티븐과의 밀접한 관계를 위한 기회를 그녀에게서 박탈한다. 그녀는 『젊은 예술가의 초상』에서보다 『영웅 스티븐』에서 한층 두드러지게 묘사되는데, 우리는 뒤에 『율리시스』에서 스티븐이 온종일 그녀의 죽음으로 심한 양심의 가책을 느끼는 것을 알게 된다. 『율리시스』의 환각 장면에서 우리는 그녀의 환영이 스티븐을 덮쳐 오는 장면을 소름 끼치듯 생생하게 느낀다.

사이먼 데덜러스 Simon Dedalus

스티븐의 아버지로서, "어이 – 잘 – 만났다 – 친구" 하는 호탕한 인물(『율리시스』의 「배회하는 바위들」 에피소드[10장], 제14 삽화 참조). 그는 사이비 정치가요, 스스로 "호인"으로 여겨지기를 바라고 있다. 아들 스티븐에게 사이먼은 아일랜드 부패의 상징을 대표하며, 그에 대한 아들의 감정은 혼합적이다. 즉, 아버지에 대한 그의 애정은 연민과 당혹감이다. 그러나 동시에 그는 아버지가 의미하는 많은 것들에 의하여 불쾌하게 여긴다. 조이스가 스티븐 아버지의 이름을 "사이먼(Simon)"이라 선택한 이유에 대하여 캐이 교수(Julian B. Kaye)는 그의 논문 「성직매매, 세 사이먼 및 조이스의 신화(Simony, the Three Simons, and Joycean Myth)」[마빈 마가래너 편. 『제임스 조이스 논문집』(뉴욕. 고탬 북 마트, 1957) 참조]에서, 이 이름을 성직 매매(simon)의 종교적 죄와 연결하는데, 『더블린 사람들』의 「자매」에서 보여주듯, 이는 본질적으로 성직자가 그의 물질적 향락과 이익을 위해 자신의 정신적 재능을 매매하는 것을 의미한다. 『젊은 예술가의 초상』에서 스티븐은 아버지의 속성을 길게 도열한다. "의과 대학생, 보트 선수, 테너 가수, 아마추어 배우, 고함치는 정객, 소지주, 소 투자가, 술꾼, 호인, 이야기꾼, 타인의 비서, 상그업계의 유지, 수세러, 지금은 파산자로서 자신의 과거를 찬미하는 자."

댄티 리오던 Dante Riordan

　신앙심이 두터운 스티븐의 어린 시절 가정교사로서, 그녀는 『젊은 예술가의 초상』의 제1장에서 크리스마스 만찬에 사이먼 데덜러스 및 케이시와 피넬을 두고 격렬한 논쟁을 벌인다. "단티(Dante)"라는 이름은 스티븐의 "안티(Auntie)"라는 유년시절의 잘못된 발음에서 유래하지만(전출), 거기에는 아이러니한 상징적 의미를 담고 있다. 즉, 그녀는 단테(Dante)의 『신곡』에서 묘사되는 성스러운 로마 가톨릭교의 권위를 스스로 더럽히는 한 퇴폐적 존재로서 부각되고 있기 때문이다. 이는 조이스가 시성(詩聖, 단테)이 노래한 것을 이제는 오만하고, 좌절된 여인의 감정적이요 병적 흥분으로 축소하고 있음을 암시하는 듯하다. 이처럼, R. 엘먼은 조이스의 전기 『제임스 조이스』에서, "단티"의 원형으로 이바지한 이 여인에 대한 흥미로운 배경 지식을 우리에게 제공한다.

존 케이시 John Casey

　『젊은 예술가의 초상』의 제1장에서 크리스마스 만찬에 초대되는 사이먼 데덜러스의 이웃 친구. 케이시는 파넬을 옹호하고 교회를 비난하는 과격한 이단적 애국자이다. 그는 아일랜드 정치에서 교회의 역할, 특히 리오던 부인의 파넬에 대한 교회의 비난에 대해 그녀와 심한 다툼을 벌인다. 조이스의 아버지 존 조이스의 친구인, 피니언 당원 존 켈리(Kelly)가 그 모델이다.

클랜리 Cranly

　그는 세계의 개혁에 흥미를 느낀 이상주의자로서, 한때 스티븐의 제일 가까운 친구였다. 그로부터의 스티븐의 결별은 스티븐이 아일랜드로부터 이탈하는 최후 단계를 의미했다. 앤더슨(C.G. Anderson) 교수는 그의 "희생의 버터(The Sacrificial Butter)"라는 논문에서, 『젊은 예술가의 초상』의 제1장에서 클랜리는 스티븐 – 그리스도에게 유다 역을 행사함을 지적한다[Accent 12(1952), 3~13쪽 참조, 『조이스와 그의 세계(James Joyce and His World)』의 저자] 클랜리의 원형은 번(J.F. Byrne)으로, 후자는 그의 자서전에서 자신은 조이스에 의해 할당된 종교적, 인습적 역할보다 훨씬 괴벽하고 독창적 인물이라 서술한다.

대이빈 Davin

그는 더블린의 유니버시티 칼리지에서 스티븐의 젊은 동료 학생이다. 스티븐이 "농부 학생"이라 부르는 그는 아일랜드 민족주의자로 애국자다. 대이빈은 점잖고 원기 왕성한 듯 보이며, 조국의 청년을 대표하지만, 과거의 풍요와 찬미에 더 연관되어 있다.

린치 Lynch, Vincent

더블린의 유니버시티 칼리지에서 냉소적이요, 기지가 넘치는 린치는 스티븐의 절친한 친구로서, 『영웅 스티븐』에서 여인들과 가톨릭교회에 대한 다이덜러스의 철학적 토론을 위해 일종의 공명상자(共鳴箱子) 구실을 한다. 『젊은 예술가의 초상』의 제5장에서 그는 심미론에 대한 스티븐의 설명을 청취한다. 『율리시스』의 특히 '태양신의 황소들' 에피소드(상과 병원 장면)에서, 린치는 한층 적대적 위치를 취한다. 스티븐의 세대, 그의 업적이 궁극적으로 측정되는 그룹의 한 대표적 인물로서, 린치는 스티븐이 아직 달성하지 못한 것에 대한 한 상기 자로서 역할을 한다. 『율리시스』의 밤의 환각 장면(제15장)에서 린치는 홍등가의 벨라 코헌에 의해 경영되는 창가까지 스티븐을 동행하지만, 후자가 거리에서 두 영국 군인과의 대결에 휘말릴 때 스티븐을 저버린다. 린치의 원형은 조이스의 친구 코스그레이브(Vincent Cosgarve)로서, 그는 조이스가 실제로 한때 싸움에 휘말렸을 때, "호주머니에 손을 꽂은 채" 방관하며 서 있었다. 여기서 조이스가 분개하는 것은 아마도 "린치(사형, 私刑)"라는 이름의 선택에서 암시된다.

E. C.

『영웅 스티븐』에서 그녀는 엠마 클러리로 불리는 데 반해,『젊은 예술가의 초상』에서 단지 생략된 이름으로 불리는 것은 그녀가 이 작품에서 행하는 그늘진 역할을 암시한다. 비록 그녀는 이따금 스티븐의 마음속에 있긴 하지만, 한 인물로서 결코, 출현하지 않는다. 그러나 그녀에 대한 스티븐의 반성은 중요한 것으로,『젊은 예술가의 초상』의 제5장에서 스티븐의 빌러넬의 에로틱한 원형이 된다.

제임스 조이스 연보

- 1882년 2월 2일, 아일랜드 수도 더블린에서 경제적으로 넉넉지 못한 수세리 (收税吏) 존 스태니슬러스 조이스(John Stanislaus Joyce)와 메리 제인 조이스(Mary Jane Joyce) 사이에서 장남으로 태어남.
- 1888년 9월, 한 예수회의 기숙사제 학교인 클론고즈 우드 칼리지(Clongowes Wood College) 초등학교에 입학, 1891년 6월까지(휴가를 제외하고) 그곳에 적(籍) 을 둠.
- 1891년, 이해는 조이스 생애에 있어서 가장 중요한 한 해였음. 6월, 경제적 어 려움 때문에 존 조이스는 제임스를 클론고즈 우드 칼리지 초등학교에서 퇴교 시킴. 10월 6일, 파넬(Parnell)의 죽음은 아홉 살 난 소년에게 큰 충격을 주어, 파넬의 '배신자'를 규탄하는 「힐리여, 너마저(Et Tu, Healy)」란 시를 쓰게 함. 존 조이스는 이 시에 크게 만족하여 그것을 인쇄하게 했으나 현재는 단 한 부도 남아 있지 않음. 뒤에 『젊은 예술가의 초상』에 서술된 바와 같이 그의 격렬한 기분으로 조이스가의 크리스마스 만찬을 망쳐 버린 것도 이해임.
- 1893년 4월, 역시 예수회 학교인 벨비디어 칼리지(Belvedere College) 중학교에 입학, 1898년까지 그곳에 적을 두었는데, 우수한 성적을 기록함.
- 1898년, 카디널 뉴먼(Cardinal Newman)이 설립한 예수회 학교인 더블린의 유니 버시티 칼리지(University College)에 진학, 이때부터 기독교 및 편협한 애국심에 대한 그의 반항심이 움트기 시작함.
- 1899년 5월, 예이츠의 〈캐슬린 백작부인(The Countess Cathleen)〉을 공격하는 동 료 학생들의 항의문에 서명하기를 거부함.
- 1900년, 문학적 활동의 해. 1월에 문학 및 역사학 학회에서 '연극과 인생

(Drama and Life)'에 관한 논문을 발표함[『스티븐 히어로(Stephen Hero)』참조]. 4월에 「입센의 신극(Ibsen's New Drama)」이라는 논문이 저명한 『포트나이틀리 리뷰(Fortnightly Review)』지에 게재됨.

- 1901년, 이해 말에 아일랜드 극장의 지방성을 공격하는 수필 「소요의 날(The Day of Rabblement)」을 발표함(본래 대학 잡지에 게재할 의도였으나, 예수회의 지도교수에 의하여 거절당함).

- 1902년 2월, 아일랜드 시인인 제임스 클라렌스 맹건(James Clarence Mangan)에 관한 논문을 발표, 맹건이 편협한 민족주의의 제물이었음을 주장함. 이어 10월에 학위를 받고 파리에서 의학을 공부하기로 결심함. 늦가을 더블린을 떠나 런던의 예이츠를 방문하고, 그의 작품 판로(販路)의 가능성을 살피기 위해 얼마간 그곳에 머무름.

- 1903년, 파리에서 이내 의학에 대한 흥미를 잃고 잇따라 더블린의 일간지에 서평을 쓰기 시작함. 4월 10일, 어머니가 위독하다는 아버지의 전보를 받고 더블린으로 돌아옴. 그의 어머니는 이해 8월 13일에 세상을 떠남.

- 1904년, 이해 초에 「예술가의 초상(A Portrait of the Artist)」이라 불리는 단편을 시작으로 자서전적 소설 집필에 착수함. 이는 나중에 『스티븐 히어로』로 발전하고 이를 다시 개작한 것이 『젊은 예술가의 초상』임. 어머니 메리 제인의 사망 후로 조이스가의 처지는 악화되었으며, 조이스는 가족과 점차 멀어지기 시작함. 3월에 달키(Dalkey)의 한 초등학교 교사로 취직, 6월말까지 그곳에 머무름. 이해 6월 10일, 조이스는 노라 바너클(Nora Barnacle)을 만나 이내 사랑에 빠짐. 그는 결혼을 하나의 관습으로 보고 반대함으로써 더블린에서 노라와 같이 살 수 없게 되자, 유럽으로 떠나기로 작정함. 10월 8일, 노라와 더블린을 떠나 런던과 취리히를 거쳐 폴라(유고슬라비아 령)에 도착한 뒤, 그곳 베를리쯔 학교에서 영어를 가르치기 시작함.

- 1905년 3월, 트리에스트로 이주, 7월 27일 그곳에서 아들 조지오(Giorgio)가 탄생함. 3개월 뒤 동생인 스태니슬러스가 트리에스트에서 그와 합세함. 이해

말, 『더블린 사람들』의 원고를 한 출판업자에게 양도했으나, 10여 년의 다툼 끝에 1914년에야 비로소 출판됨.

- 1906년 7월, 로마로 이주, 이듬해 3월까지 그곳 은행에서 일함. 그 후 다시 트리에스트로 돌아와 계속 영어를 가르침.

- 1907년 5월, 런던의 한 출판업자가 그의 시집 『실내악(Chamber Music)』을 출판함. 7월 28일, 딸 루시아 안나(Lucia Anna)가 태어남.

- 1908년 9월, 『스티븐 히어로』을 개작하기 시작, 이듬해까지 이 작업을 계속함. 그러나 3장을 끝마친 뒤 잠시 작업을 중단함.

- 1909년 8월, 방문차 아일랜드로 건너감. 다음 날 트리에스트로 되돌아왔다가 경제적 지원을 얻어 더블린으로 돌아가 그곳에서 한 극장을 개관함.

- 1910년 1월, 트리에스트로 되돌아옴으로써 극장 사업의 모험은 이내 무너짐. 더블린을 처음 방문했을 때, 조이스는 뒤에 그의 희곡 「망명자들」의 소재로 삼은 감정적 위기를 경험함.

- 1912년, 몇 해 동안 『더블린 사람들』에 대한 시비가 조이스에게 하나의 강박 관념이 됨. 마침내 7월, 마지막으로 더블린을 방문했으나, 여전히 그 출판을 주선할 수 없었음. 조이스는 심한 비통 속에 더블린을 떠났으며, 트리에스트로 돌아오는 길에 「분화구로부터의 가스(Gas from a Burner)」란 격문(激文)을 씀.

- 1913년, 이해 말에 에즈라 파운드(Ezra Pound)와 교신(交信)하기 시작함. 그의 행운이 움트고 있었음.

- 1914년, 이른바 조이스의 '기적의 해(annus mirabilis)'로, 2월에 『젊은 예술가의 초상』이 『에고이스트(Egoist)』지에 연재되기 시작, 이듬해 9월까지 계속됨. 6월, 『더블린 사람들』이 출판됨. 5월에 『율리시스(Ulysses)』의 집필을 시작했으나, 「망명자들」을 쓰기 위해 이내 중단함.

- 1915년 1월, 전쟁에도 불구하고 중립국인 스위스의 입국이 허용됨. 이해 봄에 「망명자들」이 완성됨.

- 1016년 12월 29일, 『젊은 예술가의 초상』이 출판됨.

- 1917년, 이해 최초로 눈 수술을 받음. 이해 말까지 『율리시스』의 새 에피소드 초고를 끝마침. 이 소설의 구조는 이때 이미 거의 틀이 잡혀 있었음.
- 1918년 3월, 『리틀 리뷰(Little Review)』지(뉴욕)에 『율리시스』를 연재하기 시작함. 5월 25일, 「망명자들」이 출판됨.
- 1919년 10월, 트리에스트로 귀환, 그곳에서 영어를 가르치며 『율리시스』를 다시 쓰기 시작함.
- 1920년 7월 초순, 에즈라 파운드의 주장으로 파리로 이주함. 10월, 죄악금지회(The Society for the Suppression of Vice)의 고소로 『리틀 리뷰』지의 『율리시스』 연재가 중단됨. 제14장인 「태양신의 황소들(Oxen of the Sun)」의 초두가 그 마지막이었음.
- 1921년 2월, 『율리시스』의 마지막 남은 에피소드를 완성하고 작품 교정에 몰두함.
- 1922년, 조이스의 40번째 생일인 2월 2일에 『율리시스』가 출판됨.
- 1923년 3월 10일, 『피네간의 경야』 첫 부분 몇 페이지를 씀[1939년에 출판될 때까지 『진행 중의 작품(Work in Progress)』으로 알려짐]. 그는 수년 동안 이 새로운 작품에 대하여 활발한 계획을 세우고 있었음.
- 1924년, 『피네간의 경야』의 단편 몇 개가 4월에 처음 출판됨. 이후 15년 동안 조이스는 『피네간의 경야』의 대부분을 예비 판으로 출판할 계획이었음.
- 1927년, 4월과 1929년 11월 사이에 『피네간의 경야』 제1부와 제3부 초본을 실험 잡지인 『트랑지숑(Transition)』지에 게재함.
- 1928년 10월 20일, 『아나 리비아 플루라벨(Anna Livia Plurabelle)』이 출판됨. 이후 10년 동안 『진행 중의 작품』의 여러 단편들이 출판됨.
- 1931년 5월, 아내와 함께 런던을 여행함. 12월 29일, 아버지가 사망함.
- 1932년 2월 15일, 손자 스티븐 조이스가 탄생함. 이 사실은 조이스를 깊이 감동시켰으며, 이때 「보라, 저 아이를(Ecce Puer)」이라는 시를 씀. 3월에 딸 루시아가 정신분열증으로 고통을 받았음. 그녀는 이후 회복되지 못한 채 조이스의

여생을 암담하게 만들었음.

· 1933년, 이해 말에 미국의 한 법원은 『율리시스』가 외설물이 아님을 판결함. 이 유명한 판결은 이듬해 2월, 이 작품에 대한 최초의 미국판 출판을 가능하게 함(최초의 영국판은 1936년에 출판됨).

· 1934년, 대부분을 스위스에서 보냄. 따라서 그는 딸 루시아 곁에 있을 수 있었음(그녀는 취리히 근처의 한 요양원에 수용됨). 1930년 이래 그의 고질적 눈병을 돌보았던 취리히의 의사와 상담함.

· 1935년, 수년 동안 집필해 오던 『피네간의 경야』를 완성하기 위해 노력함.

· 1938년, 프랑스와 스위스 그리고 덴마크의 잦은 여행으로 더 이상 파리에서 거주할 수 없게 됨.

· 1939년, 『피네간의 경야』가 5월 4일에 출판되었고, 조이스는 이 책을 57세의 생일(2월 2일) 선물로 미리 받음.

· 1940년, 프랑스가 함락된 뒤 조이스가 취리히에 거주함.

· 1941년 1월 13일, 장궤양으로 복부 수술을 받은 후 취리히에서 사망함.

제임스 조이스 James Joyce

1882년 아일랜드의 수도 더블린에서 태어나, 예수회 학교와 더블린의 유니버시티 칼리지(UCD)에서 교육을 받았다. 대학에서 철학과 언어를 공부했으며, 이 무렵 작가로서의 특출난 면모를 드러내기 시작했다.

1904년 노라 바너클을 만나 함께 대륙으로 떠났다. 그들은 1931년 정식으로 결혼했다. 1905년부터 1915년까지 이탈리아의 트리에스테에 함께 살았으며, 그곳 벨리츠 학교에서 영어를 가르쳤다. 1909년과 1912년에 마지막으로 아일랜드를 방문했는데, 이는 『더블린 사람들』의 출판을 주선하기 위해서였다.

『더블린 사람들』은 1914년 영국에서 마침내 출판되었다. 1915년 한 해 동안 조이스는 그의 유일한 희곡 『망명자들』을 썼으며, 『젊은 예술가의 초상』은 1916년에, 『피네간의 경야』는 1939년에 출판되었다. 『젊은 예술가의 초상』이 출판된 해에 조이스와 그의 가족은 스위스 취리히로 이사했으며, 조이스가 『율리시스』를 작업하는 동안 심한 재정적 빈곤을 겪어야 했다. 이후 가족과 함께 파리와 스위스를 오가며 작품활동을 이어나가다 1941년 1월에 조이스는 장 궤양으로 사망했다.

옮긴이 김종건

1999년 고려대 영어교육과 교수(영문학)
1979년 한국 제임스 조이스 학회 설립
1987년 제임스 조이스 저널 창간
현 고려대 명예 교수
현 한국 제임스 조이스 학회 고문

저·역서로는 『더블린 사람들』(2018, 어문학사), 『복원된 피네간의 경야』(2018, 어문학사), 『밤의 미로―제임스 조이스 〈피네간의 경야〉 해설집』(2017, 어문학사), 『수리봉―한 제임스 조이스 연구자의 회고록』(2016, 어문학사), 『율리시스(제4개역판)』(2016, 어문학사), 『제임스 조이스 문학 읽기』(2015, 어문학사) 외 다수가 있다.

젊은 예술가의 초상

A Portrait of the Artist as a Young Man

초판 1쇄 발행일 2018년 8월 17일

지은이 제임스 조이스
옮긴이 김종건
펴낸이 박영희
편집 김영림
디자인 유지연
마케팅 김유미
인쇄 · 제본 AP프린팅
펴낸곳 도서출판 어문학사
　　　　서울특별시 도봉구 해등로 357 나너울카운티 1층
　　　　대표전화: 02-998-0094／편집부1: 02-998-2267, 편집부2: 02-998-2269
　　　　홈페이지: www.amhbook.com
　　　　트위터: @with_amhbook
　　　　페이스북: https://www.facebook.com/amhbook
　　　　블로그: 네이버 http://blog.naver.com/amhbook
　　　　　　　다음 http://blog.daum.net/amhbook
　　　　e-mail: am@amhbook.com
　　　　등록: 2004년 7월 26일 제2009-2호

ISBN　978-89-6184-477-2　03840
정가　15,000원

이 도서의 국립중앙도서관 출판예정도서목록(CIP)은 e-CIP홈페이지(http://www.nl.go.kr/ecip)와
국가자료공동목록시스템(http://www.nl.go.kr/kolisnet)에서 이용하실 수 있습니다.
(CIP제어번호: CIP 2018023414)